A

Für Samantha sind Bücher von klein auf etwas Alltägliches, genauso wie die Berühmtheit ihres Vaters: Tristan Whipple ist nicht nur Bestsellerautor, sondern auch ein direkter Nachfahre der Brontë-Familie. Nach seinem Tod ist Samantha – sehr zu ihrem Leidwesen – die letzte Angehörige der Brontës. Und doch kann sie sich dem magischen Zauber, der Charlotte, Anne, Emily und Branwell umgibt, nicht entziehen. Und auch den Schlüssel zu dem geheimnisvollen Erbe, das sie antreten soll, vermutet Samantha in den Erzählungen ihrer Vorfahren. Um die Rätsel ihrer Vergangenheit zu lösen, begibt sie sich nach England auf die Spuren der Brontës. Hilfe erhofft sie sich von ihrem attraktiven Professor für Englische Literatur an der Universität von Oxford, der sich von seiner neuen Studentin zunächst wenig begeistert zeigt. Doch je weiter sie in die Abgründe von Samanthas Familiengeschichte vordringen, desto schwerer fällt es beiden, sich dem Charme des jeweils anderen zu entziehen …

Catherine Lowell lebt in New York. Sie studierte in Stanford Kreatives Schreiben und erhielt noch vor Studienabschluss zwei Stipendien, beide für die Realisierung eines Romans. So entstand *Die Kapitel meines Herzens*, Lowells Debütroman.

Catherine Lowell

Die Kapitel meines Herzens

Roman

Aus dem amerikanischen Englisch
von Gaby Wurster

Atlantik

Die Originalausgabe erschien 2016 unter dem Titel
The Madwoman Upstairs
im Verlag Touchstone / Simon & Schuster, Inc., New York.

Atlantik Bücher erscheinen im
Hoffmann und Campe Verlag, Hamburg.

1. Auflage 2019

www.hoca.de *www.atlantik-verlag.de*
Umschlaggestaltung: © Lübbeke Naumann Thoben, Köln
Umschlagabbildungen: © iStock, Fotolia
Satz: Pinkuin Satz und Datentechnik, Berlin
Gesetzt aus der Trump Mediäval LT
Druck und Bindung: GGP Media GmbH, Pößneck
Printed in Germany
ISBN 978-3-455-00553-0

HOFFMANN
UND CAMPE

Ein Unternehmen der
GANSKE VERLAGSGRUPPE

Für meine wundervollen Eltern

1

Am Abend meiner Ankunft in Oxford erfuhr ich, dass mein Zimmer im Wohnheim aus dem Jahr 1361 stammte und ursprünglich dazu genutzt wurde, Pestopfer in Quarantäne zu halten. Der Porter des College entschuldigte sich aufrichtig dafür, als er mich die fünf Stockwerke zu meinem Turm hinaufführte. Ein nervöser Mann – klein, geschwätzig, Zähne wie ein Hai. Mit einem kehligen Akzent erklärte er, dass das Old College in diesem Jahr überbelegt sei und die Deans sich gezwungen sähen, Raum für die Studenten zu schaffen, wo immer sie konnten. Der Turm war ein Nebengebäude des Old College. Angeblich hatten vor mir dort viele tragische und wichtige Persönlichkeiten gewohnt. Ob ich Timothy den Schrecklichen kannte? Sir Michael »The Madman« Morehouse? Ich schüttelte den Kopf: »Tut mir leid, ich bin Amerikanerin.«

Marvin – so hieß der Porter – stellte meine Taschen ins Zimmer. Auf den Treppen war er ins Schnaufen gekommen, Schweiß glänzte auf seiner zerfurchten Stirn. Mir fiel auf, dass er meinen Blicken auswich. Ich war mir nicht sicher, ob er angesichts des Zustandes meines Zimmers verlegen war, oder ob er sich, als ich mich vorgestellt hatte, fast an meinem Nachnamen verschluckt und noch nicht wieder richtig erholt hatte.

Ich ließ meinen Blick rasch durch das Zimmer wandern. Wer auch immer hier Pestopfer eingesperrt hatte – er hatte ganze Arbeit geleistet. Der Raum war in roter Farbe gestrichen, die von den Wänden abblätterte, und sah aus wie ein riesiges blutunterlaufenes Auge. In der Ecke stand ein vernagelter Kamin, darüber hing das grässliche Gemälde einer Frau, die gerade zu ertrinken schien.

»So, Miss Whipple«, sagte Marvin mit erzwungenem Optimismus. Struppige, ungepflegte Borsten bedeckten die untere Hälfte seines Gesichts wie ein Stoppelfeld. »Werden Sie sich hier wohlfühlen?«

Ich wusste nicht, was ich sagen sollte. Das hier war kein Zimmer in einem Wohnheim. An einen solchen Ort wurden Menschen verbannt, die man insgeheim für verrückt hielt.

»Ganz bestimmt, vielen Dank«, sagte ich. »Die Frau auf dem Bild – wer ist das?«

Er blickte an mir vorbei. »*Die Gouvernante.* Schön, nicht wahr?«

»Können wir sie bitte abhängen?«

Marvins Augen weiteten sich, als hätte ich ihm mit Kastration gedroht. »Wie bitte?«

»Sie erinnert mich an jemanden«, erklärte ich.

»Sie gehört hierher, Miss Whipple.«

»Aha«, erwiderte ich knapp. Wieso kam mir die Frau auf dem Bild nur so bekannt vor? Es entstand ein kurzer Moment des Schweigens. Ich merkte, dass er gehen wollte, seine Oberlippe zuckte. Ich konnte es ihm nicht verdenken – auch ich wollte hier weg. Nach einem letzten Blick durchs Zimmer erinnerte Marvin mich an das Meet & Greet morgen im Kolleghof, wünschte mir eilig eine gute Nacht und schloss die Tür hinter sich.

Jetzt war ich allein mit der *Gouvernante.* Irgendetwas stimmte hier nicht, so viel war sicher. Von den zwei Tagen, die ich letzten Dezember hier für meine Bewerbungsgespräche verbracht hatte, wusste ich, dass die anderen Zimmer nicht nach Fußschweiß und ranzigem Fleisch stanken. Außerdem hatten sie Fenster. Das Zimmer, in dem ich geschlafen hatte, war sogar in einem freundlichen Blau gestrichen gewesen. So freundlich, dass alle Bewerber für Englische Literatur mein Zimmer abends als Anlaufstelle nutzten. Wir saßen auf meinem Bett, betrachteten die hellblauen Wände und waren uns einig, dass die Bewerbung für das Old College wohl eines der unseligsten Dinge war, die wir je tun würden. Ich fühlte mich zu Hause in diesem gemütlichen blauen Zimmer – zumindest bis Shelly aus Portsmouth mich fragte, ob ich wirklich eine Whipple sei und ob das heiße, dass ich automatisch allen anderen vorgezogen werden würde. Meine Wangen glühten. Shelly aus Portsmouth war eine langbeinige Rothaarige, und ihre Arme waren mit rätselhaften Leberflecken bedeckt. »Natürlich nicht!«, sagte ich und fügte beleidigt hinzu: »Gute Nacht, ich bin ziemlich müde.«

Doch am nächsten Morgen überlegte ich, ob Shelly aus Portsmouth nicht doch recht gehabt hatte. Schon zu Beginn meines Gesprächs mit Dr. Margaret King vom Fachbereich Englische Literatur am Old College wurde klar, dass sie mich am liebsten nur über meine Familie ausgefragt hätte. Ich fand es beeindruckend, dass sie sich doch so lange beherrschen konnte. Dr. Margaret King war eine verhärmte Frau mit krummen Flamingobeinen, die in zwei spitzen schwarzen Schuhen endeten. Auf ihren Lippen und auf dem Vorderzahn klebte mädchenhafter Lipgloss, und sie roch nach Wassermelone. Ihre Fragen bezogen sich auf eine gewisse Aphra Behn, eine Person, über die ich nichts wusste. Doch da überall in diesem Büro Bücher wie *Belinda, Love in Excess* und *Emma* herumlagen, nahm ich an, dass Behn eine Frau, Schriftstellern und tot sein musste. Ich lenkte die Diskussion auf die Anfänge des Feminismus und machte eine irrsinnig schlaue Bemerkung zu patriarchalischen Strukturen, doch das reichte nicht. Die spitzen Schuhe begannen, auf den Boden zu klopfen.

»Und natürlich«, sagte ich, »hat Behns Schaffen den Weg für die Brontës geebnet.«

Wahrscheinlich stimmte das nicht – aber das war egal, denn der Name Brontë war wie ein Trommelwirbel. Margaret King hatte nun eine Rechtfertigung gefunden, um mich mit Fragen zu bombardieren – Fragen, die man mir schon oft gestellt hatte und die ich allesamt beantworten konnte: »Welchen Einfluss hatte das Leben der Brontës auf ihr Schreiben?« – »Ja, das ist wohl wahr, Miss Whipple, ein interessanter Gedanke.« – »Auf welche Weise hat Emily Brontë den europäischen Roman revolutioniert?« – »Ja, das stimmt, genau so ist es.«

Dann bekamen die Fragen eine persönlichere Note: »Ich gehe davon aus, dass Sie die Berichterstattung über die Familie Brontë kennen, besonders über ihre Nachfahren …« – »Du liebe Güte – Tristan Whipple war Ihr Vater?! Nun gut, ich gebe zu, ich hatte mir schon gedacht, dass Sie verwandt sein könnten … Standen Sie sich nahe, wenn ich fragen darf? Oh, verstehe, ein faszinierender Mann, Ihr Vater.«

Und wie es dann immer so ist, wurde aus Dr. Margaret King wieder Maggie, das Schulmädchen, das ihre literarischen Vorbilder anhimmelte. Die Brontës zogen ihren Verjüngungs-Zaubertrick ab – und prompt war sie das großäugige kleine Mädchen, das sich nichts sehnlicher wünschte, als durchs melancholische englische Moor zu schlendern wie Catherine und Heathcliff. Ich nickte lächelnd und bot meine Vorfahren feil, bis wir uns jeder einzelnen Facette von *Jane Eyre* gewidmet hatten. »Aber was hat es denn nun wirklich mit dem Hochzeitsschleier auf sich, Miss Whipple?« – »Ach du meine Güte, wie clever! War Ihr Vater auch dieser Ansicht? Oh, ich bin so unsensibel, verzeihen Sie mir, meine Liebe.«

Für gewöhnlich wurde ich an diesem Punkt des Gesprächs ein »Schätzchen«, aber »meine Liebe« war auch in Ordnung. Und immer wenn ich zur »Lieben« wurde, verstummte ich. Eine »Liebe« kann nicht sagen, was sie wirklich über ihre Verwandtschaft denkt.

Als Dr. Margaret King am Ende des Gesprächs aufstand, erhob auch ich mich. Selbst mit Absätzen war sie einige Zentimeter kleiner als ich. Sie lächelte – scheu wie ein altkluges Kind, das vergessen hat, wie man Freunde gewinnt.

»Nun gut, Miss Whipple«, sagte sie strahlend. »Sind alle Amerikanerinnen so groß?«

»Nur die großen.«

Ich ging zur Tür. »Darf ich fragen, ob Sie auch selbst schreiben?«, rief sie mir hinterher.

Ich verneinte und suchte schnell nach einer Entschuldigung –

das Talent habe sich in den letzten hundertfünfzig Jahren in meiner Familie leider erschöpft, mein Vater sei die Ausnahme gewesen, nicht die Regel. Mit klackernden Absätzen kam Dr. Margaret King auf mich zu. Ich dachte, sie wollte noch etwas sagen, aber sie öffnete lediglich die Tür und neigte den Kopf nach links, genau wie meine Mutter es tat, wenn ich etwas richtig gemacht hatte. Doch nicht *ich* hatte Eindruck bei der Professorin hinterlassen. Während ich in meinen Turnschuhen den gewienerten Korridor hinunterging, zog ich wieder einmal den Hut vor meinen drei verstorbenen Vorfahrinnen. Selbst aus dem Grab übten sie noch eine Macht aus, die mir selbst versagt blieb.

Das Handy auf meinem Schoß brummte wild und wies mich auf drei neue Mails hin. Mein Turm hatte zwar keine Fenster, war aber offensichtlich mit dem Internet verbunden. Die erste Nachricht besagte, dass das morgige Meet & Greet um 10.30 Uhr im Kolleghof begann, man solle bitte nicht den Rasen betreten. Die zweite Mail lieferte mir eine Entschuldigung, nicht dort hinzugehen, denn mein Professor, ein gewisser Dr. James Timothy Orville III., hatte für morgen Vormittag einen Besprechungstermin angesetzt, um die Voraussetzungen und Ziele unseres Tutoriums zu klären und mir eine Liste wichtiger Abgabetermine zu geben, die ich in Ruhe durchgehen sollte. Er unterschrieb seine Nachricht mit »O«.

Die letzte Mail war von B. Howard von der Abteilung »Trusts and Estates« der British National Bank. Ich wurde blass. B. Howard hatte mich heute Abend schon einmal angerufen, als ich gerade in Heathrow gelandet war. In dem kurzen Gespräch hatte sie mich darüber informiert, dass es nun, da ich in England war, an der Zeit sei, endlich über das verworrene Testament meines Vaters zu sprechen. »Ich weiß, es muss schmerzlich für Sie sein, Miss Whipple, und vermutlich sind Sie eben erst gelandet … Ja, der Zoll ist direkt geradeaus, folgen Sie einfach den Hinweisschildern … Aber wie Sie wissen, ist das eine heikle Angelegenheit, und da Sie nun hier sind, müssen wir uns zeitnah darüber unterhalten. Hören Sie mich noch, Miss Whipple? Miss Whipple?«

Ich hatte ihr gesagt, ich sei schrecklich in Eile und würde sie später zurückrufen, obwohl ich in Wahrheit gelangweilt in der Gepäckausgabe gesessen und auf einem matschigen englischen Sandwich herumgekaut hatte. Allein bei dem Gedanken an ein Gespräch über das Testament meines Vaters rutschte mir das Herz in die Hose – ich war noch nicht über Dads Tod hinweg. Ich hatte eine ebenso vage wie unangenehme Vorstellung vom Inhalt dieses Testaments, und ich wollte nicht darüber sprechen. Nicht mit Marvin, nicht mit Maggie der Leichenbestatterin und auch nicht mit B. Howard von der British National Bank.

Ich ging zum Bett hinüber. Unter meinen Schritten quietschte und knarrte der alte Dielenboden. Ich entdeckte einige Schrammen und Kratzer an der Wand, Strichmännchen und etwas, das sich als römische Ziffern herausstellte. Ich erwartete fast, den Namen Byron zu entdecken, doch die einzigen lesbaren Buchstaben waren die Initialen *J. H. E.*

Ich setzte mich. Mein Blick blieb auf der *Gouvernante* haften. Eine Weile starrten die Frau auf dem Bild und ich einander verlegen an, als wären wir uns schon einmal begegnet. Sie hielt etwas in der Hand – eine Mappe? Ein Buch? Die Bibel? Hinter ihr ragte ein halb versunkener Mast aus dem Wasser, auf dem ein Vogel saß, groß und dunkel, die Flügel mit Gischt besprenkelt. Im Schnabel hielt er ein Goldarmband. Der Vogel sah die *Gouvernante* an, doch die *Gouvernante* blickte mir ins Gesicht. Sie hatte helle Augen, feine Gesichtszüge und den verschreckten Blick eines gefangenen Tieres. Ich erinnerte mich an sie. Ich hatte irgendwann einmal etwas über sie gelesen – oder zumindest über jemanden, der ihr sehr ähnlich war: »Es nützt nichts, wenn man sagt, der Mensch soll sich bescheiden, wenn er Ruhe und Frieden hat«, hatte sie mir auf den Seiten eines alten, fürchterlichen Buches gesagt. »Er muss sich auch betätigen, und er wird sich die Tätigkeit, die er zum Leben braucht, schaffen, wenn er sie nicht vorfindet.«

Mit einem Mal konnte ich ihren Anblick nicht länger ertragen. Ich löschte die Lampe auf dem Nachttischchen, und Dunkelheit umhüllte mich.

Die Sonne hätte es geschafft, die Erinnerung an den vorigen Abend verblassen zu lassen. Doch als ich am Morgen nach draußen ging, war sie nirgends zu sehen. Der Himmel war trübe und grau wie Beton.

Zu meinem ersten Treffen mit Dr. James Timothy Orville III. ging ich ganz in Schwarz. In seiner Mail hatte er sich als »Fellow«, als wissenschaftlicher Mitarbeiter des Old College für die englische Literatur des 19. Jahrhunderts, vorgestellt. Ich hoffte inständig, seine Interessen mochten sich auch auf das 20. Jahrhundert erstrecken – ich hatte in meinem Vorstellungsschreiben deutlich gemacht, dass ich einen ausgeprägten Hass auf das Viktorianische Zeitalter hegte. Sollte sich Dr. James Timothy Orville III. also als Fan von George Eliot herausstellen, müsste ich wohl auf der Stelle wieder gehen. Es würde keinen Dozententausch und keinen Kurstausch geben. Das Old College war einzigartig – und berühmt für seine Strenge. In anderen Colleges in Oxford wurden zusätzlich zu den Tutorien Vorlesungen und Seminare angeboten, die Studenten des Old College hingegen mussten die wöchentlichen einstündigen Termine allein bei einem einzigen Dozenten erleiden. Die Intensität dieser Beziehung sollte über jede differenzierte Lehre triumphieren. Doch in Wirklichkeit bedeutete es, dass mein gesamtes Studium und meine geistige Gesundheit in den Händen einer einzigen Person lagen.

Ich spazierte über den Campus und achtete darauf, mich von den Rasenflächen fernzuhalten – ich hatte gelesen, dass der letzte Student, der den Rasen des Old College betreten hatte, vom Porter mit einem Stock verjagt worden war. Ich fand das Exit Gate, das, wie Marvin mir am Abend erklärt hatte, bitte schön auf gar keinen Fall mit dem Entry Gate zu verwechseln sei. Ein paar College-Angestellte trugen Tischtücher in den Kolleghof – vermutlich für das Meet & Greet. Ich war erleichtert, dass ich nicht hingehen musste. Bei solchen Veranstaltungen fiel immer nur auf, wie sehr ich mich von anderen Leuten meines Alters unterschied. Mein Vater hatte mich zu Hause unterrichtet, also hatte ich die ersten fünfzehn Jahre meines Lebens in einem angenehmen Anachronismus verbracht. Seine Vorstellung von einem Freitagabend bestand darin, das Planschbecken im Vorgarten zu füllen, sich eine Margarita zu mixen und mir Shelley vorzulesen, bis es dunkel wurde. Dad mochte Shelley nicht – übrigens der zweite Vorname meiner Mutter – und las deshalb jeden Vers mit beißendem Sarkasmus. »Oh, heb mich auf als Woge, Wolke, Blatt! Ich stürz in Dornen! Ach, mein Blut, es quillt!« Das war die Art von Humor, die nur wir beide lustig fanden. Warum wir das Planschbecken brauchten, weiß ich nicht mehr.

Broad Street Nr. 28 – der von Dr. James Timothy Orville III. vorgeschlagene Treffpunkt – stellte sich als Kellerkneipe heraus. Am Eingang standen zwei Töpfe mit skelettartigen Pflanzen und eine lebensgroße Statue von Hereward the Wake, dem legendären Kämpfer gegen die normannischen Eroberer, der seinen Kopf auf einem Pfahl trug. Ich ging durch eine zweite Tür und stand unvermittelt vor der Bar. Eine einsame Bedienung – rothaarig, mit irrem Blick und Lippen von der Farbe halbgaren Rindfleischs – trocknete mit einem Tuch Geschirr ab.

»Entschuldigen Sie bitte, ist das hier *The Three Little Pigs*?«, fragte ich.

Unbeeindruckt musterte mich die Frau und reichte mir die Speisekarte. Darauf stand: *The Three Pigs' Heads*. Ich beglückwünschte mich dazu, zwanzig Sekunden zu früh zu sein. Als ich mich umschaute, erblickte ich ein zeterndes Paar, das Irish Coffee in sich hineinkippte, eine Frau, die ihre Zähne mit der Zunge zu zählen schien, und einen Mann mit Doppelkinn und bellendem Lachen. Ich suchte den Raum nach einem welken alten Mann mit ordentlich getrimmtem grauem Oberlippenbart und einem dazu passenden goldenen Monokel ab, der möglicherweise Dr. James Timothy Orville III. heißen könnte.

Mein Blick landete auf einer Gestalt in der hinteren Ecke. Der Mann saß da, eine Hand auf der Tischplatte, die andere auf dem Schoß. Zuerst dachte ich, er sei ein Freund von Hereward the Wake, ausgestopft, fast lebensecht. Doch als ich die Augen zusammenkniff und genauer hinsah, bemerkte ich, dass sich seine Brust langsam hob und senkte. Ich sah ihn an, er sah mich an.

Seine Augen verengten sich, und plötzlich geriet ich in Panik, denn mir wurde klar, dass dieser nicht alte, nicht graue, nicht hässliche Mann womöglich Dr. James Timothy Orville III. war.

An einem nahen Tisch erhob sich dröhnendes Gelächter. Eine Frau mit einem lächerlichen Hut schob ein Papiertaschentuch in ihren Ärmel. Mein Tutor – Gott, war er es wirklich? – sah zu, wie ich über ein Tischbein stolperte. Er wirkte wie ein Tier, das bei einer Safari unerkannt bleiben wollte.

Ich blieb stumm vor ihm stehen. Er hatte eine edle, hohe Stirn. Als ich mich nicht rührte, ergriff er das Wort: »Nun, setzen Sie sich doch.«

Ich sank auf einen Stuhl. Er war jung, nicht über dreißig, und schien in seinem tadellosen Anzug fest eingezwängt zu sein.

»Ich bin James Orville«, sagte er.

Ich hatte keine Gelegenheit zu reagieren, denn ein grauhaariger Kellner näherte sich und blieb vor mir stehen. Er schien auf meine Bestellung zu warten, also sagte ich: »Nur eine heiße Milch bitte.«

»Eine was?«, fragte der Kellner nach. Seine Augen waren trüb und milchig, als hätte er die sechziger Jahre in einem Dauerrausch verbracht.

»Heiße Milch«, wiederholte ich.

Der Kellner sah zu meinem Dozenten, der mich nicht aus den Augen ließ. »Zweimal Fish and Chips und ein Glas Bier, Hugh«, sagte er.

Hugh verzog sich, wir beide saßen schweigend da. Orville sah mich an, und mir wurde zum ersten Mal bewusst, wie schwierig es war, in zwei Augen zur gleichen Zeit zu blicken. Ich fragte mich, ob ich es je geschafft hatte. Orville zog einen schmalen blauen Ordner aus seiner Aktentasche und legte ihn wortlos auf den Tisch. Seine Miene war ungerührt. Ich war mir sicher, dass er irgendwo eine Schar unehelicher Kinder hatte, die alle Bartholomew hießen.

»So«, sagte er und lächelte – fast. »Erzählen Sie mir von sich.«

Ich lachte nervös auf. »Nein danke.«

»Das war keine Frage.«

»Ich will lieber nicht über mich sprechen, wenn das in Ordnung geht«, sagte ich. »Wie geht es Ihnen?«

Er blinzelte. Ich legte mein linkes Bein über das rechte, dann bewegte ich es wieder zurück. Es schien mir ungerecht, dass er so jung war – und ich noch jünger. Orville antwortete nicht auf meine Frage, also schwiegen wir wieder.

»Was wollen Sie denn wissen?«, fragte ich schließlich, obwohl ich die Antwort kannte. Wie Maggie die Leichenbestatterin würde auch Orville über meinen Nachnamen sprechen wollen. Über meinen Vater diskutieren. Über das Feuer, den Besitz, die Legende. Er wollte wissen, was Emily Brontë am Morgen des 5. Dezember zum Frühstück gegessen, welche erotischen Gedichte Anne in ihrer Freizeit geschrieben und was Charlotte sich heimlich auf den Hintern hatte tätowieren lassen. Es war mein ureigener Fluch, mit den drei berühmtesten verstorbenen Frauen Englands verwandt zu sein.

Ich schluckte. »Ich wurde in Boston geboren.«

Seine Miene veränderte sich nicht. Als Jugendlicher musste er wohl Akne gehabt haben, unter seinem rechten Auge war eine Reihe kleiner Narben.

»Ich bin Einzelkind«, fuhr ich fort.

Schweigen.

Ich holte Luft. »Ich bin in Vermont in ein kleines Internat gegangen, von dem Sie wahrscheinlich noch nie etwas gehört haben, denn es ist wirklich sehr klein, und ich war noch nicht oft in Europa, wenn man Paris einmal ausnimmt, denn dort lebt meine Exmutter, Entschuldigung – die Ex, das heißt die Exfrau meines Vaters. Meine Mom. Ich kann sie nicht oft besuchen, denn, wie gesagt, ich lebe in Vermont, nein, in Boston, aber das sagte ich schon. Ich …«

»Miss Whipple«, fiel Orville mir ins Wort.

»Ja?«

»Können wir zum Punkt kommen?«

»Wie bitte?«

»Ich bin Ihr Tutor, nicht Ihr Therapeut«, sagte er einigermaßen gelangweilt. »Denken Sie bitte in Zukunft daran.«

»Entschuldigung«, murmelte ich.
»Sie müssen sich nicht entschuldigen.«
»Entschuldigung.«
»Erzählen Sie mir von Ihrem akademischen Selbst«, sagte er. »Ich würde gern wissen, was Sie interessiert, abgesehen von Sätzen ohne Punkt und Komma. Warum sind Sie nach Oxford gekommen?«
»Irgendwo muss man ja sein.«
»Sollte das jetzt witzig sein?«
»Ich weiß nicht. War es witzig?«
Ich lachte verlegen. Ich beneidete Menschen, die sich mit wichtigen Leuten ganz normal unterhalten konnten. Ich bin noch nie besonders umgänglich gewesen. Im fahlen Licht war Orvilles Gesicht ausdruckslos.
»Ich bin hier, um Englische Literatur zu studieren«, sagte ich.
»Und warum das?«
»Ich mag Bücher.«
»Sie *mögen* Bücher.«
»Ich kann gut lesen.«
»Ich habe nicht gefragt, ob Sie des Lesens kundig sind. Ich habe gefragt, warum Sie Englische Literatur studieren. Was erhoffen Sie sich davon?«
»Arbeitslosigkeit.«
»Wie bitte?«
»Ein Witz, war nur ein Witz.«
Meine Wangen glühten. Auf einmal beugte er sich vor, das Gewicht ganz auf seine Unterarme gestützt. Er sah aus wie ein Chirurg, der auf der Suche nach der Seele des Menschen festgestellt hatte, dass da gar keine war.
Er runzelte die Stirn. »Worin sehen Sie den Sinn von Literatur?«
Er hätte mich auch fragen können, ob ich an Gott glaubte.
»Das Studium der Literatur klärt uns darüber auf, was uns zu Menschen macht.« Diesen Satz hatte ich aus Standardtests.
»Die Humanbiologie erklärt uns, was uns zu Menschen macht«, sagte er. »Versuchen Sie es noch einmal.«
»Das Literaturstudium ist das Studium der Zivilisation.«

»Geschichte ist das Studium der Zivilisation«, stellte er richtig.

»Das Literaturstudium ist das Studium der Kunst.«

»Kunstgeschichte ist das Studium der Kunst.«

Ich atmete tief durch. »Die Literatur erzählt uns Geschichten.«

»Wenn Ihnen nichts Intelligentes einfällt, dann sagen Sie besser gar nichts.«

Ich klappte den Mund zu. Orville lehnte sich zurück. Der Kellner namens Hugh kam und stellte zwei Teller vor uns hin. Darauf lag etwas, das aussah, als wäre es eines tragischen Todes gestorben, ertrunken in seinem eigenen Fett. Der Geruch war irgendwie brutal – salzig und prähistorisch, aus einem Zeitalter, als Menschen sich noch gegenseitig aufgefressen haben. Als Letztes schob Hugh ein großes Glas Bier über den Tisch.

Orville legte sich die Serviette auf den Schoß. Er hatte ein kräftiges Kinn und dünne Lippen, die er zu einer geraden Linie verzog. Im Moment waren sie beinahe unsichtbar. Orville wirkte nicht wie ein Mann, der schon am Vormittag in schummrigen Kneipen verkehrte. Im ganzen Lokal hing der Gestank nach Bier und Jahrhunderten an anzüglichen Verabredungen.

»Vielleicht können wir versuchen, das Ganze anders anzugehen«, sagte er. »Welche Autoren bewundern Sie?«

»Nennen Sie mir ein paar Namen, und ich sage Ihnen, ob ich sie mag.«

Er hob die Augenbrauen und griff nach seiner Gabel. Ich fragte mich, ob ich unhöflich gewesen war.

»Milton«, sagte er. »Mögen Sie John Milton?«

»Nein.«

»Chaucer?«

»Nein.«

»Thoreau?«

»Also bitte!«

Orville hielt inne. Er schien zu überlegen, ob ich wohl eine Kriminelle war. Dann schob er sich einen kleinen, gut portionierten Happen in den Mund.

»T. S. Eliot?«, fragte er. »Jane Austen?«

»Nein und nein. Aber netter Versuch.«

»Coleridge, Keats, Wordsworth?«

»Nein. Geht so. Und nein.«

Orville zögerte, dann fragte er: »Brontë?«

Schweigen. Ich hatte recht. Orville wollte tatsächlich über meine Verwandten reden. Wie könnte er auch widerstehen? Wir sahen einander an. Er wusste, wer ich war. Ich wusste, dass er es wusste. Und er wusste, dass ich wusste, dass er es wusste.

Ich verschränkte die Arme auf eine Weise, die selbst mir kindisch vorkam. »Kommt drauf an. Welche Brontë?«

»Charlotte.«

»Ha.«

»Ist das ein Nein?«

Ich antwortete nicht. Der Name Brontë hatte mal wieder alles verändert. Orville runzelte noch immer die Stirn, doch nun wirkte er neugierig. Am anderen Ende des Lokals ertönte erneut das bellende Lachen.

»Schätzen Sie denn gar keine Autoren?«, fragte Orville.

»Ich schätze sie, aber ich mag sie eben nicht.«

»Warum?«

»Aus persönlichen Gründen.«

»Die da wären?«

»Ich dachte, Sie wären nicht mein Therapeut.«

Er legte die Serviette auf den Tisch. Fast lächelte er. Fast. Das Studienjahr erstreckte sich vor mir wie ein schwarzer Fluss geistiger Diktatur. Je mehr Zeit Orville und ich zusammen verbrachten, desto mehr würde ich zu einem dieser bleichgesichtigen Vampirkinder werden, die in Filmen nur auftauchten, um flüsternd irgendeine verstörende Prophezeiung von sich zu geben.

»Wollen Sie mir nicht etwas von sich erzählen?«, fragte ich.

Er zog erneut seine Augenbrauen nach oben. Ich hoffte fast, er würde gar nichts sagen oder mich zurechtweisen. Doch zu meiner Überraschung wurde er ziemlich freundlich.

»Was wollen Sie denn wissen?«, fragte er. »Ich wurde in London geboren, meine Eltern sind beide Akademiker. Mit fünfzehn habe ich mich in Cambridge eingeschrieben, mit achtzehn habe ich meinen ersten Abschluss gemacht, ich habe in den USA weiterstudiert und bin nun seit acht Jahren Fellow am Old College. Mit der These, dass ein perfekter Roman ein Beweis für die Unsichtbarkeit des Autors ist, forsche ich über die strukturelle und sprachliche Integrität von Texten.«

»Klingt spannend.«

»Ich verabscheue stilles Wasser und rohen Fisch und treibe nie Sport außer am frühen Morgen. Ich halte John Knowles' *Ein anderer Frieden* für eines der außergewöhnlichsten und bewegendsten Werke des 20. Jahrhunderts.«

Ich nickte. Ich hatte den Eindruck, dass Orville diesen Lebenslauf schon oft und vor vielen Studentinnen zitiert hatte. Ich fragte mich, wie viele er wohl schon unterrichtet hatte und wie viele davon seiner teuflischen Schönheit erlegen waren.

»Sie waren schon mit fünfzehn in Cambridge?«, fragte ich nach.

»Ja.«

»Ach. Früher haben Sie es nicht geschafft?«

Er aß noch ein Stück Fisch. »Sagen Sie mir doch, womit Sie sich in diesem Studienjahr beschäftigen wollen.«

»Mit der Postmoderne.«

»Das ist eine sehr kleine literarische Strömung.«

»Mit einem großartigen umfassenden Konzept: Bücher liefern keine Antworten, weil das Leben keinen Sinn hat.«

Sein Blick huschte über mein Gesicht, als würde er ein Buch mit leeren Seiten überfliegen.

»Haben Sie zum Beispiel *Weißes Rauschen* gelesen?«, fuhr ich fort. »Es ist …«

»Ja, habe ich gelesen.«

»Entschuldigung.«

»Hören Sie auf, sich zu entschuldigen. Sind Sie wirklich der Meinung, das Leben hätte keinen Sinn?«

»Ist das ein Problem?«

»Wie alt sind Sie?«

»Zwanzig.«

Kurzes Schweigen. Er beugte sich vor, automatisch lehnte ich mich zurück. Ich rechnete damit, dass er nun fragen würde, warum eine Studienanfängerin zwanzig und nicht achtzehn Jahre alt war, doch er sagte nur:

»Ich vermute, Sie halten sich für sehr kompliziert.«

»Wie Sie meinen.«

»Bitte?«

Ich antwortete nicht.

»Sie haben *Weißes Rauschen* – und ich wette, die ganze Postmoderne – falsch verstanden«, sagte er und tupfte sich den Mund mit der Serviette ab. »Was wie fehlender Sinn erscheint, ist in Wirklichkeit ein Beispiel für die Kunstfertigkeit des Autors. DeLillo führt die Unmöglichkeit der Kommunikation durch ein Kommunikationsmittel vor. Er behauptet, die Welt sei zu komplex, um sie in einer Sprache zu verstehen, die ungewöhnlich simpel ist. Er demonstriert Bedeutung eben genau durch das Fehlen offenkundiger Bedeutsamkeit. Ich vermute, Sie können den Sinn darin nicht finden, weil Ihnen die Leidenschaft fehlt, es zu versuchen.«

Leidenschaft. Da war es, das Wort, das ich am wenigsten leiden konnte. Der trügerische, ja bedeutungslose Begriff, den Leute benutzen, wenn sie glauben wollen, dass sie menschlicher seien als andere.

Die Lampe über uns flackerte und warf Schatten auf Orvilles Gesicht. Ich schwieg. Er nahm den blauen Ordner – war das meine Bewerbung? – und blätterte ihn durch wie ein Daumenkino.

»Unser Termin ist jeweils donnerstagmorgens von halb neun bis halb zehn«, sagte er. »Bis nächste Woche lesen Sie bitte das Buch *Überblick über disziplinarische Maßnahmen am Old College*. Sie werden es in den nächsten Tagen in Ihrem Postfach finden. Und erstellen Sie eine Analyse von Robert Brownings Gedicht *Porphyrias Buhle*. Wenn Sie zu spät abgeben, bekommen Sie höchstens die halbe Punktzahl. Wenn Sie die Lektüre nicht vollständig zu Ende bringen, brauchen Sie erst gar nicht zu erscheinen.«

Ich nickte. »Sir?«
»Ja?«
»Browning war kein postmoderner Autor.«
»Das habe ich auch nie gesagt.«
Er warf mir mein Studienbuch hin und wünschte mir einen schönen Tag.

2

Mein Vater hatte mit mir nur ein einziges Mal über mein Erbe gesprochen. Ich erinnere mich gut daran. Ich war vierzehn Jahre alt. Meine Mutter hatte uns ein Jahr zuvor verlassen, und so war die einzige Frau in meinem Leben meine Mathelehrerin Rebecca, die immer mittwochs und sonntags zu uns kam.

Es war ein Donnerstag, mein Vater und ich saßen in »The Heights«, seiner Bibliothek, die er nach Heathcliffs Zimmer in *Sturmhöhe* benannt hatte. Es war sein privater Rückzugsraum und als solcher mit Bergen von Krempel vollgestopft: überschüssige Saucieren, Pullover mit Schildkrötkragen, Ausgaben von *The Republic* und eine Hemingway-Voodoo-Puppe. Am Fensterrahmen baumelte kopfüber ein Strauß getrockneter Rosen. Dad sagte, jede stehe für eine Absage, die er früher von großen Verlagen bekommen hatte. Für mich sahen sie einfach nur aus wie unglückliche Fallschirmspringer.

An jenem Morgen frühstückten wir auf dem Teppich. Normalerweise erklärte Dad mir morgens irgendetwas, von dem er meinte, ich sollte es wissen: das Übel der Adverbien, der Vorteil der Einäscherung, legale Möglichkeiten, Steuern zu umgehen. Er war damals einundvierzig Jahre alt, zwei Meter groß, und er goss Whiskey in seinen Kaffee. Ich war eins achtzig, und ich war unmöglich.

»Sammy«, sagte er.

»Dad.«

»Eines Tages werde ich sterben.«

»Gib mir mal den Sirup.«

Vor uns auf dem Boden stand ein Teller mit selbstgebackenen Pancakes. Daran erinnere ich mich, weil Dad sie zu lange auf dem Herd gelassen hatte und die verkohlten Unterseiten aussahen wie die braunen Flecken einer Kuh. Er reichte mir *Vermont's-Finest*-Ahornsirup.

»Wenn du älter bist, wirst du die ›Warnungen aus Erfahrung‹ erben«, sagte er.

»Die ›Warnungen aus Erfahrung‹?«, fragte ich.

»Genau.«

»Warum wenn ich älter bin?«

Ich hätte eher fragen sollen: Was sind die »Warnungen aus Erfahrung«? Aber wenn man jung ist, denkt man nicht daran, das Absurde zu hinterfragen.

Er sagte nur: »Vierzehn ist eine unschöne Zahl.«

Damit war unser Gespräch beendet. Ich bat ihn, so etwas nicht mehr zu sagen, denn meinen Vater zu verlieren war für mich der größte Albtraum. Seit meine Mutter in Paris lebte und dort Hochzeitskleider entwarf, hatte ich nur noch ihn. Und Dad war toll. Er hatte weiches zerzaustes Haar, passend zu seinem aus der Form geratenen Schriftstellerkörper, der gerade fit genug war, um mich hochzuheben, wenn wir uns umarmten. Er hatte eine viereckige Brille und nur zwei Weisheitszähne, eine kahle Stelle an der rechten Wade und Augen wie ein Adler. Er war toll auf eine Weise, wie nur tote Väter je toll sein konnten.

Soweit ich wusste, kannte kein anderer lebender Mensch die »Warnungen aus Erfahrung«. Ich wollte, dass es so blieb. Die Außenwelt hatte die Familie meines Vaters schon lange in Verdacht, etwas zu verheimlichen, und die stete Aufmerksamkeit der Medien wurde langsam lästig. Brontë-Biographen wiesen gern darauf hin, dass eine enorme Zahl von Brontë-Memorabilien mit den Jahren verschwunden oder sonst wie unauffindbar geworden sei: die alten Porzellanbecher der Mädchen, Gemälde, Notizen, Skizzen, Briefe und ein paar frühe Romanentwürfe. Irgendwie waren sie »verloren gegangen«. Und, natürlich, wo sonst könnten sie sein außer bei meinem Vater? Dad war der einzige lebende Nachfahre von Patrick Brontë, dem Vater der berühmten Geschwister Brontë. Patrick hatte Frau und Kinder überlebt und, der Legende nach, die wertvollsten Besitztümer der Familie für die Nachwelt aufbewahrt. Eines von Patricks Geschwistern hatte einen meiner Ururgroßväter in die Welt gesetzt, dessen Nachkommen letztendlich meinen liebenswerten und ziemlich exzentrischen Dad hervorgebracht hatten.

Die öffentlichen Spekulationen über den »Verbleib des Brontë-Besitzes« hatten in den letzten zwanzig Jahren ein Allzeithoch erreicht. Dieses Rätsel weckte gefährliche Neugier in der eigenartig weiten Welt der Brontë-Fans, die wahrscheinlich als Kinder die Romane gelesen hatten und sie ihr Leben lang liebten. Diese Leute waren allzu leicht davon zu überzeugen, dass die Brontës – da sie ja romantische und leidenschaftliche Menschen gewesen waren – in ihrer Vergangenheit etwas Romantisches und vor allem Wertvolles versteckt hätten. Die Journalisten gossen ständig Öl ins Feuer, die Schlagzeilen wurden immer reißerischer – »Zehn atemberaubende Gründe für Charlotte Brontës heimlichen Reichtum« –, und die Gerüchte steckten schließlich auch normale Leute an, Leute, die zuvor noch nie etwas von den Brontës gehört hatten. Statt zu vermuten, dass mein Vater alte Becher und Zeichnungen hortete, glaubte nun jeder durchschnittliche, schlecht informierte Klatschkolumnist, dass Tristan Whipple Goldminen, Rubinringe und Gutenberg-Bibeln versteckte. Die Brontës selbst verloren darüber irgendwie an Bedeutung.

All das lehrte mich zwei Dinge: Erstens, wenn man einer der letzten Brontës ist, erbt man ungewollt eine außergewöhnlich große und sonderbare Fangemeinde. Zweitens, wenn man ein gut aussehender und zurückgezogen lebender alleinerziehender Vater ist, erbt man eine noch größere und noch sonderbarere Fangemeinde. Als Kind ist die Berühmtheit meines Vaters für mich ganz normal gewesen, so normal wie die üblichen Tatsachen des Lebens, die man mit fünf Jahren kennt, etwa dass der Himmel blau ist, die Sonne im Westen untergeht und Väter eben immer in den Nachrichten erwähnt werden.

Doch die stete Aufmerksamkeit der Medien machte meinen armen Vater verrückt. Schließlich verweigerte er Interviews und mied öffentliche Auftritte, wann immer dies möglich war. Seine Romane wurden noch kryptischer. Er schloss sich stundenlang in seinem Arbeitszimmer ein. Er begann, überall im Haus merkwürdiges Zeug herumliegen zu lassen für den Fall, dass eines Tages Reporter einbrechen könnten, damit sie dann eine Menge verwirrenden Stoff für ihre Geschichten fänden. Ich bin mir sicher, dass die Außenwelt meinen Vater für verrückt hielt.

Die Ironie ist, dass ich in all den Jahren nie gesehen habe, dass mein Vater irgendwo ein verstecktes Brontë-Erinnerungsstück hervorgezogen hat. Es gab keine Becher, es gab keine Rubinringe und es gab keine Goldminen. Wichtig waren meinem Vater nur ihre Romane – *Agnes Grey*, *Die Herrin von Wildfell Hall*, *Jane Eyre*, *Sturmhöhe*, *Shirley* und *Villette* –, und die waren, als ich das letzte Mal nachgesehen habe, alle noch jedermann zugänglich. Dad hatte diese Bücher sein ganzes Leben lang studiert, auseinandergenommen und Wort für Wort analysiert. Er hatte Ehrfurcht vor ihnen – eine Ehrfurcht, wie sie ein Großteil der Menschen vor dunklen, geheimnisvollen Frauen hat. »Diese Romane sind lebendig und alle anderen Bücher tot«, sagte er immer, »verstehst du?« Er gab mir Unterricht über sie, las mir aus seinen abgegriffenen Ausgaben vor und machte dabei unverständliche Randnotizen. Ich war mir sicher, dass er etwas wusste, das andere Menschen nicht wussten. Doch wenn ich ihn danach fragte, sagte er nur: »Ich will dir nur beibringen, richtig zu lesen, Sammy.«

Nach seinem Tod wurden die Brontës auch zu meiner großen Liebe, aber nur vorübergehend und auch nur aus Not. Ich war der Ansicht, dass ich die Arbeit meines Vaters vollenden musste. Schließlich war es sein Lebenswerk, die Romane der Brontës zu interpretieren. Vielleicht gab es da ja wirklich etwas Wichtiges, das ich übersehen hatte, und vielleicht war es meine Aufgabe als letzte Erbin, dies herauszufinden.

Im Alter von fünfzehn bis fünfzehneinhalb verbrachte ich übertrieben viel Zeit mit der Erforschung der Brontës. Ich rekonstruierte ihr Leben und versuchte, sie auf die Weise meines Vaters kennenzulernen – als Verwandte. Ich brütete über den wenigen Biographien aus der Bibliothek meines Vaters, die das Feuer überlebt hatten; ich schrieb eigene Gedichte und Geschichten in einem morbiden Brontë-Stil; ich erfand fiktive Freundinnen in der Gestalt von Anne, Charlotte, Emily und sogar einen Freund wie Bruder Branwell, den Trinker. Vermutlich hatte ich gehofft, meinen Vater damit in gewisser Weise wieder zum Leben erwecken zu können.

All das führte zu nichts. Bis zum heutigen Tag verstand ich nicht, was meinen Vater an den drei lange verstorbenen Cousinen so gefesselt und was er eigentlich gesucht hatte. Jetzt fühlte ich mich mit all dem Wissen gestraft, das ich mir über die Brontës angeeignet hatte. Ich kam mir vor wie eine Olympionikin, die seit Jahren nicht mehr trainiert hatte und deren Muskeln sich nun in Fettgewebe verwandelten. Noch immer kannte ich Charlotte, Emily und Anne so gut, wie kein Mensch einen anderen jemals kennen sollte. Ich kannte ihre Schuhgrößen und ihre Körpergrößen, ich kannte ihre albernen kleinen Geheimnisse, ich wusste, worüber sie gestritten und worüber sie gelacht hatten. Ich kannte sogar Emilys Muttermal am rechten Fuß. Liebe hinterlässt immer Narben – und das war meine: das Wissen, dass ich die Freundinnen, die ich am besten kannte, in Wirklichkeit niemals kennengelernt hatte.

Erst im Internat beschäftigte ich mich in einem wissenschaftlichen Zusammenhang mit den Brontës. Da ich erst mit sechzehn auf die Highschool kam, war ich zwei, drei Jahre älter als meine Klassenkameradinnen. Ich hatte dafür gekämpft, in die Klasse des Junior College aufgenommen zu werden, doch als meine Mutter mich anmeldete, erklärte sie der Schulverwaltung, dass das Schulexperiment meines Vaters ein »totales Desaster« gewesen sei, und empfahl, dass ich mit der ersten Highschool-Klasse anfangen sollte, damit ich mich von dem schulischen Schaden erholen könne, den ich ungerechterweise erlitten hätte.

Ich hatte gehofft, dass mir mein erster offizieller Englischunterricht über die Brontës helfen würde, meine Verwandten besser zu verstehen, oder dass er zumindest einen Hinweis dafür liefern würde, was mein Vater sein Leben lang herauszufinden versucht hatte. Doch ich wurde enttäuscht. In Mr Martins Klasse erlebte ich zum ersten Mal, wie alle anderen die Brontës kannten – nicht mit Leberflecken und Schuhgrößen, sondern als Hollywood-Dramen, schlecht gemachte PowerPoint-Präsentationen im Unterricht und Puppen für kleine Mädchen. Diese Brontës waren alles andere als menschliche Wesen.

Mr Martin dampfte den Charakter jeder einzelnen Brontë-Schwester ein, bis sie alle an Geschmack, Duft und Ausstrahlung verloren hatten. Wir lernten, dass Charlotte die älteste und berühmteste der drei schreibenden Schwestern war. Die Anführerin der Familie. Eins sechsundfünfzig groß, stark, eigensinnig, bewundernswert – die Umtriebige. Ein echter Wildfang in der Version des 19. Jahrhunderts. *Jane Eyre* war ihres Geistes Kind. Mr Martin machte sich nicht die Mühe zu erwähnen, dass es ein Roman war, den man als Kind liebte und dann für den Rest seines Lebens missverstand.

Die zweite Schwester war Emily. Sie war, wie wir erfuhren, von glühender Leidenschaft, ungestüm und phantasiebegabt. Eine Action-Heldin mit windzerzaustem schwarzem Haar, wogendem Busen und Reifrock, durchnässt von ihren wilden Streifzügen durch das stürmische englische Moor. Ihr größtes und einziges Werk war *Sturmhöhe*; diejenigen, die es nie richtig gelesen hatten, betrachteten es als das romantischste Buch, das je verfasst worden war.

Und dann gab es noch Anne. Die stille, vergessene Anne. Die letzte Brontë. Die jüngste. Die gescheiterte Sozialreformerin. Zurückhaltend, moralisch, lieb. Autorin des langweiligsten Buchs – *Agnes Grey*; ein Buch, das es nie in akademische Literaturlisten schaffte. Sie war die Brontë, die von ihren weitaus talentierteren Schwestern in den Schatten gestellt wurde, in anderen Worten: die Loserin.

Eines Tages sprach ich Mr Martin nach dem Unterricht an und beschwerte mich über seine vollkommene Fehleinschätzung meiner Familie. Mr Martin hatte ein herzförmiges Gesicht mit einem struppigen Bart und kurze, dicke Finger, die aussahen wie Cornichons. Auf seinem Pult lagen Plastiktüten, die er sich bei Regen über den Kopf zog.

»Ich denke, Sie waren Anne gegenüber nicht fair«, sagte ich.

»Sie spricht ja!«, sagte er mit einem freundlichen Lächeln. »Ich dachte, du hättest ein Schweigegelübde abgelegt.«

Ich schüttelte den Kopf. »Ich finde, Sie haben unrecht in Bezug auf Annie.«

Er legte den Kopf schräg. Wenn er lächelte, gruben sich tiefe Falten in seine Wangen. »Annie?«

»Ihre Freunde nannten sie Annie.«

»Und woher weißt du das?«

»Mein Vater hat es mir gesagt.«

Damit verschwand sein Lächeln. Seine Miene verriet, was er dachte: Hilfe, ich weiß nicht, was ich sagen soll! Ich kannte diesen Gesichtsausdruck, ich sah ihn bei jedem Mädchen in meinem Wohnheim. Keiner wusste, was er zum Tod meines Vaters sagen sollte, also hielten sich alle von mir fern.

»Sie beschreiben Anne nicht so wie mein Vater«, sagte ich zu ihm. »Sie schildern sie als Langweilerin.«

Er setzte sich und forderte mich auf, es ihm gleichzutun. Ich ignorierte seine Geste.

»Dann hat dein Vater dir also eine Menge über Anne erzählt?«

Ich sah ihn skeptisch an. »Sind Sie ein Journalist?«

»Meine Güte, natürlich nicht!«

Dann verstummte er und wurde verlegen. Ich fragte mich, ob er Zeitung las. Den Gerüchten zufolge drohte das größte literarische Vermächtnis in der jüngeren Geschichte in die Hände einer Jugendlichen zu fallen.

Ich holte Luft. »Wissen Sie etwas über die ›Warnungen aus Erfahrung‹?«

»Worüber?«

»Die ›Warnungen aus Erfahrung‹. Sagen Sie mir bitte, was das bedeutet.«

Er sah mich mitfühlend an, als wäre ich ein armes, verlorenes Kind ohne Freunde – zum ersten Mal eine echte Brontë.

»Samantha, vielleicht sollten wir uns zusammensetzen und darüber sprechen«, sagte er.

Ich wollte sagen: »Ich werde es mir überlegen«, doch es klang wie: »Nie im Leben.« Ich verließ den Raum.

In diesen ersten Monaten auf der Highschool wurde mir allmählich etwas ziemlich Schreckliches bewusst, etwas, das ich danach jahrelang zu verdrängen versuchte. Die Presse glaubte, mein Vater hätte mir etwas Konkretes vermacht – einen Brontë-Schatz. Doch sie irrte sich. Ich hatte lediglich die »Warnungen aus Erfahrung«. Und die »Warnungen aus Erfahrung« waren, wie ich inzwischen vermutete, kein materieller Gegenstand. Sie waren nichts als eine weitere Geheimlehre meines Vaters. Vielleicht hätten es die Journalisten ja herausfinden können, hätten sie nur den Whiskey in Dads Kaffee und die Äderchen in seinen Augen bemerkt. Doch ich war die Einzige, die je »den großen Tristan Whipple« auf der Couch hatte liegen sehen wie einen gestrandeten Seestern. In meinem tiefsten Innern wusste ich, dass sein Abschiedsgeschenk für mich die Warnung war, nicht so zu werden wie er. Es gab einen guten Grund, warum B. Howard von der British National Bank sein Testament nicht verstand, und aus gutem Grund hatte ich wenig Lust, darüber zu sprechen: Ich ging nämlich davon aus, dass einfach nichts dahintersteckte.

Rückblickend hätte ich auf Mr Martins Lächeln und seinen Versuch, mir zu helfen, eingehen sollen. Er machte nur seine Arbeit, und die bestand darin, junge Menschen in die Literatur einzuführen. Doch damals hasste ich nichts mehr als seinen Unterricht über *Sturmhöhe.* »Es ist ein Buch tobender Gegensätzlichkeiten«, sagte er immer. »Natur gegen Zivilisation, Himmel gegen Hölle, Liebe gegen Gewalt.« Angeblich brachte er uns das »genaue Lesen« bei. Aber wir lasen nicht genau. »Genaues Lesen« war, wenn Dad zwei Stunden lang Kapitelüberschriften analysierte. Einmal sagte ich zu Mr Martin, dass er den Sinn des Buchs nicht verstehe. Er erwiderte, der Sinn des Buchs liege darin, dass wir es niemals zur Gänze begreifen könnten. Dies war eine entschieden andere Denkart als die meines Vaters, und ich fand sie fürchterlich verwirrend. Am Ende führte meine gesamte schulische Bildung nur zu einem: einer ganzen Menge weißen Rauschens.

Am Donnerstagmorgen ging ich zum ersten Mal in das Fakultätsgebäude des Old College. Es war ein Miniaturschlösschen mitten auf dem Campus, umringt von einem weitläufigen Rasen von der Größe eines Sees. Ich kannte das Gebäude von Plakaten, Postkarten und BBC-Filmen. Es war riesig und viereckig, gespickt mit Türmchen und vier bedrohlichen Wasserspeiern. Das Gebäude war eines der Wahrzeichen von Oxford und wurde im Lauf der Jahre mit so vielen Skandalen in Verbindung gebracht, dass es nun fünfzehn Prozent des Tourismusaufkommens in England ausmachte.

Dass es ein Fakultätsgebäude gab, war ungewöhnlich in Oxford. In den meisten Colleges lebten und arbeiteten Dozenten und Studenten zusammen in den Wohnbereichen. Am Old College war dies bis 1811 der Fall gewesen, dann war der Lehrkörper in dieses ehemalige Herrenhaus gezogen.

Ich ging hintenherum, um den Reisegruppen aus dem Weg zu gehen. Wegen des wuchernden Unkrauts war der Spaziergang nicht allzu beschaulich. Als ich mich dem Gebäude näherte, fand ich einen Brunnen. Er war alt und hässlich. Bei meinem letzten Besuch hier war er mir nicht aufgefallen. Er erinnerte mich an die mobile Toilette, die ich einmal hinter dem Buckingham Palace erspäht hatte. Auf den Postkarten wurde er wohl wegretuschiert.

Ich ging weiter, bis ich vor dem Fakultätsgebäude ankam und den Eingang fand. Die ehrwürdigen Mauern waren zerschunden und vernarbt, als wären sie zu oft mit Katapulten beschossen worden. Die Eingangshalle war groß und düster, es roch nach altem Honig und Rum. Über dem Portal hingen die Köpfe zweier ausgestopfter Hirsche, in der Mitte des Raums stand eine alte Urne, aus der ein paar nackte Zweige ragten wie ein Geweih.

Orvilles Büro befand sich im dritten Stock des Westflügels, wie er mir in seiner letzten Mail erläutert hatte. Ich stieg eine prachtvolle breite Treppe hinauf. Über dem Eingang zum Fachbereich Englische Literatur stand auf Latein: *Aus einem Beispiel lerne alles.* Ich ging einen menschenleeren Korridor entlang. Er war von geschlossenen Türen gesäumt, an denen Namensschilder angebracht waren: Milton, Norris, Northington. Und dann Orville. Die Tür war zu, draußen hing ein Schild: »Tutorium. Bitte nicht stören.« Ich setzte mich auf einen wackeligen Stuhl neben der Tür und wartete. Ich begann zu schwitzen.

Plötzlich flog die Tür von Orvilles Büro auf, eine Studentin stürmte weinend und wütend hinaus. Ihr Blick war wild, ihre Stiefel klackten zornig, als sie den Gang hinunterrannte, ihr Zopf hüpfte hinter ihr her. Ich blieb sitzen, bis das Geräusch ihrer Absätze leiser wurde und schließlich verklang. Ich wischte mir die Handflächen an meinen Jeans ab und betrat Orvilles schlecht beleuchtetes Zimmer. Es roch, als hätte man hier gerade ein Tier geräuchert. Die blutroten Vorhänge waren zugezogen. Das hier war kein Büro – es war eine kleine Bibliothek, die sich über zwei Stockwerke erstreckte, mit schmalen Leitern, Galerien und einem kostbaren Deckengemälde, das eine Schar nackter Griechen zeigte. Es war die Art Bibliothek, für die man einen Mann heiraten würde.

Orville saß in einem orangefarbenen Sessel am Kamin, er lächelte nicht. Auf dem Tisch vor ihm lagen neben einer Teetasse ein kleiner Papierstapel und eine *Magna Carta* im Taschenformat. Ich ging langsam auf ihn zu.

»Willkommen zu Ihrem ersten Tutorium«, sagte er.

»Danke.«

Er machte eine einladende Geste. »Kaffee oder Tee?«

»Haben Sie Kakao?«

»Das ist kein Restaurant.«

»Entschuldigung.«

»Setzen Sie sich«, sagte er. »Nein – nicht dort. Weiter drüben, bitte. Ja, so ist es gut. Sie sitzen dort, ich sitze hier.«

Ich erhob mich aus dem Sessel neben ihm und ging zur gegenüberliegenden Couch.

»Schönes Büro«, sagte ich.

»Ja, nicht wahr?«, sagte er. »Es war ein Kampf, es zu bekommen. Man hat von hier den schönsten Blick über den Park. Sehen Sie? Ach, die Vorhänge.«

»Gehören alle diese Bücher Ihnen?«, fragte ich.

»Selbstverständlich gehören sie mir.« Er reckte das Kinn. Er hätte auch über seine Kinder sprechen können. Sein Gesicht war peinlich sauber rasiert.

»Was haben Sie mit dem Mädchen gemacht, das gerade gegangen ist?«, wollte ich wissen.

»Eliza hat James Joyce' *Ulysses* nicht zu Ende gelesen. Ich nehme meinen Unterricht sehr ernst, Samantha. Wenn Sie das Gefühl haben, der Sache psychisch nicht gewachsen zu sein, möchte ich Sie bitten, gleich wieder zu gehen.«

»Wird schon.«

»Sehr schön«, sagte er. »Dann fangen wir jetzt an. Erzählen Sie mir etwas über *Porphyrias Buhle.*«

»Gern«, sagte ich. »Es ist ziemlich schlecht.«

»Wie bitte?«

»Ich halte es für ein fürchterliches Gedicht. Wirklich grauenhaft.«

Er blinzelte. »Erläutern Sie das bitte genauer.«

Ich wartete. Er wartete. Ich überkreuzte meine Beine. Was wollte er? Ich war Literaturstudentin, keine öffentliche Rednerin. Wenn er meine Meinung wissen wollte, hätte er meinen zweiundzwanzigstündigen Gedankengang lesen sollen, den ich bereits auf den Seiten vor ihm ergossen hatte.

»Schlecht«, sagte ich. »Es ist ein schlechtes Gedicht. Haben Sie meinen Aufsatz gelesen?«

Orville sah mich kurz an, dann griff er nach dem Papier. Er hielt es zwischen Daumen und Zeigefinger wie ein nasses Geschirrtuch. »Meinen Sie den?«

Er warf ihn mir zu. Mit einem leisen Platschen landete mein Aufsatz vor mir auf dem Tisch. Da waren keine Korrekturzeichen wie in der Highschool – hier blutete rotes Gekritzel in den Text hinein. Ich nahm ihn zur Hand. Der erste Kommentar auf dem rechten Seitenrand lautete: »Das ist ein jämmerlicher Satz.«

»Lesen Sie mir die Einleitung vor«, wies er mich an.

»Geht nicht. Sie haben das meiste durchgestrichen.«

»Lesen Sie das, was übrig ist.«

Mein Atem ging flach. Ich sollte das eigentlich können, sagte ich mir, schließlich hatte ich mich für Literatur im Hauptfach in Oxford beworben. Meine Stärke waren rationale, methodische und systematische Analysen. Meine Wangen wurden heiß. In vielen Jahren, wenn ich alt und durch irgendeine Seuche des 21. Jahrhunderts ans Bett gefesselt sein würde, wäre ich dennoch dankbar dafür, nicht wieder in diesem Zimmer sein zu müssen.

Ich räusperte mich und las meinen Text vor: »›Robert Brownings *Porphyrias Buhle* scheint ein Gedicht über die Schönheit zu sein.‹«

Ich hielt inne. Orville strich sanft über das Holz seiner Armlehne, als wäre es die Schnauze eines riesigen, sabbernden Schmusetigers.

Ich blickte wieder auf die Seite und fuhr fort: »›Doch Schönheit erweist sich in diesem Gedicht als genauso illusorisch wie die geistige Gesundheit des Erzählers.‹ Soll ich weiterlesen?«

»Bitte nicht.«

»Was ist falsch daran?«

»Schreiben Sie immer so seicht und uninteressant?«

»Nur wenn ich das Thema nicht mag.«

»Jeder hat eine Abneigung gegen das, was er nicht versteht.« Ehe ich antworten konnte, fügte er hinzu: »Warum erzählen Sie mir nicht, was Sie damit sagen wollten? Weiter als bis Seite sieben bin ich nicht gekommen.«

Meine Wangen glühten. Meine Wohlfühl-Highschool, in der jede Meinung zählte, hatte mich nicht auf solch ein Tutorium vorbereitet. In der Schule hatte ich die Erfahrung gemacht, dass Klassenzimmer sichere Orte und alle Ansichten in Ordnung waren. Man hätte Ophelia mit Dido oder der Prostituierten aus *Pretty Woman* vergleichen können, ohne dass jemand widersprochen hätte. Früher, als mein Vater noch mein einziger Lehrer gewesen war, hatte ich mit konfrontativen Situationen gut umgehen können, aber das war lange her. Jetzt war ich einfach verunsichert.

Ich räusperte mich erneut. »Ich finde nur, dass es als ein Gedicht über den Erhalt der Schönheit selbst nicht schön ist.«

»Was meinen Sie damit – das Gedicht ist nicht schön?«

»Es geht um einen Mann, der seine Geliebte mit ihren eigenen Haaren erdrosselt.«

»Und das finden Sie nicht schön.«

»Sie etwa?«

Orville stand auf und ging zum Kamin. Ich stellte mir vor, wie er darüber sinnierte, was ich – als eine Brontë – doch für eine Verschwendung war.

»Was ist mit der außerordentlich sinnlichen Art und Weise, wie er sie umbringt?«, sagte er, den Rücken mir zugewandt. »Er wickelt ihr eine Strähne ihres Haars um den Hals und behandelt ihren Körper als Kunstwerk, als einen Tempel ästhetischer Freuden. Ihre Schönheit ist so vergänglich, dass man ihre Vollkommenheit paradoxerweise nur bewahren kann, indem man sie zerstört. Die Feinheiten des Gedichts sind Ihnen entgangen.«

»Welche Feinheiten?«, fragte ich. »Das Gedicht ist überhaupt nicht subtil. Es ist in langweiligen, einfachen, nichtssagenden Worten geschrieben. Das lyrische Ich ist ein Verrückter, ein Mörder, ein Irrer. Er sagt nicht einmal, dass die Frau, die er umbringt, attraktiv ist. Sie stellen sich eine Schönheit vor, die es nicht gibt.« Sicherheitshalber fügte ich hinzu: »Sir.«

Er drehte sich zu mir um. »Glauben Sie wirklich, dass etwas nicht schön sein kann, nur weil es nach außen hin nicht schön erscheint?«

Nein, dachte ich. Doch. Nein. Ich beschloss, die Frage nicht zu beantworten. Stattdessen sagte ich: »Sie verändern die Definition von Schönheit.«

»Sie vergessen die Subjektivität von Schönheit.«

»Wenn Sie meinen, Schönheit sei subjektiv, liegen Sie falsch.«

»Stimmt es denn nicht?«

»Nein«, sagte ich. »Die Menschen wissen, was schön ist, und Browning ist sich dessen bewusst. Er hält Sie zum Narren.«

»Mich?«

»Ja, Sie. Das Gedicht ist fürchterlich, und Browning wusste es.

Er wollte einfach nur herausfinden, wie viele verblendete Akademiker er dazu verführen konnte, zu denken, sein Gedicht sei es wert, analysiert zu werden.«

Orville zog die Augenbrauen hoch.

»Und übrigens, wenn Sie glauben, was Sie sagen«, fuhr ich fort, »dürften Sie an diesem phantastischen Stück Literatur, das ich für Sie angefertigt habe, eigentlich nichts auszusetzen haben.« Ich warf ihm meinen Aufsatz zurück. »Sie sind einfach nicht in der Lage, in meinem beklagenswerten Mangel an Leidenschaft die innere Schönheit zu sehen.«

Es entstand ein kurzes Schweigen, Orville schien sich zu amüsieren. »Halten Sie für mich für blöd, Samantha?«

»Soll ich auf diese Frage wirklich antworten?«, platzte ich heraus.

Er hielt inne. Mein Gesicht war feuerrot.

»Nun«, sagte er, »langsam kommen wir weiter.«

Und damit begann das Tutorium erst richtig. Die folgende Stunde verging in größtem Unbehagen. Orville sagte, meine Sätze seien fade, fragte, ob ich je so etwas wie ein Stilwörterbuch konsultiert hätte. Ich teilte ihm mit, dass ich lediglich künstlerische Freiheit für mich beanspruchte. Er erklärte mir, dass meine Anführungszeichen falsch gesetzt seien und ich überdies doch wirklich einmal einen Blick ins *Oxford English Dictionary* riskieren solle. Ich sagte ihm, ich wisse nicht, dass es richtige und falsche Anführungszeichen gebe und dass er sich darüber mit meiner Muse streiten solle. Er wirkte überaus zufrieden, als gäbe es für ihn kein größeres Vergnügen, als über Zeilenumbrüche, Strichpunkte und Adverbien zu diskutieren. Ich fragte mich, was die Frau in seinem Leben wohl davon hielt.

Im Verlauf des Morgens lernte ich drei Dinge. Erstens: Dass ich das Wort »und« überbeanspruchte, zeugte von einem begrenzten Verständnis von eleganten Formulierungen. Zweitens: Einige Menschen wussten tatsächlich, was der Begriff »Heteronormativität« bedeutete. Drittens: Mein Sarkasmus half nicht – danke dafür. Ich erfuhr außerdem, dass nur Amerikaner einen Tutor Professor nannten – in Oxford sagte man grundsätzlich »Don«

oder »Fellow«; ich solle mir das freundlicherweise merken. Ich dachte, dass ich mich mit der Zeit entspannen würde, doch ich war von Anfang bis Ende verkrampft. Orville war erschreckend redegewandt. Selbst wenn sein gesamter Wortschatz nur zwölf Wörter umfassen würde, hätte er sicherlich eine Möglichkeit gefunden, den Begriff »diskursiv« einzubauen.

»Eine Sache möchte ich zu gern wissen«, sagte er, als wir uns dem näherten, was entweder das Ende der Stunde oder das Ende der Welt sein musste. »Könnten wir noch einmal zu Ihrer Anschuldigung zurückkehren, dass der Erzähler in diesem Gedicht verrückt ist?«

Ich schielte zu seiner kaputten Standuhr. »Wir haben nur noch drei Minuten«, riet ich.

Er rührte sich nicht. »Dann sprechen Sie schnell.«

Ich gab mir alle Mühe, meine Gedanken aus ihrer gequälten Starre zu reißen. »Der Erzähler ist verrückt. Was gibt es da zu diskutieren? Deswegen ist es unreif, dieses Gedicht ein großes Kunstwerk zu nennen. Menschen haben die schlechte Angewohnheit, zu glauben, dass alles Verrückte auch automatisch tiefsinnig ist. Ergo.«

»Ergo – was?«

Ich zog die Stirn kraus. »Ergo. Das war's.«

»Sie können nicht ›ergo‹ sagen, ohne dass darauf etwas folgt.«

Ich wurde schon wieder rot. Das war eine meiner grammatischen Ungenauigkeiten, die mein Vater wohl zu amüsant gefunden hatte, um sie zu korrigieren.

»Ergo«, korrigierte ich mich, »gehen Schriftsteller gemeinhin davon aus, dass Wahnsinn tiefgründig ist. Sie haben unrecht. Manchmal sind Verrückte keine gequälten Künstler. Manchmal sind Verrückte einfach nur verrückt.«

Nun runzelte Orville die Stirn. »Denken Sie an das, was gesunde Menschen in den Wahnsinn treibt: Liebe, Geld, Blut, Macht. Der Zustand des Wahnsinns ist nur eine Übertreibung genau der Eigenschaften, die den Menschen menschlich machen. Würden Sie vor diesem Hintergrund nicht sagen, dass Wahnsinn lediglich eine Erweiterung der Wirklichkeit ist?«

»Nein, das würde ich nicht sagen.«
»Waren Sie je verliebt?«
Ich blinzelte. »Was?«
»Verliebt. Ob Sie schon einmal verliebt waren.«
»Ich glaube nicht, dass Sie mich das fragen dürfen.«
Sein Gesichtsausdruck blieb unverändert. »Ich frage nur, weil die Erinnerung an den Zustand der Verliebtheit Ihnen helfen könnte, dieses Gedicht zu verstehen.«
»Was zu verstehen? Was es bedeutet, jemanden umbringen zu wollen?«
»Genau. Leidenschaft kann selbst den rationalsten Menschen in eine Richtung lenken, die er nicht vorhersehen kann. Vergessen Sie nicht, was Browning getan hat, um das auszudrücken: Er hat einem Mörder eine vernünftige Stimme verliehen. Er hat Wahnsinn in eine organisierte, strukturierte Kunstform kanalisiert. Er fordert Sie, Samantha Whipple, dazu auf, geistige Gesundheit innerhalb der Geistesstörung zu erkennen. Wenn es Ihnen nicht gelingt, den Wahnsinn zu schätzen, können Sie auch große Kunst nicht schätzen.«
»Ich bin sicher, die erdrosselte Frau tut sich schwer damit, die Kunst dieses Mannes zu schätzen.«
»Sie ist ein fiktiver Charakter.«
»Das sagen sie alle.«
Ich wartete. Orville sah auf seine Armbanduhr. »Sehr schön, Samantha, wir werden dieses Gespräch ein andermal fortsetzen. Sie dürfen gehen.«
Er stand auf und ging zu der Teekanne am anderen Ende des Raums. Ich blieb, wo ich war, griff nach meinem vergewaltigten Aufsatz und stopfte ihn in die Tasche.
»Waren Sie denn schon einmal verliebt?«, fragte ich.
Orville drehte sich zu mir um und lachte. »Ich bin um einiges älter als Sie.«
»Ich meine, richtig verliebt«, stellte ich klar. »So, dass sie jemanden erdrosseln wollten.«
Das Geschirr klapperte. Ich konnte nicht sagen, ob das ein Ja oder ein Nein war. Ich stellte mir vor, wie eine Horde heimlicher

Verehrerinnen über Orville herfiel und sich in den Speichen seines Fahrrads verhedderte, während er durch die Stadt fuhr.

»Wahrscheinlich haben Sie einfach noch nicht die Richtige getroffen«, sagte ich mit einem süßlichen Lächeln. »Wenn Sie jemanden kennenlernen, den Sie wirklich umbringen wollen, dann merken Sie das ganz bestimmt.«

Mit einer frischen Tasse Tee kehrte er zum Kamin zurück und stellte sie auf den Tisch. In seinen Händen wirkte die Tasse winzig.

»Haben Sie jetzt keinen weiteren Termin?«, fragte er.

Ich blinzelte. Mit dem Ende der Stunde schien in seinem Kopf ein Schalter umgelegt worden zu sein, der unsere Beziehung bis auf weiteres beendete. Er setzte sich und schlug die Zeitung auf. Ich war diese plötzliche Kälte von Lehrern nicht gewohnt. Mein Vater ist immer derselbe gewesen, ob im Unterricht oder außerhalb. Nach einem Schultag gingen wir zusammen zum Lebensmittelgeschäft und zählten die Hummer in den Aquarien. Orville schwieg, und ich hatte unweigerlich das Gefühl, dass ich ihn offenbar lediglich für eine Stunde gemietet hatte.

Ich hing mir meine Tasche über die Schulter und schlüpfte unbemerkt durch die Tür.

3

Einige Wochen darauf – ich war gerade auf dem Weg zu meinem ersten offiziellen Abendessen in der Great Dining Hall – entdeckte ich, dass ich es auf die erste Seite des *Hornbeam* geschafft hatte, der Studentenzeitung des Old College:

LETZTE LEBENDE BRONTË-NACHFAHRIN
STUDIERT AM OLD COLLEGE

Die Schlagzeile war in dicken schwarzen, selbstgerechten Lettern gedruckt. Die Zeitung lag überall in den Arkadengängen des Old College, weggeworfene Exemplare flogen durch den böigen Wind wie britische Steppenläufer. Da war ich, auf der Titelseite – riesengroß, mit perfekten amerikanischen Zähnen. Braunes Haar, braune Augen, ungeschminkt. Der Verfasser des Artikels, ein gewisser H. Pierpont, hatte wohl irgendwo im Internet mein Foto aus dem Highschool-Jahrbuch gefunden. Ich sah so aus wie ich selbst und ein bisschen wie ein Mann. Ich hob ein Exemplar auf und las:

Die einzige lebende Nachfahrin der Familie Patrick Brontës – Vater des berühmten Brontë-Trios – ist Samantha Whipple, Studienanfängerin in Englischer Literatur am Old College und verwaiste Tochter des verstorbenen Tristan Whipple, Bestsellerautor von Nützliche Fiktion, Tortillas auf dem Kaminsims *und* Das ist ein Buch!. *Laut Sir John Booker, ehema-*

liger Don der Cambridge University und gegenwärtig Kurator des Brontë Parsonage Museum, ist Samantha Whipple die Erbin des großen Brontë-Besitzes.

Ich schnaubte. Damit hatte sich H. Pierpont einen Platz in meinen Top Ten der meistgehassten Menschen gesichert. Ich war keine Waise – danke dafür! Ich hatte eine Mutter, auch wenn wir nicht oft miteinander sprachen, aber sie war eine richtige, echte Mutter – mit roten Wangen und krausem Haar. Und wo genau hatte er den »großen Brontë-Besitz« ausgegraben?

»He!«

Ich blickte mich um. In meiner Wut war ich die Eingangstreppe hinaufgegangen, ohne die Schlange zu sehen, die sich davor gebildet hatte. Ich entschuldigte mich in die Runde und stellte mich an. Alle außer mir schienen zu wissen, dass man beim Abendessen in der Great Dining Hall offizielle College-Kleidung trug. Da es regnete, hatte ich anstatt meines schwarzen Talars einen gelben Regenmantel übergezogen.

In der Schlange fiel mir ein Mädchen mit gefärbten blonden Haaren auf. Sie stand direkt vor mir und hatte den Hinweis auf die Kleiderordnung auch nicht beachtet. Sie trug ein T-Shirt mit der Aufschrift *Thor the Hammer.* Der Junge neben ihr war ein großer Rotschopf, der den wackeren Versuch zur Schau trug, seine Gesichtsbehaarung wachsen zu lassen. Ich hätte wetten können, dass die beiden bald miteinander gingen. Sie beugte sich zu ihm, und er schien sie aufessen zu wollen.

»Sie soll stinkreich sein«, sagte das Mädchen mit einem Augenaufschlag. Sie hatte ein Exemplar des *Hornbeam* in der Hand.

»Ich muss für mein nächstes Tutorium die Bücher ihres Vaters lesen«, sagte der Junge.

»Sie werden ein bisschen überschätzt, was?«

»Weißt du, wie er ums Leben gekommen ist?«

»War es nicht ein Unfall?«

»Er war betrunken.«

»Ach, wirklich?«

»Ich bin Thomas.«

»Ellen.«

Sie gaben sich die Hand. Samantha Whipple hatte ihren Zweck als Einstiegsthema erfüllt und war nun unwichtig geworden.

Ich schaute noch einmal auf den *Hornbeam*, der sich in meinen verschwitzten Händen wellte. »Der große Brontë-Besitz« – das hatte ich seit Jahren nicht mehr gehört. Den Begriff hatte vor langer Zeit dieser renommierte Cambridge-Dozent geprägt, Sir John Booker, der damals eine feindselige und hirnverbrannte Kolumne mit demselben Titel verfasst hatte. Jedenfalls nannte mein Vater sie »hirnverbrannt«. Sir John hatte meinen Vater beschuldigt, ein immenses Vermögen an Primärquellen zu horten und der wissenschaftlichen Welt die Freude zu versagen, sie zu analysieren. Ich erinnere mich vor allem wegen der Reaktion meines Vaters an diesen Artikel. Am Morgen, als er in der *Times* erschienen war und ich zum Frühstück herunterkam, briet Dad Speck, und das tat er nur, wenn er wütend war. Er war eigentlich Vegetarier, aber er sah gern zu, wie der Speck im eigenen Fett in der Pfanne schmorte – »wie alle Lügner, Feiglinge und Idioten«, so pflegte Dad zu sagen. Als ich zu ihm ging, drehte er sich um, richtete den Pfannenwender auf mich und erklärte mir, dass Sir John das beste Beispiel für einen Menschen sei, der a) nicht lesen und b) nicht denken könne. Ich erinnere mich, dass ich genickt und die Schleife an seiner Schürze geradegezogen habe. Wir beide wussten, was nun kommen würde: unzählige Anfragen von Journalisten, Fans und Kritikern und damit ein weiterer Abschied von der notdürftigen Privatsphäre, die wir uns nach und nach aufgebaut hatten. Im Lauf der Jahre erfuhr ich lediglich, dass Sir John »Sohn und Erbe einer Bastardpetze« war, um meinen Vater – und *König Lear* – zu zitieren.

Ich sah auf mein Handy. Keine neue Nachricht. Früher am Abend hatte ich endlich all meinen Mut zusammengenommen und B. Howard angerufen – in der Hoffnung, alles mit ihr am Telefon klären zu können und nie wieder mit ihr sprechen zu müssen. Ihr Ton war scharf und geschäftsmäßig gewesen, als sie sagte, es tue ihr leid, aber ein persönliches Treffen sei nötig, und zwar so bald wie möglich.

»Das Testament Ihres Vaters ist außerordentlich verwirrend«, sagte sie auf eine Art, die mich wissen lassen sollte, dass sie schon viel zu viel Zeit damit vergeudet hatte, sich Gedanken darüber zu machen.

»Hatten Sie nicht fünf Jahre Zeit, es durchzuarbeiten?«

»Das ist nicht annähernd ausreichend.«

Ich sagte, dass ich einen Termin suchen und sie zurückrufen würde, allerdings hätte ich Unmengen an Hausaufgaben, dank eines tyrannischen Dozenten wie aus Grimms Märchen. Doch als ich mir nun die Zeitung ansah, wünschte ich, ich hätte einen Termin gemacht und ihn bereits hinter mich gebracht. Blanche Howard hätte mir bestätigt, was ich schon vermutet hatte: dass mein Vater mir nichts hinterlassen hat. Damit hätte ich an die Presse gehen und freundlich erklären können, was nie einer Bestätigung von außen bedurft haben sollte: Ich war ein Niemand.

Ich spürte den Wind an den Beinen – der einzige Körperteil, der nicht von meinem gelben Mantel bedeckt war. Während der Regen prasselte, lachten *Thor the Hammer* und ihr neuer Freund über irgendetwas. Ihr Kichern drang zu mir herüber, als die Schlange sich langsam in Bewegung setzte. Ich beneidete Thor für dieses selbstverständliche Flirten. Als hätte sie auf der Highschool einen Kurs besucht, in dem man lernte, Kontakte zu knüpfen, und den ich versäumt hatte. Was hatte ich in all den Jahren eigentlich gemacht? Ich schloss zu meinen durchnässten, plaudernden Kommilitonen auf und wurde mir der Einsamkeit bewusst, die man empfindet, wenn man allein unter so vielen Menschen ist. Die Schlange bewegte sich schneller, und ich ließ den *Hornbeam* auf den Boden in die Pfützen fallen.

Beim Essen saß ich neben einem Schweden im dritten Studienjahr, der aussah wie ein Unterwäsche-Model. Breites Kreuz, schmale Taille, kantiges Kinn. Er hatte ein sanftes, blasses Gesicht. Unser Gespräch verlief wie folgt:

»Ich habe dich noch nie gesehen«, sagte er mit einem starken Akzent.

»›Allmächtig, aber ohne Freunde zu sein, heißt herrschen‹«, sagte ich.

»Was?«

»Shelley.«

Er streckte die Hand zu mir herüber. »Hans.«

»Nein, Percy Shelley«, sagte ich und drückte seine Hand. »Das ist ein Zitat. Sorry.«

»Ah, okay.«

»Ich bin Englisch.«

»Du klingst wie eine Amerikanerin.«

»Ich meine, ich studiere Englisch.«

»Ach so. Dann bin ich Mathe.«

Ich verabscheute es, neue Leute kennenzulernen. Dass ich zehn Jahre lang zu Hause unterrichtet worden war, hatte mir keine gesellschaftlichen Umgangsformen beschert. Mein Vater hatte falsche Ausdrucksweisen nie berichtigt, weil er Missverständnisse lustig fand, und so war ich mit der Vorstellung auf die Highschool gekommen, dass etwas »trivol« war anstatt »frivol«, oder ich sagte »verstimmen« anstelle von »verschlimmern«. In meiner Welt gab es noch immer das Wort »prima«, und in der Schule hatte ich Dinge gesagt wie »zur Not«.

Ich sah mich um. Der Speisesaal war 472 Jahre alt, erbaut durch John Stuart VIII., einem Präsidenten des Old College, in seinem zweiten Amtsjahr. Die Steinmauern waren alt und rußig. Heute Abend waren die sechs Langtische in kränkliches gelbes Licht getaucht, und die Studenten drängten sich um sie wie Ferkel am Trog. Die einzigen freien Tische waren für die Fellows reserviert und standen horizontal an der Vorderseite des Raums.

An allen Wänden hingen dicht an dicht Bilder von englischen Königen und College-Präsidenten. Die Gemäldesammlung sah aus wie ein Tetris-Spiel. Unser Tisch stand auf der Nordseite, von dessen Wand Richard III. auf mich heruntersah, in der Hand einen Hühnerknochen. Ich betrachtete die säuerlichen Mienen der Männer neben ihm und fühlte mich, als wären wir mitten in einen lautstarken Streit geplatzt, der mit einem Mal zum Verstummen gebracht worden war.

Mir gegenüber saßen zwei Mädchen. Der Name des einen begann, glaube ich, mit A, das andere studierte ein Fach, das mit PPE abgekürzt wurde. PPE hatte sich als Marissa vorgestellt, es könnte aber auch Melissa gewesen sein. Melinda. Abigail. Horace? Unterdessen gab mir Hans einen kurzen Überblick über sein Leben: Er mochte chinesischen Rum, hatte noch drei weitere Vornamen, die alle mit E begannen, und beendete mehr als einen Satz mit einem lauten Grunzen. Sein Vater war Engländer, seine Mutter war im Mineralwassergeschäft tätig, und alle ihre Freunde waren Unternehmer.

»Wo wohnst du hier?«, fragte er.

»In einem Turm.«

»Aha.«

»Es gibt keine Fenster und riecht nach Wild.«

Er stutzte, sein Lächeln erlosch. »Du meinst *den* Turm? Du wohnst im *Turm*?«

Ich nickte.

»Dann bist du die Brontë.«

Erneut nickte ich.

Sein Mund verzog sich langsam wieder zu einem Lächeln. »Dort hat seit Jahren keiner mehr gewohnt, im Turm, meine ich. Man nennt ihn ›Turm des Aussterbens‹.«

»Weil darin Menschen sterben?«

»Nein, weil man dort so isoliert ist, dass man sich nicht fortpflanzt.«

»Verstehe.«

»Aber ich könnte dich besuchen, wenn du willst.«

»Was?«

»Hm?«

Wir hörten auf zu reden, denn es wurde still im Raum. Die Fellows waren gekommen. Ich drehte mich um und sah einen festlichen Einzug von Frauen und Männern mittleren Alters. Eine kleine untersetzte Dame führte den Zug an. Sie sah so aus, als würde sie Geraldine heißen oder vielleicht Thomasina, und ähnelte einer Oma im Morgenmantel. Es dauerte einige Minuten, bis alle die vorderen Tische erreicht hatten. Als es so weit war, sah ich, dass die Hälfte der Plätze frei blieb. War in der Fakultät die Pest ausgebrochen? Die rundliche Professorin, Geraldine, brachte auf Latein einen Toast aus, und wir begannen zu essen.

»Warum machen sie so ernste Gesichter?«, fragte ich Hans.

»Du hast hier die brillantesten Köpfe der westlichen Welt vor dir.«

»Sie sehen nicht sonderlich nett aus.«

»Alle, die hier lehren, haben sich bis ganz nach oben gekämpft. Das ist insgesamt ein ziemlich unfeiner Vorgang. Glaub bloß nicht, dass das angenehme Menschen sind.«

Ich schielte zu den Tischen hinüber. In diesem Raum voller dröger schwarzer Talare fielen die leeren Stühle besonders auf.

»Hier scheinen aber einige Leute zu fehlen«, sagte ich. »Hat man ihnen den Garaus gemacht?«

Hans folgte meinem Blick. »Hier in der Dining Hall zu essen ist ein Privileg. Man kann Privilegien verlieren.«

Es klang so, als hätte er diesen Satz schon häufig gesagt. Ich fragte mich, ob er als Kind oft Ärger bekommen hatte.

»Was haben sie getan?«, fragte ich. »Haben sie den Rasen betreten?«

Darauf bekam ich keine Antwort. Ich war mir nicht sicher, ob Hans mich gehört hatte. Die brillantesten Köpfe der westlichen Welt waren vor Strafen für Normalsterbliche doch sicher gefeit. Ich sah, dass mein Tutor verdächtigerweise nicht dabei war. Ich dachte an *Überblick über disziplinarische Maßnahmen am Old College*, ein dickes, grün eingebundenes Buch, das ich vor einer Woche in meinem Postfach gefunden hatte und das ich laut dem Begleitschreiben »unbedingt durcharbeiten« sollte, bevor das Trimester begann. Ich hatte darin nirgendwo etwaige Einschränkungen bezüglich des Speisens in der Great Dining Hall gefunden, und das sagte ich Hans.

Er lachte. »Hast du wirklich das ganze Regelwerk gelesen?«

»Nein.«

Ich hatte es versucht, aber es war mir nicht gelungen. Zum einen war die Hälfte davon immer noch auf Altenglisch, zum anderen war die Schrift so klein, als hätte der Verfasser befürchtet, dass zweihundert Seiten bei weitem nicht ausreichten, um all die kreativen und willkürlichen Strafmaßnahmen für Studenten und Dozenten hineinzuquetschen. Gemäß den Regeln, die ich tatsächlich durchgelesen hatte und an die ich mich noch erinnerte, wurden Studenten, die sich in der Schlange vordrängelten, umgehend auf ihre Zimmer zurückgeschickt. Lehrende und Studierende mussten zu allen Zeiten in vorgeschriebener Entfernung zueinander sitzen. Tutoren und Studenten durften unter keinen Umständen mehr als eine Stunde allein zusammen verbringen. Die meisten Vergehen wurden, wie ich feststellte, mit »sofortigem Verweis« geahndet. Anscheinend hatte das College in der Vergangenheit mit zahlreichen Regelverstößen zu tun gehabt und versuchte nun, seinen Anwälten eine klare Botschaft zu übermitteln: »Sehen Sie? Wir haben es versucht.«

Hans und ich schwiegen eine Weile. Er sah wirklich gut aus – hatte ich das schon erwähnt? –, weshalb es mir schwerfiel, ein Gesprächsthema zu finden. Politik? Religion? Geistreiches Geplänkel? Worüber redeten gut aussehende Leute eigentlich?

Beim zweiten Gang brach Hans das Schweigen. Er sei zwar Mathematikstudent, sagte er, aber seine wahre Leidenschaft gelte dem Schreiben. Ich sagte ihm, dass ich Schreiben nicht ausstehen könne. Er fragte nicht, warum. Ich erfuhr, dass er drei Jobs hatte und zweimal die Woche kochte, und wenn ich Lust hätte, könnte ich ihn im Pförtnerhäuschen, der Porter's Lodge, liebevoll »The Plodge« genannt, besuchen, wo er in Teilzeit arbeitete. Allerdings gab es dort keine Zentralheizung, im Dach waren kleine Löcher, und wenn Schnee lag, war der Weg dorthin äußerst beschwerlich, ich solle mich also warm anziehen und auf alles vorbereitet sein. Ich nickte. Das hatte ich über das Old College gelernt: Es war jämmerlich und vollkommen zugleich. Alle hegten eine morbide Faszination für die überkommenen Gepflogenheiten hier, selbst und ganz besonders diejenigen, die vorgaben, sie zu hassen.

Gegen Ende des Essens sagte Hans: »Mir fällt auf, dass du ihn ständig ansiehst.«

»Wen?«

»James Orville.«

Ich zuckte zusammen. »Was? Wo? Er ist hier?«

»Nein.« Er deutete auf die Wand. »Dr. Orville.«

»Was?« Ich kniff die Augen zusammen, um das Bild über uns genauer zu betrachten. »Ich dachte, es sei Richard III.«

Hans lachte. »Fast!«

Ich starrte den halb abgekauten Hühnerknochen in der Hand des Mannes an. »Orville ist ein bisschen jung, um schon ein Porträt hier zu haben, findest du nicht?«

»Er hat mit zwanzig Jahren den International Arts & Literature Prize gewonnen.«

»Ich weiß nicht, was das ist.«

»Das ist eine verdammt große Sache.«

»So groß, wie der König von England zu sein?«

Er zuckte die Achseln. »Ansichtssache.«

»Ich verstehe das nicht«, sagte ich, »Orville bekommt einen Platz an der Wand, nicht aber am Tisch?«

Hans zögerte. »So in der Art.«

Der Pudding kam, aber ich brachte nichts hinunter. Ich fühlte mich von Richard III. – Orville – viel zu sehr beobachtet. Sein Blick war fest. Er sah so aus, als könnte er sich nicht entscheiden, ob er lieber ein guter Herrscher wäre oder Caligula. Für einen erfahreneren Betrachter wäre die Antwort sicherlich offensichtlich gewesen. Doch ich wünschte mir nur, er würde sich dieses freche Grinsen aus dem Gesicht wischen.

Es geschah ein paar Abende darauf.

Als ich von der Bibliothek in meinen Turm zurückkehrte, lehnte ein kleines Päckchen an meiner Tür, als würde es auf mich warten. Es war in eine alte Ausgabe des *Hornbeam* gewickelt. Als ich näher kam, schien es zu sagen: »Da bist du ja endlich!«

Ich dachte, es müsse wohl ein nachträgliches Geburtstagsgeschenk meiner Mutter sein, aber sie hatte mir doch schon etwas gekauft, oder? Flauschige Pantoffeln – süß, aber unpraktisch. Ich hob das Päckchen auf. Kein Klebeband. Jemand musste es in aller Eile eingepackt haben. Oben stand mit dickem schwarzem Filzstift: *Hier.*

Ich nahm das Päckchen mit in mein kühlschrankkaltes Zimmer und legte es auf den Schreibtisch. *Hier.* War das ein »Hier für dich, meine Liebe« oder eher ein »Hier, es gehört dir, Dummerchen«? Keine Adresse. Kein Absender. Er musste also hier im Old College leben. Ich zerriss die Zeitungsverpackung und kreischte vor Entsetzen laut auf.

Es war ein Buch. Eines, das ich sofort erkannte. Nicht am Titel, *Agnes Grey,* sondern an dem Tintenfleck über »Anne« in »Anne Brontë« direkt unter dem verblichenen Porträt der jungen Frau auf dem Umschlag. Dieses Buch, dieses hässliche, marmeladenfleckige Buch, war ein Symbol meiner Kindheit. Es war türkischer Mokka und verbrannte Pancakes. Shelley im Planschbecken und die Schatten der Freunde, die ich einmal gekannt hatte, heraufbeschworen aus einem klammen, verstaubten literarischen Friedhof. Dieses Buch hatte meinem Vater gehört.

Ich konnte keinen klaren Gedanken mehr fassen. *Agnes Grey.* Hier. In meiner Hand. Was? Nein. Niemand hätte mir das vor die Tür legen können. Die Bibliothek meines Vaters war vor vielen Jahren abgebrannt. Das hier war ein raffinierter, gemeiner Trick. Niemand konnte wissen, was dieses Buch mir bedeutete und dass mein Vater und ich es vor langer Zeit zusammen gelesen hatten. Ich setzte mich. Die *Gouvernante* blickte auf mich herab, ihre Augen schienen plötzlich zu leuchten.

Ich tat das Einzige, was ich tun konnte. Ich nahm mein Handy, wählte und ließ es einmal, zweimal, siebenmal klingeln.

»Claude, c'est toi?«

Die Stimme meiner Mutter war hell und weich. Sie gehörte in Flaschen abgefüllt und in einem Weinkeller gelagert. Im Hintergrund war eine Party im Gang, ich hörte Geschirrgeklapper, Gelächter, fröhliche Stimmen. Ich stellte mir vor, ganz Frankreich hätte sich um meine Mutter versammelt und äße Käse in einer Stadt, die funkelte wie tausend Opale.

»Hallo«, sagte ich.

»Alice?«

»Samantha.«

Schweigen. Ich wusste, dass sie erstaunt war. Normalerweise rief sie mich an, an jedem Monatsersten – wie ein Dauerauftrag.

Im Hintergrund brach lautes Gelächter aus, dann sagte Mom: »Sammy! *Bonsoir.*«

»Ja, *hola*. Hast du mir etwas mit der Post geschickt?«

»Wie bitte?«

»Post. Hast du etwas geschickt?«

»Ich hoffe, sie passen!«

»Ich meine ein Buch.«

»Ein Buch?«

»Du hast doch nie etwas aus Dads Bibliothek genommen, oder?«

Längeres Schweigen, dann: »Ich muss an einen anderen Apparat gehen. Bleib dran.«

Ich blieb dran. Ich blieb lange dran.

»Da bin ich wieder«, sagte eine Stimme auf der anderen Leitung.

Ich atmete durch. »Hast du jemals etwas aus Dads Bibliothek mitgenommen, bevor sie ausgebrannt ist?«

»Was ist denn das für eine Frage?«

»Bitte, ich muss es wissen!«

»Nein, habe ich nicht.« Sie klang verletzt, und mich überkam ein merkwürdiges Triumphgefühl, als wäre die Ankunft von *Agnes Grey* zufällig eine Möglichkeit, meine Mutter für ihre langen, unentschuldbaren Abwesenheiten zu bestrafen. Im Hintergrund hörte ich leise das Klappern von Geschirr.

»Sag mir, was los ist«, sagte sie. Als ich nichts sagte, hakte sie nach: »Sammy?«

»Bitte nenn mich nicht so. Ich komme mir dabei vor wie ein Schaf.«

»Ein was?«

»Ein Schaf.«

»Hör mal, Schatz …«

»Määäh!«

Wieder Schweigen. Ich wusste, dass sie die Lippen zusammenpresste, wie sie es früher immer getan hatte. »Sag mir, was los ist. Alles in Ordnung bei dir?«

Ich blickte auf das Buch in meinem Schoß. »Ich habe Halluzinationen.«

»Ich gehe in ein anderes Zimmer, damit ich dich verstehen kann.«

»Lass gut sein. Ich sollte jetzt auflegen.«

»Samantha?«

»Alles bestens.«

»Ich …«

»Wir hören uns.«

Ich legte auf.

Dann griff ich wieder nach *Agnes Grey.* Es war, als würde ich einen perfekt konservierten Leichnam ansehen. Ja, es war das Buch meines Vaters. Anstatt Schlüsselsätze oder elegante Formulierungen zu unterstreichen, hatte Dad Anmerkungen gemacht wie: »Hier!«, »Da!« und »Pah!«. Ich las den ersten Absatz:

> *In allen wahren Geschichten steckt eine Lehre; in einigen mag der Schatz allerdings schwer zu finden sein, und hat man ihn denn gefunden, ist er mitunter so erbärmlich klein, dass der dürre, verhutzelte Kern die Mühe des Nussknackens kaum lohnt.*

Gott, ich hatte vergessen, wie sehr ich diesen Roman hasste! Ich warf einen verzweifelten Blick auf die *Gouvernante,* die an meiner Wand hing und mich beobachtete wie eine Spionin. Hilf mir!, dachte ich. Doch sie war zu sehr damit beschäftigt, im Meer zu versinken. Einmal Gouvernante, immer Gouvernante. Auch sie hielt ein Buch in der Hand – zog *Agnes Grey* auch sie hinunter? Ich betrachtete Dads Exemplar in meiner Hand und fragte mich, ob das wohl mein Erbe war. Bestand der vieldiskutierte Besitz meines Vaters wirklich nur in der 1997er-*Penguin*-Ausgabe eines Romans, der seit einem Jahrhundert in Regalen stand?

Ich rang nach Luft. Ich fühlte mich wie eine Amnesie-Patientin, deren Gedächtnis sich plötzlich erholte – zu ihrem größten

Unbehagen. All die Fakten über die Brontës, die ich einmal gekannt hatte, prasselten auf mich ein. Die Geister der Brontës erhoben sich. Ich konnte fast hören, wie sie mich fragten, warum ich sie so lange allein gelassen hatte. Mit dem Buch kamen Erinnerungen zurück, die ich am liebsten vergessen hätte: die Wahnsinnige in der Dachkammer, Grace Poole, das Feuer im Pfarrhaus, Thorp Green Hall. Ja, ja, Thorp Green. Verdammt, ich hatte jahrelang nicht an diesen Ort gedacht.

Zum zweiten Mal an diesem Abend griff ich nach meinem Handy. B. Howard hatte betont, dass mein Erbe eine höchst dringliche Angelegenheit sei. Ich hatte jedoch nicht damit gerechnet, dass ein Buch vor meiner Tür liegen würde, wenn ich nicht schnell genug handelte. Ich hatte keine Wahl mehr – ich musste endlich einen Termin mit B. Howard von der British National Bank vereinbaren.

4

Agnes Grey ist ohne Frage das langweiligste Buch, das je geschrieben wurde. Es ist die Geschichte einer unglaublich bescheidenen viktorianischen Gouvernante, die auf mehr als zweihundert Seiten schildert, wie es ist, eine unglaublich bescheidene viktorianische Gouvernante zu sein. Der Plot ist sagenhaft öde – eine schlecht getarnte Autobiographie Anne Brontës, die Schilderung ihres eigenen langweiligen Lebens als junge Frau Anfang zwanzig.

Agnes, die Tochter ehrbarer, aber verarmter Eltern, wird Gouvernante in einem Herrenhaus, das dem, in dem Anne Brontë selbst arbeitete, verdächtig ähnlich ist. Agnes trifft dort auf einen Haufen nobel gekleideter Schurken – materialistisch, unmoralisch und voll von satirischem Potenzial. Doch Agnes – und folglich auch Anne Brontë – liefert keinerlei beißende soziale Kommentare, die *Agnes Grey* auf das Niveau von Jane Austens *Stolz und Vorurteil* gehoben hätten. Die Lektüre hinterlässt nur ein Gefühl gähnender Leere und die Enttäuschung darüber, dass Anne Brontë die Gelegenheit verpasst hat, wahrhaft großartig zu sein. Die Geschichte einer Frau, die ihre Meinung nicht sagen darf, geschrieben von einer Frau, die ihre Meinung nicht sagen durfte. Von Anfang an lag dem Buch ein Maulkorb an.

Damals hatten die Kritiker daran wenig auszusetzen, anders als bei den übrigen Romanen der Brontës. Agnes war genau so, wie eine junge Dame zu sein hatte: moralisch, schwach, zart. »Es ist deutlich angenehmer« als Emily Brontës *Sturmhöhe*, hieß es in einer Rezension, und hinterlasse »keinen quälenden Eindruck – manche mögen der Ansicht sein, es hinterlasse überhaupt keinen Eindruck«. Die arme Anne! Früher habe ich mir immer vorgestellt, so etwas wie ihre Reinkarnation zu sein, gefangen im erdrückenden Schatten älterer, berühmter Schriftstellerinnen.

George Smith, der Verleger der Brontës, hielt Anne für einen »sanften, stillen, zurückhaltenden Menschen [...]. Sie gab sich immer so, als ob sie Schutz und Ermutigung suche. Und diese ständige stumme Bitte erweckte Sympathie.«

Ich war acht oder neun, als mein Vater mir zum ersten Mal *Agnes Grey* zum Lesen gab. Dad betrachtete die Brontë-Bücher als private Tagebücher, die der Rest der Welt nicht verstand. Wir begannen mit *Agnes Grey*, denn es war der »verschlüsseltste« aller Brontë-Romane, wie er sich ausdrückte. Dann machten wir mit *Sturmhöhe* weiter, weil es das »buchstäblichste« Werk war, und schließlich mit *Jane Eyre*, weil es das »unlauterste« war. Danach, und erst danach, sagte mein Vater, würden wir uns *Die Herrin von Wildfell Hall* vornehmen, denn zum Verständnis dieses Buchs sei die Lektüre der anderen drei Romane erforderlich. »Bist du bereit?«, fragte er immer. »Bist du bereit dafür?«

Mein Vater war kein studierter Lehrer, und er hatte auch keinen besonderen Lehrplan. Er selbst hatte keinen Universitätsabschluss gemacht; ich nahm an, aus reinem Desinteresse. Dad hasste die modernen Bildungseinrichtungen und ihre Wohlfühl-Lehrmethoden. Seiner Meinung nach sollten alle Lehrer eine Kombination aus sokratischer Methode und der Vermittlung von Allgemeinbildung anwenden. Dennoch versuchte er, eine gewisse Klassenzimmeratmosphäre zu schaffen. Als Pult nahmen wir unseren viereckigen Küchentisch, als Zeigestock diente ein Baguette. Wenn ich bei seinen mündlichen Prüfungen weniger als fünfundachtzig Prozent schaffte, schickte er mich nach draußen zum Fußballspielen.

Nach Dads Philosophie waren Bücher keine gestaltverändernden Konstruktionen für die Phantasie des Lesers. Romane, sagte er, böten bestimmte Hinweise und Vorgaben, die zu ihrer eigenen Beurteilung nötig seien. Mit »Hinweisen« meinte er keine Metaphern und auch keine Symbolik. Er meinte damit wirkliche Hinweise. Für ihn war jedes Buch seine eigene Schatzkarte. Ein guter Roman, sagte er, hinterlasse beim aufmerksamen Leser eine nützliche Erinnerung. Man müsse nur lernen zu sehen, was man direkt vor der Nase habe – diesen Satz hatte er stets und ständig wiederholt.

Ich erinnere mich an die Stunden über *Agnes Grey.* Mein Vater erklärte mir, dass in diesem Buch lediglich die Kapitelüberschriften lesenswert seien.

»Zähl sie mir auf«, sagte er.

»Warum?«, fragte ich.

»Lies sie laut vor. Du wirst schon sehen.«

Wir saßen am Küchentisch. Ich blätterte zum Inhaltsverzeichnis. Jemand, wahrscheinlich ich, hatte etwas Rotes und Klebriges auf die gegenüberliegende Seite geschmiert. Marmelade? Ich las die Überschriften laut vor: »1. Kapitel: *Das Pfarrhaus.* 2. Kapitel: *Erste Lektionen in der Erziehungskunst.* 3. Kapitel: *Einige weitere Lektionen …*«

»Jetzt kapierst du es«, unterbrach Dad mich.

»Nein.«

»Lektionen. Verstehst du?«

»Sorry, was?«

»Es sind Lektionen.«

»Was sind Lektionen?«

»Genau das. Sind wir auf derselben Seite?«

»Metaphorisch?«

»Im wörtlichen Sinn.«

»Was?«

»Ausgezeichnet.«

Das Gespräch ging den Rest des Tages so weiter: »›Einige weitere Lektionen.‹ Kapierst du, Sam, kapierst du? Warum schreibt sie das?«

Jetzt, Jahre später, dachte ich, ich hätte es verstanden. Was als Annes Bescheidenheit und Liebenswürdigkeit erschien, war vorsätzliche Subversion. Ihre Protagonistin war eine Gouvernante – so machtlos, wie eine Frau im 19. Jahrhundert nur sein konnte. Dennoch macht der Roman Agnes unsterblich und gibt einer der unbedeutendsten Figuren in der Geschichte eine laute, beharrliche und bleibende Stimme. Fast hundertsiebzig Jahre später ist Agnes eine der ganz wenigen Gouvernanten, die noch immer Befehle erteilen – und so auch Anne. »Erste Lektionen.« »Ein paar weitere Lektionen.« Sie ist die zeitlose Lehrerin, und wir, die Leser, sind ihre ewigen Schüler. Und das ist ihre erste Lektion:

In allen wahren Geschichten steckt eine Lehre; in einigen mag der Schatz allerdings schwer zu finden sein, und hat man ihn denn gefunden, ist er mitunter so erbärmlich klein, dass der dürre, verhutzelte Kern die Mühe des Nussknackens kaum lohnt. Ob dies auch auf meine Geschichte zutrifft, vermag ich nur schwer zu beurteilen. Bisweilen denke ich, sie könnte für den einen nützlich und für wieder andere unterhaltsam sein, doch das mögen die Leser selbst beurteilen.

Ein seltsamer Anfang für einen Roman; vielleicht hat mein Vater deshalb an den Rand geschrieben: SELTSAM. Anne beginnt eine fiktive Geschichte und nennt sie »wahr«. Normalerweise würde ich Agnes' Worte nicht mit Annes gleichsetzen, aber das Buch war die am kläglichsten getarnte Autobiographie, die ich je gelesen hatte. Agnes' »wahre Geschichte« ist in vieler Hinsicht Annes Geschichte. Die Autorin versteckt sich hinter ihrer Romanheldin, um der Welt etwas Wichtiges mitzuteilen, kann ihr wahres Ich aber nicht enthüllen. Sie kann ihre Leser nur bitten, ihren Roman aufmerksam zu lesen, damit sie die »Lehre« begreifen, die den »schwer zu findenden Schatz« zu entdecken hilft. Was hat Anne in diesem Text versteckt? Wusste mein Vater es, oder versuchte er genau das, allein in seinem Arbeitszimmer, herauszufinden? Wie alle guten Lehrer musste Anne gewusst haben, dass eine Entdeckung nur dann von Wert war, wenn man sie selbst machte.

So schließt sie ihr Buch mit einem grausamen Witz: *Und nun glaube ich, genug gesagt zu haben.*

Ha.

In der folgenden Woche schrieb James Orville mir eine Mail. Mich überraschte immer wieder, dass er mit der neuesten Technik umgehen konnte. Genauso erstaunt wäre ich, wenn Odysseus Google Maps benutzte.

An: Samantha J. Whipple, swhipple@old.ox.ac.uk
Von: James Timothy Orville, jorville@old.ox.ac.uk
Betreff: Erforderliche Verbesserungen

Liebe Samantha,
Ihr Aufsatz über John Miltons *Das verlorene Paradies* hat mir nicht gefallen. Wiederholt macht mir Sorge, wie Sie Ihre Sätze aufbauen. Haben Sie schon einmal einen Kurs in Kreativem Schreiben absolviert? Ich denke, es könnte der Abgedroschenheit Ihrer Texte abhelfen.
Beste Grüße
O

An: James Timothy Orville, jorville@old.ox.ac.uk
Von: Samantha J. Whipple, swhipple@old.ox.ac.uk
Betreff: Re: Erforderliche Verbesserungen

Lieber O,
tut mir leid, dass Sie meinen Satzbau nicht mögen. Haben Sie in Betracht gezogen, dass es daran liegen könnte, dass Sie die Sätze nicht laut und mit einem russischen Akzent lesen? Normalerweise hilft das. Einen Schreibkurs habe ich schon gemacht. Hat mir nicht gefallen.
Grüße
Samantha

An: Samantha J. Whipple, swhipple@old.ox.ac.uk
Von: James Timothy Orville, jorville@old.ox.ac.uk
Betreff: Re: Re: Erforderliche Verbesserungen

Angesichts Ihrer Familiengeschichte überrascht es mich, dass Sie nicht gern schreiben. Zusätzlich zu der Aufgabe für nächste Woche möchte ich gern, dass Sie die Schriften lesen, die die Brontës als Kinder verfasst haben. Sie finden Sie in der Bibliothek unter »Brontë-Juvenilia«. Haben Sie die *Erzählungen aus Angria* oder *Angria & Gondal* gelesen? Ich denke, Sie werden merken, dass die Lektüre Ihren inneren Kritiker zähmen wird.

Mir fiel keine Antwort ein, die nicht feindselig gewesen wäre, also beschloss ich, gar nicht zu antworten. Mein »innerer Kritiker« war nur aus einem Grund so wohlgenährt: James Orville. Nichts zerstört Kreativität mehr als ein finsterer Brite! Und ja, ich habe die Brontë-Juvenilia gelesen, vielen Dank! Und zwar alle. Die Brontë-Kinder hatten früh mit dem Schreiben angefangen, noch bevor ihr Wortschatz voll entwickelt gewesen war, um ihre Gedanken auszudrücken. Als Kind habe ich diese Geschichten wieder und wieder von vorn bis hinten verschlungen. Ich hatte keine Geschwister, also träumte ich mich in das schummrige Wohnzimmer der Brontës und tat so, als sei auch ich an diesen stürmischen Abenden dort, mitten in dem ganzen Durcheinander und den Trotzanfällen, in denen die Brontë-Kinder ihre ersten Geschichten schrieben.

In meiner Vorstellung saß ich immer neben Anne auf der Ostseite des Esstischs. Emily saß zu meiner Rechten. Vor uns lag unbeschriebenes Papier, denn wann immer man das Haus der Brontës betrat, lag unbeschriebenes Papier vor einem. Von Zeit zu Zeit standen Branwell oder Charlotte auf, stellten sich vor den Kamin und rezitierten ihre neuesten Meisterwerke. Branwell habe ich nie sehr gemocht. Er war selbstbewusst, angeberisch, großmäulig und unheilbar in sich selbst verliebt – die Sorte Mensch, die in der Highschool niemals nett war. Er war ein junger Mann in einer Welt, die zum Wohle junger Männer existierte. Die zwölfjährige Charlotte war klein, pummelig und zänkisch wie ein Wikingerkind. Die beiden spielten oft die neuesten Episoden aus Angria nach, dem Phantasiereich, das beide zusammen geschaffen hatten. Es war bewohnt von verwegenen Abenteurern und gebeutelt von den politischen Intrigen des gerissenen Lord Northangerland. Emily, Anne und ich saßen mit glasigen Augen am Tisch und sahen geduldig zu, wie das jüngste Drama sich entfaltete.

Ich wusste, warum Orville wollte, dass ich die *Erzählungen aus Angria* las. Charlottes und Branwells Stil war wild, leidenschaftlich und unbelastet. Es war pure Phantasie, aus der Feder von zwei jungen, unverdorbenen Köpfen. Brontë-Biographen entdeckten später diese Erzählungen und schlossen daraus, dass Charlottes und Branwells Phantasiewelt ein liebenswerter, verspielter, grammatikalisch erschreckender und dennoch überaus schöner Ausdruck ihrer Kindheit war. Orville würde dem sicherlich zustimmen. Ich aber sah das ganz anders.

Jeder, der mit den Mädchen und mir in dem düsteren Wohnzimmer gewesen wäre, hätte gesehen, wie sehr Anne und Emily die Geschichten ihrer selbstgerechten großen Geschwister hassten. Jeder, der aufgepasst hätte, hätte wissen können, dass Anne und Emily immer nach Mitternacht verschwanden, um ihr eigenes Phantasiereich zu erschaffen. Unter den Decken von Emilys Bett erzählten sie sich die neuesten Abenteuer aus Gondal, einer prachtvollen Welt aus kämpfenden Drachen, verfallenen Schlössern, Spukhäusern, in Ohnmacht fallenden Heldinnen, unterirdischen Gängen, Krypten, Katakomben, Labyrinthen, Omen, Schurken, Flüchen und Magie. Das Phantasiereich von Gondal wurde Emilys ganzer Stolz, mehr als jede ihrer künftigen Dichtungen, sogar mehr noch als *Sturmhöhe.* Erst Monate später erfuhren Branwell und Charlotte davon. Und damit fingen die Probleme an.

Entgegen der Meinung von Biographen – und Orville – zu diesem Thema, wusste ich, dass Angria und Gondal keine unschuldigen Phantasiewelten waren. Ein jedes war ein Imperium, entstanden aus dem Konkurrenzdenken der Kinder, und sollte in seiner Absonderlichkeit lediglich das jeweils andere Reich bezwingen. Es ging um Charlotte und Branwell gegen Emily und Anne. Wessen Phantasiewelt war besser? Wer hatte die bestentwickelten Figuren, die lebhaftesten und phantastischsten Handlungen? Es war ein Krieg zwischen den Vorstellungskräften, und er dauerte länger, als jedes der Kinder hätte vorhersehen können. Angria und Gondal legten das Fundament für den zentralen, unausgesprochenen Konflikt im Leben der Brontës: Wer von ihnen war der oder die Beste?

Auf den ersten Blick lautete die Antwort: Branwell. Zumindest bis er in seinen Zwanzigern sein Talent in Alkohol ertränkte. Die Zweitbeste war Emily, doch bald zog sie ihre Phantasiewelten vor und begann, sich von der Realität zu entfernen. Blieben also nur noch Charlotte und Anne. Die Wikingerin gegen den Niemand. Wer hätte größeren Erfolg? Wer, Anne oder Charlotte, würde mit ihrem Werk die Familie unsterblich machen? Könnte ein kleines, schüchternes Kind sich je mit der großartigen Charlotte messen? Der Wettbewerb zwischen Anne und Charlotte war ihr Leben lang ein stiller Kampf – und ihr bestgehütetes Geheimnis.

All das hatte ich einmal meiner Mutter erläutert, hörte jedoch auf, als ich merkte, wie sehr meine enge Freundschaft mit der toten Familie meines Vaters sie beunruhigte. Bald nach Dads Beerdigung zog sie zu mir in die Haushälfte, die das Feuer verschont hatte, weil sie fürchtete, dass ich so verrückt werden würde wie mein Vater. »Fiktive Freunde sind nicht gut, Samantha, überhaupt nicht gut«, sagte sie. Wahrscheinlich hatte ich langsam wirklich wie mein Vater geklungen, und Mom hasste jede Ähnlichkeit mit ihm, die sie in mir sah. Für sie war Dad etwas Radioaktives, das explodiert war und die Menschen in seinem Umfeld verseucht hatte. Als der Körper, der ihm am nächsten gewesen war, hatte ich am meisten abbekommen. Doch um Mom gegenüber gerecht zu sein – ihre Sorgen waren nicht gänzlich unbegründet. Ich lief damals stundenlang in der zerstörten Bibliothek meines Vaters umher wie ein Tiger im Käfig. Lediglich das handgeschriebene Schild über der Tür hatte den Brand überstanden und besagte nun: »Wenn du vorsichtig bist, wird dir nichts Gutes oder Schlechtes«. Das Feuer hatte »widerfahren« versengt.

In diesen Monaten hatte ich angefangen zu schreiben. »Kreatives Schreiben« würde Orville es wohl nennen. Jeden Abend schrieb ich eine neue Geschichte und las sie meiner Mutter vor. Die Geschichten spielten immer im Wohnzimmer der Brontës, wo ich mich mit Emily über Pflanzen, Hunde oder den gerissenen Lord Northangerland unterhielt. Sie waren nicht sonderlich gut, hatten keine Handlung und endeten stets mit dem frühzeitigen Tod von allen. Mom klatschte hinterher, aber fragte mich dann, ob ich nicht doch lieber Ärztin werden wolle.

Ihre Sorge wuchs. Je mehr ich schrieb, desto mehr fürchtete sie wohl, ich würde mich eines Tages zu Tode trinken und das Haus in Brand setzen. Ich nahm ihr das mangelnde Vertrauen übel. Gelegentlich lief ich umher und verzog absichtlich das Gesicht wie bei einem nervösen Tick, nur um sie weiter zu beunruhigen. Rückblickend hätte ich wohl mehr Mitgefühl haben sollen, Mom war damals schließlich erst siebenunddreißig. An manchen Tagen ertappte ich sie, wie sie am Rand des Planschbeckens saß, mit aufgerollten Jeans, und alte Songs von den Carpenters sang. Ich merkte nicht, wie schrecklich traurig sie war, weil damals nur ich das Recht hatte, schrecklich traurig zu sein.

Eines Abends saß ich in der Badewanne, und sie putzte sich in einem knöchellangen Baumwollnachthemd und grauen Socken die Zähne. Im Hintergrund lief »We've Only Just Begun«, das makaberste Liebeslied, das ich kannte. So ein Lied spielte man bei Diashows auf Beerdigungen. Dann war man dankbar, am Leben zu sein, und sich dennoch schmerzlich bewusst, dass Karen Carpenter unter Anorexie gelitten hatte und mit zweiunddreißig an einem Herzinfarkt gestorben war. Ich war gerade dabei, Mom meine neueste Geschichte vorzulesen: *Das Leben ist Qual, Mutter.* Bevor ich jedoch zum Höhepunkt der Erzählung kommen konnte, unterbrach sie mich.

»Hör auf, hör bitte auf.« Zahnpasta spritzte an den Spiegel.

»Ich …«

»Hör auf, verflucht! Hast du nicht gehört?«, fuhr sie mich an. »Du klingst wie eine menschliche Granate.«

Wir sprachen nie wieder darüber. Bald darauf ging ich ins Internat, sie wieder nach Frankreich. Die eine wollte unbedingt schnell erwachsen werden, die andere wollte jung bleiben.

Danach hörte ich auf zu schreiben. Meiner Mutter gegenüber tat ich empört, insgeheim aber war ich erleichtert. In meinem tiefsten Innern wusste ich, dass ich unbegabt war. So wie Hochzeitsgäste insgeheim wissen, dass das Brautpaar sich innerhalb eines Jahres wieder scheiden lassen wird. Ich war nicht in der Lage, etwas zu schreiben, das nicht autobiographisch war. Sosehr ich mich auch bemühte, die Protagonistin war am Ende immer eine große Brünette, die sich heimlich wünschte, eine andere zu sein. Auch wenn die Heldin klein und blond war, war sie eigentlich doch groß und braunhaarig. Ich hatte Nabokov und Milton gelesen und bewunderte ihre Fähigkeit, Figuren zu erschaffen, die keinerlei Ähnlichkeit mit ihnen selbst hatten. Waren sie Genies in einer Welt aus Versagern? Oder steckte in ihren ausgefallensten Schöpfungen doch ein Fünkchen ihrer selbst? Mein Vater sagte immer, alle Romanhelden seien Versionen ihres Autors, auch wenn das hieße, dass der Autor eine Seite an sich akzeptieren musste, die er gar nicht gekannt hatte. Es erforderte einfach Mut.

Mein mangelndes literarisches Talent war weniger eine Enttäuschung als vielmehr eine Tragödie. Das eigentliche Problem war nämlich, dass mein Vater tot war und ich nichts schreiben konnte, was ihn zurückgebracht hätte. Ich hatte keine Worte für den Verlust eines Menschen, für das Leben oder die untrennbare Verbindung von beidem. Dads Tod war nicht schön, und ich konnte nicht so tun, als wäre er es. Gleichzeitig wusste ich, dass sein Tod sinnlos bliebe, wenn ich nicht darüber schrieb. Er wäre banal, nutzlos, real und doch vergessen. Und wenn ich etwas nicht ausstehen konnte, dann war es Verschwendung. Ich begann, jeden Schriftsteller zu hassen, der je gelebt hatte. Hemingway, Keats, Pinter, Shakespeare. Wordsworth, Tolstoi, Rumi,

Euripides, Roth, Poe, García Márquez. Auch Homer, denn die *Odyssee* war so lang und so gut. Diese Schriftsteller konnten die größten Katastrophen in etwas Schönes und Universelles verwandeln. Sie konnten das Verlassenwerden zu einer dauerhaften Form der Verbundenheit machen.

Vor allem aber hasste ich Schriftstellerinnen. Burney, Austen, Browning, Shelley, Eliot, Woolf. Brontë, Brontë und Brontë. Ich entwickelte einen erschreckend leidenschaftlichen Hass auf meine alten Freundinnen Emily, Anne und Charlotte. Sie waren nicht nur talentiert – sie waren tapfer. Diesen Charakterzug bewunderte ich am meisten, schien ich doch selbst nicht damit gesegnet zu sein.

Die Welt, die diese Frauen hervorgebracht hatte, erlaubte ihnen nicht zu schreiben, dennoch sponnen sie allen Widrigkeiten zum Trotz feurige Romane – während ich an Umständen scheiterte, die mir günstig waren. Hier war ich und lebte eine der wildesten feministischen Phantasien von Virginia Woolf: Ich hatte ein Zimmer für mich allein. Die Welt sagte nicht mehr: »Schreiben? Wozu soll das denn gut sein?« Stattdessen sagte sie: »Schreibe, wenn du willst, es ist mir egal.« Dennoch brachte ich nichts von Wert zustande. Nun, da ich alles aussprechen konnte, was ich wollte, hatte ich nichts mehr zu sagen. Ich war unfähig, die geistige Emanzipation auszunutzen, für die meine Vorfahrinnen so furchtlos gekämpft hatten. Ich hatte die Freiheit, die Virginia Woolf, Charlotte Brontë und Mary Wollstonecraft mir geschenkt hatten, und ich trat sie mit Füßen.

Ich wusste, dass man mir das niemals verzeihen würde.

Ich traf Blanche Howard von der British National Bank an einem kalten Samstag im November vor einem schmuddeligen Café, das aussah, als wäre es im Zweiten Weltkrieg ausgebombt worden. Blanche – mit langem A – stellte sich vor, und wir plauderten über die Wolkendecke in England. Ob ich wüsste, dass uns ein schlimmer Winter bevorstand?

Wir setzten uns, und Blanche stellte eine alte, verblichene Schuhschachtel vor uns auf den Tisch. Die Ecken waren mit orangerotem Paketband zugeklebt. Ich starrte die Schachtel an, die Schachtel starrte zurück. Mein Herz klopfte wie wild. Konnte dies mein Erbe sein? Nein, sicherlich nicht.

Blanche bestellte Kaffee. Sie war blass und unscheinbar.

»Verzeihen Sie mir die Frage«, sagte sie unvermittelt, »aber wusste Ihr Vater, dass er sterben würde?«

»Ich glaube nicht, dass jemand plant, so zu sterben.«

»Nein, natürlich nicht«, sagte sie ohne einen Anflug von Verlegenheit. Ihre Stimme war dünn und hoch, genau wie am Telefon.

»Ich frage das, weil er nur einen Monat vor seinem Tod in England war«, sagte sie. »Er war hier und kam in unsere Bank. Er sagte, er wolle, dass wir seinen Besitz direkt an Sie weitergeben, aber nur wenn Sie persönlich in Oxford wären. Er hat sein Testament von Hand verfasst. Wussten Sie das? Es ist fast nicht zu entziffern. Wollen Sie es sehen?«

»Eigentlich nicht.«

»Ich habe eine Kopie dabei.«

Bevor ich protestieren konnte, zog sie eine laminierte Seite aus ihrer Tasche und hielt sie mir hin. Ich nahm sie. Ja, das war Dads unleserliche Handschrift. Sein kleines F sah aus wie ein träger Violinschlüssel, dem kleinen A fehlte der obere Bogen. Die Seite war von oben bis unten beschrieben, ein einziger schwarzer Knäuel. Ich entdeckte hier und da meinen Namen, aber es war unmöglich, ganze Sätze auszumachen. Ich sah Blanche an.

Sie atmete tief durch. »Verstehen Sie nun mein Problem?«

»Ja, ich verstehe.«

»Ich bin mir nicht sicher, ob das Lyrik sein soll oder ein Testament«, sagte sie. »Aber vielleicht war es für ihn ja das Gleiche. Er hat sehr wenig Konkretes verfügt. Was wir herausbekommen konnten – und glauben Sie mir, es war keineswegs einfach –, war, dass Sie dieses Erbe bekommen sollten, wenn ihm etwas zustieße – aber nur wenn Sie am Old College studierten. Woher wusste er, dass Sie nach Oxford kommen würden? Und wie konnte er davon ausgehen, dass er nicht mehr leben würde und es Ihnen nicht persönlich geben könnte, Samantha?«

Ich antwortete nicht. Ich war mir nicht sicher, ob diese Fragen notwendig oder nur ihrem persönlichen Interesse geschuldet waren. Ich hatte keinen Schimmer, warum Dad davon ausgegangen war, dass ich in Oxford studieren würde. Ich hatte auch nicht gewusst, dass er kurz vor seinem Tod hier gewesen war.

Der Kaffee wurde serviert, doch Blanche trank ihn nicht. Sie hielt die Tasse in beiden Händen und blies hinein.

»Also?«, drängte sie mich.

»Ich weiß es nicht«, sagte ich. »Er sagte immer, das Old College sei der letzte Ort, an dem man noch die Schrift an der Wand lesen könne.«

»Was soll das heißen?«

»Ich habe keine Ahnung.«

Blanche schnaubte. »Ich nehme an, Ihr Vater war ziemlich verschwiegen.«

»Es war praktisch sein Beruf.«

Sie nippte an ihrem Kaffee. Ich legte das Testament meines Vaters auf den Tisch und zog meinen Schal fester um den Hals wie eine Schlinge. Ich dachte an die vielen Diskussionen, die ich mit ihm über das College gehabt hatte. Einmal saßen wir in seinem Zimmer, ich aß Hüttenkäse, Dad trank Whiskey; er blickte mich mit seinen wässrigen Augen an, sagte, ich solle mich setzen – ich saß bereits –, und erklärte mir, dass das traditionelle britische Bildungswesen der letzte Hoffnungsschimmer sei in einer Welt, die von den oberflächlichen amerikanischen Einrichtungen zu Fall gebracht worden wäre. »Ein Verstand erreicht sein wahres Potenzial nur durch Konflikt«, sagte er, »so wie die Tapferkeit ihre Flügel nur aus Notwendigkeit entfaltet.« Er hätte das Internat gehasst, das meine Mutter für mich ausgesucht hatte. Die Blanston Academy brachte nur zerbrechliche, empfindliche Schoßhündchen hervor – wie mich anscheinend.

Ich wandte mich wieder an Blanche. »Es war das einzige College, das er mir gegenüber je erwähnt hat. Ich denke, so hatte ich es immer im Hinterkopf.«

»Hat er selbst hier in Oxford studiert?«

»Nein, er hat nicht studiert.«

»Aber er musste zumindest über Colleges Bescheid gewusst haben.«

Ich zuckte die Achseln. »Kann sein.«

Blanche zog ein Notizbuch und eine halbvolle Tüte mit kleinen Pralinen aus ihrer Tasche.

»Sehen Sie die Unterschrift unten auf der Seite?«, fragte sie und deutete auf das Testament. »Ja, genau da. Wie es sich gehört, hatte Ihr Vater eine Zeugin, als er sein Testament unterzeichnete. Eine Miss ...«, Blanche nahm ihre Brille und besah sich ihre Notizen, »... Rebecca Smith. Ihre ...?«

Ich runzelte die Stirn. »Meine ehemalige Mathelehrerin.«

»Aha, ehemalige Mathelehrerin.«

Sie schrieb etwas in ihr Notizbuch. Den Namen Rebecca Smith hatte ich seit Jahren nicht mehr gehört, und ich wurde nicht gern an ihn erinnert.

Blanche schien auf eine Erklärung zu warten, also sagte ich:

»Rebecca kam immer mittwochs und sonntags.«

»Verstehe. Rebecca Smith wohnt nicht mehr unter der Adresse, die Ihr Vater angegeben hat, und eine Rebecca Smith schien auch nie dort gewohnt zu haben. Wissen Sie, wo sie sich zurzeit aufhält?«

»Sie ist tot.«

Blanche hob die Augenbrauen. »Wie – tot?«

»Ziemlich tot.«

Sie zog die Stirn kraus. »Das tut mir leid.« Sie wartete einen respektvollen Augenblick, dann fragte sie: »Ist es schwer für Sie, über sie zu reden?«

Ich ließ mein Schweigen für sich selbst sprechen. Mein Vater hatte Rebecca vergöttert.

Blanche wählte bedächtig eine Praline aus der Tüte. Daumen und Zeigefinger sahen aus wie eine Schneckenzange – für diese kleinen Süßwasserschnecken, wie man sie in schicken Restaurants bekommt. Sie bot mir eine Praline an, ich schüttelte den Kopf. Sie warf sie sich in den Mund wie eine Schmerztablette.

»Falls Sie sich gefragt haben – das hat er Ihnen hinterlassen«, sagte sie und deutete auf die Schuhschachtel.

Ich schluckte. »Ja, ich habe mich gefragt.«

»Bevor Sie die Schachtel öffnen, möchte ich Sie noch etwas anderes fragen.«

»Nur zu.«

»Wenn Sie das Testament aufmerksam lesen – wenn Sie es überhaupt lesen –, wird Ihnen auffallen, dass Ihr Vater ganz ausführlich und wiederholt verfügt hat, dass der Inhalt dieser Schachtel in Privatbesitz bleiben und Ihnen persönlich übergeben werden soll. Er wollte nicht, dass Sie einfach so … darüber stolpern, verstehen Sie? Ganz unten hat er noch eine letzte Notiz hinzugefügt. Hier, sehen Sie. Sieht aus wie eine Fußnote, die er in großer Eile hingekritzelt hat.«

Ich schaute genauer hin. Sie hatte recht. Rechts unten waren schräg stehende Buchstaben. Es sah aus wie eine Ergänzung, die ein Lektor bei einem unvollständigen Satz macht.

»Ich kann das nicht lesen«, sagte ich.

»Ich glaube, es heißt: ›Und halte alles von John fern.‹« Blanche blickte auf. »Sagt Ihnen der Name etwas?«

»John Booker?«, fragte ich.

Ihre Augen begannen zu leuchten. »Sie kennen ihn? Wer ist dieser Mann?«

»Er war Professor in Cambridge. Nun ist er Kurator des Brontë Parsonage Museum im ehemaligen Pfarrhaus der Familie.«

»Ich nehme an, er und Ihr Vater haben sich nicht gut verstanden?«

»›Hältst du mich für einen Schmarotzer?‹«

»Wie bitte?«

»Das hat Dad immer gesagt, wenn von Sir John die Rede war.«

Sie stutzte. »Verstehe.«

»Dad nannte ihn gern einen ›Fleischberg‹.«

Blanche blinzelte. Sie rückte ihre Brille zurecht und notierte sich etwas, das wahrscheinlich unnötig war.

»Hat Sir John nach dem Tod Ihres Vaters versucht, Kontakt zu Ihnen aufzunehmen?«, fragte sie.

»Sir John? Oft!«

»Und?«

»Ich bin nicht darauf eingegangen.«

Blanches Augen weiteten sich. Peinlich berührt, wandte ich den Blick ab. Dann legte Blanche ohne ein weiteres Wort die Hand auf die Schuhschachtel und schob sie langsam zu mir herüber. Ich meinte, einen Ausdruck der Erleichterung über ihr Gesicht huschen zu sehen. Nun war alles mein Problem, nicht mehr ihres.

Ich musste so aufgeregt ausgesehen haben, wie ich mich fühlte, denn Blanche klang fast mitfühlend, als sie sagte: »Warum atmen Sie nicht einfach tief durch? Es ist nur eine Schachtel.«

»Pandora dachte das auch von der Büchse.«

»Sie machen ein Gesicht, als würden Sie darin eine Leiche vermuten.«

»Vielleicht. Mein Vater hat schließlich sein Leben lang Tote zum Leben erweckt.«

»Alles in Ordnung mit Ihnen? Sie sehen blass aus.«

»Mit geht es gut. Mir ist nur übel vom vielen Trauern.«

Blanche schürzte die Lippen. Irgendwie beneidete ich sie. Das hier war ihre Arbeit. Danach würde sie nach Hause gehen und nicht mehr daran denken. Ich holte tief Luft.

»Danke«, sagte ich, meine Stimme brach. »Das war sehr … nett von Ihnen. Ich mache sie jetzt auf.«

Als ich die Schachtel anhob, war sie leichter, als ich gedacht hatte. War sie leer? Ich riss mit meinem Schlüssel das Klebeband auf. In der Schachtel lag nur ein Gegenstand – ein altes, ramponiertes rotes Lesezeichen. Es war mit silbernen Pailletten besetzt, und am unteren Rand ragte ein dünnes, glänzendes Bändchen heraus. Auf dem Lesezeichen stand: *Verrücktheit hat oft höchsten Sinn*, direkt unter einem unvorteilhaften Bild von Emily Dickinson, die gequält lächelte. Es war ein Relikt aus meiner Kindheit, ich hatte es seit Jahren nicht mehr gesehen.

Blanche äugte fragend über den Tisch, ihre dünnen Lippen kräuselten sich. »Was soll das sein?«

»Oh, verdammt!«, sagte ich.

»Wie bitte?«

»Lesezeichen für Sie und Ihn.«

»Was?«

»Ein Paar. Er hatte das andere.«

»Ich verstehe nicht.«

Es fiel mir schwer zu sprechen. »Dad hat in Büchern, die ich noch nicht gelesen hatte, immer wichtige Stellen markiert und die Bücher dann als kleine Überraschungen für mich irgendwo im Haus versteckt. Wenn ich eines mit seinem Lesezeichen darin fand, wusste ich, dass es ein Geschenk von ihm war.«

Blanche wirkte beunruhigt. Sie atmete schnell. »Ihr Vater hat all diese Mühen auf sich genommen, nur um Ihnen ein Lesezeichen zu hinterlassen?«

Ich betrachtete die alte Schuhschachtel. Meine Brust fühlte sich schmerzlich eng an. »Er wusste wohl, dass niemand sonst es verstehen würde.« Meine Stimme war weich und leise.

»Und verstehen *Sie* es?«

»Oh, verdammt!«

Mir war übel, wirklich sehr übel. Ich fühlte mich, als wäre dort, wo einst mein Oberkörper gewesen war, ein klaffendes Loch.

»Sind Sie sicher, dass er mir kein Geld hinterlassen hat?«, fragte ich und blickte auf. »Bargeld oder so.«

»Ziemlich sicher«, sagte Blanche. »Er war hochverschuldet. Ich meine … er hat offenbar bei der Scheidung viel verloren.«

»Ja, meiner Mutter geht es gut«, murmelte ich. »Hat er mir zufällig irgendwelche Bücher hinterlassen? *Agnes Grey* vielleicht?«

»Wie gesagt, nur die Schachtel.«

»Sonst gar nichts?«

Blanche warf mir einen entschuldigenden Blick zu. »Selbst wenn er Ihnen noch etwas anderes vermacht hätte, wäre Ihr rechtlicher Anspruch leider fraglich, weil in seinem Testament nichts anderes verfügt ist. Diese Schachtel – dieses Lesezeichen – ist alles. Es tut mir leid, Samantha.«

Ich drehte das Lesezeichen in der Hand und sah, wie Emily Dickinson auftauchte und wieder verschwand. Ich überlegte, ob ich mich an die Presse wenden und mit der Wahrheit herausrücken sollte: Der große Brontë-Besitz war »made in China«. Nein, die Journalisten würden wieder nur denken, dass ich etwas verheimlichte.

»Sie sehen fürchterlich aus«, sagte Blanche. »Was ist denn los?«

»Stört es Sie, wenn ich jetzt gehe?«

»Wie meinen Sie?«

»Ich meine, sind wir hier fertig?«

»Sie sehen aus, als hätten Sie ein Gespenst gesehen.«

»Ich gehe dann. Danke, dass Sie sich die Zeit genommen haben.« Ich reichte Blanche das Testament und packte meine Sachen zusammen. Als ich aufstand, stieß ich gegen den Stuhl hinter mir.

»Entschuldigen Sie mein Benehmen«, sagte ich. »Ich bin in Amerika großgezogen worden. Von Wölfen. Und von meinem Vater.«

»Samantha …«

Ich stieß mit einem Mann zusammen und flüchtete aus dem Café in eine Welt, die plötzlich jegliche Farbe verloren hatte.

Weihnachten 2006. Es schneite. Der Baum war mit selbstgemachten Plätzchen geschmückt, die einmal essbar gewesen und nun steinhart waren. Fast auf die Stunde genau vor zehn Tagen war meine Mutter aus dem Haus gestürmt. Der Schaden, den sie an der Küchentür angerichtet hatte, war noch immer zu sehen. Ihr Abgang war dramatisch. Ich erinnerte mich an ihre schrille, überreizte Stimme, ich erinnerte mich an das Echo meines hysterischen Geheuls und wie ich verzweifelt schlimme Dinge gesagt hatte. Mom hatte mich so fest umarmt, dass es wehgetan hatte. Dann war sie gegangen.

Mein Vater versuchte, mir die Trennung zu erklären, aber ich wusste bereits, was schiefgelaufen war. Mein Vater hatte meine Mutter geheiratet, als sie noch sehr jung gewesen war – und sie hätte ihn wohl nicht geheiratet, wenn sie ihn besser gekannt hätte. Sie hatte nicht damit gerechnet, dass mit Tristan Whipple Alkohol, Bücher, die Brontës und wochenlange unentschuldigte Abwesenheiten einhergingen, wenn er wieder heimlich nach

England geflogen war. An ihrem Hochzeitstag hatte sie nicht geahnt, dass ihr Mann sie einmal verlassen würde, wenn auch nicht im wörtlichen Sinn. Ich glaube, er hat manchmal einfach vergessen, dass sie auch noch da war.

Wie gesagt: Weihnachten 2006. Mein Vater hatte jemanden eingeladen, und das war nicht meine Mutter. Es war Rebecca Smith, meine neue Lehrerin, die frisch mit dem Schiff aus England eingelaufen war – sie hatte Flugangst. Ich fand es komisch, dass sie Mathelehrerin war und dennoch dreimal im Satz »buchstäblich« sagte. Sie war der Ansicht, alles im Leben könne mit einem Algorithmus gelöst werden – Hausaufgaben, Gefühle, die Temperatur des Badewassers. Eine schlechte Beziehung erklärte sie mir einmal in einem Koordinatensystem. Die y-Achse war die Intensität der Gefühle, die x-Achse war die Zeit, die ein Paar getrennt voneinander verbrachte. Sie sei genial, erklärte mir Dad.

Er kannte Rebecca seit vielen Jahren. Sie hatten sich in England kennengelernt, als Dad noch ein junger Mann gewesen war. Sie war fünfzehn Jahre älter als er. Irgendwie hatte er sie überreden können, meine überqualifizierte Lehrerin für Algebra zu werden. Als Gastprofessorin in Harvard brauchte sie ganz sicher keine Teilzeitstelle, aber mein Vater ist wohl sehr überzeugend gewesen, denn in den folgenden anderthalb Jahren kam sie mittwochs und sonntags zu uns und brachte mir bei, das Leben als ein riesiges Koordinatensystem zu betrachten. Sie war reizend, kultiviert und amüsant, und mein Vater mochte reizende, kultivierte und amüsante Menschen. Rebecca war gern mit meinem Vater zusammen, weil sie beide Kohl mochten und derselben Meinung waren, dass die wahre Hochkultur mit dem Ende des Peleponnesischen Kriegs ebenfalls untergegangen war. Buchstäblich.

Ich erinnerte mich an unser erstes Treffen.

»Ich heiße Rebecca«, sagte sie. Ihre Stimme war voll.

Ich fragte: »Wie das Buch?«

»Wie der Name.«

»Kennst du das Buch von Daphne du Maurier – *Rebecca*?«

»Nein.«

»Es handelt von einer Frau namens …«

»… Rebecca?«

»Ach, dann hast du es also gelesen?«

Sie gab mir keine Antwort, und damit war das Gespräch zu Ende.

Ich wusste nicht, warum Rebecca es für nötig erachtet hatte, am Weihnachtsmorgen 2006 bei uns zu sein. Es war ein eisig kalter Tag. Mein Vater hatte mein Geschenk unter dem Baum versteckt – es hatte die Größe eines kleinen Klaviers und stand schon zwei Tage dort, verhüllt mit einem rosaroten Laken. Dad hatte gesagt, ich solle es unter keinen Umständen anrühren, denn es sei hochempfindlich und könne explodieren. Ich konnte kaum erwarten, es endlich auszupacken. Wenn er sich schon von meiner Mutter scheiden lassen würde, wäre es nur gerecht, wenn er mir etwas Großes, Tolles schenkte – wie eine Art Aufwandsentschädigung. Ich hätte das Geschenk lieber nicht im Beisein von Rebecca geöffnet. Sie würde es als nette Geste meines Vaters missverstehen, wo es doch in Wahrheit der Versuch einer Entschuldigung war.

Wir drei saßen verlegen vor dem mit Lebkuchen geschmückten Baum, ich auf dem Boden bei den Geschenken, mein Vater auf der Couch und Rebecca im Sessel am Kamin. Ihre schlanken Arme waren verschränkt, ihr schmales Gesicht blickte erwartungsvoll. Im Stillen verglich ich sie mit meiner Mutter und fand, dass Mom nicht an sie heranreichte. Rebecca mochte zwar älter sein als Mom, aber sie war von einer erhabenen Schönheit. Wirklich schön, nicht nur hübsch.

Als Dad mir erlaubte, mein Geschenk zu öffnen, riss ich das Laken mit einem Ruck herunter wie ein Zauberer. Zu meiner Enttäuschung war da nichts, nur ein Stapel Plastikstühle. War das ein blöder Scherz? Mit Tränen in den Augen sah ich Dad an. Doch er grinste und deutete auf den Boden. Ich schielte unter dem Durcheinander aus Stühlen hindurch. Dort lag ein kleiner, einsamer Umschlag. Ich machte ihn auf und blickte in Emily Dickinsons Gesicht. Mein Vater hatte mir ein Lesezeichen geschenkt.

Nun fing ich wirklich an zu weinen. Ich wäre untröstlich gewesen, wäre Dad nicht mit leuchtenden Augen zu mir geeilt. »Verdammt, Samantha, kapierst du es denn nicht?« Er versuchte, mir zu erklären, dass dieses Lesezeichen ein Hinweis sei, der mich zu meinem richtigen Geschenk führte. Folgte ich der richtigen Spur, würde ich ein dazu passendes Lesezeichen finden. Wenn ich es nicht schaffte, wäre das Geschenk verloren.

»Nur Mut!«, sagte er. »Man braucht Mut, um es zu finden.«

Rebecca saß da, verwirrt und unbeachtet. Dadurch fühlte ich mich angenehm auserwählt und wurde wieder munter. Ich las das Zitat auf dem Lesezeichen wieder und wieder: *Verrücktheit hat oft höchsten Sinn.*

Sofort verließ ich den Raum und ging in die Bibliothek meines Vaters. Ich wusste, dass er in »The Heights« alle seine Gedichtbände von Emily Dickinson aufbewahrte. In dem Zimmer war es dunkel, doch ich nutzte das fahle Licht, das durch die zugezogenen Gardinen fiel, und durchsuchte das unterste Regalbrett, auf dem alle seine Lieblingsbücher standen: George Eliots *Daniel Deronda*, das *Gilgamesch-Epos*, Henry James' *Bildnis einer Dame.* Und da fand ich sie: Emily Dickinsons gesammelte Gedichte. Mir fiel auf, dass Seite 217 eingeknickt war. Auf dieser Seite war in hellem Orangerot eine Stelle markiert:

Jubel fasst die Inlandseele
Wenn in Richtung Meer sie reist –
Haus und Kap –
Verschwinden hinten –
Vorwärts in die Ewigkeit
Ob der Seemann bei uns Leuten
Aus den Bergen je verstand
Diese göttliche Berauschung
Eine Meile weg vom Land?

Ich hatte dieses Gedicht nie zuvor gelesen, konnte seine Bedeutung jedoch leicht erahnen oder zumindest die Bedeutung, die es für meinen Vater haben musste. Wir hatten in unserem Haus einen Keller, den er die »Ewigkeit« nannte. »Vorwärts in die Ewigkeit«, sagte er manchmal, wenn er Ersatzbatterien suchte.

Ich las noch einmal das Gedicht von Emily Dickinson:

Ob der Seemann bei uns Leuten
Aus den Bergen je verstand …?

Ich flitzte aus der Bibliothek und rannte hinunter in die »Ewigkeit«, vorbei an einer verdatterten Rebecca und einem strahlenden Dad. Dort unten wohnten alle unsere toten Elektrogeräte und kaputten Fahrräder. An der hinteren Wand war eine Schultafel, und auf ihr stand ein Satz: *Es war ein strahlend kalter Apriltag, und die Uhren schlugen dreizehn.* George Orwell.

Und da wurde mir langsam klar, was sich mein Vater ausgedacht hatte: eine Schnitzeljagd mit Zitaten aus der Weltliteratur. Das Spiel dauerte bis weit in den Nachmittag hinein. Die meisten Hinweise waren Romananfänge, keiner davon war allerdings wörtlich gemeint:

Die waren am Schlagen. Das hab ich gesehen, durch den Zaun zwischen den Stellen mit den Rankblumen.

Die Sonne schien, da sie keine andere Wahl hatte, auf nichts Neues.

Am Anfang hinterließ ich manchmal Botschaften auf der Straße.

Der letzte Satz führte mich zum Gully vor unserem Haus. Mein Vater hatte ihn mit einem riesigen X aus Kreppband markiert. Rebecca hatte sich aus Langeweile hingelegt, also war ich mit meinem Vater allein – so, wie es sein sollte. Ich stemmte den schweren Deckel auf. Erwartete mein Vater, dass ich da hinunterkletterte? »Mut«, hatte er gesagt. Den würde ich brauchen. Vorsichtig stieg ich die kleine, glitschige Leiter hinunter, und zu meiner größten Überraschung lag dort unten in der Kanalisation eine glänzende Tüte von *Dean & Deluca,* in der mein Vater den *Zauberer von Oz* versteckt hatte: mein Weihnachtsgeschenk.

Es war eine wundervoll geschmückte frühe Ausgabe. Mein Dad hatte sein eigenes Emily-Dickinson-Lesezeichen hineingelegt. Ein Paar.

Bis zum heutigen Tag war es das schönste Geschenk, das ich je von meinem Vater bekommen hatte, doch noch schöner war seine stolze Miene, als ich wieder ins Haus kam und meinen Schatz an die Brust drückte. Noch am selben Tag verschlang ich den *Zauberer von Oz*, und war es auch nur, um mich irgendwo zu verlieren. Ein Buch schien dafür ein guter Ort zu sein. Ich liebte Dorothy mehr als jede andere Romanheldin, die ich kannte. Sie wünschte sich etwas so sehr, dass es wahr wurde. Dad sagte, diese Ebene der Vorstellungskraft sei die großartigste und am schwierigsten zu erreichende Fertigkeit im Leben. Von diesem Tag an liebte ich meinen Vater wieder. Sein Lesezeichen war meine Eintrittskarte in eine Welt – seine Welt –, in der er dem Leben, dem Kummer, der Scheidung entfloh. Und es wurde auch mein Zufluchtsort. So hatte er mir auf seine ganz eigene Weise geholfen.

Die Erinnerung an dieses Weihnachtsfest machte es umso grausamer, dass ich nun, sieben Jahre später, mit Dads Lesezeichen im Schoß in meinem einsamen Turm in Oxford saß, aber eben ohne Dad. So wie ich meinen Vater kannte, war das Lesezeichen ein Hinweis. Dieser Hinweis würde zu einem nächsten und dieser wiederum zu einem weiteren Hinweis führen, und dann würde ich womöglich endlich die »Warnungen aus Erfahrung« finden. Aber ein solches Spiel wurde im Haus gespielt, in einem geschlossenen System, auf einem Hof oder vielleicht sogar in einer Bibliothek, nicht aber verteilt über ein ganzes Land. Ich hatte keinen Schimmer, wo ich anfangen sollte. Hätte er mir das nicht in einem Brief erklären können? Ich legte das Lesezeichen auf den Schreibtisch neben *Agnes Grey* und lehnte mich zurück.

Zum dritten Mal an diesem Abend ertappte ich mich dabei, wie ich über Rebecca Smith nachdachte. Es wunderte mich, dass mein Vater sie als Zeugin bei der Unterzeichnung seines Testaments ausgewählt hatte, denn anderthalb Jahre nachdem sie meine Mathelehrerin geworden war, hatte Dad sie höflich gebeten zu gehen. Er hatte mir nie gesagt, warum. Mich störte der Gedanke, dass sie heimlich Kontakt gehalten hatten. Hätte er als Zeugen nicht einen Anwalt nehmen können? Oder meine Mutter? Er hatte eine törichte Wahl getroffen, denn Rebecca starb nur wenige Monate nach meinem Vater. Laut der Presse ist es ein Bootsunfall vor der schottischen Küste gewesen. Bis heute lagen ihre Überreste zusammen mit all den Goldringen, die sie am Mittelfinger getragen, und mit allem, was mein Vater ihr je erzählt hatte, auf dem Meeresgrund. Und vermutlich war mit ihr auch mein erster Hinweis untergegangen.

5

Die Wochen vergingen, und während *Agnes Grey* und das Lesezeichen meine Gedanken immer stärker beherrschten, wuchs in mir eine weitere, genauso drängende Sorge. Es wurde kälter, und ich schien nichts anderes zu tun, als immer mehr zu verdummen. Jedes Tutorium, das ich bei Orville durchlitt, verwandelte sich ohne Ausnahme in einen verbalen Lynchmord. Der Lehrplan sah zwar vor, dass ich Kritische Theorie und die Meisterwerke der abendländischen Literatur studierte, doch womit ich mich eigentlich beschäftigte, waren die Qualen der Sprachlosigkeit und das ermüdende Grübeln über meine eigene Dummheit.

»Aber was bedeutet es?«, fragte Orville immer. Er saß gern in seinem Sessel – diesem dicken, klobigen Krebsgeschwür von einem orangeroten Ledersessel am Kamin – und stellte mir wieder und wieder dieselbe Frage, bis meine Schläfen pochten und es in dieser Welt nur noch sein fieses Grinsen und seinen Meterstab gab. Das fiese Grinsen war wohl eine Ausgeburt meiner so leicht in Angst und Schrecken zu versetzenden Phantasie. Den Meterstab hielt Orville in der rechten Hand, sodass er ihn zur zusätzlichen Betonung auf den Couchtisch klatschen konnte.

An diesem speziellen Morgen musste ich mich einem spontanen Test über *Versuch über die Kritik* unterziehen. Orville hatte mir den Text von Alexander Pope gleich ausgehändigt, als ich sein Büro betreten hatte. Nun, zwanzig Minuten später, saß ich da und schwitzte fürchterlich.

»Sie sagen ja immer noch nichts, Samantha«, sagte Orville

freundlich. Ich hatte die Oxford-Ausgabe der gesammelten englischen Meisterwerke im Schoß, die ich mittlerweile »Hölle. Band I« nannte. Darin war alles, was ich hasste: *Der Lockenraub*, *Das wüste Land*, verschwommene Bilder von Wordsworth und 4072 Fußnoten.

»Worum geht es im *Versuch über die Kritik*?«, fragte Orville.

»Um Kritik«, sagte ich.

»Sollte das sarkastisch sein?«

»Kommt drauf an. Stimmt es?«

Orvilles Blick war fest. Sein Hemd spannte, wo sich sein Bizeps abzeichnete. Es war faszinierend und abstoßend zugleich. Meine Hände waren feucht und hinterließen wellige Abdrücke auf den Buchseiten. Ich sah wohl aus wie eine schweißglänzende Frau bei den Geburtswehen.

»Versuchen wir es noch einmal«, sagte er. »Worum geht es in dieser Abhandlung?«

»Sie spricht über die Rolle der Dichtung und der Kritik.«

Klatsch!

Ich fuhr zusammen. Der Meterstab schlug hohl wie ein dürrer Ast auf den Holztisch. Orville schien ganz in seinem Element zu sein, als würde er schon sein Leben lang ungehorsame Möbelstücke verprügeln.

»Eine Abhandlung ›spricht‹ nicht. Erzählen Sie mir etwas weniger Kindisches.«

»Es geht um die Dichtung in der modernen Zeit.«

»Geht es weniger vage?«

»Mit der modernen Zeit ist die Zeit nach der Reformation gemeint.«

»Geht es weniger unzutreffend?«

Ich blinzelte. Orvilles Kinn zuckte. In all den Unterrichtsstunden bei meinem Vater hatte ich mich nie so hilflos gefühlt. Hätte ich mehr Rückgrat, hätte ich vielleicht …

Klatsch!

Ich fuhr zusammen und konzentrierte mich wieder. »Entschuldigung.«

Schließlich legte Orville den Meterstab weg. »Um Himmels

willen, Samantha! Wenn Sie sich weiterhin entschuldigen, wirkt sich das negativ auf Ihre Zensuren aus.«

Er griff nach seinem Tee. Wenn er sich konzentrierte, sah er abgespannt und gequält aus, und zu meinem Entsetzen stellte ich fest, dass ich es anziehend fand. Intelligenz führte zu einem attraktiven Maß an Autorität.

Orville lehnte sich zurück – diese Bewegung kannte ich schon. Ich wusste, was als Nächstes kam: seine Lieblingsfrage und meine meistgehasste. Wie erwartet deutete er auf die Abhandlung und fragte: »Finden Sie diese Schrift glaubwürdig?«

Ich widerstand dem Bedürfnis, auf etwas einzuschlagen. Lehrer stellten mir diese Frage seit Jahren, und es machte mich wahnsinnig. Die »Glaubwürdigkeit« eines Schriftstellers zu hinterfragen, war ein Versuch zu beweisen, dass jeder Roman – jedes Verb, jedes Komma – allein zu subversiven Zwecken geschrieben worden war. So etwas wie einen Wert an sich gab es nicht, es gab lediglich auktoriale Voreingenommenheiten und selbstgebastelte Identitäten.

Orville sah zufrieden aus. Ihm schien nichts größere Freude zu bereiten, als mich vor Wut schäumen zu sehen.

»Ja, sie ist glaubhaft«, sagte ich.

»Falsch. Wie kann sie glaubhaft sein? Der Essay veranschaulicht gezielt das, was er tadelt. Pope gibt konkrete Ratschläge für Autoren und ignoriert dann jede seiner eigenen Anweisungen.«

»Sicher.«

»Er beklagt den Gebrauch vom Metaphern und vergleicht gleich darauf den ›echten Ausdruck‹ mit einer ›Sonn' unwandelbar‹, ›falsche Redekunst‹ mit dem ›prismatisch zugeschliff'nen Glase‹ und Worte mit Blättern. Alexander Pope«, schloss Orville, »ist ein Idiot.«

»Ich …«

»Ich bin noch nicht fertig«, sagte er. »Entscheidend ist, dass Pope diese Widersprüche manipuliert. Er ist ein Meister, der sich als Dummkopf gibt, der sich wiederum als Meister gibt. Verstehen Sie? Alexander Pope«, schloss er, »ist ein Genie.«

»Sie müssen sich schon entscheiden.«

»Nein, *Sie* müssen sich entscheiden! Pope verlangt, dass der Leser letztlich der Kritiker sein soll. Er lehrt Sie, dass der beste Student seine Ansichten hinterfragen wird.«

Ich wartete auf den Schlag des Stocks, aber er kam nicht. Die Stille war entwaffnend, als hätte ein Orchester seinen Einsatz verpasst.

Ich räusperte mich. »Darf ich etwas sagen?«

Orville sah freundlich aus – fast. »Bitte.«

»Pope tut so, als würde er um die Meinung eines anderen bitten. Jeder, der so jung oder so eingebildet ist wie ein einundzwanzigjähriges Genie, täuscht Bescheidenheit nur vor.«

Orville hob eine Augenbraue.

Ich fuhr fort: »Er hat seine Verse nur aus einem Grund geschrieben: um zu zeigen, wie viel schlauer er ist als alle anderen. Sie haben es selbst gesagt: Er manipuliert. Er ist ein aufgeblasener Arsch, der sich als bescheidener Mann gibt, der sich wiederum als aufgeblasener Arsch gibt.«

Ich wollte auch einen Meterstab, um meiner Aussage Nachdruck zu verleihen. Stattdessen schluckte ich und versuchte, Augenkontakt mit Orville zu halten. Wieder trat Schweigen ein, dieses Mal dauerte es länger. Wir saßen nur da, wie erstarrt, und sahen einander an, als würden wir für einen unsichtbaren Porträtisten posieren.

»Sagen Sie«, fragte Orville lächelnd, »warum ruft ein einundzwanzigjähriger Protegé, wie Sie ihn nennen, so eine aggressive Reaktion bei Ihnen hervor?«

»Ich bin nicht aggressiv.«

»Sehen Sie auf Ihre Hand.«

Er hatte recht. Die erste Seite von Popes Abhandlung hing schlaff und zerknittert zwischen meinem Daumen und Zeigefinger wie der verletzte Flügel einer Möwe. Ich hob das Buch von meinem Schoß und legte es vorsichtig auf den Tisch.

»Ich mag Alexander Pope nicht«, erklärte ich.

»Manche sagen, Hass sei nur unerfüllte Liebe.«

»Wer das gesagt hat, hat offensichtlich noch nie jemanden gehasst.«

Als sich unsere Blicke trafen, wandte ich wie immer schnell die Augen ab. Sein Kinn war kräftig und kantig, als wäre es aus Stahl geschmiedet.

Ich dachte, das Gespräch sei nun vorüber, doch er sagte: »Es muss doch einen Schriftsteller geben, der weniger aggressive Leidenschaften bei Ihnen weckt.«

Leidenschaft – wieder dieses Wort. Ich lehnte mich zurück und versuchte, Autoren zu finden, die ich halbwegs mochte. Doch Orvilles Schönheit hatte eine zeitweilige Amnesie bei mir ausgelöst, und jeder mir bekannte Autor löste sich prompt in Luft auf. Der einzige Name, der mir noch einfiel, war Julius Cäsar.

»Frederick Douglass«, sagte ich schließlich.

Orvilles Augenbraue hob sich wieder, dieses Mal langsam und mit geübter Präzision. »Frederick Douglass – der amerikanische Sklave?«

»Ja.«

»Aus einem bestimmten Grund?«

Ja, es gab einen Grund. Nein, ich wollte ihn nicht nennen.

»Ich finde ihn … ergreifend.«

Orville beugte sich vor und schrieb etwas auf ein Blatt Papier. Ich fragte mich, was ein so junger Mann in einem so alten Sessel zu suchen hatte und warum James Orville III. von all den Laufbahnen, die er hätte einschlagen können – Spionage, Folterung, psychologische Kriegsführung –, ausgerechnet einen Beruf ergriffen hatte, der ihn in ein literarisches Gefängnis aus dem 14. Jahrhundert sperrte, mit Büchern als Gefährten und schlotternden Studentinnen zum Mittagessen.

»Sehr schön, Samantha«, sagte er und beendete rasch seine Notiz. Er stand auf, und nach einer kurzen Suche in einem nahen Regal zog er ein Buch heraus. Er überreichte es mir. »Wie Sie wünschen. Frederick Douglass. Fangen wir an.«

»Jetzt?«

»Ich erwarte, dass Sie problemlos über ihn sprechen können, wenn er Ihnen so am Herzen liegt.«

Ich blinzelte. War das Tutorium nicht schon vorbei? Außerdem hatte ich gelogen. Frederick Douglass war nicht mein Lieblingsautor – er ist der Lieblingsautor meines Vaters gewesen. Dad hat immer gesagt, dass Douglass' Werk eines der zwei schönsten der amerikanischen Literatur sei. Das andere war Lucy Maud Montgomerys Kinderbuch *Anne auf Green Gables*, das, wie er sagte, erschreckend reale Themen aufgreife. Wie die Erzählerin hatte Dad sich den Kopf darüber zerbrochen, ob man bei »Anne« das E am Ende aussprechen sollte. »Verflixte Sache, das mit den Namen, was?«, hatte er einmal zu mir gesagt.

»Erzählen Sie mir, warum Ihnen dieses Buch gefällt, Samantha«, sagte Orville lächelnd.

Schnaubend nahm ich das Buch. Ich blätterte zu der Stelle, die mein Vater am interessantesten gefunden hatte. Es war der Moment, als Frederick Douglass einen brutalen Sklaventreiber beschreibt, Mr Gore. Ich legte meinen Daumen auf die Seite und reichte Orville das aufgeschlagene Buch. Am Ende eines langen und blutrünstigen Berichts über ihre Auseinandersetzungen schreibt Douglass:

> *… und so bleibt also der schuldige Täter, der einen der blutigsten und gemeinsten Morde begangen hat, vom Arm des Gesetzes unerreicht und wird nicht zurechtgewiesen von der Gemeinschaft, in der er lebt. Mr Gore lebte in St. Michael's, Talbot County, Maryland, als ich von dort wegging; und wenn er noch am Leben ist, lebt er wahrscheinlich heute noch dort …*

Orville las den Abschnitt und blickte unbeeindruckt auf.

»Douglass sagt die Wahrheit«, sagte ich. »Keine spirituelle oder metaphorische Wahrheit – die buchstäbliche Wahrheit. Douglass bittet seine Leser unterschwellig, diesen Mann zu jagen und zur Strecke zu bringen. Er hätte uns genauso gut Gores genaue Anschrift nennen oder seinen morgendlichen Tagesablauf schildern können.«

Ich konnte fast spüren, wie sich der Geist meines Vaters erhob und mich anstachelte. »Ja, ja, das ist sehr gut!«, würde er rufen. Doch Orvilles Blick blieb skeptisch. Er faltete die Hände im Schoß.

»Halten Sie Douglass für einen glaubwürdigen Erzähler?«, fragte er.

Irgendetwas in meinem Gesicht zuckte. Ob Orville wohl bewusst war, dass er mich langsam in den Wahnsinn trieb?

»Es ist jetzt vielleicht nicht der richtige Zeitpunkt, das zu sagen, Sir, aber ich hasse diese Frage wirklich.«

Er ignorierte es. »Antworten Sie.«

»Nein, es ist mein Ernst, ich hasse diese Frage.«

»Antworten Sie.«

»Ja«, gab ich nach. »Frederick Douglass ist glaubwürdig. Wenn man einem Tagebuch keinen Glauben schenken kann – wie kann man dann überhaupt einem Autor glauben, der je gelebt hat?«

»Das kann man nicht«, sagte Orville und gab mir das Buch zurück. »Deshalb sollte die Biographie eines Autors die Lektüre eines Buchs nicht beeinflussen. Man muss diesen Text behandeln wie jede Fiktion. Schlagen Sie bitte Seite 138 auf.«

»Nein.«

»Bitte?«

»Entschuldigung.«

Ich schlug das Buch auf. Seite 138. In meiner alten Ausgabe war das die Stelle, an die ich einen kleinen Drachen gekritzelt hatte.

»Sagen Sie mir, was da passiert«, sagte Orville.

Ich sah die Seite an. »Frederick Douglass wehrt sich gegen seinen Herrn.«

»Er wehrt sich nicht nur gegen seinen Herrn«, sagte Orville. »Er trägt einen der gewaltigsten Kämpfe in der gesamten Sklavenliteratur aus. Der Kampf dauert zwei geschlagene Stunden, oder ist Ihnen das nicht aufgefallen?«

Ich sagte nichts.

»Zwei volle Stunden, Samantha«, wiederholte er. »Finden Sie daran nichts verdächtig?«

»Nein. Der Mann wurde ausgepeitscht.«

»Der Mann hat gelogen.« Orville stand auf, eine Hand in der Hosentasche, die andere hinter dem Rücken. »Haben Sie schon einmal mit jemandem gekämpft, Samantha, so richtig körperlich gekämpft?«

»Haben Sie?«

»Nur wenige Menschen können einer solchen Anstrengung mehr als ein paar Minuten standhalten. Douglass, der Erzähler, zieht den Kampf in die Länge, sodass der Ernst der Lage offensichtlicher wird. Das ist das grundlegendste Konzept von Fiktion, welches Sie weiterhin nicht begreifen. Es ist kein Boxkampf, es ist der universelle Kampf zwischen Unterdrücker und Unterdrücktem. Es ist der Wendepunkt im Kampf eines Sklaven für seine Freiheit. Ohne die Bedeutung dieses Moments zuerst in Fiktion umzuwandeln, hätte Douglass sie uns mitnichten emotional nahebringen können. Sie müssen das Buch als eine künstlerische Einheit betrachten, nicht als Tagebuch mit Selbstzweck. Er ist nicht nur *ein* Sklave, er ist jeder Sklave, der je existiert hat. Das hier ist keine buchstäbliche Wahrheit, sondern eine innere Wahrheit.«

Er stand nun direkt vor mir. Ich konnte Thunfisch in seinem Atem riechen.

Ich versuchte, ruhig zu bleiben. »Ich denke, Sie und ich verstehen Literatur nicht auf dieselbe Weise, Sir.«

»Ja, das sehe ich auch so.«

»Sie finden, dass gute Sachbücher in Wirklichkeit Fiktion sind. Ich finde, dass jede gute Fiktion im Grunde wahr ist.«

Er runzelte die Stirn. »Haben Sie das von Ihrem Vater?«

»Es ist Teil dessen, was er ›greifbare Wahrheit‹ nannte.«

Schweigen. Orvilles Blick blieb auf mir haften. Ein seltsamer Ausdruck huschte über sein sonst so regungsloses Gesicht. Ich wusste, was er dachte: Hielt mein Vater die Brontë-Romane auch für wahr? Ich sagte nichts.

»Sehr schön«, sagte Orville, »Sie dürfen gehen.«

Er drehte sich um und ging zu den Fenstern, wo er jäh die Vorhänge aufriss. Grelles Morgenlicht fiel herein. Ich hatte das Zimmer nie in natürlichem Licht gesehen, nur immer in der Höllenglut des Kamins, und es war grauer, als ich es mir vorgestellt hatte. Es sah aus wie der Grund des Meeres, nachdem das Wasser abgeflossen war und jeder sehen konnte, wie alt und müde er wirklich war. Ich räumte meine Sachen zusammen, hielt aber inne.

»Sir?«

»Was ist?«

»Wie viel wissen Sie über *Agnes Grey*?«

»Warum fragen Sie?«

»Statt Alexander Pope oder Chaucer zu lesen, könnten wir uns doch Anne Brontë vornehmen. Ich bin neugierig auf Ihre Analyse der Bücher.«

Er schwieg. Ich fand nicht, dass es eine schwierige Frage gewesen war, aber vielleicht täuschte ich mich ja. Zum ersten Mal wirkte Orville verlegen.

»Samantha, ich …«, er hielt inne, »ich … würde lieber davon absehen, mit Ihnen über die Brontës zu sprechen.«

»Warum? Es ist doch ein literaturwissenschaftliches Thema.«

Das schien ihn nicht zu überzeugen. »Ich kann Ihnen nicht helfen.«

»Warum nicht?«, fragte ich, und als er nicht antwortete, fügte ich hinzu: »Bitte!«

Ich klang verzweifelter, als ich beabsichtigt hatte, und hätte meine Worte gern zurückgenommen. Unsere Blicke trafen sich. Meine Wangen brannten. Ich fragte mich, ob eine Regel in dem dicken grünen Band mit den disziplinarischen Maßnahmen besagte: »Professoren dürfen ihren Studenten nicht helfen.« Ich wandte mich ab. Während ich zusammenpackte, spürte ich Orvilles Blick auf mir. Als ich fertig war, ging ich zur Tür. Meine Hände zitterten. Ich hatte nie zuvor um Hilfe gebeten – und sie sollte einem Menschen nicht gleich beim ersten Versuch verweigert werden.

»Wissen Sie, was ich denke?«, sagte ich und drehte mich noch einmal um. »Ich denke, Sie weisen mich zurück, weil ich eine Menge über die Brontës weiß und Sie nicht.«

Mit ruhiger und fester Miene sah er mich an. »Bilden Sie sich nichts ein, Samantha.«

Wir verabschiedeten uns nicht voneinander.

Jemand am Old College hatte es auf mich abgesehen. Sein Name war H. Pierpont, einer der produktivsten und zugleich lästigsten Schreiberlinge des *Hornbeam*. Als wären seine letzten beiden Artikel noch nicht schlimm genug gewesen – »Neue Bewohnerin im Turm. Doch hat man sie je gesehen?« und »Wer hat Angst vor der großen, bösen Brontë?« –, erwachte ich an einem kalten Novembermorgen und fand in dieser Zeitung noch einiges mehr an verbal Erbrochenem:

BRONTË-VERMÄCHTNIS ENTHÜLLT?
KURATOR DER PARSONAGE SCHREIBT NEUES BUCH

Dieser neueste Artikel bezog sich auf Sir John Booker, der seine miese Kolumne von vor Jahren offenbar zu einem noch mieseren Buch ausgeweitet hatte. Laut Pierpont versprach dieses in Kürze erscheinende Buch, »das literarische Vermächtnis der Brontës zu enthüllen«, und war angeblich »spannend«. Ich wünschte, die Leute würden aufhören, ihre Ansichten über die Brontës zu veröffentlichen. Neue Bücher nährten lediglich die zunehmend wahnhaften Phantasien der Öffentlichkeit. Mein Mail-Postfach, das in den letzten Wochen ohnehin voller war als üblich, war bis zum Rand mit ungelesenen Anfragen der Presse vollgestopft. Ich löschte systematisch eine nach der anderen.

Ich zerknüllte den *Hornbeam* und warf ihn in den Papierkorb in der Zimmerecke. Bislang waren meine Versuche, Pierponts Identität aufzudecken, erfolglos gewesen. Auf der Website des *Hornbeam* stand erstaunlich wenig über die Redaktion. Als ein Student oder eine Studentin, der oder die sich so gern in meine Angelegenheiten einmischte, offenbarte H. Pierpont nichts von sich selbst.

Vielleicht lag es an Pierpont und dem *Hornbeam*, dass ich in den nächsten Tagen unweigerlich das Gefühl hatte, beobachtet zu werden. Wenn ich mich während der Mahlzeiten umdrehte, sah ich die Blicke gesichts- und namenloser Studenten. Wenn ich spazieren ging, drehten sich manche Jogger zweimal nach mir um. Und mehr als einmal spürte ich im Fakultätsgebäude den Seitenblick eines vorbeigehenden Fellow. Die Augen folgten mir durch den Korridor zu Orvilles Büro, und manchmal stellte ich mir vor, sie würden mich noch immer hinter der geschlossenen Tür beobachten. Hatte ich etwas falsch gemacht? Hatte ich die Rasenflächen betreten, hatte ich ungefragt etwas gesagt oder meinen Löffel bedauerlicherweise falsch benutzt? Hatte ich gegen die Regel auf S. 284 im Buch über die disziplinarischen Maßnahmen verstoßen? Oder war es einfach verdächtig, dass ich als junge Frau ziemlich viel Zeit mit dem einzigen unglaublich attraktiven Professor von ganz Oxford verbrachte? Aus welchem Grund auch immer – das Fakultätsgebäude war zu einer riesigen hochgezogenen Augenbraue geworden.

Etwa zur gleichen Zeit, Ende November, beschloss ich, dass ich der *Gouvernante* nicht mehr länger in die Augen sehen konnte. Es war zu schmerzhaft. Ich hatte versucht, in Frieden mit ihr zu leben, aber ich war gescheitert. Sie schien nach mir zu schreien, lauter und lauter. Würde ich sie sterben lassen? Und? Würde ich? Sie erinnerte mich an Anne, sie erinnerte mich an Emily, sie erinnerte mich an Charlotte. Und wenn ich philosophisch wurde, erinnerte sie mich an mich selbst – aber ich wollte nicht philosophisch werden.

Hätte das Gemälde einen anderen Titel getragen, hätte es mich vielleicht nicht so aufgewühlt. Doch das Wort »Gouvernante« ließ vor mir das Bild einer einst hübschen jungen Frau in einem schwarzen Kleid entstehen, die auf den Boden starrte und sich überlegte, was sie wohl zuerst umbringen würde – die Langeweile, die Armut oder der Wahnsinn. Gouvernante zu sein war ein Übel, das mein Vater einmal in seinem berühmten Gedicht *Das Leben einer Gouvernante und andere Übel* dargestellt hatte. Er hatte immer zu mir gesagt, dass ich niemals Gouvernante werden dürfe, ganz gleich, wie verzweifelt ich sein würde. War das ein vorstellbares Szenario für ihn gewesen? Als unser schnauzbärtiger Nachbar in Boston einmal angerufen und gefragt hatte, ob ich sein schreiendes, pausbackiges Kind hüten wollte, hatte mein Vater einen merkwürdigen Wutanfall bekommen. Er nannte das Babysitten die letzte legale Form der Sklaverei. Ich hatte versucht, ihm zu erklären, dass es seit hundert Jahren keine Gouvernanten mehr gab, doch er hatte nur abgewinkt und war an sein Regal gegangen. Er hatte *Emma* herausgezogen und mir Jane Austens Schilderung der Gouvernante Jane Fairfax vorgelesen:

> *Mit der Seelenstärke einer gläubigen Novizin hatte sie beschlossen, mit einundzwanzig Jahren das Opfer zu vollenden – allen Freuden des Lebens, vernünftiger Geselligkeit, Umgang mit Gleichgestellten, dem Frieden und der Hoffnung zu entsagen, um sich auf immer der Buße und der Demut hinzugeben.*

»Ergo«, hatte mein Vater gesagt.

Viktorianische Gouvernanten sahen alle gleich aus: bleich, verbittert und irgendwie lebensmüde – genau wie die Frau auf dem Bild an meiner Wand. Von Geburt waren sie ihren Arbeitgebern ebenbürtig, nicht aber von der Position her, und sie waren gefangen in einem unangenehmen, einsamen Schwebezustand, einem Zustand des Versinkens sozusagen. Es war ein verachtenswertes Leben, geprägt von den Ressentiments des Dienstpersonals, der Gleichgültigkeit der Familie und dem lächerlich kleinen Jahresgehalt von zwanzig bis vierzig Pfund. Eine Gouvernante stand für eine ganze Generation gebildeter, achtbarer Frauen, deren Vätern einfach nur das Geld ausgegangen war. Ich vermutete, meinem lieben alten Vater war das alles nur zu bekannt vorgekommen.

Doch falls Dad mir das Leben einer Gouvernante hatte ausreden wollen, war ihm das offenbar misslungen. Denn da war ich nun: einsam, schwarz gekleidet. Ich wohnte in meiner eigenen kleinen Ecke des Old College, wo ich tagelang in meinem Turm auf und ab ging. Ich war bleich, dünn und unverheiratet. Orville war der Herr, ich war seine Schutzbefohlene. Ich war kein Kind mehr, aber auch noch keine richtig Erwachsene, ich war nicht Orvilles Freundin, aber auch keine völlig Fremde. Entweder war ich mit der englischen Literatur warm geworden und hatte angefangen, Parallelen zwischen unzusammenhängenden Dingen zu ziehen, oder aber mein Leben wurde in der Tat erschreckend viktorianisch.

Es ist keine Überraschung, dass letztendlich Gouvernanten in psychiatrischen Einrichtungen einen großen Anteil der Insassinnen stellten. Henry James wusste dies sicherlich, als er *Die Drehung der Schraube* schrieb; Charlotte Brontë wusste es auch, als sie *Jane Eyre* schrieb. Zwischen einer Gouvernante und dem Wahnsinn gab es lediglich einen schmalen Grat. Die meisten Gouvernanten starben einsam und allein, sie wurden verrückt oder aber sie schrieben Bücher über den glücklichen Ausgang einer Sache, den sie selbst nie erlebt hatten. Oder, wie im Fall meiner Verwandten, alles drei.

Alle Frauen der Familie Brontë waren irgendwann Gouvernanten gewesen – durch Mangel an Geld, Ehemännern oder wegen eines Bruders, der keiner geregelten Arbeit nachgehen konnte. Abgesehen vom Malen, waren Schreiben, Schauspielerei oder Prostitution für eine ledige Frau die einzigen Möglichkeiten, ein bisschen Geld zu verdienen – wobei Ersteres und Zweiteres damals gleichbedeutend mit Letzterem waren.

Die arme Anne hatte es am schlimmsten erwischt. Nachdem sie zwei Jahre lang bei derselben Familie gelebt hatte, zog sie 1840 nach Thorp Green, dem Anwesen der Robinsons, wo sie in den folgenden fünf Jahren deren Kinder hütete. Es war die Zeit der größten Umbrüche in Annes Leben, und die arme kleine Annie hatte sich mehr verändert, als sie hätte ahnen können.

Ich hatte keine Wahl: Ich zog mein blaues Laken vom Bett und warf es über die *Gouvernante*. Der Saum hing am Boden wie der Schleier einer toten Braut.

6

Am Samstagmittag wachte ich auf, als es an meine Tür klopfte. Es war Marvin, mein Freund mit dem Haifischgebiss, der mich an meinem ersten Tag in dieses baufällige Zimmer geführt hatte. Zu meiner Überraschung stand eine ganze Horde Touristen hinter ihm.

»Hallo«, sagte ich.

Dutzende Augenpaare starrten mich an, als wäre ich eine Reinkarnation von Bloody Mary.

Marvin lächelte. »Zeit für unsere Führung.«

Er klang munter. Ich hatte nicht daran gedacht, dass heute wie an jedem Wochenende die Führung durch meinen Turm stattfand. Normalerweise stand ich früh auf und war schon weg, bevor die Touristen kamen. Ich hatte nicht aufgeräumt, meine dreckigen Strümpfe lagen noch verstreut auf dem Boden. Auf dem Schreibtisch stand eine leere Dose Hummus, die Kleider von gestern hingen über der Stuhllehne. Das Laken bedeckte noch immer das schreckliche Gesicht der *Gouvernante.*

Ich wandte mich an Marvin: »Ist die Führung früher als sonst? Oder habe ich verschlafen?«

»Sie haben verschlafen.«

Ich nickte. »Wissen Sie, es ist etwas schwierig, wenn man keine Fenster hat.«

Marvin trat ein und zog die Besucherschar hinter sich her. Schützend verschränkte ich die Arme. Ich war barfuß. Die Frau neben mir war ein paar Zentimeter größer als ich und trug eine

Bauchtasche mit der Aufschrift: *I ♥ Dromedaries*. Ich bemühte mich, niemanden anzusehen. Die meisten Leute im Raum hatten ihre Kameras gezückt.

»Willkommen im Turm!«, hörte ich Marvin sagen. Er genoss seine Rolle, das war klar. Seine Stimme war so voller Selbstgefälligkeit wie bei jemanden, der endlich Macht hatte. »Wie ich bereits sagte, war dieser Turm das Heim vieler berühmter Bewohner des Old College. Es wurde Tradition, dass jeder hier der Nachwelt etwas hinterließ.«

Mit gesenktem Kopf manövrierte ich durch die Menge und sammelte verstreute Unterwäsche ein. Um mich umzuziehen, zwängte ich mich in den Kleiderschrank. Dort war es dunkel, das Holz war rau, und es gab kaum genug Platz, um die Arme zu heben. Dennoch schlüpfte ich umständlich in Jeans und Pullover und stieß dabei mehr als nur einmal schmerzhaft gegen die Schrankwand.

»Kommen Sie bitte hier entlang«, hörte ich Marvin sagen, »dann können Sie die Stelle sehen, wo Sir Michael Morehouses Katze bei lebendigem Leib in die Wand eingemauert wurde. Sehen Sie die Verfärbung des Ziegelsteins? Genau hier.«

Als ich mich umgezogen hatte, machte ich die Schranktür wieder auf und trat hinaus. Da sah ich einen grellen Lichtblitz. Ich blinzelte – einmal, zweimal. Jemand hatte ein Foto von mir geschossen. In meinem Körper wurde der Katastrophenalarm ausgelöst. Hektisch sah ich mich um. Rechts von mir stand ein pummeliger Teenager in einem violetten T-Shirt, der sich eine Wegwerfkamera vor die Augen hielt. Ich bekam Panik. Zügig und mit gesenktem Blick eilte ich zum anderen Ende des Raums. In der dichten Menge trat ich mehr als nur einem Menschen auf die Zehen. Ich musste hier raus. Ich wollte nicht auf der Titelseite einer weiteren Zeitung erscheinen, vielen Dank auch!

Marvin sprach schneller und energischer als sonst. »Und dort – sehen Sie? Nein, dort drüben. Dort hat ein ehemaliger Student seine berühmten Initialen eingraviert. Wenn Sie genauer hinsehen …«

Endlich hatte ich meine Tasche gefunden. Ich schlüpfte in meine Schuhe und schob mich zur Tür. Zitternd und außer Atem zog ich die Turmtür hinter mir zu und floh die fünf Treppen nach unten.

Ich brauchte eine Weile, um mich wieder zu sammeln. Erstaunlicherweise war es draußen angenehm warm. Ich drehte eine Runde über den Campus und genoss die tröstenden Sonnenstrahlen auf meinem Gesicht. Nach der Hälfte des Weges erreichte ich die Plodge, das Häuschen am Eingangstor, aus dessen Schornstein Rauch quoll. Ich wusste, dass Marvin dort seinen Arbeitsplatz hatte. Und wenn ich mich richtig erinnerte, arbeitete da auch mein schwedischer Model-Freund. Ich ging an der diensthabenden Pförtnerin vorbei – sie nickte mir zum Gruß kurz zu – und sah Hans im Zimmer auf der rechten Seite sitzen, die Füße auf dem Tisch. Seine blonden Haare glänzten.

Als er mich sah, huschte ein Lächeln über sein Gesicht, und er setzte sich aufrecht hin.

»Na, das hätte ich nicht erwartet«, sagte er.

»›Erwarte das Unerwartete, sonst wirst du es nicht finden‹«, sagte ich.

»Was?«

»Heraklit.«

Es entstand ein verlegenes Schweigen. Ich werde wohl niemals ein normales Leben haben, dachte ich.

»Ich wollte damit sagen, dass Heraklit das gesagt hat«, stellte ich richtig.

»Ach so.«

»Entschuldige.«

Dann lächelte er wieder. Er sah aus wie ein europäischer Tennisprofi – enges weißes Sportshirt, leicht gebogene Nase, lange schlanke Beine. Unter seinem Shirt zeichneten sich seine Muskeln und Rippen ab. Nervös trat ich von einem Bein aufs andere. Ich ging nicht oft aus und kam mir fehl am Platz vor, wie zu Gast in der sexuellen Phantasie eines Fremden.

»Es überrascht mich, dass du dich noch an mich erinnerst«, sagte ich.

Hans lachte. Er dachte wohl, ich machte Scherze, aber als ich schwieg, sagte er: »Du bist die Brontë.«

»Stört es dich, wenn ich ein Weilchen bleibe?«

Er deutete auf den Stuhl ihm gegenüber. Er lächelte immer noch, doch ich nahm eine gewisse Vorsicht in seiner Miene wahr.

»Wir könnten auch rausgehen«, sagte er.

»Raus wohin?«

»Hinaus in die Welt«, sagte er. »Du hast bestimmt schon davon gehört, ja?«

»Musst du nicht arbeiten?«

»Ich mache früher Schluss.«

»Darfst du das?«

Er grinste. »Beeindruckt dich das?«

Er räumte seine Sachen zusammen und warf sich eine Wildlederjacke über, dann führte er mich hinaus in die warme Sonne. Ich spürte, wie sehr ich mich nach einem freien Nachmittag gesehnt hatte. Wahrscheinlich würde ich mich noch nach Jahren an ihn erinnern.

»Was möchtest du gern machen?«, fragte er.

»Ich weiß nicht«, sagte ich. »Ich war lange nicht mehr hier in Europa.«

»Okay, klar.«

Wir gingen durch das Tor des Old College und die High Street hinunter, in der es nach Diesel und Zigarettenrauch stank. In den Straßen fuhren Doppeldeckerbusse. Mürrische Gesichter und feuchte Hundenasen drückten sich an die Scheiben. Es war angenehm, mit Hans spazieren zu gehen. Ich kann mich nicht mehr erinnern, worüber wir geredet haben. Mir fiel nur auf, dass er stets alles einmal zu oft erklärte und dass mit seinem Akzent das Wort »Google« so klang, als würde er jemanden abmurksen.

»Und?«, sagte er schließlich.

»Und was?«

Ich blickte auf. Direkt vor uns lag das Oxford Theatre. Zwei Lettern waren abgefallen, nun las es sich »Oxford eatre«. Mir wurde klar, warum Hans stehen geblieben war – das Plakat vor uns kündigte die neueste Verfilmung von *Jane Eyre* an, die am letzten Wochenende in die Kinos gekommen war. Charlotte Brontës heißgeliebter Roman. Ich erinnerte mich vage, dass die Presse – war es die *Daily Mail* oder der *Examiner*? – mir letzte Woche ein paarmal gemailt und gefragt hatte, ob ich von den Sexszenen in der neuen Verfilmung vor den Kopf gestoßen sei. Ich hatte nicht geantwortet. Jedes Jahr kam eine Neuverfilmung von *Jane Eyre* in die Kinos, und jedes Jahr war es genau das Gleiche: Eine unbekannte Darstellerin spielte die Jane, und sie war üblicherweise hübscher, als sie hätte sein sollen. Ein sehr attraktiver, sehr melancholischer, sehr »Oh, là, là«-Mann spielte den Rochester, und Judi Dench spielte den Rest.

Ich schnaubte unverbindlich und stupste Hans an, damit er weiterging, doch er rührte sich nicht vom Fleck. Er war über das Familiengrab einer Freundin gestolpert und fühlte sich verpflichtet, seinen Respekt zu zollen.

»Wer soll das da sein?«, fragte er. Er deutete auf den schwarzen Schatten einer Frau in der Ecke des Plakats direkt neben dem letzten E in »Eyre«. Nur zwei rote, wässrige Augen und die Umrisse eines finsteren Gesichts waren zu erkennen. Sie blickte mir direkt in die Augen. Wir standen uns gegenüber wie zwei Schachmeister, die nach Jahren wieder gegeneinander antraten. Da war sie, die Wahnsinnige in der Dachkammer.

»Können wir jetzt weitergehen?«, fragte ich unvermittelt.

Hans sah mich merkwürdig an, dann ging er weiter. Gleich darauf bog er in eine kleine Allee ein.

»Wohin gehen wir?«, fragte ich.

»Ich habe eine Idee: Lass uns ins Ashmolean gehen.«

Nach etwa zehn Minuten kamen wir zu einem großen, schmuckvollen Gebäude mit erhabenen Säulen und der Selbstgefälligkeit eines Gedichts von Wordsworth. Ein Museum. Am Eingang warb eine Fahne für die Sonderausstellung »Early Women Writers«. Ich drehte mich zu Hans um und verzog das Gesicht, er aber schien von der Aussicht auf einen Museumsbesuch ganz aufgekratzt zu sein.

Ich muss so wenig begeistert ausgesehen haben, wie ich mich fühlte, denn Hans sagte: »Was ist denn?«

»Ich hasse Frauen.«

»Wie bitte?«

»Schriftstellerinnen, meinte ich.«

Er führte mich ins Innere des Gebäudes. In dem großen Foyer aus Marmor roch es nach Heißkleber. Der rotwangige Mann am Empfang reichte uns jeweils eine Broschüre und riet uns, in ein paar Wochen die Gala nicht zu verpassen, wenn Sir John Booker von der Brontë Parsonage sein neues Buch signieren und ein paar bedeutende Leute Reden halten würden. Ich gab mich desinteressiert und folgte Hans die Treppen hinauf, vorbei an der Abteilung der Präraffaeliten und vorbei an der Statue eines kopflosen Römers, bis wir die Hauptattraktion erreicht hatten: die Ausstellung über die frühen Autorinnen.

Laut der Broschüre wurden dort Skizzen und Notizbücher einiger Schriftstellerinnen gezeigt: Mary Wollstonecraft, Mary Shelley, Frances Burney, Eliza Haywood, Jane Austen und natürlich die Brontës. Sie waren die mutigen frühen Wegbereiterinnen – die Frauen, die Romane geschrieben hatten, lange bevor es Mode geworden war. Zu ihren Lebzeiten lief eine Frau, die sich aus der häuslichen Welt hinauswagte, Gefahr, von der Öffentlichkeit verunglimpft zu werden. Doch diese Damen zeigten allen den Mittelfinger und taten es trotzdem.

»Alles in Ordnung mit dir?«, fragte Hans.

»Ja«, log ich. Ich schwitzte.

Mit gesenktem Kopf eilte ich weiter. Ich kam mir vor, als hätte ich mich im Horrorkabinett von Madame Tussaud verirrt. Im Grunde war mir klar, dass diese Ausstellung für Meinungsfreiheit und Gleichberechtigung stand. Doch ich sah darin lediglich einen Tribut an das Leid. Die Geschichte ebendieser Schriftstellerinnen war eine Geschichte der Zensur. Ihr Werk definierte sich nicht über das, was sie geschrieben, sondern über das, was sie gezwungenermaßen ausgelassen hatten.

Frances Burney, die arme Fanny! Ihren Saal besichtigten wir zuerst. Verachtet von ihrer Familie, verbrannte sie mit fünfzehn Jahren alles, was sie je geschrieben hatte. Und Jane Austen, die liebe Jane! Ich lief so schnell durch den Saal, dass Hans mir irgendwann hinterherrennen musste. Nach Jane Austens Tod wurden ihre Briefe sorgfältig aufgearbeitet und herausgegeben. Dabei wurden jedoch so viele Seiten ausgelassen, bis die Jane Austen, die wir heute kennen, nicht mehr die Frau war, die tatsächlich gelebt hatte. Ich lief immer schneller, mir klingelten die Ohren. Die Porträts an der Wand blickten auf uns herunter, als würden sie aus den Fenstern einer Irrenanstalt starren. Mir war, als würde ich jemanden in weiter Ferne schreien hören.

Damit kamen wir zu den Brontës. Ihr Saal befand sich im dritten Stock des Museums. Auf einem glänzenden Plakat war zu lesen: »Ein Leben in der Kunst: Charlotte, Emily, Anne«. Ich hielt kurz inne, um mich zu beruhigen. Mitten im Saal stand eine junge Frau, die, ihrem Hosenanzug und dem Namensschild nach zu urteilen, Praktikantin oder neu war. Sie sprach mit zwei indischen Besuchern. Wir gingen hinein.

»Sie ist total jung«, flüsterte ich Hans zu und deutete auf die Museumsangestellte.

»Total heiß«, sagte er.

»Was?«

»Schon gut«, murmelte er.

Sie konnte nicht älter sein als ich. Ihr Haar war safrangelb, in ihrem Pony schimmerte eine rötliche Strähne.

»Die meisten Menschen wissen nicht, dass es möglich ist, die Brontës allein über ihre Beschäftigung mit der Malerei zu analysieren«, sagte sie. Ihre Stimmte hallte in dem leeren Saal.

Hans und ich schlenderten umher. Mein Herz schlug mir noch immer bis zum Hals. Die meisten Zeichnungen kannte ich aus den Büchern über die Brontës, die mein Vater besessen hatte. Hans deutete auf verschiedene Skizzen, als würde er mich an Deck eines Schiffes auf Wale aufmerksam machen, die neben uns aus dem Meer auftauchten. Ich lächelte und nickte jedes Mal, und er sah mich erwartungsvoll an, als würde er meine Reaktion analysieren wollen. Mir gefiel es nicht, die Zeichnung der Brontës in Rahmen zu sehen. Genauso wenig wie es mir gefiel, ausgestopfte Hirschköpfe an Wänden hängen zu sehen.

»Hübsch«, log ich, als wir vor einem größeren Gemälde von

Charlotte stehen blieben. Ich kannte es nicht. Es zeigte einen Prinzen, der sich über eine schlafende, in vornehme Tücher gehüllte Frau beugte.

»Treten Sie bitte nicht so nah an die Kunstwerke heran«, ermahnte uns die Museumsangestellte mit der roten Strähne. Das indische Paar war gegangen.

»In Ordnung.« Ich wich von der Wand zurück und blickte zu Hans. »Siehst du, wie makaber das alles ist? Man bekommt wirklich eine Vorstellung davon, was in Charlottes Kopf vorgegangen ist.«

Die junge Frau räusperte sich. Ich drehte mich um, sie stand direkt hinter uns.

»Dieses Bild ist eine getreue Kopie von Alfred B. Claytons *Atheist beim Anblick des Leichnams seiner Frau.*«

Hans legte den Kopf schräg. »Die Brontës haben Werke von anderen kopiert?«

»Selbstverständlich«, sagte sie. Sie hatte eine zittrige Stimme. »Durch das Kopieren vorhandener Kunstdrucke lernten die Frauen malen. Niemand erwartete, dass sie Künstlerinnen wurden. Malen war ein Zeitvertreib wie Sticken.«

Ich blinzelte und lächelte nicht. »Wie war Ihr Name?«

»Amanda.«

Sie war hübsch. Ich blickte zwischen den beiden hin und her und bemerkte erneut, wie ausgesprochen attraktiv Hans war. Große blaue Augen, kurzgeschnittenes weißblondes Haar. Er sah aus wie ein junger Gott. Die beiden passten besser zusammen als Hans und ich.

Er deutete auf ein weiteres Gemälde an der Wand. »Und das hier?«

»Auch eine Kopie«, sagte Amanda.

Hans wies auf ein anderes Bild hin. »Und das?«

»Eine Kopie.«

»Diese drei da drüben?«

»Kopien.« Sie lächelte und entblößte eine kleine Lücke zwischen ihren Schneidezähnen. »Wie gesagt, kultivierte Damen kopierten Kunstdrucke.«

»Und unkultivierte?«, platzte ich heraus.

»Wie meinen Sie?«

»Es gibt eine Menge Originalbilder von den Brontës«, sagte ich.

»Sehr wenige, und sie sind ziemlich öde«, sagte Amanda. »Aber wenn es Ihnen hilft: Ihre mangelnde Kreativität in der bildenden Kunst machten die Mädchen mit ihrem Schreibtalent bei weitem wieder wett. Sie lernten, Bilder mit Worten zu malen. Man könnte sagen, ihre Bücher waren Übersetzungen ihrer Bilder.«

Sie war zu jung, um solche selbstsicheren, druckreifen Sätze von sich zu geben, und ich überlegte, ob sie wohl kürzlich eine Abschlussarbeit verfasst hatte. Ich mochte Leute nicht, die die Originalität der Brontës beleidigten. Dies schien ganz allein mir vorbehalten zu sein. Ebenso mochte ich es nicht, wenn man mir mit Fakten kam. Die Welt der Brontës in meinem Kopf war sauber und ordentlich, und darin war nicht viel Platz für die Meinungen von Außenstehenden.

»Ich wette, es gibt mehr als nur ein paar wenige Originalbilder der Brontës«, sagte ich. »Auch Jane Eyre hatte damit angefangen, Kunstdrucke zu kopieren, und sich später zu einer kreativen Künstlerin entwickelt. Ich bin sicher, bei Charlotte war es genauso.«

»Vielleicht.«

Ich spürte, wie mir die Hitze ins Gesicht stieg, also drehte ich mich um und ging zur anderen Seite des Raums. Vor einem Gemälde, das ich zuvor entdeckt hatte, blieb ich stehen. Es zeigte das unattraktive Profil einer unattraktiven Frau, dem die Proportionen fehlten und das aussah wie eine ägyptische Hieroglyphe. Die Bänder ihrer Haube lagen ihr wie Ketten um den Hals. Ich kannte dieses Bild. Als Kind hatte ich es immer wieder in den Büchern meines Vaters gesehen.

»Würden Sie sagen, das ist eine Kopie?«, fragte ich Amanda, die mir gefolgt war.

»Nein«, gestand sie ein, »das ist keine Kopie.«

»Dachte ich mir.«

»Wissen Sie, wer das ist?«, fragte sie ein wenig beeindruckt.

»Ann Marshall«, sagte ich.

Sie schenkte mir ein Lächeln mit Zahnlücke, als wären wir soeben beste Freundinnen geworden. »Sie wissen also über Thorp Green Bescheid.«

Ich überlegte, ob ich antworten sollte: Ja, ich wusste über Thorp Green Bescheid, und nein, ich war keine Wilde. Doch ich ließ es sein. Stattdessen wanderte ich eine Weile durch den Saal und versuchte, mich zu beruhigen. Ich war wütend auf Hans, weil er mich hier hergeschleppt hatte. Es war so unsensibel, wie einen Alkoholiker in ein Brauhaus mitzunehmen. Und Hans schien weniger an der Ausstellung interessiert zu sein als an meiner Reaktion darauf.

Doch als er mir seinen Arm um die Hüfte legte, beruhigte ich mich wieder. Mit warmer Stimme sagte er: »Gehen wir, ja?«

Mein Herz überschlug sich. Ich ließ meinen Blick ein letztes Mal durch den Saal schweifen und deutete mit hochgezogener Augenbraue auf das Gemälde vor dem Ausgang.

Amanda beantwortete meine unausgesprochene Frage: »Eine Kopie.«

Wir bedankten uns bei ihr und gingen.

Wir aßen Eis im *Moo Moo's*, dann wanderten wir ziellos durch einen verlassenen Park. Auf dem Heimweg kamen wir wieder am »Oxford eatre« vorbei, in dem neben *Jane Eyre* auch *Früchte des Zorns* als englische Musical-Komödie lief. Es dämmerte, als wir am College ankamen. Ich war stolz. Ich hatte Spaß gehabt. Würde jemand fragen – was niemand tat –, hätte ich von all den aufregenden, superromantischen Dingen erzählen können, die ich an diesem Tag erlebt hatte.

»Ich finde es bewundernswert, dass du den Leuten nicht gibst, was sie wollen«, sagte Hans, als wir uns langsam dem Eingangstor näherten.

»Was soll das heißen?«

»Das heißt, dass du niemandem sagst, was dein Vater dir wirklich vermacht hat. Ich vermute, du hast deine Gründe dafür, und das finde ich loyal und bezaubernd.«

»Ich weiß einfach nicht, wie ich den Leuten sonst klarmachen soll, dass ich nichts besitze.«

»Wie du willst«, sagte er lächelnd. »Jedenfalls darf ich dir dazu gratulieren, die Ikone des Jahrzehnts zu sein – ein schönes Waisenmädchen, das man in einen Turm gesperrt hat. Die Phantasien der Männer im ganzen Land spielen verrückt.«

Ich verzog das Gesicht. »Warst du schon einmal in meinem Turm? Es ist wirklich nicht gerade toll.«

»Nein, aber ich würde ihn gern sehen.«

Ich kicherte.

Das Tor des Old College war verschlossen, also mussten wir durch den Nebeneingang auf der Südseite des Campus gehen. Wir kamen am Rotwildgehege und dem Teich vorbei. Hans sagte, ich solle in die Sterne blicken, und das tat ich. Doch ich sah keine Sterne, nur einen verschwommenen Fleck aus Wolken. Ich senkte wieder den Kopf und sah, dass Hans mich anlächelte. War das nur irgendein Trick gewesen?

Wir waren hinter dem Fakultätsgebäude angekommen, in der Ferne sah ich wieder den alten Brunnen.

»Halford's Well«, beantwortete Hans die Frage, die in meinem Kopf schwirrte. »Benannt nach einem Ehemaligen.«

»Wofür wird er genutzt?«

Hans zuckte mit den Achseln. »Manchmal werfen Leuten ihren Müll hinein. Alte Notizen, Bierflaschen. Einem Gerücht zufolge ist mal einer reingefallen und gestorben.«

»War es Halford?«

Statt einer Antwort nahm Hans meine Hand. Nichts bringt einen besser in die Gegenwart zurück als Händchenhalten, fand ich. Die Vergangenheit erscheint unbedeutend, die Zukunft nutzlos. Ich spürte, wie mich ein neues, unbekanntes Gefühl überkam – ich denke, es war Erleichterung.

Hans sah mich an. »Willst du hochgehen?«

Ich blinzelte. Die Ruhe, die ich verspürt hatte, war dahin. In der Ferne sah ich meinen Turm, er schimmerte bedrohlich im Mondlicht.

»Nein«, sagte ich.

»Was?«
»Sorry, ich habe die Frage nicht verstanden.«
Er sagte: »Willst du hinaufgehen?«
»Ich wohne da oben.«
»Deshalb frage ich.«
»Wo lebst du noch mal?«
Er lächelte. »Zu dir ist es näher.«
»Nein, ich meine, wo du sonst lebst.«
»In London.«
»Wow. London.«

Das Gespräch erstarb. Es blieb uns wohl nichts anders übrig, als in meinen Turm zu gehen. Die Stimmung veränderte sich, wir gaben abgehackte Sätze von uns, wie einstudiert. Ich kann mich nicht mehr erinnern, worüber wir redeten. Als wir im fünften Stock ankamen, keuchte ich. Ich kramte nach meinen Schlüsseln und ließ sie fallen, bevor ich es schaffte, die Tür zu öffnen. Ich nahm kaum wahr, dass sie gar nicht abgeschlossen war.

Ich erwartete fast, die Touristengruppe vorzufinden, die noch ein paar Fotos von Bloody Marys heimlichem Verehrer schießen wollte. Aber das Zimmer war leer. Es roch leicht nach Rasierwasser. Ich fragte mich, wer sich wohl in meinem Schrank versteckte, bis ich merkte, dass es Hans' Rasierwasser war. Er hatte seine Jacke ausgezogen, stand direkt vor der *Gouvernante* und besah sich ihren Kampf mit dem Wasser. Er schien sehr von dem Vogel auf dem Bild fasziniert zu sein. War das Laken heruntergefallen? Oder hatte Marvin das Gemälde enthüllt? Wie auch immer – da war es, ihr schreckliches Gesicht. Bildete ich es mir nur ein, oder hatte sich das Gemälde tatsächlich verändert, seit ich es das letzte Mal gesehen hatte? Die Stirnfalten der Frau schienen tiefer geworden zu sein, ihr Zustand bedrohlicher. Sie versank schneller, sie war kurz davor, in die Fluten hinabgezogen zu werden. Sie blickte mir nun nicht mehr in die Augen, sondern an mir vorbei. Sie schien mir etwas sagen zu wollen, etwas Wichtiges.

»Sie sieht dir ähnlich«, bemerkte Hans.

»Na danke!«

Hans drehte eine kleine Runde durchs Zimmer, hob wahllos Gegenstände auf und legte sie wieder an ihren Platz, wie ein Gutachter.

»Wer hat diese Initialen hier eingraviert?«, fragte er.

Ich folgte seinem Blick. Er betrachtete die verunstaltete Stelle an der Wand neben meinem Bett, wo *J. H. E.* stand.

Ich zuckte nur die Achseln.

»Hier drin steckt bestimmt jede Menge Geschichte.«

Ich fummelte an meinen Stiefeln herum, bis ich sie mir von den Füßen streifen konnte. Meine Hände waren ungeschickt und fühlten sich geschwollen an. Als ich mich aufrichtete, stand Hans dicht neben mir. Er lächelte schwach. Es schien, als hätte er dies schon oft getan. Er kam noch näher und strich mir eine Haarsträhne aus dem Gesicht. Plötzlich fühlten sich meine Lippen ganz dick an.

»Du bist eine Heuchlerin, weißt du das?«, sagte er lächelnd.

»Was?«

Ich sah auf seine Hände und schnappte nach Luft. Er hatte *Agnes Grey* in der Hand, die Ausgabe meines Vaters. Einen schrecklichen Augenblick lang dachte ich, er wüsste, wem dieses Buch gehört hatte.

»Bitte?«

»Du scheinst dich so wenig für deine Verwandten zu interessieren, aber du hast alle ihre Bücher.«

»Nur das eine«, sagte ich. Mein Herz pochte laut. Ich war mir sicher, dass er es hören könnte.

Er strich mir den Pony aus den Augen. »Ist doch süß.«

»Was ist süß?«

»Du hast *Jane Eyre* auf dem Kopfkissen liegen.«

Er beugte sich vor, um mich zu küssen, doch ich wehrte ihn ab. Entsetzt wirbelte ich herum. Er hatte recht. Auf dem kleinen, einsamen blauen Kissen lag *Jane Eyre.* Ich erstarrte vor Schreck. Es war das teebefleckte Exemplar meines Vaters, von der Größe eines Ziegelsteins. Dieses Buch hätte eigentlich vor fünf Jahren in unserem unglückseligen Haus verbrannt sein sollen. Nun sah es mich an wie ein kleiner Ausreißer, der zurückgekommen war, weil er Geld brauchte.

Ich atmete schnell und panisch. Hans schien es nicht zu kümmern, oder vielleicht gefiel es ihm auch, denn er kam noch näher und legte mir den Arm um die Taille. Wir hatten ein kurzes, zusammenhangloses Gespräch darüber, dass ich hübsch war oder vielleicht auch dass er hübsch war. Meine Wangen glühten, als er mit den Lippen über meine geschlossenen Lider strich. *Jane Eyre. Jane Eyre.* Ich zitterte. Was tat *Jane Eyre* hier, und wie war das Buch hier hereingekommen? *Agnes Grey* hatte zumindest den Anstand gehabt, draußen zu warten. Hans fuhr mit seinen Lippen über meinen Hals – nein! Dann küsste er mich, wieder und wieder. Mein Gehirn lief auf Hochtouren, und ich keuchte leise. Hans missverstand meine Reaktion und küsste mich leidenschaftlicher. Er wanderte an meinem Hals hinunter, um mein Ohr herum und wieder zu meinen Lippen, und die ganze Zeit schien von irgendwoher eine Stimme zu rufen: »Jane, Jane!«

Schließlich riss ich mich heftig zitternd los. Irgendetwas in mir brach auseinander, und ich wollte nicht, dass jemand dieses Etwas sah. Ich wünschte Hans eine gute Nacht. Ich erinnere mich nicht mehr an viel, außer an seinen verletzten Blick und an das Knallen der Tür, als er ging. Ich setzte mich auf die Bettkante und wiegte mich langsam vor und zurück. Das passierte, wenn man sich mit einer Brontë einließ, dachte ich: Immer kam ein Buch in die Quere.

Ich musste ohnmächtig geworden sein, denn plötzlich fiel der Vorhang.

Später, sehr viel später, stürmte ich die fünf Treppen hinunter wie der verrückte King George und stolperte hinaus in die Nachtluft. Wäre ich noch länger in meinem Turm geblieben, wäre ich sicher komplett verrückt geworden. Der Kolleghof war von Tau bedeckt. Es stimmte: Die Nachmittagssonne war nur eine grausame Täuschung gewesen, ein Sturm zog auf. Der Wind trieb dunkle Wolken über den Himmel. Ich umklammerte *Jane Eyre.*

Der Asphalt war glitschig, ich rutschte mehrmals aus und hatte Mühe, nicht zu fallen.

Ich überlegte fieberhaft, wer für die rätselhafte und unerlaubte Buchzustellung von heute Abend verantwortlich sein konnte. Erste Option: meine Mutter. Wie konnte ich mir so sicher sein, dass sie noch in Frankreich war? Ich hatte sie seit einer Ewigkeit nicht gesehen. Vielleicht kampierte sie ja hier im Verlies des Old College. Doch Mom hätte nie Zugang zu den Büchern meines Vaters gehabt, nicht nachdem sie so plötzlich aus unserem Leben verschwunden war, und schon gar nicht, nachdem das Feuer die Bibliothek zerstört hatte. Die zweite Option war Rebecca, aber die war mausetot. Und die dritte Möglichkeit war Blanche von der Bank. Doch das war genauso unwahrscheinlich. Eine Bankangestellte würde doch nicht das Familienerbe einer Kundin stehlen und es ihr dann heimlich aufs Kopfkissen legen. Als Letzten gab es da natürlich noch Sir John, den Kurator der Brontë Parsonage, der im Ausschlussverfahren der einzig wahrscheinliche Kandidat war, denn er war der einzige mir bekannte Erzfeind meiner Familie. Aber ich hatte diesen Mann nie getroffen, und wie hätte er an ein Buch kommen sollen, das niemandem außer mir etwas bedeutete? Es war keine wertvolle Erstausgabe von *Jane Eyre.* Mein Vater hatte sein Exemplar bei *Barnes & Noble* erstanden.

Verzweifelt ließ ich mir den Nachmittag noch einmal durch den Kopf gehen. Es war so viel passiert – Hans, das Museum, Amanda. Ich wünschte, ich hätte mich auf den Teil konzentriert, der eine Rolle gespielt hatte: Marvin und seine verdammten Touristen. War der Russe der Schuldige? Die Amazone? Warum hatte ich immer nur auf den Boden gestarrt? Und warum hatte Marvin nach der Führung die Tür nicht abgeschlossen?

Ich keuchte. Das war kein Roman – es war eine Naturgewalt. Hier hielt ich die kollektive Phantasie einer Million jugendlicher Mädchen in den Händen. *Jane Eyre* ist einer der bekanntesten Romane, die je geschrieben wurden. Dieses Buch hat den Brontës zu einem Namen verholfen. Es hat Charlotte Brontë zu einer Berühmtheit gemacht, die mit William Makepeace Thackeray verkehrte. Aufgrund dieses Buches phantasieren Frauen noch heute über Geheimnisse, Gefahren und melancholische Männer.

Jane Eyre ist eine verdrehte Aschenputtelgeschichte über ein psychisch misshandeltes Kind, das heranwächst und auf einem tristen Anwesen eine Stelle als Gouvernante annimmt. Sie verliebt sich in den mürrischen Hausherrn, Mr Rochester, der ihr bedauerlicherweise zu sagen vergisst, dass er bereits eine Frau hat: die wahnsinnige Bertha, die er auf den Dachboden gesperrt hat. Rochester bittet Jane, ihn zu heiraten, doch der Anwalt des Bruders seiner verrückten Gattin vereitelt die Hochzeit und erzählt Jane die unbequeme Wahrheit. Und dann, um eine lange Geschichte kurz zu machen, ist die Kacke am Dampfen.

Der Roman war nicht ganz so grauenvoll wie *Agnes Grey*, aber nicht weniger bedrohlich. Ähnlich wie *Agnes Grey* war auch *Jane Eyre* keine bloße Fiktion, und es war mir egal, wenn James Orville III. etwas anderes behauptete. Charlotte Brontë hatte lediglich die Namen der Personen und Orte in ihrem eigenen Leben verändert. Sie hatte Jane auf dasselbe erbärmliche christliche Internat geschickt, das ihre Schwestern besucht hatten. Sie hatte Janes verstorbene Freundin Helen Burns nach dem Bild ihrer eigenen toten Schwester Maria gezeichnet. Sie hatte Mr Rochester nach Constantin Héger erschaffen, Charlottes Lehrer in Brüssel. In Wirklichkeit ist Monsieur Héger natürlich ein glücklich verheirateter Mann gewesen, und die arme Charlotte hatte sich für den Rest ihres Lebens nach ihm verzehrt. Es hatte für Charlotte kein romantisches Ende gegeben – und deshalb kann es so nützlich sein, einen Roman zu schreiben.

Die Ähnlichkeit zwischen Charlottes und Janes Leben hörte nicht bei den Figuren auf. In der Mitte des Buchs verbrennt Rochester beinahe in seinem Bett – ein Mordversuch, den seine verrückte, eingesperrte Gattin eingefädelt hatte. Das klang so vertraut, weil es vertraut war: Auch Branwell Brontës Bett hatte in der Zeit, als Charlotte *Jane Eyre* schrieb, Feuer gefangen. Im Buch war es ein mörderischer Racheakt, im wirklichen Leben wusste bis heute niemand, was den Brand ausgelöst hatte. Branwells Ellbogen? Ein fataler Windstoß? Ein heimtückischer

Eindringling? Gegen Ende des Buchs setzt Rochesters wahnsinnige Frau Thornfield Hall in Brand, indem sie die Vorhänge anzündet und sie durchs Haus schleift. Charlotte Brontë hatte solche Angst vor Feuer, dass sie erst mit neununddreißig Jahren Vorhänge in ihrem Haus erlaubte. Für mich war das alles kein Zufall.

Doch wenn *Jane Eyre* eine reale Grundlage hatte, bereitete mir eine Sache Kopfzerbrechen: Bertha, die Wahnsinnige. Sie war das Gespenst, das in Thornfield Hall spukte, eine Figur, wie sie Jane Austen nie entworfen hätte. Ihre Funktion in *Jane Eyre* war schon seit den sechziger Jahren ein Streitthema, dank der beiden Bücher *Wide Sargasso Sea* von 1966 und *The Madwoman in the Attic* von 1979. Mittlerweile galt Bertha als Symbol für den Feminismus, hundert Jahre bevor der Feminismus überhaupt erst aufkam. Die wütende, energiegeladene und erotische Bertha ist der Ausdruck aller rebellischen Neigungen, die Jane innerlich empfindet. Und so wie Bertha in einer Dachkammer gefangen ist, ist Jane gefangen in ihrer trostlosen Arbeit sowie in den sozialen und politischen Einschränkungen, denen ihr Geschlecht unterlag.

Es war eine sehr schlüssige These, doch sie ging nicht weit genug. Bertha war so ganz anders als alle anderen Figuren, die die Brontës je geschaffen hatten. Sie war wild und fremd, so fürchterlich fehl am Platz, dass ich nicht glaubte, dass sie zur Gänze ihrer Phantasie entsprungen sein konnte. Wenn Charlotte alle Figuren in *Jane Eyre* wirklichen Menschen nachgezeichnet hatte, wer hatte dann für die verrückte Frau auf dem Dachboden Modell gestanden?

Plötzlich verlor ich das Gleichgewicht, ruderte vergeblich mit den Armen und landete im Gras. Ein stechender Schmerz durchfuhr meinen Fuß. Fluchend heulte ich auf, ich hatte mir heftig den Knöchel verknackst. Es war der rechte, der Fuß, den ich mir vor Jahren gebrochen hatte, als ich das Spalier an unserem Haus in Boston hinaufgeklettert und heruntergefallen war. Ich packte meinen schmerzenden Knöchel, als wollte ich ihn würgen, bis er wieder so wäre wie zuvor. Ich blickte hoch, suchte nach Hilfe. Doch ich sah lediglich die verschwommenen Umrisse von Halford's Well und dahinter das Fakultätsgebäude, streng und gefühllos. Dann stellte ich fest, dass ich über den Rasen gelaufen war.

Der Wind wurde stärker, ich hätte das Wetter nicht unterschätzen sollen. Die schwarzen Wolken, die am Himmel lauerten, erinnerten an eine Zeit, als Menschen noch an Unterkühlung starben. Es fing an zu regnen, stark und gleichmäßig. Aufzustehen war zu schmerzhaft, also blieb ich mitten auf dem Rasen sitzen wie auf dem Präsentierteller. *Jane Eyre* steckte noch immer unter meinem Mantel. Ich hoffte heimlich, der Regen würde all die Randnotizen meines Vaters herauswaschen.

Nach einiger Zeit sah ich eine dunkle Gestalt, die aus dem Fakultätsgebäude kam. Ich hielt den Atem an. War es ein Fakultätsmitglied? Ich setzte mich auf und wimmerte schwach.

Die Gestalt blieb stehen und drehte sich um. Ich sah, dass sie einen großen Kopf hatte.

»Wer ist da?«, dröhnte eine Stimme. Bariton.

»Der Student Raskolnikow?«

Der Mann hatte mich wohl nicht gehört, denn er sagte: »Reden Sie!«

Ich versuchte es noch einmal, doch meine Stimme verlor sich im Wind. Der Schatten kam auf mich zu. Sofort erkannte ich ihn. Mir blieb das Herz stehen: Orville. Was tat er um diese Zeit hier? Sollte er nicht zu Hause sein, mit seiner langbeinigen Freundin? Sein Mantel wehte im Wind.

Ich versuchte, elegant auszusehen, während ich durchnässt auf dem Rasen hockte – wie eine Frau, die wusste, wie man seine Beine vor einer Kamera arrangierte. Doch es gelang mir nicht. Ich sah wohl eher so aus, als würde ich in ein Klosett gehören.

Orville kam näher und blieb vor mir stehen. Weißer Atem quoll aus seinem Mund. Der Regen klatschte ihm das Haar auf die Stirn. Er hielt sich nicht damit auf, sich die nassen Strähnen aus den Augen zu streichen.

»Samantha!«, sagte er und atmete aus.

»Hi«, sagte ich.

»Was um alles in der Welt machen Sie hier auf dem Rasen?« Seine Stimme war hart und streng.

Ich sah mich um. »Nachdenken …«

»Sind Sie verletzt?«

»Nein.«

Er blieb hartnäckig. »Wie schlimm ist es?«

Ich deutete auf meinen rechten Knöchel. »Ich kann ihn nicht bewegen.«

Er blickte zum Fakultätsgebäude, als wartete er auf den Rettungssanitäter. Dann hockte er sich hin, stützte die Ellbogen auf die Knie und starrte meinen Fuß an, als könnte er diesen vor lauter Einschüchterung heilen. Ich kam mir vor wie 1820 in einem blassrosa Kleid und mit dem Nachnamen Dashwood. Mit einem behandschuhten Zeigefinger drückte Orville auf meinen Stiefel.

»Tut das weh?«, fragte er mit ernster Miene.

»Ja.«

»Und jetzt?«

»Sie tun dasselbe.«

»Jetzt?«

»Ernsthaft?«

Vorsichtig nahm er meinen Fuß in die Hand und zog meinen Stiefel aus.

Ich kreischte: »Sir!«

Mein kalter, bestrumpfter Fuß flutschte aus dem Stiefel und glänzte im gedämpften Licht der Lampe wie ein toter Fisch. Ich habe mich niemals nackter gefühlt. Wie gerne wäre ich woanders gewesen, zurück in meinem Turm, zurück in Boston, überall, nur damit ich nicht hier sein musste. Orvilles Hände waren kalt und nass, und er malträtierte meinen Fuß mehr, als ich zugeben wollte. Er zog meine Socke aus – o Gott, diese Unschicklichkeit!

»Bitte!«, flehte ich und zuckte zusammen. »Es geht schon.«

Er antwortete nicht. In kleinen Kreisbewegungen massierte er meinen Fuß, nicht aber die schmerzende Stelle.

Kurz darauf entschied er: »Verstaucht.«

Wir sahen einander an. Um uns prasselte der Regen.

»Danke, Doktor«, sagte ich.

Er warf erneut einen Blick auf die matten Konturen des Fakultätsgebäudes, dann auf den Brunnen. Sein Blick war erstaunlich unwirsch.

»Haben Sie eigentlich jemanden gesehen?«, fragte er.

»Wie bitte?«

»Haben Sie jemanden gesehen?«, fuhr er mich an.

»Nur Sie. Warum fragen Sie?«

»Hier ist kein guter Ort, um erwischt zu werden. Kommen Sie, ich helfe Ihnen.«

Orville legte sich meinen Arm um den Hals und half mir auf die Beine. Schnell zog ich meinen Arm wieder weg, doch er packte ihn und legte ihn sich erneut um die Schultern.

»Was tun Sie da?«, rief ich überrascht.

Sein freier Arm schlang sich um meine Taille. »Ich bringe Sie ins Krankenhaus.«

»Das ist nicht nötig.«

Er fasste mir unter die Knie und wollte mich anheben, doch es gelang ihm nicht. Ich war über eins achtzig groß, und er war nicht so stark, wie er glaubte. Er richtete sich wieder auf und stand reglos da. Er wirkte sehr verlegen.

»Bitte«, sagte ich. »Sie müssen das nicht tun. Sie bekommen nur Rückenprobleme, wenn Sie groß sind.«

Er sagte nichts.

Meine Wangen brannten. »Ich meinte … wenn Sie alt sind.«

Schweigen.

»Älter«, berichtigte ich mich.

»Samantha«, sagte Orville und atmete aus, »irgendwann wird es so weit sein müssen, dass Sie sich in meiner Gegenwart nicht mehr vor Angst in die Hose machen.«

Ich verstummte.

Er stützte mich, während ich zum Eingangstor humpelte. Mein Kopf brummte. Das Schweigen war laut und hässlich und kam mir vor wie eine Ewigkeit. Hin und wieder nuschelte ich etwas Unverständliches.

Schließlich verließen wir das College-Gelände. Nur wenige

Autos spritzten durch die glänzenden Pfützen auf der High Street. Weiter vorn bog ein Taxi um die Ecke.

»Taxi!«, schrie Orville. Der Wagen schlingerte und kam quietschend am Randstein zum Stehen. Wir setzten uns auf den Rücksitz. »Zum Radcliffe Hospital«, sagte Orville zum Fahrer.

Der Mann sah uns im Rückspiegel an. »Wird es ein Mädchen oder ein Junge?«

Orville streckte den Arm aus und schob wortlos die Trennscheibe aus Plexiglas zu.

Das Krankenhaus in der Nähe der Umgehungsstraße war ein weißer Bau, der sowjetisch aussah. Orville setzte mich auf einen Stuhl in dem leeren, muffigen Wartezimmer und ging zum Empfang, wo er mit einer Krankenschwester sprach – um die dreißig, verkniffene Lippen mit drei Piercings.

»Sie ist gestürzt«, hörte ich ihn sagen.

Irgendwo tippte jemand auf einer Tastatur. Die Krankenschwester blickte in meine Richtung und sagte: »Wir kümmern uns gleich um Ihre Tochter.«

Orville erwiderte etwas, das ich nicht hören konnte. Ich hielt *Jane Eyre* in der Hand und blätterte gedankenverloren darin. An einigen Stellen war die Tinte verlaufen, doch größtenteils waren die Kommentare meines Vaters unversehrt geblieben.

Als Orville zurückkam, schlug ich das Buch zu.

»Setz dich doch«, sagte ich, »Dad.«

Er wollte sich auf den Stuhl direkt neben mir setzen, doch dann überlegte er es sich anders und ließ einen leeren Platz zwischen uns. Er nahm die *Herald Tribune* vom Tisch und schlug sie auf.

»Sie müssen das wirklich nicht tun«, sagte ich. »Das ist nicht Teil Ihrer Arbeitsplatzbeschreibung.«

»Daran müssen Sie mich nicht erinnern. Was haben Sie um Gottes willen da draußen gemacht?«

»Dasselbe wollte ich Sie fragen.«

»Ich musste noch etwas fertig machen.«

»Und ich war spazieren.«

»Im Sturm?«

»Ich hatte einen harten Abend.«

Er starrte mich an. Eigentlich sah er gar nicht so gut aus, sein Gesicht war zu kantig und seine Augenbrauen zu buschig. Aber er hatte einen beeindruckend konzentrierten Blick, undurchschaubar und perfekt.

Ich wandte die Augen ab. Wenn ich stillhielt, war der Schmerz in meinem Knöchel nur dumpf, wie ein Protest, der an Schwung verlor. Ich betastete ihn ein paar Minuten lang schweigend. Als ich wieder aufblickte, sah ich mit Schrecken, dass Orvilles Blick noch immer auf mir haftete.

»Samantha«, sagte er, »sind Sie in irgendwelchen Schwierigkeiten?«

Ich tat so, als hätte ich ihn nicht verstanden. »Wie bitte?«

Er öffnete den Mund, schloss ihn aber wieder und widmete sich seiner Zeitung. »Vergessen Sie's.«

Ich sah ihn weiterhin an. »Darf ich Ihnen eine persönliche Frage stellen, Sir?«

»Nein.«

»Glauben Sie an Geister?«, fragte ich.

»Nein.«

»Ich auch nicht.«

Eine lange Pause. »Wurden Sie etwa von einem Geist heimgesucht, Samantha?«

»Nein, nein, es ist nichts weiter.«

Er stutzte. »Sie würden gern von einem Geist heimgesucht werden.«

»Ja, vielleicht. Meinen Sie nicht, dass es alles einfacher machen würde? Zumindest hätte ich ein greifbares Problem.«

»Ist ein Geist denn greifbar?«

»Greifbarer als gar nichts.«

»Was wollen Sie mir damit sagen? Egal – antworten Sie nicht«, sagte er. »Ich kann Ihnen nicht helfen.«

»Ich habe Sie nicht um Hilfe gebeten.«

»Sehr gut.«

»Aber nun, da Sie davon sprechen – werden Sie mir helfen?«

Ich versuchte es mit meinem besten sorgenvollen Augenaufschlag, aber seine Miene blieb regungslos.

»Sehen Sie mich bitte nicht so an«, sagte ich.

»Wie sehe ich Sie denn an?«

»Wenn ich in einer solchen Situation wie jetzt etwas nicht ausstehen kann, dann ist es Teilnahmslosigkeit.«

Er wandte sich wieder seiner Zeitung zu. »Wie auch immer.«

Ein Lied erklang im Warteraum. »Somewhere Over the Rainbow«. Es war ein seltsamer Remix und klang eher wie der Titelsong aus *Titanic.* Ich fand es unglaublich deprimierend. Schließlich warf ich *Jane Eyre* auf Orvilles Schoß – ich hätte ihm genauso gut eine nasse Windel hinhalten können. Er legte die Zeitung weg und starrte das Buch an.

»Ja?«

»Können Sie sich das bitte einmal ansehen?«

Er nahm es und inspizierte die ersten durchnässten Seiten. »Wer hat diese Randnotizen verfasst?«

»Mein Vater.«

Bei der Erwähnung meines Vaters schien Orvilles Interesse zuzunehmen. »War er geistig gesund?«

»Das scheint wohl die Millionenfrage zu sein, oder?«

Orville las vor: »›Rosen sind rot, Veilchen sind blau, ich sehe etwas, das du nicht siehst.‹ Was meinte er damit?«

»Sagen Sie es mir.«

»War das eine Notiz für Sie?«

»Ich bin mir nicht sicher.«

»Aber Ihr Vater hat Ihnen dieses Buch hinterlassen, oder?«

»Ich weiß nicht genau, wer es mir hinterlassen hat. Ich habe es heute in meinem Zimmer gefunden.«

»Ich verstehe nicht.«

»Ich auch nicht.«

Orville machte ein halb verwirrtes, halb überraschtes Gesicht. Er schien mich etwas fragen zu wollen, doch er überlegte es sich anders und schwieg. Nach einer Weile gab er mir das Buch zurück.

»Ich rate mal und behaupte, dass dieses Buch in Ihrer Jugend

Ihr Lieblingsroman war – wie bei den meisten Frauen Ihres Alters.«

»Nicht einmal annähernd«, sagte ich.

»Nein? Ich dachte, Frauen lieben *Jane Eyre.*«

»Ich mag die Hauptfigur nicht.«

»Wen?«, fragte er. »Grace?«

Ich blinzelte. »Wer ist Grace?«

»Grace Poole.«

»Sie ist ein Dienstmädchen, nicht die Hauptfigur«, sagte ich.

»Dann haben Sie das Buch nicht sehr aufmerksam gelesen.«

Ich machte schon den Mund auf, um zu protestieren, wurde jedoch von dem Geräusch knallender Absätze im Korridor unterbrochen. Jemand Kleines, Pummeliges kam in den Wartebereich. Eine Frau mittleren Alters, die einmal sehr schön gewesen sein musste. Nun trug sie einen beachtlichen Körperumfang vor sich her und keuchte. In ihrem grün-grauen Kurzmantel und mit dem federgeschmückten Hut sah sie aus wie Rumpelstilzchens dralle Schwester. Orville entfuhr ein leiser Fluch. Sie watschelte herbei. Ich kannte sie – es war die Frau, die bei meinem ersten Dinner den Einzug der Fellows angeführt hatte.

»Dr. Flannery«, grüßte Orville, stand aber nicht auf.

Das Geräusch ihrer Absätze hallte zwischen den kahlen Wänden wider. Ohne ein Wort sah sie von mir zu Orville und wieder zu mir. Ihre Wangen waren so rot, als hätte sie sie mit Lippenstift beschmiert.

»Eine Studentin?«, sagte sie nur und hob eine Augenbraue. Die Falten in ihrem Gesicht hoben sich auch.

»Wie geht es Ihrer Tante?«, fragte Orville.

»Mit Morphium ist es erträglich.« Sie wandte sich an mich: »Wie ist Ihr Name?« Sie setzte ein freundliches kleines Lächeln auf, bei dem man ihre Zähne nicht sah. »Wie heißen Sie?«

»Samantha.« Ich konnte nicht aufstehen und ihr die Hand schütteln, also winkte ich ihr kurz zu wie ein Kind.

»Ja, Sie sind Miss Whipple«, sagte sie. »Ich habe schon einiges von Ihnen gehört. Haben wir nicht schon einiges von ihr gehört, James?«

Orville sah sie schweigend an. Bedächtig drehte er einen Stift in der Hand – wie einen Stab oder einen Spieß.

»Miss Whipple hat sich den Knöchel verstaucht«, sagte er.

Flannery gab einen Laut von sich, der wie »aua« klang, es könnte aber auch »aha« gewesen sein. Sie legte den Kopf schräg. War es Mitgefühl? Nein, wohl kaum. Ich überlegte, ob sie das große Regelwerk der disziplinarischen Maßnahmen dabeihatte, und ob sie es gleich aus der Tasche holen und mir damit eins überziehen würde. Immerhin war ich seit über einer Stunde mit einem Dozenten allein.

»Wobei ist das passiert?«, fragte sie mich in einem süßlichen Tonfall. »Nichts Schlimmes, hoffe ich doch.«

»Ich bin hingefallen.«

»Wo?«

»Lassen Sie es gut sein«, griff Orville ein. »Sie ist müde, Ellery.«

»Ellery« sah mich an, nicht ihn. Sie hatte wirklich ein schönes Gesicht, mädchenhaft, strahlend. »Wo war es, meine Liebe?«

»Ich glaube, bei Halford's Well«, sagte ich.

Dann drehte Flannery sich wieder zu Orville. Er legte den Stift weg. Ich sah zwischen den beiden hin und her – wieder einmal entging mir etwas.

»Aber Sie wissen wohl, dass das für Studenten am späten Abend strengstens verboten ist«, sagte sie.

»Ellery!«, sagte Orville warnend. »Sie ist hingefallen.«

Ich spürte, wie ich rot wurde. Flannery lächelte, dieses Mal zeigte sie ihre krummen Zähne. Kein Wunder, dass sie sie versteckte. Ihr Gesicht war plötzlich nicht mehr so schön.

»Wissen Sie, woher Halford's Well seinen Namen hat, Samantha?«, fragte sie.

Plötzlich stand Orville auf, so abrupt, dass Flannery und ich erschraken. Flannery kam ins Stocken, obwohl sie sich bemühte, es sich nicht anmerken zu lassen.

»Das reicht jetzt!«, sagte Orville.

Flannery sah ihn selbstbewusst an. Sie sah aus wie ein Zwerg, der den Auftrag hatte, einen Riesen zu töten, ganz gleich wie.

»Hässliche Sache, so ein verknackster Knöchel«, sagte sie und ging. Ich hörte ihre Schuhe durch den Flur zur Tür klacken. Als wir allein waren, setzte Orville sich wieder und atmete tief durch.

»Sir?«, fragte ich vorsichtig.

Doch Orville starrte nur vor sich hin. Dann kam die Krankenschwester mit einem Klemmbrett. Ich war an der Reihe.

7

Am Nachmittag des 13. Dezember nahm ich meine Krücken – mein Knöchel war böse verstaucht – und unternahm eine Wanderung zum Ashmolean Museum. Sir John Booker sollte seine Festrede zur Gala der Ausstellung über die frühen Schriftstellerinnen halten. Es war sein vierzehnter Auftritt auf seiner Lesereise. Ich ging nur hin, weil ich es an der Zeit fand, diesen Mann endlich persönlich zu treffen.

Das Foyer war gut gefüllt, auf einem glänzenden Banner stand: »Early Women Writers Gala«. Zwischen griechischen Statuen und römischen Fragmenten wuselten Scharen von ganz normalen Menschen umher. Ich war enttäuscht. Ich hätte mir ältere Frauen in Hippie-Klamotten gewünscht, die einen kleinen Mops auf dem Arm hielten. Was meine Beschäftigung mit den Brontës anbelangte, ging es mir grundsätzlich besser, wenn ich sah, dass andere Leute es noch schlechter getroffen hatten als ich. Doch hier schienen alle schrecklich durchschnittlich zu sein. Die Brontës waren für sie lediglich ein Zeitvertreib am Samstagnachmittag. Sie waren nichts weiter als Touristen in meiner untergehenden Stadt.

Ich beschloss, mich für diesen Tag Elvira Erstwood zu nennen – Whipple warf hier zu viele Fragen auf. Die Empfangsdame hatte es mir abgekauft und mir ein falsches Namensschild gegeben. In die Kunst des Pseudonyms hatte mich mein Vater eingeführt, der sie vermutlich von den Brontës erlernt hatte. Dad hatte sich schon Monate im Voraus Hintergrundgeschichten ausgedacht.

»Snodgrass D. Diddleworm« war sein Name, wenn er einkaufen ging: ein dreiunddreißigjähriger Kunde aus dem Osten Kansas'. »Echo Woodraine« benutzte er, wenn er Sport machte: ein schüchterner Dichter aus Litauen mit einer tödlichen Rückhand. Und »Dad« nannte er sich, wenn ihm sonst nichts einfiel.

Ich steuerte auf das Buffet zu, das zwischen den körperlosen Marmorköpfen von Theodotos und Sotades, dem obszönen griechischen Spottdichter, aufgebaut war. Ich erkannte ein paar Fellows des Old College wieder. Da waren »Der Mann mit dem schönen Büro« und »Earl der Kubist«, der im Moment mit einer Hand seine elastische Notfall-Fliege gerade zog und mit der anderen eine unreife Erdbeere aß. Auch Orville war hier, ich entdeckte ihn sofort. Er trug einen schwarzen Anzug und sprach mit einer Frau in pfirsichfarbenen Strümpfen und einem kurzen grauen Kleid. Ihre beflissene Miene irritierte mich. Langsam entwickelte ich einen Groll auf alle Frauen, die Orville kannte, bis hin zu seiner Kassiererin im Supermarkt. Während ich die beiden beobachtete, stellte ich mir vor, wie stattdessen ich mit ihm ausginge, vielleicht auf eine Cocktailparty wie in einem Schwarzweißfilm, auf der ich Frauen, die lange Zigarettenspitzen hielten, erzählte, was für ein guter Bridgespieler er war.

»Sie stehen so weit entfernt«, sagte jemand hinter mir. Es war ein großer Mann mit grau meliertem Haar und einem Diktatorenbärtchen. Sein Mundgeruch war abstoßend.

Ich sah mich um und fragte: »Wovon entfernt?«

»Ich bin Jerome.« Er streckte die Hand aus, ich nahm sie, seine Haut war feucht.

»Elvira.«

»Nein, Sie sind Samantha Whipple.«

Ich sagte nichts.

»Ich kenne Sie aus den Zeitungen«, erklärte er. »Ich habe mich schon gefragt, ob Sie wohl kommen würden. Wir sind alle äußerst gespannt zu erfahren, was Sie von Sir Johns Buch halten.« Er deutete auf einen Tisch an der hinteren Wand, auf dem ich Stapel von glänzenden gebundenen Ausgaben sah.

Ich räusperte mich. »Was führt Sie hierher?«

Er zuckte die Achseln. »Die Frauen.«

»Charlotte, Emily oder Anne?«

»Nein, schlanke Brünette wie Sie.«

Er lächelte nicht. Stattdessen nahm er einen Schluck aus seinem Glas. Bevor ich noch etwas sagen konnte, erläuterte er: »Ich lehre an der Sorbonne. Ich halte um vier Uhr hier oben einen Vortrag über Eliza Haywood. Ich spiele auch Geige und bin außerordentlich gefühlvoll. Würden Sie wohl heute Abend mit mir etwas trinken gehen?«

Von hinten hörte ich eine Stimme: »Hallo, Jerome.«

Ich drehte mich um. Da stand Orville, eine Hand in der Hosentasche, in der anderen eine Flasche Perrier. Ich wusste gar nicht, dass er mich bereits gesehen hatte. Der Diktator und mein Tutor schüttelten sich die Hand.

»Samantha, das ist Oren Smith«, sagte Orville.

Ich runzelte die Stirn. »Oren Smith?«

»Er schreibt für den *Examiner*«, erklärte Orville.

Aha, Oren Smith.

»Entschuldigen Sie, dass ich alle Ihre Mails gelöscht habe.«

»Sehen wir uns später?«, fragte er unbeirrt.

Zum Glück konnte ich nicht antworten, denn Orville nahm meine rechte Krücke und führte mich zum zweiten Buffettisch. Jemand hatte Wasser über einen Teller mit Cracker gekippt. Sie sahen aus wie aufgequollene Schwämme.

»Gern geschehen«, sagte Orville.

»Was?«, fragte ich. »Sie haben gerade meine Aussicht auf einen Abend voll wilder Leidenschaft ruiniert.«

»Nehmen Sie ein Scone.«

»Das ist Dim Sum.«

Er nahm eines von der Platte und hielt es mir hin, bis ich es nahm.

»Woher kennen Sie ihn?«, fragte ich.

»Ich habe ihn in Paris getroffen, als ich einmal einen Vortrag hielt.«

»Aha.«

Ich suchte krampfhaft nach besseren Gesprächsthemen. In

der Kinoversion unserer Leben wäre all das weit weniger stressig gewesen – das lange Schweigen hätte man herausgeschnitten. Stumm folgte ich Orville in die dritte Sitzreihe mit klapprigen weißen Plastikstühlen.

Die Sitzgelegenheiten waren begrenzt. Wir konnten uns entweder neben einen Mann mit Wattebart setzen, der einen hervorragenden Weihnachtsmann abgeben würde, oder neben eine Frau, die ihre Wanderschuhe ausgezogen hatte und ihre nackten Zehen auf dem gefliesten Boden kühlte.

»Wo wollen Sie sich hinsetzen?«, fragte ich Orville und deutete auf die freien Plätze.

Er drehte sich um, als hätte er nicht gemerkt, dass ich noch hinter ihm stand. »Ach, sitzen wir nebeneinander?«

Ich wurde rot. Vielleicht hatte ich fälschlicherweise angenommen, dass wir seit dem Abend im Krankenhaus eine Art Beziehung hätten. Ich sah mich hilflos um.

Orville seufzte und sagte: »Na gut. Setzen wir uns.«

Er wählte den Platz neben Nikolaus, der unangenehm stark nach Curry roch. Orville half mir, die Gehhilfen auf den Boden zu legen. Ich sah, dass unter jedem Stuhl ein Exemplar von Sir Johns Buch lag. Ich nahm meines und schnaubte. Irritiert blickte Orville mich an.

»Will der mich verscheißern?«, sagte ich.

»Wie meinen Sie?«

Ich zeigte ihm den Titel: *Der große Brontë-Besitz.*

»Haben Sie es gelesen?«, fragte ich.

»Nein.«

»Es geht um den ›großen Brontë-Besitz‹.«

»Ja, so viel habe ich verstanden.«

»Jesus, ich hasse diesen Ausdruck!«

»Gibt es etwas, das Sie nicht ablehnen?«

»Kennen Sie diesen Mann – Sir John Booker?«

»Die wissenschaftliche Gemeinschaft ist eher klein«, sagte er.

Ich schlug das Buch auf und sah eine ganze Seite mit Rezensionen. »Voll seltener Primärquellen. Ein beachtliches Werk«, lobhudelte die *New York Times.* Jemand anders, vermutlich jemand Bedeutendes, fand es »überaus unerschrocken«, »sehr menschlich«, mit »heiteren Seiten«.

Schwer atmend blätterte ich das Buch durch. Es war keine Abhandlung über meine Familie, wie ich befürchtet hatte. Es gab ohnehin erstaunlich wenig Text. Es schien eher ein Bilderbuch zu sein. Sir John hatte alles aufgelistet, was die Brontës je besessen hatten, und zu jedem Gegenstand gab es ein Foto und eine kurze Kopfzeile. Auf Seite drei fand sich ein Aquarell von Emily, auf Seite 103 Annes erstes Paarreimgedicht. Keine Analyse, keine Beschreibung. So ging es seitenweise weiter, ein nicht enden wollendes Meer aus Fotos:

»Die Narzisse«
Gedicht von Anne Brontë, geschrieben im Alter von sechzehn Jahren.
Schenkung der Familie Floss, 1892.

»Notizbuch mit rötlichem Einband«,
benutzt von Emily Brontë im Jahr 1842.
Schenkung von unbekannt.

Ich erkannte darin keinerlei »Unerschrockenheit«. Das Buch war ausführlich, sorgfältig gemacht und chronologisch gegliedert, aber es war langweilig. Für einen Moment war ich erleichtert und triumphierte auch ein wenig. Das Buch war so tot wie sein Gegenstand. Ich blätterte weiter, bis ich in der Mitte auf einer leeren Seite landete. Ich runzelte die Stirn. Statt eines Fotos war dort ein großes weißes Kästchen. Darüber stand:

Farn-Skizze,
angefertigt von Anne Brontë in Thorp Green Hall,
August 1840.
VERMISST

Darunter stand: *Vermutlich im Besitz der Familie Whipple.*

Ich stöhnte. Verleumdung? Üble Nachrede? Rechtsstreit? Ich blickte von dem Buch auf, sah mich um und dachte kurz, alle hier würden mich beobachten. Doch die Gäste verhielten sich so, wie es sich gehörte, und beachteten mich nicht. Ich blickte wieder auf die leere Seite und blätterte weiter. Immer mehr weiße Kästchen vermehrten sich dort wie Rattenjunge.

Tagkleid,
getragen von Anne Brontë in Thorp Green Hall,
September 1842.
VERMISST
Vermutlich im Besitz der Familie Whipple.

Meine Wangen glühten. Jeder einzelne fehlende Gegenstand wurde uns zugeschrieben. Was war das denn für ein persönlicher Rachefeldzug? Wütend blätterte ich weiter und weiter. Alles Lügen! Meine Familie besaß keine »Farn-Skizze«, so spannend es auch klang. Auch hatten wir weder einen »Porzellanbecher mit Vogeldekor« noch ein »Gemälde einer Frau mit Ring«. Sir John hatte eher *Die große Brontë-Lüge* veröffentlicht. Ich atmete schwer. Wenn ich zornig war, dann nur weil Zorn eine gute Tarnung für blankes Entsetzen war. Aus mir unerfindlichen Gründen wurde ich von jemandem angegriffen, den ich nie getroffen hatte und der zufällig auch noch viel mehr Macht hatte als ich. Ich sah Orville an und hoffte, er würde mein hochrotes Gesicht und meinen panischen Blick bemerken und mir zu Hilfe eilen. Doch er inspizierte etwas unter seinem Fingernagel und ließ sich dabei nicht stören. Ich legte das Buch auf den Boden und versuchte, es mit dem Fuß weiter unter meinen Stuhl zu schieben. Ich hatte mich noch nie so einsam gefühlt.

Dann betrat eine Frau, winzig wie ein Chihuahua und mit stark blondiertem Haar, die Bühne. Ihre Wangen waren straff und glänzend wie Äpfel. Sie stellte Sir John unterwürfig vor. Ich hatte nicht gewusst, dass er in Cambrigde gewesen war, dann in Oxford und dann wieder in Cambridge, ich hatte auch nicht gewusst, dass er insgesamt sieben Bücher über die Aufklärung geschrieben hatte – was ich unnötig fand. Er war für sein Gesamtwerk, einschließlich seiner »bedeutenden Beiträge zur Literaturtheorie und -wissenschaft«, zum Ritter geschlagen worden und hatte noch einige andere Auszeichnungen erhalten, die ähnlich wichtig und großartig klangen. Je mehr ich hörte, desto ohnmächtiger fühlte ich mich. Einem Mann von seinem Kaliber konnte man nicht widersprechen. Die höchste Auszeichnung für Geistesgrößen ist, dass sie selbst die Regeln vorgeben und jede Kritik mit Dummheit gleichsetzen können. Die Frau auf der Bühne listete so viele Preise auf, dass ich sie mir aufeinandergestapelt vorstellte wie Pfannkuchen. Keiner konnte Sir John das Wasser reichen, nicht einmal er selbst.

Dann beendete der Chihuahua endlich seine Rede, und Sir John erhob sich. Fast instinktiv verschränkte ich die Arme vor der Brust. Da war er: der »Sohn und Erbe einer Bastardpetze«. Ich konnte fast den Speck in der Pfanne brutzeln und Dad leise fluchen hören. Sir John war ganz anders, als ich mir ihn vorgestellt hatte. Für mich war er ein korpulenter blonder Mann, der aussah wie Kaiser Nero. Doch der Mann vor mir war das Gegenteil: dünn, alt, groß und erstaunlich attraktiv. Er hatte langes weißes Haar, das mit einem Haarband zusammengebunden war und auf seinem Rücken hinunterhing wie ein Biberschwanz.

Langsam schlenderte er zum Podium. Ich hatte noch nie einen alten Mann gesehen, der so groß wirkte. Ich versank tiefer in meinem Sitz. Als junger Mann hatte er eindeutig sehr gut ausgesehen, und er wirkte weder optisch so bizarr noch zwischenmenschlich so unbeholfen, wie ich mir erhofft hatte.

Ich beugte mich zu Orville und flüsterte: »Woher kennen Sie ihn noch mal?«

»Er ist sehr berühmt.«

»Wie berühmt?«

»Wir müssen ruhig sein.«

Ich schwieg. Trotz des donnernden Beifalls wirkte Sir John nicht erfreut, er sah eher seltsam verärgert aus. Sein Intellekt beeindruckte wohl alle außer ihm selbst.

»Danke für die Vorstellung«, sagte er. »Es ist mir ein Vergnügen, heute hier zu sein.«

Er klang überhaupt nicht vergnügt. Er hatte eine merkwürdig gepresste Aussprache, als hätte man ihm irgendwann in seiner Jugend den Kiefer zubetoniert. Wir sahen zu, wie er die Mikrophonstange seiner Größe gemäß hochziehen wollte, und als es nicht klappte, riss er das Mikro einfach aus der Halterung. Die Lautsprecher dröhnten.

»Heute Nachmittag«, hob er an, »würde ich Ihnen gern von der Entstehung dieses Buches berichten sowie über die ausgewogene Beziehung zwischen Textkritik und auktorialer Intention.«

Wieder beugte ich mich zu Orville und stupste ihn an. »Sir?«, flüsterte ich.

»Wir müssen ruhig sein«, wiederholte er.

»Was ist Textkritik?«

»Das wissen Sie nicht?«

»Ist das, wenn man Menschen mit Textstellen beleidigt?«

Orville ignorierte meinen Kommentar – wahrscheinlich war er nicht ganz korrekt – und konzentrierte sich wieder auf die Bühne. Irgendetwas an dem alten Sir John kam mir vertraut vor, doch ich konnte es nicht einordnen. Vielleicht sprach aus seinen Gesichtszügen der Geist von jemandem, den ich kannte. Womöglich hatte mein Vater uns doch irgendwann einmal miteinander bekannt gemacht.

»Wie hier viele von Ihnen wissen, steht der Themenbereich der auktorialen Intention seit Jahrzehnten im Mittelpunkt der literaturwissenschaftlichen Diskussion«, sagte Sir John gedehnt. »Die einen behaupten, die Textinterpretation dürfe nicht von äußeren Umständen wie biographischen Daten des Autors, historischen Gegebenheiten, ja nicht einmal von Schriften beeinflusst werden, die der Autor oder die Autorin selbst verfasst hat, um zu einer bestimmten Wahrnehmung seines oder ihres Werks aufzurufen. Diese Leute meinen, dass die Intention des Autors nicht nur unwichtig, sondern vollkommen irrelevant sei und die einzig wahren Hinweise für die Literaturkritik im gedruckten Wort bestünden.«

Er machte eine bedeutungsschwere Pause, die ihren Zweck erfüllte.

»Diese Menschen«, schloss er, »liegen falsch. Sie liegen sogar so falsch, möchte ich sagen, dass man alle Logik über Bord wirft und auf einen wilden, primitiven Zustand regrediert, wenn man dieser Philosophie anhängt.«

Ich spürte, wie die Zuhörer auf den Sitzen rutschten, einige flüsterten miteinander, als hätte John Booker gerade das Ende der globalen Unterdrückung verkündet. Ich blickte zu Orville und wollte eine Erklärung, doch zu meiner Überraschung wirkte er wütend. Ich hatte ihn nie zuvor so emotional erlebt. Er sah Sir John an, als wäre der Mann ein literarischer Terrorist. Fühlte Orville sich irgendwie beleidigt? Aber ich verstand wohl nichts von Textkritik.

»Wenn wir einen Roman lesen«, fuhr Sir John fort, »schließen wir stillschweigend einen Vertrag, laut dem wir nach bestem Wissen und Gewissen die intendierte Botschaft des Autors erfassen wollen. Man kann dann fragen: Wie können wir mit Sicherheit herausfinden, was ein Schriftsteller, der nun tot ist, übermitteln wollte? Die einfachste Methode ist, in den Frühfassungen des Werks nach Hinweisen zu suchen. Wenn wir in den verschiedenen Versionen Zusätze und Streichungen finden, können wir Missverständnisse bei der Vermittlung der wahren Botschaft des Autors ausräumen. In meinem eigenen Studium des Werks der Brontës fiel mir anhand einiger langer, unleserlicher Abschnitte, die zur Gänze durchgestrichen waren, die Selbstzensur auf, der sie sich in den ersten, zweiten und dritten Fassungen ihrer Romane unterzogen hatten. Was können wir daraus schließen? Können wir unterstellen, dass die Romane ursprünglich etwas aussagten, was die Autorinnen später zu verbergen versuchten?«

Es entstand ein Moment der Stille, den Sir John sicherlich einkalkuliert hatte. Er war ein gekonnter Redner. Er blickte scharf ins Publikum. Es kam mir vor, als würde er mir direkt in die Augen sehen.

»Eine zweite Methode, um die wirkliche Intention eines Autors zu erfassen – und die ich seit Jahren anwende –, ist die Sichtung von Material ungeachtet der Frühfassungen eines Textes und unabhängig von allem, was der Autor sonst geschrieben hat. Dabei findet man die Einflüsse, die den ganz profanen Alltag des Autors bestimmt haben. Kleidung. Bilder. Ja selbst Geschirr. Wir können die Brontës nicht losgelöst von ihrem Leben im Moor betrachten, genauso wenig wie wir Jane von Charlotte trennen können, Agnes von Anne oder Cathy von Emily. Die Zensur, die wir in ihren Werken feststellen, gibt es in ihrem unveröffentlichten ›Gekritzel‹ nicht, nicht in ihren Skizzen und oft auch nicht in ihren Briefen. Was haben sie aus ihren Romanen herausgestrichen? Und ist es möglich, diese Auslassungen mit der aufschlussreichen Analyse ihrer ehemaligen Besitztümer zu rekonstruieren?«

Das Wort »Gekritzel« klang toll, aber das schien niemandem sonst aufzufallen. Dieses Mal bildete ich es mir nicht ein: Sir John sah mich direkt an, wenn auch nur kurz. Ich verkrampfte mich.

»In meinem Buch, das Sie nun vor sich haben, finden Sie nicht nur Gegenstände«, sagte er, »Sie finden das wahre Bild von drei der rätselhaftesten Autorinnen, durch das Sie die Schätze in ihren äußerst mysteriösen Romanen bergen können. Ich danke Ihnen – einen schönen Tag noch.«

Er sammelte seine Notizen ein. Die Rede war zu Ende. Sie hatte knapp drei Minuten gedauert. Der stürmische Beifall verebbte erst, als der alte Mann die Bühne längst verlassen hatte. Er sah nicht zufrieden oder stolz aus, seine Miene war eher von unerschütterlicher Leidenschaftslosigkeit wie bei einem byzantinischen Porträt. Vielleicht verbirgt er etwas, dachte ich.

Jedenfalls glaubte ich, den Grund für das Zerwürfnis zwischen Sir John und meinem Vater gefunden zu haben. Zu großen Teilen gehörte Dad nämlich zu den Leuten, die laut Sir John »falschlagen«, die an die Unantastbarkeit eines Textes glaubten und einen Roman nur nach den Worten auf einer gedruckten Seite beurteilten. Doch mein Vater hatte diese Theorie dahin gehend verändert, dass er Bücher als lebende, atmende Wesen betrachtete. Sobald ein Buch das Gehirn eines Autors verlassen hatte, bekam es ein Eigenleben und wurde zur einzigen Verbindung zwischen Leser und Autor. Dem aufmerksamen Leser offenbarte ein Buch Geheimnisse aller Art – sei es über seine Figuren oder mitunter über den Schöpfer selbst. Sir John hatte das Leben der Brontës studiert, um Interpretationshilfen für ihre Texte zu bekommen, mein Vater hingegen wollte anhand der Texte, und nur anhand der Texte, die Wahrheit über die Brontës herausfinden.

Ich blickte zu Orville, um etwas zu sagen, hielt aber jäh inne. Sein Gesicht war kreideweiß, das Kinn zuckte leicht. Wieder und wieder zog er seine Manschetten gerade.

»Sie sehen verärgert aus«, sagte ich.

»Das war eine absurde Rede.«

»Wollen Sie darüber sprechen?«

»Nein.« Er drehte sich zu mir, nun glühte er. »Ist Ihnen jemals der Gedanke gekommen, dass ich die Brontës so sehr verabscheuen könnte wie Sie selbst?«

Ich zog die Stirn kraus. Nein, der Gedanke war mir noch nicht gekommen. Ich lehnte mich schweigend zurück. Orville richtete seinen Blick wieder auf die leere Bühne, wo Sir John gerade noch gestanden hatte. Seine Lippen waren zu einem harten Strich zusammengepresst. Dann, ohne ein weiteres Wort, stand er auf und ging.

Sir John stand zur Rechten einer halbnackten Adonis-Statue, als ich nach der Signierstunde und dem Empfang auf ihn zusteuerte. Ich hatte gewartet, bis sich die Menge um ihn herum zerstreut hatte. Ein Arm hing schlaff an seiner Seite, mit der anderen Hand umfasste er seinen Ellbogen, als wollte er eine blutende Wunde halten. Sein faltiges Gesicht wirkte teilnahmslos und unterkühlt. In seinem Blick lag verhaltene Wut. Ich fragte mich, ob er wohl heimlich Pietist war.

Durch die Krücken war ich automatisch im Nachteil. Als ich hinkend zu ihm aufgeschlossen hatte, keuchte ich. Er schien genau zu wissen, wer ich war. Wahrscheinlich hatte er beim

Anblick meiner Gehhilfen und meines schweißüberzogenen Gesichts gleich gewusst, dass ich die Tochter meines Vaters sein musste.

Ich stellte mich vor. »Samantha Whipple.«

Er heftete seine dunklen Augen auf mich. Sein Blick war von einer natürlichen Direktheit, die ich irgendwoher kannte. Woher nur?

»Sie sehen Ihrem Vater ähnlich«, sagte er ungerührt.

Aus der Nähe konnte ich die feinen Augenfalten sehen, die durch jahrelanges Zusammenkneifen entstanden sein mussten. Ich schwieg, er schwieg. Es war, als würden wir beide darauf warten, dass der Geist meines Vater sich zwischen uns materialisierte.

»Wie geht es Ihnen?«, fragte ich schließlich.

»Gehen wir nach draußen.«

Es war später Nachmittag, der Himmel war von gleichmäßigem Weiß. Sir John gab den Schritt vor wie jemand, der daran gewöhnt war, dass ihm Studenten stets hinterherliefen. Sein Körper war gebrechlich und sah aus der Nähe noch viel älter aus. An der Treppe des Museums blieb er stehen, drehte sich um und sah in meine Richtung. Ich hätte nie gedacht, dass ich den Intellekt eines anderen Mannes mehr fürchten könnte als Orvilles – aber Sir Johns Verstand war noch schärfer und bedrohlich, weil ich mir über seinen Umfang noch nicht im Klaren war, und alles, was unklar war, machte mir Angst.

Dad hatte immer zu mir gesagt, Sir Johns größter Fehler liege darin, dass er nicht lesen und nicht denken könne. Er hielt ihn für den am wenigsten phantasiebegabten Menschen, den er kannte. Nun fragte ich mich, ob Dad sich nicht geirrt hatte. Sir John war leider der achtbarere Gelehrte von den beiden. Mein Vater hatte zwar den ein oder anderen »wissenschaftlichen« Beitrag geschrieben, doch er war nie auf ein College gegangen und hatte den Großteil seiner Zeit damit verbracht, in seinem schlampigen Arbeitszimmer Fiktion zu lesen und zu schreiben. Sir John dagegen hatte in seiner Laufbahn akademische Grade angehäuft und, unterstützt von den ältesten und renommiertesten Bildungseinrichtungen weltweit, wohlformulierte Theorien entwickelt.

»Ich versuche schon seit Jahren, mit Ihnen in Kontakt zu treten«, sagte er.

»Ich weiß.«

»Sie haben nie reagiert.«

»Ich weiß.«

Mein Herz schlug schneller. Ich wollte ihm sagen, dass ich vor allem aus purer Verlegenheit und nicht aus Trotz unhöflich gewesen war, brachte aber kein Wort heraus. Wahrscheinlich hatte er eine Erwachsene erwartet, die mit Konflikten umgehen konnte. Ich konnte ihm nicht einmal in die Augen schauen. Ich war mir bewusst, dass meine Unerfahrenheit an mir haftete wie ein schmieriger Film auf meiner Haut. Ich fühlte mich schuldig, und mir war alles peinlich. Ich wollte überhaupt nicht hier sein.

Er sah mich kühl an. »Wissen Sie, wer Patrick Brontë war, Miss Whipple?«

Die Frage überraschte mich. »Natürlich«, sagte ich.

Patrick Brontë, der Vater der Brontë-Schwestern, bekam in der Öffentlichkeit so wenig Aufmerksamkeit, dass man dazu neigte, zu vergessen, dass es ihn überhaupt gegeben hatte. Er hatte alle seine Kinder überlebt und das hohe Alter von vierundachtzig Jahren erreicht. Niemand befasste sich groß mit ihm. Es ist unheimlich, wie unsichtbar alte Männer werden, selbst wenn sie die Einzigen sind, die noch da sind.

»Das dachte ich mir«, sagte Sir John. »Patrick Brontë war ein zurückgezogener Schriftsteller, er litt an krankhaftem Egoismus und an der Illusion seines literarischen Ruhms, und seine Anmaßung verhinderte, dass er sich seiner ungeheuerlichen Mittelmäßigkeit bewusst werden konnte.«

Ich schluckte. »Sicher.«

»Er hat seine Kinder zu Hause unterrichtet, er hat ihnen sowohl eine richtige Schulbildung als auch Freunde verwehrt und sie dadurch zu sozialen Außenseitern gemacht. Als dann alle seine Sprösslinge gestorben waren, hat er sie wieder zum

Leben erweckt, indem er einen Mythos um ihr Leben gesponnen und ihnen so zur Unsterblichkeit verholfen hat. Er hat alle ihre Notizen, Tagebücher und Bücher aufbewahrt, hat sie entweder weggeschlossen oder sie an auserwählte Verwandte verteilt. Mit anderen Worten: Patrick Brontë hat einen Beruf daraus gemacht, Rätsel zu erfinden und zu verbreiten. Kommt Ihnen das nicht bekannt vor?«

Die Hitze stieg mir ins Gesicht. »Auf rhetorische Fragen antworte ich nicht, Sir.«

Sein Blick wurde härter. Seine Augen waren kalte, funkelnde blaue Edelsteine.

»Vielleicht war Patrick Brontë einfach nur ein Eigenbrötler«, fügte ich hinzu.

»Oder ein ausgezeichneter Geschäftsmann.«

»Ich verstehe nicht.«

»Ich suche seit Jahren nach Patrick Brontës Besitztümern«, sagte er. »Mithilfe von alten Briefen und Biographien versuche ich nachzuvollziehen, was einmal im Besitz der Brontës gewesen sein muss. Und doch beinhaltet dieses Buch nur die Hälfte dessen, was meiner Ansicht nach existiert. Der Großteil der Sachen wurde auf Patricks Seite des Stammbaus weitervererbt, und diese Linie führt, wie Sie wissen, zu Ihrem Vater und jetzt zu Ihnen. Patrick hat der Öffentlichkeit lediglich die unbedeutende Hälfte des Brontë-Besitzes zugänglich gemacht – Löffel, Pflanzenzeichnungen, Gekritzel. Was er fest verschlossen in Familienbesitz hielt, waren die Sachen, die er für die persönlichsten und somit für die wertvollsten hielt.«

»Monetär wertvoll?«

Ich wurde rot. Sagte man überhaupt »monetär«? Sir John blickte auf seine Armbanduhr und schnaubte. Studenten durften seine Zeit nicht verschwenden.

»Hat Ihr Vater Ihnen je erzählt, wie wir uns kennengelernt haben?«, fragte er ungeduldig. Sein Ton war scharf und passte nicht zu seinem erschlafften Körper.

»Nein, hat er nicht.«

»Vor vielen Jahren machte ich eine Entdeckung, die mein Leben verändert hat. Ich leitete damals ein Forschungsprojekt über Elizabeth Gaskell. Sie kennen sie sicherlich, nicht wahr?«

»Ja.«

»Sie war eine Bekannte von Charlotte Brontë und ihre Biographin.«

»Genau.«

»Ich verbrachte mehrere Monate damit, ihre noch lebenden Nachfahren zu lokalisieren. Meine Suche führte mich zu einem gewissen Edward Elmes, Anwalt in London. Er war der Urenkel von Gaskells Cousine zweiten Grades. Ich besuchte ihn. Können Sie sich vorstellen, was ich in Elmes' Wohnzimmer hängen sah?«

»Etwa Elizabeth Gaskell?«

»Ein Originalaquarell von Anne Brontë hing über dem Kamin. Sie können sich denken, wie verblüfft ich war. Ich hatte jahrelang über die Kunstwerke der Brontës geforscht, und da war nun ein Bild, das ich nie zuvor gesehen hatte. Es war eine halbfertige Skizze, sie war nicht signiert, und Anne hatte wohl nie die Absicht gehabt, sie jemandem zu zeigen. Edward Elmes hatte keine Ahnung, was es darstellte und was es wert war. Ich war perplex. Damals hatte ich angenommen, alle verbliebenen Gegenstände der Brontës wären aufgefunden worden. Ich schrieb Ihrem Vater. Ich stellte mich vor und erklärte, dass ich glaubte, etwas überaus Wichtiges in Bezug auf seine Familie gefunden zu haben. Ich ging davon aus, dass zwei Männer von überdurchschnittlicher Intelligenz freundschaftlich zusammenarbeiten und dieser Entdeckung Gerechtigkeit widerfahren lassen könnten.«

Pause. Er wurde ärgerlich, ich sah es an seiner zuckenden Oberlippe.

»Ein paar Wochen darauf kam Tristan nach England«, sagte er. »Das Aquarell lag auf meinem Schreibtisch, als er zu mir kam.«

»Sie haben dem armen alten Mann das Bild gestohlen?«

Er ignorierte meine Frage. »Ich präsentierte Ihrem Vater meinen Fund, erzählte ihm von meiner Theorie und erklärte ihm anhand der Pinselführung, warum Anne dieses Bild gemalt haben musste. Ich denke, Ihr Vater stimmte mir zu.«

Er ließ seine Fingerknöchel knacken.

»Und?«, bohrte ich nach.

»Nach einem kurzen Gespräch verstummte Ihr Vater. Er hörte mir nur zu. Er stand auf, setzte sich wieder und stand erneut auf. Er ging von einer Ecke des Raums zur anderen. Er bat um einen Drink, den er nicht trank. Dann verließ er mein Büro, und ich sah ihn nie wieder. Er verweigerte daraufhin jeden Versuch der Kontaktaufnahme. Ich habe in meinem ganzen Leben keinen so beleidigenden und abstoßenden Menschen wie Ihren Vater getroffen.«

»Sie klingen wie meine Mutter.«

»Was er natürlich nicht wusste, war, dass er mit seinem Schweigen genau das Gegenteil dessen erreichte, was er gehofft hatte. Unser Treffen überzeugte mich davon, dass es eine Menge Brontë-Artefakte geben musste, die die verbleibende Familie sorgsam vor der Öffentlichkeit versteckt hielt. In den folgenden Tagen und Wochen ertappte ich mich dabei, wie ich an nichts anderes mehr denken konnte. Einen Monat später ließ ich mich von der Universität beurlauben und machte mich erneut auf die Suche. Dabei ging ich jedem Brief nach, den die Brontës je an Freunde und Verwandte geschrieben oder von ihnen bekommen hatten. Ich war verblüfft von den Hinweisen, die ich in den Briefen fand. Da wurde eine Goldbrosche erwähnt, die Anne von ihrer verstorbenen Mutter bekommen haben soll, eine Schreibfeder aus Elfenbein, mit der Branwell geschrieben hatte, sowie der Entwurf eines weiteren unvollendeten Romans von Charlotte. Wussten Sie, dass Charlotte einen weiteren Roman begonnen hatte? Wo ist er, Samantha?«

»Ich habe keine Ahnung«, sagte ich. »Was erhofften Sie sich denn von diesen Dingen, wenn ich fragen darf? Ich bin mir nicht sicher, was ein alter Federkiel Ihnen bringen würde.«

»Ein tieferes Verständnis der Brontë-Romane natürlich!«

»Natürlich.«

Er kniff die Augen zusammen. »Annes unentdecktes Aquarell hilft bis zu einem gewissen Grad zu verstehen, warum alle Protagonistinnen der Brontës Malerinnen sind und keine Schriftstellerinnen. Die Staffelei war das erste Ventil für ihre Kreativität, beim Malen konnten sie zum Ausdruck bringen, was sie nicht schreiben durften. Dieses Bild von Anne sagt uns, dass die Brontës alles, was an bildender Kunst ihrer Phantasie entsprungen war, für sich behalten hatten.«

»Gewiss.«

Er lächelte kühl. »Sie schützen Desinteresse vor, aber ich weiß, dass Sie in den nächsten Tagen nichts anderes mehr im Kopf haben werden.«

»Nein.«

»Nein?« Er schenkte mir einen verächtlichen Blick, den man normalerweise für kleine schmollende Kinder bereithielt.

»Meinem Vater wäre an irgendwelchen alten Schreibfedern oder Skizzen nichts gelegen«, sagte ich. »Ihm waren immer nur zwei Dinge wichtig: die Romane und dass ich lernte, sie richtig zu lesen. Sie und er waren auf der Suche nach unterschiedlichen Dingen.«

»Sie kannten Ihren Vater wohl nicht so gut, wie Sie glauben.«

Das hatte gesessen – denn dies war wirklich eine meiner größten Ängste. Ich wurde rot, Sir John sah es sicherlich. Sein kalter, einstudierter Blick haftete auf mir. Er war ein erfahrener Killerwal, der nur darauf wartete, dass die kleine Robbe auf dem Eis ins Rutschen kam und ihm ins Maul fiel.

»Wissen Sie, ich finde, dass Sie einige Teile der Geschichte unter den Teppich gekehrt haben. Zum Beispiel, was Sie wirklich zu meinem Vater gesagt und womit Sie ihn vergrault haben.«

»Ihr Vater fühlte sich bedroht«, sagte er nur. »Ich hatte die Macht, die Privatsphäre seiner Familie zu zerstören.«

»Haben Sie auf Ihrer Suche nach diesen ›fehlenden Gegenständen‹ denn etwas gefunden?«

Jetzt erlosch sein Lächeln endgültig. Er räusperte sich. »Sehr wenig.«

»Verstehe. Und das ›sehr wenige‹ haben Sie nun in Ihrem Buch veröffentlicht?«

Sir Johns Augen blitzten auf. »Tun Sie nicht so gewieft!«

»Ich weiß nie, was die Leute meinen, wenn Sie das sagen.«

Er straffte sich. Kurz dachte ich, er würde ein Paar makellos weiße Handschuhe herausziehen und mir ins Gesicht schlagen. »Wenn Ihr Vater mit mir zusammengearbeitet hätte, hätten wir alles finden können.«

»Tja, es ist schwer, imaginäre Dinge zu finden.«

»Passen Sie auf, was Sie sagen!«

Ich verstummte. Ich wusste, dass ich rücksichtslos war, aber ich konnte nicht zulassen, dass Sir John recht hatte. Es war ein billiger Trick, schlecht von einem Mann zu reden, der tot war und sich nicht wehren konnte. Wir schwiegen eine Weile, Sir John blickte zum Horizont. Er schüttelte leicht den Kopf, als könnte er sich nicht vorstellen, wie so viele Idioten in Amerika geboren werden konnten. Ich fragte mich, ob er selbst Kinder hatte. Bestimmt nicht. Ein Vater wusste normalerweise, ob jemand aus Wut oder aus Angst gereizt reagierte.

»Ich muss los, es ist schon spät«, sagte ich.

Es war nicht spät.

»Sie sollten mir vertrauen«, sagte Sir John und wickelte den Schal etwas enger um seinen Hals. »Keine lebende Seele weiß mehr über Ihre Verwandten als ich, und ich glaube, dass ich mehr als nur das ein oder andere Rätsel für Sie lösen kann.«

Ich stutzte. »Was soll das heißen?«

Er sah mich an. »Das heißt: Sind Sie sicher, dass es nichts gibt, was Sie mir gern sagen wollen?«

»Ja, es gibt nichts.«

»Nichts, was Sie sich von der Seele reden wollen?«

Ich überlegte. Ich dachte an *Jane Eyre* auf meinem Kissen. Ein verstörender Verdacht keimte wieder in mir auf. Könnte er wirklich die Person sein, die mir Dads Bücher hinterlassen hatte? Nein. Und doch … Wie er da stand, sah Sir John so klassisch schuldig aus, dass ich mir sicher war, den Missetäter gefunden zu haben. Ausgerechnet dieser Mann war einer der letzten Fäden, die mich noch mit meinem Vater verbanden.

»Nur aus Neugier: Warum fragen Sie mich das?«, hakte ich nach.

Sir John sagte nichts, und da er mir eine Antwort schuldig blieb, schien es mir umso wahrscheinlicher, dass er der Hauptverdächtige war und mir *Agnes Grey* und *Jane Eyre* gebracht hatte. Ich sah ihn mit zusammengekniffenen Augen an und versuchte verzweifelt, die Antwort in seinen Gedanken zu lesen.

»Verstehe«, sagte ich.

»Was verstehen Sie?«

»Sie sind das!«

»Wie bitte?«

Ich platzte heraus: »Warum werden mir Bücher vor die Tür gelegt?«

Sein Gesichtsausdruck veränderte sich. Zum ersten Mal wirkte er überrascht. Ich hatte meine Antwort bekommen, bevor er noch den Mund aufmachte: nein. Nein, er wusste nichts. Ich hatte mich getäuscht. Er wusste so wenig wie ich selbst. Wir sahen uns schweigend an. Ups!

»Sie bekommen Bücher, Miss Whipple?«

»Nein. Ja«, stammelte ich. »Das heißt, nur ein paar.«

»Ich verstehe nicht.«

»*Jane Eyre. Agnes Grey*. Das Übliche.«

»Die Originalausgaben?«

»Nein, *Penguin*-Taschenbücher.«

Er runzelte die Stirn. »Und die gehörten Ihrem Vater?«

Ich sagte nichts, und das genügte ihm als Antwort. Das lief nicht wie geplant. Ich konnte spüren, wie alle Kraft mich verließ. Da war ein plötzliches Feuer in Sir Johns kalten Augen, das mir Angst einjagte. Kein Wunder, dass mein Vater ihn nicht gemocht hatte!

»Nun gut«, sagte er. »Ich bin froh, dass Sie es mir gesagt haben. Wer hat Ihnen die Bücher geschickt?«

»Sie!«, sagte ich prompt.

Zum ersten Mal an diesem Tag wurde er rot. Ich sah zu, wie er einen Stift und eine Visitenkarte aus der Tasche zog und etwas notierte.

»Ich würde diese Bücher gern sehen«, sagte er, »Sie müssen mir Bescheid sagen, wenn das nächste kommt. Hier ist meine private Mail-Adresse.«

»Es wird kein weiteres Buch geben.«

Er zog ein spöttisches Gesicht. »Niemand würde *Jane Eyre* und *Agnes Grey* verschenken und *Sturmhöhe* weglassen. Sie gehören zusammen. Und wenn das nächste Buch kommt, werden Sie sicherlich meine Hilfe brauchen, um herauszufinden, was all das zu bedeuten hat.«

»Ich kann selbst lesen, vielen Dank!«

»Ihr Vater war offenbar anderer Meinung.«

Ich glühte. Sir Johns Lächeln war kalt.

»Kommen Sie sich nicht komisch vor?«, fragte ich und hoffte, ihn zu treffen. »In Ihrem Alter auf Schatzsuche zu gehen?«

Wortlos hielt er mir seine Karte hin. Ich schwieg, denn insgeheim wusste ich, dass er recht hatte. Ich brauchte Hilfe. In dieser Welt gab es zwei Ebenen des Verstehens: Er tat es, ich nicht. Das war wohl auch das Problem in meinem Tutorium.

Zum Abschied reichte mir Sir John die Hand. Ich nahm sie, er drückte schwach meine Finger. Ich hatte das Gefühl, diesen Händedruck schon einmal gespürt zu haben.

An diesem Wochenende las ich Sir Johns fürchterliches Büchlein von vorn bis hinten. Wie ich mir schon gedacht hatte, hatte ich kein einziges seiner sogenannten »vermissten Erinnerungsstücke« jemals irgendwo im Haus meines Vaters in Boston herumliegen sehen. War dieses Buch nach zehn Jahren Suche alles, was ein Ritter zustande brachte? Trotz seiner Behauptung, die Brontës dadurch besser verstehen zu wollen, hatte ich das Gefühl, dass dieses Buch nichts als ein getarnter und von der akademischen Welt abgesegneter Rachefeldzug war.

Etwas an seinem Buch weckte jedoch mein Interesse. Alle Gegenstände, die mein Vater angeblich besessen haben sollte, waren während Annes Zeit in Thorp Green Hall gemalt, geschrieben, getragen oder benutzt worden. Auf dem Papier war Thorp Green lediglich der Name des Anwesens, wo Anne fünf Jahre lang als Gouvernante tätig gewesen war. In Wirklichkeit ist es die turbulenteste Phase in ihrem Leben gewesen. Sie hatte das Pfarrhaus ihrer Familie als normale Frau verlassen und war fünf Jahre später als verdrossene Schriftstellerin wieder zurückgekehrt. Im selben Jahr begannen sie und ihre Schwestern Emily und Charlotte ihre literarische Karriere. Zufall? Unwahrscheinlich. Irgendetwas war in Thorp Green geschehen und hatte die Schwestern zu den drei wichtigsten Romanen ihrer Zeit inspiriert.

Am Sonntag ging ich in die Bibliothek des Old College. Sie bestand aus schwach beleuchteten Korridoren und kleinen Lesesälen, gespickt mit zahlreichen Büchern. Ich fand das Buch, das ich suchte, *Das große Buch der Brontës*, und nahm es mit in den »Catherine Howard Room«. Dort saß nur ein einzelner Student. Er hatte *Die ununterdrückbaren Aufstände des 16. Jahrhunderts* vor sich, blickte aber gedankenverloren in die Ferne, als hätte er schlechte Laune und wüsste nicht, warum. Ich setzte mich. Zu hören war nur das rätselhafte Geräusch einer Toilettenspülung – rätselhaft, weil ich in diesem Gebäude noch nie eine Toilette gesehen hatte. Ich schlug das Buch auf. Wenn ich mich richtig erinnerte, behandelte Kapitel 10 die Jahre in Thorp Green Hall, 1840 bis 1845.

Wohl oder übel war Thorp Green dank meiner monatelangen schwärmerischen Beschäftigung mit den Brontës für mich so real wie alles andere, das ich auf dieser Welt kannte. Ich konnte noch die alten Pflanzen sehen, die ich mir in der staubigen Eingangshalle vorgestellt hatte, konnte die Türen knarren hören, die den heimlich lauschenden Dienstboten gegen die Zehen stießen. Ich kannte die Bewohner von Thorp Green Hall wie meine eigenen Freunde. Mr Edmund Robinson, der Hausherr, war ein korpulenter Exhalunke mit Mundgeruch, einem Ring am kleinen Finger und einem kurzen Schnurrbart. Seine Frau Lydia war ein zartes Geschöpf mit Fledermausaugen und hielt die meisten Dinge für sehr spießig. Die beiden, Edmund und die Fledermaus, hatten vier Kinder mit kantigen Gesichtern.

Anne Brontë kam im Mai 1840 nach Thorp Green Hall, 1845 ging sie wieder. Dazwischen herrschte seltsame Funkstille. Das Einzige, was bekannt wurde, war, dass Anne nach dieser Erfahrung »genug [hatte] von der Menschheit und ihrem widerwärtigen Treiben«. Eine Hypothese für das, was in Thorp Green Hall geschehen war, fand man in den Biographien. Sie betraf Branwell Brontë. Im Jahr 1842 konnte Anne ihre Arbeitgeber dazu bewegen, ihren Bruder als Kunstlehrer für den kleinen Edmund Robinson jr. anzustellen. Ich hatte das Gefühl, dass Anne im Grunde genommen Branwells sexuelle Freizügigkeit einschränken wollte, und was gäbe es für einen besseren Weg zur Enthaltsamkeit, als eine männliche Gouvernante zu werden? Das Ergebnis von Annes Akt der Wohltätigkeit war eine Katastrophe. Es dauerte nicht lang und Branwell verguckte sich in Mrs Robinson, die fast zwanzig Jahre älter war als er. Eines kam zum anderen, und bald begann Branwell mit seiner Version von *Die Reifeprüfung*.

Es war ein großer Skandal. Lydia Robinson war die Gattin eines wohlhabenden Landbesitzers, Branwell ein angehender Alkoholiker in einer aussichtslosen Anstellung, mit hohen Schulden und ohne Freunde. Branwells Affäre ruinierte seiner armen Schwester die Aussicht auf eine reibungslose Berufslaufbahn. Anne war nun gezwungen, sich »mit einigen sehr unangenehmen und unerhörten Erfahrungen mit der menschlichen Natur« auseinanderzusetzen, wie sie schrieb. Edmund Robinson entdeckte 1845 die Affäre, warf Branwell hinaus und drohte, ihn zu erschießen. Der liebeskranke Junge kehrte nach Hause zurück, warf sich aufs Bett und trank sich schließlich zu Tode, er starb mit gerade einmal einunddreißig Jahren.

So jedenfalls lautete die offizielle Version. Wenn es zutraf, musste das Ganze für Anne wirklich verstörend gewesen sein. Doch war eine unüberlegte Affäre allein der Grund für ihre umfassende Veränderung? An dieser Liebelei war nichts ungewöhnlich, nur dass eine ältere Frau beteiligt war; ansonsten war die ganze Angelegenheit eher normal in diesen Kreisen. Um schockiert gewesen zu sein, hatte Anne die Eskapaden ihres Bruders wohl schon zu oft miterlebt. Nein, im Schatten von Thorp Green Hall musste etwas anderes vorgefallen sein, etwas, das eine schüchterne Frau des 19. Jahrhunderts dazu getrieben hatte, ihren guten Namen zu opfern und nicht nur einen, sondern gleich zwei Romane zu schreiben.

Meiner Ansicht nach hatte das Hauspersonal damit zu tun.

Auf Thorp Green gab es so viele Stubenmädchen, Butler, Köchinnen, Reinigungskräfte und Gärtner, dass es für eine Seifenoper gereicht hätte. Besonders eine Bedienstete fand ich ungewöhnlich interessant: Ann Marshall, zu der Anne Brontë ein ziemlich enges Verhältnis entwickelt hatte. Sie war die persönliche Zofe und Vertraute von Lydia Robinson und eine merkwürdige, zurückgezogen lebende Frau. Lange vor Anne war sie mit Anfang zwanzig als junge, naive Frau in den Haushalt gekommen, und 1847 starb sie als gebrechliche und wortkarge Jungfer. Was hatte diese Veränderung ausgelöst? Und was hatte Thorp Green an sich, dass es junge Frauen verschlang und sie dann als Schatten ihrer ehemaligen selbst wieder ausspuckte?

Ich nahm das Buch zur Hand und suchte rasch das Porträt von Ann Marshall. In den Brontë-Biographien galt sie als unbedeutend und schaffte es normalerweise höchstens in die Anmerkungen. Dennoch war sie die einzige Bedienstete, bei der sich Anne Brontë die Mühe gemacht hatte, sie zu malen. Ich fand das Bild auf Seite 420. Sie wirkte unscheinbar und alt, hatte herabgezogene Mundwinkel und eine runde Knollennase. Sie trug ein hässliches braunes Kleid und eine alte Haube. Dasselbe Bild hatte ich im Ashmolean Museum gesehen. Wie schon so oft zuvor betrachtete ich ihr säuerliches Gesicht.

Meine Lippen kräuselten sich. Ann Marshall war das Ebenbild von Grace Poole, der Figur in *Jane Eyre*, die ich am wenigsten – und Orville offenbar am besten – leiden konnte. »Da saß sie also«, sagt Jane Eyre über Grace, »gesetzt und schweigsam wie gewöhnlich, in ihrem braunen Wollkleid, ihrer karierten Schürze, dem weißen Halstuch und der Haube.« Im Buch war Grace Poole die Zofe der Wahnsinnigen und Hüterin eines schrecklichen Familiengeheimnisses. Ich hätte wetten können, dass Ann Marshalls Geschichte ähnlich war. Und Annes Geschichte?

Mit diesem Gedanken schlug ich das Buch zu, ich hatte so schlechte Laune wie seit Jahren nicht mehr. Man konnte nicht abstreiten, dass es zwischen Anne Brontës Zeit in Thorp Green und Jane Eyres Zeit in Thornfield Hall Parallelen gab. *Jane Eyre* ist die Geschichte einer einsamen Frau, die Gouvernante auf einem einsamen Anwesen wird, ein grauenvolles Geheimnis aufdeckt und dann wegläuft, ohne jemandem zu sagen, was ihr überhaupt zugestoßen ist. Wenn das nach Anne Brontës Leben klang, dann weil es Anne Brontës Leben war.

Eine bohrende Frage ging mir nicht mehr aus dem Kopf: Wie war Charlotte Brontë eigentlich damit durchgekommen, dass sie die Geschichte ihrer Schwester geklaut hatte?

8

In der Weihnachtswoche tobte ein heftiger Sturm. Die Zeitungen – die richtigen Zeitungen, nicht der *Hornbeam* – hatten schon gemutmaßt, dass es der schlimmste des Jahres werden würde. Man solle sich also warm einpacken und zu Hause bleiben, riet der *Telegraph* ausdrücklich. Mehr las ich nicht darüber, denn ich las überhaupt keine Zeitungen mehr. Ich musste dabei immer nur an all die ungelesenen Mails von britischen Journalisten denken, die mich nach Sir Johns neuem Buch fragten. »Stimmt es? Würden Sie sich dazu äußern? Würden Sie ein Interview geben? Würden Sie freundlicherweise antworten?«

Ich dachte nicht groß über den Sturm nach, bis Marvin mich am Donnerstagabend fragte, ob ich Kerzen bräuchte. Ich leerte gerade mein Fach in der Porter's Lodge – das Pidge in der Plodge –, und er packte seine Sachen für die Ferien. Das zweite Trimester begann erst in einem Monat.

»Kerzen?«, fragte ich. »Wozu sollte ich Kerzen brauchen?«

»Falls es einen Stromausfall gibt«, sagte er. Mit seinem schlammbraunen Bowler und dem dazu passenden Trenchcoat sah er aus wie ein Mann aus den zwanziger Jahren, der gerade zu einem Spaziergang aufbrach.

»Kommt das hier öfter vor?«, fragte ich.

Er verzog den Mund und lächelte dünn. »Die Stromversorgung in Ihrem Turm ist nicht gerade berühmt für ihre Zuverlässigkeit.«

»Die Zentralheizung auch nicht.«

Marvin blickte schuldbewusst drein. Er hielt mir die Kerzen hin, als würde er mir seinen König übergeben, nachdem ich »Schachmatt« gesagt hatte. Ich war noch immer ein wenig sauer auf ihn, und er schien es zu wissen. Im letzten Monat war ich mehrmals zu ihm gekommen und hatte darum gebeten, die Liste der Leute einzusehen, die am Tag, als *Jane Eyre* auf meinem Kopfkissen aufgetaucht war, in meinem Turm gewesen waren. Doch Marvin behauptete, dies liege nicht in seiner Macht, und wegen des Datenschutzes an der Universität sei es ohnehin nicht erlaubt, Namen herauszugeben. Da hatte ich beschlossen, ihm die Freundschaft aufzukündigen.

»Nein«, sagte ich schließlich zu ihm, »keine Kerzen.«

»Mögen Sie es lieber dunkel?«

Ich nieste laut. »Ich hasse Dunkelheit, aber Feuer hasse ich noch mehr.«

Am Weihnachtsabend lag ich mit hohem Fieber im Bett. Mein Kopf fühlte sich an, als würde er jeden Moment explodieren. Ich konnte nur im Bett liegen und zuhören, wie der stürmische Wind um meinen Turm pfiff.

Alle, die ich kannte, waren über die Ferien nach Hause gefahren. Ich hatte überlegt, ob ich Weihnachten in Boston verbringen sollte, da mein altes Haus aber nun von zwei Männern namens Schwartz bewohnt wurde, hätte ich bei meinem alten Freund Sven, dem Tennisprofi, bleiben müssen. Meine Mutter hatte mich dazu überreden wollen, die Woche bei ihr zu verbringen, doch das schien mir eine noch einsamere Angelegenheit zu werden. Je mehr Zeit wir zusammen verbrachten, desto eher müssten wir uns eingestehen, dass wir nur sehr wenig gemeinsam hatten. Außerdem wollte ich schon Ende Februar zu ihr fahren, und das fand ich ausreichend.

Nun aber wünschte ich mir natürlich, irgendwo hingehen zu können. Es war diese Zeit im Jahr, in der man sich unwillkürlich mit großen, glücklichen Familien verglich. Ich hatte seit drei Tagen keinen Menschen mehr gesehen und war so allein, dass Alleinsein jegliche Bedeutung verloren hatte. Ich begann, Selbstgespräche zu führen, erst ganz normal, dann abnormal.

Ich sprach Unterhaltungen nach, die ich mit meiner Mutter, meinem Vater und mit meiner alten Freundin Sally geführt hatte, die mit den schlechten Tischmanieren. Ich erfand Gespräche, die es nie gegeben hatte, manchmal mit der *Gouvernante*, manchmal mit James Timothy Orville III. Ich schnappte ein bisschen über.

Die Zeit verging nur schleppend, wie ein altes Pferd, das durchs Moor trabt und sich ein ruhiges Plätzchen zum Sterben sucht. Irgendwann am Abend – war es um neun oder zehn? – verließ ich mein Zimmer und ging mir die Zähne putzen. Wegen Hochwassers war das Bad im Erdgeschoss des Turmes außer Betrieb, und ich musste die Toiletten im Hauptgebäude benutzen, was einen langen und eisigen Marsch durch den Verbindungsgang voraussetzte. Der Korridor war schlecht beleuchtet, hier und da standen Spinde für die Hausmeister, an den Wänden gab es Schmierereien. Ich lief langsam. Ich trug einen Mantel über einem übergroßen Pyjama mit der Aufschrift *I love Lucy.* Das Oberteil war am Ausschnitt eingerissen und rutschte mir auf einer Seite von der Schulter. Aus dem alten Gemäuer drang ein eisiger Todeshauch, ich zog den Mantel enger um mich. Ich glaube, nicht einmal mein Vater hätte sich einen Ort vorstellen können, der so fernab jeglichen gesellschaftlichen Treibens lag – »der wahre Himmel für einen Menschenfeind«.

Auf halbem Weg erloschen plötzlich die Lichter im Gang. Ich blieb stehen und versuchte, nicht in Panik zu geraten. Ich wartete, dass meine Augen sich an die vollkommene Dunkelheit gewöhnten, aber das taten sie nicht. Ich tastete in dem schwarzen Loch umher – doch da war nichts. Nicht das Geringste. Ich schaltete die Minitaschenlampe an meinem Schlüsselbund ein, doch das Licht war zu schwach. Ich drehte mich langsam um und versuchte, zum Turm zurückzugehen. Da war die Wand. Oder? Und hier eine Tür. Es war höllisch kalt.

Ich wurde panisch. Es kann schrecklich sein, im Dunkeln mit seiner Phantasie allein zu sein. Das Prasseln der Regentropfen hörte sich an wie Schritte in nebliger Nacht. War hier im Gang noch jemand anders? Ich blieb stehen und horchte. Zum ersten

Mal, seit ich in Oxford angekommen war, war ich nicht so allein, wie ich es gern gewesen wäre.

»Hallo?«, rief ich.

Keine Antwort. Gleich darauf stieß ich mit den Zehen an den feuchten, kalten Stein der Treppe zu meinem Turm. Ich seufzte erleichtert auf und begann mit dem Aufstieg. Fünf Stockwerke waren für meinen Knöchel noch immer schwer zu bewältigen, und ich brauchte doppelt so lang, wie mir lieb gewesen wäre. Keuchend kam ich oben an. Die Luft war gewürzt mit einem ungewöhnlichen Geruch. Nelke? Ich zögerte kurz, dann streckte ich die Hand nach dem Türknauf aus. Wieder hielt ich inne, ja, ich hatte recht, es war ganz eindeutig Nelke. Ich kannte diesen Geruch, es war sehr lange her ... Ich drehte mich um, kräuselte die Nase und schnupperte wieder. Vielleicht hatte meine vorübergehende Blindheit meinen Geruchssinn intensiviert. Oder aber ...

Ich blinzelte. »Hallo?«

Kein Geräusch, keine Bewegung, nur das langsame Perlen des Schweißes auf meiner Stirn und das eindeutige Gefühl, dass mich zwei rot glühende Augen aus der tiefen Dunkelheit heraus anstarrten.

Ich blieb wie angewurzelt stehen. »Wer ist da?«

Keine Reaktion.

Ich atmete schwer. Ich machte einen Schritt nach vorn und streckte den Arm aus. Nach ein paar kurzen Schritten stieß ich mit der Hand an die gegenüberliegende Wand. Da war nichts. Ich ging vorsichtig zurück zur Tür und richtete den schwachen Schein der kleinen Taschenlampe auf den Knauf.

Und da sah ich es. Auf der Fußmatte lag *Sturmhöhe.*

Ich wirbelte herum, zu spät.

Plötzlich geschah alles auf einmal: Stoff rauschte rechts an mir vorbei, ich brüllte aus vollem Hals, der Wind heulte, eine Gestalt stürzte zur Treppe. Im schwachen Licht der Minitaschenlampe sah ich eine weiße Hand, die das Geländer umklammerte. Ich kreischte auf. Ich hechtete hinterher, doch in der Dunkelheit verfehlte ich die erste Stufe und verlor den Halt. Ich schrie.

Mein Knöchel gab nach, und ich fiel die Treppe hinunter. Ich packte den Handlauf und versuchte, mich hochzuziehen. Das unregelmäßige Tappen der Schritte meines Besuchers war leiser geworden. Wer auch immer hier gewesen ist, er war schon halb unten.

Ich blieb liegen, gelähmt vor Angst. Wir alle haben unsere Vorstellungen von Tapferkeit, aber meist sind wir es erst dann, wenn keine Notwendigkeit mehr besteht. Ich hätte gern behauptet, dass ich dem Eindringling hinterhergerannt wäre und ihn gestellt hätte, doch ich lag nur auf der Treppe und vermied es, überhaupt ein Geräusch zu machen. Ich spürte nichts als den kalten Stein unter meinen Händen und den stechenden Schmerz in meinem erneut lädierten Fuß. Ich tastete nach der Stelle an meinem Arm, wo der Eindringling mich gestreift hatte.

Nach ein paar Minuten hatte ich mich so weit erholt, dass ich aufstehen konnte. Die Gefahr war wohl vorüber, denn ich überlegte schon, wie ich die Geschichte jemandem erzählen würde. Ich rappelte mich auf, humpelte nach oben und griff nach dem Buch auf der Fußmatte. *Sturmhöhe* – ausgerechnet! Ich richtete ein klägliches Licht auf die Worte, die in roter Schrift auf dem Umschlag standen: »Dieses Buch gehört Tristan Whipple.« Als weiteren Beweis seiner Herkunft brauchte ich nur die erste Leerseite aufzuschlagen, wo die Konturen einer Hand zu sehen waren. Wir, mein Vater und ich, hatten sie vor langer Zeit gezeichnet – es war meine kleine, elf Jahre alte Hand.

Ich ging in mein Zimmer und warf das Buch in die Ecke, wo auch *Agnes Grey* und *Jane Eyre* lagen. Ich stellte mir vor, wie sie im Dunkeln grinsten. Unangekündigt meldete sich Emily Brontës Stimme in meinem Kopf: »Was sonst hätte mir eine so schreckliche Nacht bereiten können? Ich wüsste keine mit dieser zu vergleichen, seit ich zu leiden fähig bin.«

Ich starrte in die Dunkelheit. War es nicht immer so gewesen? Nur ich und die Brontës, die versuchten, einander durch ein ewiges Nichts zu sehen.

Eine halbe Stunde später stand ich vor dem Fakultätsgebäude. Der Regen hatte nachgelassen, aber der Wind war scheußlich und peitschte mir ins Gesicht. Es war dumm von mir, herzukommen. Es ging mir nicht gut. Ich sollte im Bett liegen. Doch mit *Sturmhöhe* allein zu sein war undenkbar. Mein Turm war nicht groß genug für uns beide.

Im Grunde wollte ich nur Orville sehen. Dann wurde mir klar, dass wir Weihnachten hatten und er wahrscheinlich zu Hause saß, umringt von seiner heimlichen Freundin und all den unehelichen Kindern namens Bartholomew. Doch trotz der späten Stunde dauerte es nicht lange und die Tür des Fakultätsgebäudes ging auf. Zwei Fellows kamen heraus, sie lachten. Der Mann trug ein eingewickeltes Päckchen in einer Hand und in der anderen etwas, das aussah wie eine Etagere. Klar – ich hatte vergessen, dass das Personal und die Fakultätsmitglieder, die über die Ferien auf dem Campus blieben, immer zu einem Weihnachtsessen geladen waren.

In der Frau erkannte ich Dr. Flannery, die ich im Krankenhaus getroffen hatte. Sie trug an diesem Abend Violett von der unvorteilhaften Nuance eines Blutergusses. Der Mann an ihrer Seite war ein welker älterer Herr mit einer Hakennase und drei Muttermalen auf der linken Wange, die angeordnet waren wie das Bermuda-Dreieck. Beide erschraken, als sie mich sahen, vor allem aber Flannery war schockiert – erst schockiert und dann zufrieden. Sie sah mich an, als hätte sie endlich den Beweis für eine alte, komplexe Theorie gefunden.

»Ich möchte zu Professor Orville«, sagte ich.

Flannery stand im Eingang. »Was brauchen Sie, meine Liebe? Es sind Ferien.«

Ich schielte an ihr vorbei zur Tür, die sich langsam und quietschend hinter ihnen schloss. Schnell sagte ich: »Es ist etwas passiert, ich brauche Hilfe.«

»Meine Güte, was ist denn geschehen?«, fragte der Mann. Er hatte ein freundliches Lächeln. Ich mochte ihn. Er war der Typ Mann, den man als Kind »Bürschchen« genannt hatte. »Ich bin sicher, einer von uns kann Ihnen auch helfen.«

»Danke«, sagte ich und sah zwischen den beiden hin und her. Der Mann und Flannery mussten ein Paar sein, denn er nahm ihre Hand, und sie ließ es geschehen. Ich sah weg.

»Ich würde lieber mit Orville sprechen.«

»Dr. Orville«, korrigierte mich Flannery. Ich sah sie wieder an, dann die Tür, die leise ins Schloss gefallen war. Flannery machte ein merkwürdiges Gesicht. »In jedem Wohnheim gibt es über die Ferien einen diensthabenden Dean«, sagte sie und rückte die Tasche an ihrer Schulter zurecht. »Sie können sich sicherlich an Professor Sidney wenden.«

»Das habe ich versucht«, log ich. »Er ist im Moment nicht da.«

Flannery lächelte nicht. »Professor Sidney«, sagte sie gedehnt, »ist eine Sie.«

Ich sagte nichts. Ich war Professor Sidney nie begegnet.

»Warum gehen Sie nicht wieder nach Hause?«, sagte sie und beendete das Gespräch auf eine Weise, die deutlich machte, dass sie zu diesem Thema noch weit mehr zu sagen gehabt hätte, wäre nicht Weihnachten gewesen. Der Mann tippte sich an den Hut und riet mir, auf das Wetter zu achten. Flannery folgte ihm lächelnd. Ich schlang mir die Arme um den Oberkörper und sagte: »Ja, ja, in Ordnung.« Sie gingen nach rechts, ich nach links – aber nur kurz. Kaum waren sie außer Sicht, lief ich zurück. Die Tür war nicht verschlossen, also schlich ich leise hinein.

Hier war der Strom auch ausgefallen, die Kerzen der Kronleuchter brannten. Ich hasste den Anblick offener Flammen. Sie flackerten und rußten. Schnell lief ich die Treppe hinauf. Das Licht wurde schwächer. Ich vertraute darauf, dass mein Instinkt mir den Weg zu Orvilles Büro wies wie einer Motte den Weg ins Licht. Ich fuhr mit der Hand an der Wand entlang, strich über die Namensschilder, als würde ich Blindenschrift lesen. Milton, Norris, Northington. Die letzte Tür, Orvilles, war verschlossen. Es hätte mich nicht überraschen sollen, dass er nicht da war.

Still drückte ich den Kopf an das kalte Holz und kühlte meine heißen Schläfen. Ich fühlte mich krank, richtig krank. Ich hörte das Blut in den Ohren rauschen. Ich hatte ganz fürchterliche

Kopfschmerzen, und zum ersten Mal in meinem Leben hatte ich keine mehr Kraft zu stehen. Ich lehnte mich mit dem Rücken an die Tür und ließ mich auf den Boden gleiten. Ich beschloss zu warten, nur einen Moment, bis der Schmerz nachgelassen hatte.

Es ist nach Mitternacht, Anne Brontë hält eine Kerze in der Hand. Sie geht durch den oberen Korridor von Thorp Green Hall, der nirgendwohin führt und in dem es nach Kohl riecht. Draußen ist es stürmisch, der Wind pfeift durch die Ritzen. Anne biegt vorsichtig um die Ecke. Sie hat gehört, wie Bessie den anderen Bediensteten gesagt hat, dass Gerüchten zufolge eine Frau hier in den Fluren umherstreifen soll, eine Frau, so dick wie ein Ochse und größer als der Herr. Anne hört nachts ihr Gelächter und will sie unbedingt erwischen. Sie hält die Kerze fest in der Hand und schleicht durch den leeren Korridor. Jede Nacht hofft sie, etwas Erschreckendes zu finden, und jede Nacht findet sie nichts außer ihrem Spiegelbild in den Fenstern.

Plötzlich verschwimmt der obere Korridor vor ihren Augen. Merkwürdig!, denkt Anne. Es scheint gar nicht mehr Thorp Green Hall zu sein, sondern ein ganz anderes Haus, eines mit neuen Parkettböden und hässlichen hellroten Vorhängen, die eindeutig ein Mann aus einem Katalog ausgesucht hat. Ein Mädchen betritt den Flur. Warum trägt es einen Pyjama? Sein Haar ist dunkel und zerzaust, der Blick verwirrt wie bei jemandem, der gerade erst aus dem Schlaf erwacht ist. Das Unbehagen im Blick des Mädchens nimmt zu. Seine Augen weiten sich, es hustet. Anne merkt, dass hier überall Rauch ist. Dann fängt das Mädchen plötzlich an zu brüllen. Es rennt den Korridor hinunter, kann sich aber nur in Zeitlupe bewegen. Und da laufen Männer in Uniform herein. Woher kamen die denn? Wessen Albtraum ist das? Jemand umfasst die Taille des Kindes und zerrt es die Treppen hinunter, in die Eingangshalle und aus dem Haus. Anne hört lautes Rauschen. Sie ist nicht länger draußen, sie ist das Kind, sie ist es, die schreit. Aber warum schreit sie? Und vor allem: Warum sind so viele Menschen in dieser engen, alten Straße? Das Geräusch wird immer leiser und verklingt. Anne sitzt auf dem Gehsteig, ein Uniformierter mit großen Füßen spricht mit ihr, und die Sonne geht über den Dächern auf.

»Samantha!«

»Hmpf.«

»Samantha!«

Ich schlug die Augen auf. Zuerst sah ich nur einen rötlichen Schimmer.

»Ist das die Hölle?«, nuschelte ich.

»Für Sie vielleicht.«

Mein Blick wurde wieder scharf. Ich war in Orvilles Büro und lag auf dem Ledersofa. Er saß gegenüber im Sessel, die Beine überkreuzt, und las Zeitung. Er trug einen braunen Pulli und eine Brille, in der sich der Schein des Kaminfeuers spiegelte. Ich fragte mich, wie viele Jahre vergangen waren, seit ich mich vor seine Tür gesetzt hatte, oder ob wir immer so dagesessen hatten, er und ich, und mein Leben, bevor ich ihn kennengelernt hatte, nur eine raffinierte Fiktion gewesen war.

»Was tun Sie hier?«, fragte ich.

»Dieselbe Frage könnte ich Ihnen stellen«, sagte er und faltete die Zeitung zusammen. »Ich kam vom Weihnachtsessen und fand Sie vor meiner Tür liegend wie eine griechische Tragödie.«

Ich kniff die Augen zusammen. »Habe ich geschlafen?«

»Sie haben um sich geschlagen.«

Ich schniefte. »Ich bin ein bisschen krank.«

Bei dem Versuch aufzustehen wurde mir schwindelig. Das Grauen meines Albtraums überkam mich, und ich fiel zurück aufs Sofa. Ich zitterte. So intensiv hatte ich seit Jahren nicht geträumt. Meine Gliedmaßen kribbelten.

»Wie spät ist es?«, fragte ich.

»Zehn vor zwei.«

»In der Nacht?«

Orville sagte nichts.

»Wie lange sitzen Sie schon hier?«

»Lange genug.«

Ich schielte ihn an, dann das Feuer. Es sprühte zarte orangerote Funken in die kalte Luft. Ich zog die Decke bis zum Hals – warum hatte ich eine Decke? – und versuchte herauszufinden, was geschehen war. Wenn ich wirklich draußen auf dem Boden ohnmächtig geworden war, musste Orville mich getragen haben. Mein Mantel hing über einem Sessel, meine Stiefel trockneten am Kamin. Hatte Orville sie mir ausgezogen? Gott, was für ein Gedanke!

Der Strom funktionierte wohl wieder, eine der Lampen in der Ecke verströmte gedämpftes gelbes Licht. Ich deutete auf die Tischmitte, wo ein mit Zellophan umwickelter Ziegelstein auftaute.

»Was ist das?«

Er sah hin. »Kuchen. Wollen Sie?«

Ich war nicht unbedingt hungrig, aber Orville hatte bereits seine Zeitung weggelegt. Er stand auf und ging durchs Zimmer. Ich schielte ihm hinterher. Seine Beine wirkten ungewöhnlich lang und erinnerten mich an Zirkusleute, die in flatternden Pluderhosen auf Stelzen gingen. Erschöpft legte ich meinen Kopf an die dicke, gepolsterte Rückenlehne des Sofas und schloss die Augen. Als ich wieder aufblickte, stand Orville mit zwei Gläsern in der Hand vor mir. Als ich meines nicht nahm, stellte er es auf den Tisch.

»Was ist das?«

»Cognac.«

Ich starrte das Glas an.

Er wartete. »Trinken Sie nicht?«

»Doch, klar«, log ich.

Es war ein merkwürdiger Anblick, einen Fellow Alkohol trinken zu sehen. Es erinnerte mich daran, dass auch Professoren ein wirkliches Leben haben mussten – ein Leben, in dem sie Boxershorts trugen, gelegentlich kochten, ein Leben, in dem sie manchmal Tennis spielten, mit Frauen schliefen und einfach nur fernsahen wie jeder andere Normalsterbliche auch.

Es dauerte ein Weilchen, bis ich mich überwinden konnte, das

Glas Cognac in die Hand zu nehmen. Ich steckte die Nase hinein und zog sie sofort wieder zurück. Der Geruch war entsetzlich. Vielleicht war ich erschöpfter, als ich dachte, doch kurz meinte ich, auf der Oberfläche das verschwommene Gesicht meines Vaters zu sehen. Ich stellte das Glas wieder ab. Ich brauchte das nicht. Die Menschen verflüchtigten sich in Alkohol, so wie sie sich in Träumen verflüchtigten.

Ich blickte auf und zuckte leicht zusammen. Orville musterte mich.

»Denken Sie oft an ihn?«, fragte er. Im matten Licht sahen seine Augen aus wie zwei schwarze Punkte.

Ich sagte nichts.

»Wie alt waren Sie, als es passierte?«

»Als was passierte?«

Schweigen.

Ich räusperte mich. »Fünfzehn.«

»Das muss wirklich sehr schlimm für Sie gewesen sein, Samantha.«

Seine Stimme war tief und warm. Ich runzelte die Stirn und fragte mich nicht zum ersten Mal, ob ich wohl im Schlaf redete. Wir sahen einander noch ein Weilchen an, dann beugte er sich vor und packte den gefrorenen Kuchen aus. Er setzte das Messer an und drückte fest zu. Mit einem dumpfen Geräusch fiel die Scheibe auf den Tisch. Orville legte das kalte Stück Kuchen in meine offene Hand.

Er taxierte mich noch immer. Ich war es nicht gewohnt, seine nichtakademische Aufmerksamkeit zu bekommen. Ich strich mir das Haar aus dem Gesicht. Plötzlich hatte ich das Bedürfnis zu beweisen, dass ich im Grunde ganz hübsch war, wenn man nur genau genug hinsah.

»Sir, was gibt es für eine Strafe, wenn man in ein fremdes Zimmer einbricht?«

»Man wird des College verwiesen.«

»Echt?«

»Spielen Sie mit dem Gedanken, irgendwo einzubrechen?«

Wieder Schweigen. Das Feuer im Kamin erlosch. Im Halbdunkel sah Orvilles Gesicht unvollständig aus, als wäre jemand zu eingeschüchtert gewesen, um sein Porträt fertigzustellen.

»Jemand hat mir wieder ein Buch gebracht«, sagte ich. »*Sturmhöhe.*«

Ich meinte, leichte Beunruhigung über sein Gesicht huschen zu sehen, aber er unterdrückte sie zügig. Er stand auf und ging zu seinem Regal. Ich dachte kurz, er hätte vergessen, dass ich da war, doch er kam mit einem alten schwarzen Buch zurück. Es war *Sturmhöhe.*

Ich sah ihn an. »Ja, ich sehe, Sie haben es auch.«

»Früher einmal war es mein Lieblingsbuch.«

»Wahrscheinlich werden wir deshalb niemals Freunde.«

Zum ersten Mal, seit wir uns kannten, setzte Orville sich neben mich, die Couch senkte sich unter seinem Gewicht. Wir saßen so dicht nebeneinander, dass ich mich fragte, ob er wohl gerade alle College-Regeln auf einmal brach.

»Es war das Buch meines Vaters«, sagte er und blätterte zu der Widmung auf dem Titelblatt. »Sehen Sie? ›Für James, in Liebe, Dad.‹«

»Sehr aufmerksam.«

Orville war so nah, ich spürte die Wärme, die von ihm ausging. Mein Gesicht war neben seiner linken Schulter, und ich wünschte mir nichts mehr, als mich anzuschmiegen. Ich erinnerte mich an die große Ruhe, die mich überkommen hatte, als Hans meine Hand in seine genommen hatte, und ich wollte Orville bitten, das Gleiche zu tun.

Stattdessen sagte ich: »Sir, könnten wir zusammen die Brontës studieren?«

»Nein.«

»Ich weiß, dass Sie das für ein persönliches Problem halten und dass Sie nicht mein Therapeut sind. Aber das Ganze ist wirklich akademisch. Ich brauche Ihre professionelle Hilfe. Jemand hinterlässt mir sehr berühmte Romane, die mein Vater sein ganzes Leben lang zu analysieren versucht hat. Ich habe lediglich ein paar chaotische alte Abhandlungen von ihm, ohne jede Leitlinie.«

Orville sagte: »Die Leute studieren diese Bücher seit über einem Jahrhundert. Was hat sich Ihr Vater denn zu finden erhofft? Ein fehlendes Kapitel?«

»Ich weiß es nicht.«

»Dann verlangen Sie bitte nicht von mir, mich damit zu beschäftigen.«

»Bitte, Sir! Es wäre wie ein ganz normales Tutorium, nur eben hilfreich.«

Er stand auf und ging wieder zu seinem Sessel auf der anderen Seite des Tisches. Er setzte sich auf die Lehne und verpackte den aufgetauten Kuchen sorgfältig wie ein erlesenes Geschenk. Ich zog mir die Decke wieder bis zum Hals und starrte in die Glut des Kamins.

»Wissen Sie, was meine letzte Erinnerung an ihn ist?«, fragte ich.

Orville stutzte, dann fragte er: »An wen?«

»An meinen Vater.«

Keine Reaktion.

»Er wollte ein Bild an die Wand hängen«, sagte ich.

»Sie müssen nicht darüber sprechen.«

»Es war ein schweres Bild«, sagte ich. »Gerahmt. Es war spätabends. Er hämmerte so laut, dass ich nicht schlafen konnte. Ich ging hinunter, und da stand er, den Nagel zwischen Zeige- und Mittelfinger, in der anderen Hand den Hammer. Er sah an sich hinunter, als wäre ihm die Hose heruntergerutscht und als könne er sich nicht mehr daran erinnern, wie man sie wieder hochzieht.«

»Samantha, Sie müssen nicht darüber sprechen«, wiederholte Orville.

Ich ignorierte ihn. »Er hatte getrunken und wankte schon. Er hielt den Nagel an die Wand, holte aus und verfehlte ihn. Ich bin sicher, dass er sich auf die Finger geschlagen hat, aber er reagierte nicht. Es war unfair. Er war unfair. Ich schrie ihn an, er solle das Bild einfach stehen lassen und zu Bett gehen, sagte, er solle aufhören, so schwer durch den Mund zu atmen. Ich brüllte, weil ich ihn nie so unvollkommen erlebt hatte. Als Antwort wedelte er mit dem Hammer und schlug auf die Wand ein. Er fing an zu lachen, dann sang er ›Bye, Bye, Miss American Pie‹. Ich ging wieder nach oben, stopfte mir Stöpsel in die Ohren und legte mir ein Kissen über den Kopf.«

Ich verstummte und holte tief Luft.

Leise sagte Orville: »Und dann?«

»Nichts. Das war's.«

Wir schwiegen. Als ich ihn ansah, wandte er den Blick ab. Es stimmte, ich hatte etwas ausgelassen. Doch was das Feuer anging, hatte ich Erinnerungslücken – den Rest hatte ich aus der Presse erfahren. War es nicht merkwürdig, schrieb der *New Yorker*, dass der rätselhafte Tristan Whipple auf dieselbe Weise ums Leben kam, wie auch Branwell Brontë und die Figur des Edward Rochester in *Jane Eyre* beinahe gestorben wären? Es schien fast so, als hätte Tristan Whipple durch seinen Tod ein altes Schicksal erfüllt. Durch die Feder eines virtuosen Dichters hätte der Unfall vielleicht in etwas Bleibendes und Künstlerisches verwandelt werden können – was für eine Ironie, dass der einzige Autor, der dem hätte gerecht werden können, mein Dad war … Von diesem Tag an hasste ich Zeitungen.

Ich holte tief Luft. »Mittlerweile ist es, als wäre es nie geschehen.«

Orville rührte sich nicht. »Es ist aber geschehen.«

»Nein«, sagte ich und richtete mich auf. »Nein. Sie wären ziemlich überrascht, wie sehr es gar nicht geschehen ist. Wo kann ich mein Glas wegstellen?«

Ich fühlte mich plötzlich fehl am Platz, kam mir vor wie eine Betrügerin. Ich hatte gerade die letzten Stunden meines Vaters geschildert, doch meine Augen waren trocken. Dad hatte gesagt, um eine gute Geschichte zu erzählen, bräuchte man Mut. Den Mut, jemand anders zu werden, auch wenn diese Person eine verletzlichere Version seiner selbst war. Ich war nicht mutig. Ich weinte nicht einmal.

Ich stellte mein Glas wieder auf den Tisch. »Ich sollte wohl versuchen, dieses Gespräch einfach zu vergessen.«

»Wie Sie wollen.«

»Werden Sie es vergessen?«

Er antwortete nicht. Ich stand auf und zog meine Stiefel an.

»Soll ich Sie nach Hause begleiten, Samantha?«, sagte er dann.

Er sah so besorgt aus, dass ich Mühe hatte zu glauben, dass es derselbe Mann war, der sonst gerne mit einem Meterstab durch dieses Zimmer stolzierte. Ich schüttelte den Kopf und hustete so sehr, dass es in meiner Brust zu rasseln schien. Ich nahm meine Sachen, blieb aber an der Tür stehen.

»Sir, in *Sturmhöhe* bricht jemand nachts in Lockwoods Zimmer ein. Erinnern Sie sich?«

»Ich erinnere mich«, sagte er.

»Lockwood merkt dann, dass es tatsächlich ein Geist ist. Ein Geist, der für ihn so real ist, dass er greifbar wird.«

»Ja. Und?«

Ich wartete. »Und?«, sagte ich – ich würgte es praktisch heraus. »Halten Sie das für möglich?«

Doch im Grunde wollte ich seine Antwort gar nicht hören. Ich schlang meinen Mantel enger um mich. Orville machte einen Schritt auf mich zu. Ich blickte ihm nicht in die Augen, ich dankte ihm nur für den Kuchen und verließ den Raum. Als sich die Tür hinter mir schloss, hörte ich, wie er mir fröhliche Weihnachten wünschte.

Wenn ich *Sturmhöhe* las, fragte ich mich immer, ob Emily Brontë Drogen genommen hatte. Es war nicht immer klar – auch ihr selbst nicht –, wo ihre Phantasie aufhörte und wo die Wirklichkeit begann. Für eine Frau, die ihr ganzes Leben isoliert in einem abgeschiedenen, verlassenen englischen Landstrich verbracht hatte, hatte Emily Brontë eine außerordentlich differenzierte Weltsicht, die sehr viel entwickelter war als bei manchen ihrer weltgewandteren Schriftstellerkollegen.

Emily war die Lieblings-Brontë meines Vaters. Wie er war auch sie eine außerordentlich ungesellige Person, sie mied die Öffentlichkeit, hatte fast keine Freunde und verbrannte feierlich einen Großteil ihrer Texte. Sie hatte die Künstlernamen der Familie erfunden und sich zufrieden hinter dem Pseudonym Ellis

Bell versteckt wie hinter einem riesigen Baum. Emily lebte die meiste Zeit ihres Lebens im Moor, sie verweigerte jede Form von ärztlicher Behandlung, als sie an Tuberkulose erkrankte, und starb mit nur dreißig Jahren.

Sturmhöhe war ihr einziges, geliebtes Kind. Doch als der Roman 1847 veröffentlicht wurde, fand er nur sehr wenig Beachtung, und Emily starb im Jahr darauf in dem Glauben, dass er ein Misserfolg war.

Das Buch war ein verschrobenes, verdrehtes und verqueres Geschöpf, das eine Schar unsympathischer Figuren hervorgebracht hatte. Manche Familienstammbäume waren so verzweigt wie beim russischen Adel und heimgesucht von einer Lawine ähnlich klingender Namen wie Hareton, Heathcliff oder Hindley. Vermutlich gab es eine Handlung, aber sie spielte sich irgendwo zwischen dem Natürlichen und Übernatürlichen ab, zwischen Himmel und Hölle, zwischen der realen Welt und Emily Brontës Phantasie.

Ich hatte das Buch mehrmals gelesen und alle Verfilmungen gesehen, angefangen bei alten Schwarzweißfilmen mit zu viel Wind und zu wenig Dialog, bis hin zu künstlerisch freien französischen Versionen voller Sex und Brustbehaarung. Das Bild von Cathy und Heathcliff, die durch die düsteren Moore Yorkshires streifen, war so berühmt wie das Bild der sinkenden Titanic. Keiner schien daran zu zweifeln, dass es die leidenschaftlichste und romantischste Liebesgeschichte in der englischen Literatur war. Dabei gibt es zwischen Heathcliff und Cathy nur sehr wenig Romantik. Heathcliff ist ein Tier, kein Mensch. »Er ist ein wilder, unbarmherziger Mann von wölfischer Art«, sagt Cathy und hätte damit auch sich selbst beschreiben können. Es gibt Momente von pittoreskem Melodram, doch die Liebesbeziehung ist allenfalls schwach. Cathy und Heathcliff entwickeln sich nicht gemeinsam weiter, sie bleiben einfach so, wie sie sind. Die wohl beste Beschreibung des Paars gibt Nelly Dean: Heathcliff »knurrte mich an und schäumte wie ein toller Hund und presste sie in gieriger Eifersucht an sich. Ich hatte den Eindruck, dass ich mich nicht mehr in Gesellschaft eines Geschöpfes meiner eigenen Gattung befinde.« Beide nehmen ein schlimmes Ende und sterben.

Die Vorstellung der Leser, dass dieses Buch eine tolle Liebesgeschichte sei, war Emily Brontës kleiner Zaubertrick. Sie hatte immer an große Träume geglaubt, und wie könnte man die Kraft der Phantasie besser aufzeigen, als ein Buch zu schreiben, das die Leser ermutigt, gar auffordert, ihre Phantasie zu gebrauchen? Die romantische Liebesbeziehung zwischen Heathcliff und Cathy hatte Millionen eifriger Leser erfunden. Wir mussten davon ausgehen, dass sie sich lieben, auch wenn einige Tatsachen dagegen sprachen. Und dank unserer Phantasie fühlte sich diese »Liebe« so echt an, als hätte Emily sie buchstabiert. Emily hat das erreicht, was mein Vater immer gewollt hatte: Sie hat die Phantasie der Menschen beflügelt.

Sturmhöhe war das vorletzte Buch, das mein Vater und ich zusammen gelesen hatten. Ich war vierzehn. Dad und ich saßen im Hof, die Beine baumelten im Planschbecken. Das Wasser war grün, denn es stand bereits seit dreieinhalb Jahren im Becken. Als ich ihn fragte, ob wir dadurch Kinderlähmung bekämen, sagte er, dass ich dagegen geimpft sei – vielleicht. Ein paar Tage hintereinander las er mir das Buch laut vor. Jeden Tag hörte ich aufmerksam zu, während ich unsere nackten Füße im grünen Wasser betrachtete.

Als wir das Buch durchgelesen hatten, fragte Dad mich, was ich davon hielte. Ich sagte, es sei voller Widersprüche. »Widersprüche« war damals mein Lieblingswort, zusammen mit »ausflocken«. Emily hatte eine grausame Welt erschaffen, in der Sünde und Sittenlosigkeit herrschten, und dennoch enthüllte sie diese durch einen Erzähler voll britischer Höflichkeit und guten Manieren. Emily hat eines der beständigsten Liebesverhältnisse in der englischen Literatur geschaffen und dennoch gezeigt, dass so eine Liebe niemals überleben kann. Dass diejenigen, die in der Vergangenheit leben, dazu verdammt sind, ihr niemals zu entkommen. Und doch hält sie den Leser in Geschichten über eine gewaltsame, turbulente Vergangenheit gefangen. Ich fand, das war eine ziemliche gute Textinterpretation für eine Jugendliche.

Mein Vater platschte nur einmal mit dem Fuß ins Wasser, er lächelte nicht. Mir war klar, dass er nicht meiner Meinung war. Ich suchte nach Vergleichen, aber er unterbrach mich und sagte, ich würde alles überanalysieren. Ich sprach von Dichotomien und Juxtapositionen, doch er hielt mich an, diese tückischen Begriffe nicht mehr zu benutzen – oder wollte ich etwa Fußball spielen? »Dichotomie« war das Wort, das er am wenigsten ausstehen konnte, gleich nach »Blinzeln«.

An jenem Tag erfuhr ich, dass meinem Vater nur eine einzige Szene wichtig war: die Szene mit der Hand. Die Stelle war ziemlich am Anfang des Buches. Der Erzähler, der über Heathcliffs unsympathische Feindseligkeit entsetzt und von ihr abgestoßen ist, träumt von einem Ast, der gegen sein Fenster schlägt. Dad las mir die Stelle noch einmal vor, um ihr Nachdruck zu verleihen:

»Gleichwohl, das muss aufhören!«, murmelte ich. Ich durchschlug mit der Faust die Scheibe und streckte den Arm aus, um den zudringlichen Ast zu packen; doch statt seiner hielten meine Finger die Finger einer eiskalten, kleinen Hand umfasst! Das ganze Grauen des Albtraums bedrängte mich: Ich wollte meinen Arm zurückziehen, doch die Hand klammerte sich an ihm fest, und eine tieftraurige Stimme schluchzte: »Oh, lassen Sie mich ein, lassen Sie mich ein!«

Danach sagte er: »Ein bisschen daneben, findest du nicht?«

»Wie meinst du das?«

»Es ist schwerfällig und amateurhaft geschrieben.«

»Es ist ein Traum«, sagte ich. »Lockwood hat einen Albtraum.«

»Wirklich? Dieser Abschnitt passt nicht zum übrigen Buch. Man fragt sich doch, warum das überhaupt hier steht.«

»Vielleicht war Emily eine schlechte Schriftstellerin«, sagte ich.

»Sie war sehr talentiert.«

»Vielleicht lag es daran, dass es ihr erstes Buch war und sie nicht wusste, was sie da tat.«

Dad runzelte die Stirn. Er war wütend. Seine Augen glänzten wahnhaft, und ich wusste, gleich würde er anfangen, wie wild zu gestikulieren. Ich wünschte, der Unterricht wäre vorbei, blieb aber sitzen.

»Versuch's noch mal«, sagte er.

»Ich weiß nicht«, sagte ich. »Vielleicht ist es kein Traum, vielleicht sind Geister für sie real.«

»Besser. Halt dich dran.«

»Woran?«

»Du wärst fasziniert zu sehen, welch handfeste Dinge aus Träumen erwachsen können.«

»So wie Sabber?«

»Vielleicht ist das doch noch zu fortgeschritten für dich«, fuhr er mich an. »Du bist einfach noch nicht so weit.«

Damit war die Stunde beendet. Wir sprachen tagelang nicht miteinander. Ich wusste, warum er wütend war. Dad fand, ich lernte nicht schnell genug. Er begriff nicht, warum ich trotz all seiner Bemühungen nicht so denken konnte wie er. Ich war zu konventionell. Zu ruhig, zu gelassen und zu sehr wie meine Mutter. Er wusste, dass ich beim Lesen ein Buch als ein Buch betrachtete und nicht als Teil meiner Selbst, als etwas, das leben und atmen konnte. Sosehr mein schöner, exzentrischer Vater es auch versuchte, er konnte mir nicht beibringen, kreativ zu sein.

Und dann, nicht einmal zwei Monate darauf, starb er. Ich fand nie heraus, was ihn an der Szene mit der Hand so fasziniert hatte. Ich konnte lediglich über die Worte nachgrübeln, die er unterstrichen hatte:

»Oh, lassen Sie mich ein, lassen Sie mich ein!«

Genau dieselben Worte wollte ich ihm hinterherschreien.

Ein paar Tage vor Silvester klopfte es an meine Tür. Vermutlich eine weitere Touristengruppe. Oder ein weiteres Buch?

»Wer ist da?«, fragte ich.

»Machen Sie auf, Samantha!« Die Stimme war laut.

»Professor?«

»Machen Sie auf!«

Vor der Tür stand zu meiner großen Überraschung Orville. Auf seinem Mantel war nicht die Spur von Regen oder Schnee. Ob er mit dem Hubschrauber gekommen war? In einer Hand hielt er einen Koffer, in der anderen eine kleine Plastiktüte. Er schnaufte.

»Wollen Sie sagen, dass Sie jeden Tag diese vielen Treppen hinaufsteigen?«, fragte er.

Ich antwortete nicht. Er kam herein und sah sich um. Die abblätternde rote Wandfarbe schimmerte wie gerinnendes Blut. Meine feuchte, durchscheinende Bettwäsche trocknete an der Kaminverkleidung. Es war, als würden wir in einem Krankenzimmer aus dem Bürgerkrieg stehen.

Orville räusperte sich. »Nett hier.«

Ich bot ihm Platz auf der nackten Matratze an, aber er setzte sich nicht. Stattdessen reichte er mir die Plastiktüte, ich sah nicht hinein.

»Warum sind Sie hier?«, fragte ich. »An einem Sonntag.«

»Es ist Montag.«

»Oh.« Ich runzelte die Stirn. »Habe ich das Tutorium versäumt? Sind Sie deshalb hergekommen?«

»Wir haben in den nächsten drei Wochen bis zu Trimesterbeginn kein Tutorium.«

»Das wusste ich nicht«, sagte ich.

»Doch, das wussten Sie. Ich habe Ihnen eine Mail geschickt.«

»Ich lese keine Mails mehr.«

»Deshalb dachte ich, ich sollte persönlich kommen und mit Ihnen sprechen.«

»Ja, Sir.«

Unvermittelt fuhr er mich an: »Hören Sie auf, mich ›Sir‹ zu nennen, Samantha. Ich habe Sie nie darum gebeten.«

Ich stutzte. »Was soll ich dann zu Ihnen sagen?«

»Dr. Orville.«

»Kann ich Sie auch beim Namen nennen?«

»Bei welchem Namen?«

»James.«

»Nein.«

Ich zuckte mit den Schultern. »Auch gut. Sie sehen sowieso nicht aus wie ein James.«

»Wie sehe ich denn aus?«

»Wie ein Irving.«

»Nennen Sie mich nicht Irving!«

Ich blickte zur *Gouvernante*, als suchte ich moralischen Beistand. Sie sah heute feindseliger aus als sonst, als machte sie sich bereit, Orville hinterrücks zu erschießen, und wartete nur darauf, dass er in ihre Schusslinie trat. Mir fiel auf, dass Orvilles Barthaar in den letzten Tagen gewachsen war. Seine untere Kinnhälfte sah aus wie mit Bleistift schraffiert.

Ich deutete auf seinen Koffer. »Wo gehen Sie hin?«

»Nach Norden für eine Woche.«

»Aha.«

»Ich habe mich neulich nachts unmöglich benommen«, sagte er. »Ich wollte mich entschuldigen.«

Ich schützte Gleichgültigkeit vor. »Sorry, ich weiß nicht, was Sie meinen.«

»Sie hatten mich um Unterweisung gebeten. Ich hätte sie Ihnen geben sollen.«

»Ich verstehe nicht.«

Er ignorierte es und sagte: »Sie haben recht. Ich weiß in der Tat einiges über die Brontës. Vielleicht mehr als der Durchschnittsmensch, vielleicht mehr als der Durchschnittsdozent. Es wäre irgendwie grausam von mir, Ihnen mein Fachwissen vorzuenthalten.«

Ich hob eine Augenbraue. »Wissen Sie so viel wie John Booker?«

Er antwortete nicht auf diese Frage. »Jedenfalls ist es nur fair, Sie wissen zu lassen, dass die Brontës in mir einigermaßen schmerzliche Erinnerungen wecken.« Er deutete auf die Tüte in meiner Hand. »Hier, machen Sie auf.«

Ich schielte hinein. *Sturmhöhe*. Dieses teuflische Buch. Vorn auf dem Umschlag war Cathy und klammerte sich an Heathcliffs nackte, haarige Brust. Heathcliff sah aus wie James Dean. Ich erkannte das Buch. Es war James Orvilles persönliches Exemplar. Auf der ersten Seite war die Widmung seines Vaters: »Für James, in Liebe, Dad.« Ich war sprachlos.

»Sie können dieses Buch hier lesen, falls Ihre Ausgabe so voller Randnotizen ist wie *Jane Eyre*«, sagte er. »Das bleibt unter uns. Und Sie dürfen es niemandem sagen.«

»Wem sollte ich es denn sagen?«

»Dann sind wir uns einig?«

Ich nickte. Orville stand ganz dicht vor mir, er roch nach Kamille und Rasierwasser.

Er blickte auf seine Armbanduhr. »Lesen Sie das Buch durch und schreiben Sie einen Aufsatz über die Funktion von Fenstern.«

»Warum Fenster?«

»Ist das nicht offenkundig?«

»Nein.«

»Ich lasse Ihnen heute Abend eine Mail mit zusätzlichem Material zukommen«, sagte er. »Ich erwarte, dass Sie damit fertig sind, wenn ich zurückkomme.«

»Danke«, krächzte ich. »Wirklich vielen Dank, ich …«

»Dieser Besuch«, fiel er mir ins Wort, hob den Zeigefinger und wedelte damit, »hat nie stattgefunden.«

»Gut.«

»Und unser privates Tutorium wird auch nie stattgefunden haben.«

»In Ordnung.«

Er sah mich von oben bis unten an und nickte mir kurz zu. Er strich über seinen Schal und wandte sich zum Gehen, doch dann ließ ihn der Anblick der *Gouvernante* jäh innehalten. Sie sah irgendwie hübsch aus im Moment, das gedämpfte Licht schmeichelte ihrem ernsten Gesicht.

»Das Gemälde – woher haben Sie das?«

Ich zuckte die Achseln.

»Antworten Sie!«

»Es hing schon hier, als ich kam.«

Orville sah von ihr zu mir, als hätte er meine Zwillingsschwester entdeckt. Es schien, als würden sich die beiden wiedererkennen. Dann räusperte er sich und setzte wieder seine übliche leidenschaftslose Miene auf. Stumm wickelte er sich seinen Schal um den Hals, als wäre nichts geschehen.

»Sie sieht Ihnen nur ähnlich«, sagte er.

Ich presste die Lippen zusammen. »Das höre ich nun schon zum zweiten Mal von einem Mann.«

»Ach ja?« Er drehte sich zu mir um. Er war wahnsinnig attraktiv, und ich konnte ihm kaum ins Gesicht sehen. »Samantha, versprechen Sie mir, vorsichtig zu sein?«

»Wie bitte?«

»Vorsichtig. Sie sollen vorsichtig sein.«

Zur Bestätigung schlug ich mir auf die Brust wie ein Gorilla. Orville verstand nicht, was ich da tat, und ich verstand es selbst nicht. Dann ging er zur Tür und machte sie hinter sich zu. Als er weg war, betrachtete ich erneut das Gemälde. Wieder sah die *Gouvernante* anders aus. Ob es nun an der spärlichen Beleuchtung oder an meiner Müdigkeit lag – ich war mir ziemlich sicher, dass sie gerade gezwinkert hatte.

9

Liebe Samantha,
ich schreibe Ihnen aus der Brontë Parsonage. Wie geht es Ihnen? Ich hoffe, Sie hatten angenehme Ferien.
Ich muss sagen, ich bin schwer enttäuscht. Ich hätte erwartet, dass Ihre Mutter – wenn schon nicht Ihr Vater – Sie zu besserem Benehmen erzogen hat. Ich habe Ihnen schon drei Nachrichten auf dem Anrufbeantworter hinterlassen und immer noch nichts von Ihnen gehört. Da ich selbst Vater bin, halte ich es für angebracht, Ihnen einen Rat zu geben: Irgendwann in Ihrem Leben müssen Sie den Mut aufbringen, Ihre Probleme anzugehen, anstatt sie zu verdrängen.
Seien Sie bitte so freundlich und rufen mich umgehend zurück. Ich bin neugierig zu erfahren, ob die Bücher Ihres Vaters noch immer vor Ihre Tür gelegt werden und wie ich helfen könnte.
Mit freundlichem Gruß
John Booker

Zwei Wochen später verabredeten Orville und ich uns für acht Uhr am Abend zu unserem Tutorium, das »nie stattgefunden haben wird«. Er wählte ein Kellerlokal mit einem zu avantgardistischen Namen, um ihn tatsächlich auszusprechen. Er hatte sich offensichtlich große Mühe gegeben, einen Ort zu finden, wo uns niemand sehen würde.

Ich brauchte eine ganze Weile, bis ich die Agatha Street gefunden hatte – eine dunkle Gasse in einem düsteren Wohnviertel. Schmale, schiefe Häuser reihten sich aneinander, wie um sich warm zu halten. Ich zählte die Hausnummern, als ich den Weg entlangging. Die Nummer 11, die Adresse besagter Bar, stellte sich als eine alte Tür heraus, die sich in einer Mauer aus bröckelnden Ziegelsteinen verbarg. Wir wollten uns vor dem Eingang treffen, und Orville kam zu spät. Ich lehnte mich an die Mauer und wartete. Eine Frau mit Einkaufstaschen schlurfte vorbei, eingemummt in Mantel und Schal.

Mein Handy piepste. Ich kannte die Nummer nicht.

»Hallo?«

»Spricht da Samantha?«

Ich runzelte die Stirn. Mich rief immer nur eine Person an. »Mom?«

»Hier ist James.«

»James?«

»Orville der Dritte.«

»Der Empfang ist miserabel.«

Ich wusste nicht, dass Orville meine Nummer hatte und dass er überhaupt ein Handy besaß.

»Ich bin an einem Crêpes-Stand«, sagte er. Dann hörte ich gedämpft, wie er mit einem starken Akzent französisch sprach, vermutlich mit der Bedienung. Als er unser Gespräch wieder aufnahm, fragte er: »Wo sind Sie?«

»An der Straßenecke. Und reiße Männer auf.«

»Hören Sie, bei mir ist es später geworden«, sagte er. Im Hintergrund waren Geräusche zu vernehmen. Ein Lastwagen vielleicht oder die Straßenreinigung. »Ich habe mir etwas zu essen besorgt. Haben Sie Hunger?«

»Eigentlich nicht.«

Er fluchte.

»Was ist?«, fragte ich.

»Nichts. Es ist nur heiß.«

»Was haben Sie für eine Crêpe?«

»Jambon et fromage.«

»Ham and cheese«, sagte ich.

»Ich habe französisch gesprochen.«

»Ich habe englisch gesprochen.«

Es war windig, die Leitung rauschte. »Ich werde Sie aber nicht länger warten lassen«, sagte er.

»Lassen Sie sich nur Zeit«, sagte ich. »Es ist wirklich aufregend hier.«

Doch er hatte schon aufgelegt. Ich ertappte mich, wie ich lächelte, und hielt sofort inne. Es war immer verstörend, Leute grinsend auf dem Gehweg stehen zu sehen. Andererseits war keiner in der Nähe, der mich sehen konnte. Die Straßen hatten sich zügig geleert. Immer wieder frischte der böige Wind auf wie stockender Verkehr. Ich zog meinen Mantel enger um mich und schlug den Kragen hoch, sodass die untere Hälfte meines Gesichts vor der Kälte geschützt war. Mein Vater hatte das »Schildkrötenpanzerung« genannt, meine Mutter sagte immer: »Davon bekommst du Pickel.«

Nach zehn Minuten tauchte in der Ferne eine groß gewachsene Gestalt auf, die ... was trug? Einen Umhang? Orville hatte seinen Wollmantel aufgeknöpft, er flatterte im Wind wie bei Zorro. Ich war es nicht gewohnt, ihn in Zivil zu sehen. Er trug eine Lederjacke unter dem Mantel, eine Ray-Ban-Brille auf dem Kopf und sein Gesicht schien zu sagen: »Jetzt bin ich hier, Baby, alles wird gut!«

Ich deutete auf die Reste seines *Jambon et fromage.* »Riecht gut.«

»Wollten Sie etwas davon?«

»Nein.«

Er stellte sich vor die Nummer 11 und legte seine Hand auf die Tür, als wäre sie ein magisches Portal.

»Ich wusste gar nicht, dass Sie Französisch sprechen«, sagte ich.

»›*Sous le pont Mirabeau coule la Seine. Et nos amours, faut-il qu'il m'en souvienne, la joie venait toujours après la peine.*‹«

Er hatte wirklich eine grauenhafte Aussprache.

»Wäre schön, wenn Sie damit aufhören könnten«, sagte ich.

»Mögen Sie keine Lyrik?«

»Ich mag auch kein Französisch.«

Orville klopfte an die Tür und wich mit den Händen in den Hosentaschen zurück. Heute Abend hatte er etwas unnormal Ruhiges an sich. Vielleicht hatte sich seit Weihnachten tatsächlich etwas zwischen uns verändert. Wurden wir nun so etwas wie Freunde?

Die Tür ging auf. Der Mann dahinter war in jeder Hinsicht rund, er hatte kleine wässrige Augen, und seine Haare hingen ihm in die Stirn. Er prüfte unsere Ausweise und ließ uns hinein. Ein kleiner, heruntergekommener Flur führte in einen dramatisch abgedunkelten Raum.

Orville ging voran, vorbei an der Bar, die glänzte wie eine Batterie Orgelpfeifen. Die Barfrau hatte einen tiefen Ausschnitt und breite Fischlippen. Vor der Bar saß eine Gruppe Männer mit bunten Krawatten, und in der Mitte des Raums wiegte sich sanft eine Frau in Grün im Takt der Musik.

Orville fand einen ruhigen Tisch in einer Ecke und legte seinen Mantel ab. Er sah sich um. »Und?«

»Das ist echt abgefahren.«

Wir setzten uns, Orville bestellte für uns beide Getränke bei einer Kellnerin, deren Beine so lang waren, dass ich ihren Schottenrock direkt vor meinem Gesicht hatte, als sie vor uns stand. Als sie wieder ging war, fragte Orville:

»Wie hat Ihnen die Lektüre diese Woche gefallen?«

»Welche? *Sturmhöhe als freudianisches Sex-Drama* oder *Emily Brontë. Eine Analyse prämoderner weiblicher Homophilie*?«

»Beide.«

»Ich halte sie für eine Schande für die Wissenschaft«, antwortete ich.

»Weil es darin um Sex geht?«

Ich riss die Augen auf. Ich wusste nicht, dass James Orville III. dieses Wort überhaupt benutzte. Ich wollte etwas angemessen Kluges erwidern, aber mir fiel nichts ein. Orville stellte mich auf die Probe. Ich spürte es. Meine Lippen zuckten. Irgendwo in meinem Hinterkopf war Samantha Whipple irre schlagfertig, nur leider konnte keiner sie hören.

»Ich würde mit Ihnen gern über Ihren Aufsatz sprechen«, sagte Orville.

»Sicher.«

»Er war … anders.«

»So viel ist klar.«

Er sagte nichts mehr. Ich überlegte, ob er wohl darüber nachdachte, wie er mich am besten vom College werfen könnte. Ich hatte den Aufsatz um vier Uhr morgens geschrieben, nachdem ich schließlich aufgegeben hatte, eine seriöse These zu finden. Orville hatte mich gebeten, die Funktion von Fenstern in einem Roman zu analysieren, der mit Fenstern gar nichts zu schaffen hatte. Ich beschloss zu argumentieren, dass Fenster überhaupt keine Fenster waren; sie waren die einzige Trennlinie zwischen dem wilden Moor und dem kultivierten Heim, zwischen Thrushcross Grange und Wuthering Heights und auch zwischen Cathy und ihren selbstgeschaffenen Identitäten. Fenster waren die Grenze zwischen dieser Welt und der anderen, eine so schlecht gezogene Grenze wie die zwischen dem Leser und dem Text als solchem. Ich hatte Phrasen wie »Jung'scher Realismus« und »lineare Archetypen« benutzt und mich selbst dazu beglückwünscht, ein Niveau an Idiotie erreicht zu haben, das ich zuvor nur aus Werbespots für Herrenshampoos gekannt hatte.

Ich räusperte mich. »Was halten Sie von ihm, Sir?«

Orville sah mich lange und fest an.

»Er war eine der besten Arbeiten, die ich je von einem Studenten gelesen habe.«

Ich blinzelte. Er hatte ein seltsames, sadistisches Lächeln im Gesicht. Ich kam mir vor wie ein Höfling, der endlich die volle Aufmerksamkeit seines Königs bekam, nur um festzustellen, dass es Heinrich VIII. war.

Die Getränke kamen. Mein Drink war grün.

»Ich vermute, dass Ihnen selbst nicht gefallen hat, was Sie geschrieben haben«, sagte er.

»Es ist idiotisch«, gab ich zu. »Jeder Trottel kann obskure Muster in einem Roman finden, eine Absicht dahinter konstruieren und die Leute dann dazu bringen zu glauben, dass es von Bedeutung sei. Ich nenne das intellektuellen Narzissmus.«

»Ich nenne es Kreativität«, sagte Orville. »Zweck der Literatur ist, einen das Denken zu lehren, nicht, praktisch zu sein. Man kommt einzig und allein dadurch in die Lage, Muster in der wirklichen Welt zu begreifen, indem man das verbindende Gewebe zwischen scheinbar unzusammenhängenden Ereignissen aufzudecken lernt. Und glauben Sie bloß nicht, dass ich Ihnen diese Aufgabe aus einer Laune heraus gestellt habe, Samantha. Man analysiert diese Fenstersymbolik schon seit Jahrzehnten.«

»Das wusste ich nicht.«

Er nickte mit einer Miene, die zu sagen schien: »Das hatte ich erwartet.« Ich presste die Lippen zusammen und griff nach meinem Glas. Gerade hatte ich das allererste Kompliment von Orville bekommen. Ein Teil von mir wollte es annehmen, wollte es rahmen und an die Wand hängen. Aber es fühlte sich nicht richtig an – nicht wenn ich von meiner eigenen Dummheit überzeugt war. Ich beäugte meinen Drink und nahm einen Schluck. Ich schmeckte Ingwer, Birne und undefinierbaren Alkohol heraus.

»Lecker?«, fragte Orville und deutete auf mein Glas.

»Nein. Können wir tauschen?«

Orville reichte mir seinen Drink, er war bronzefarben und schmeckte so, als wäre er in seinem ersten Leben einmal ein Scotch gewesen.

»Hoffentlich haben Sie kein Pfeiffer'sches Drüsenfieber«, sagte ich.

»Haben Sie *Sturmhöhe* dabei?«, fragte er. »Ich würde gern anfangen.«

Ich nickte und zog beide Bücher aus meiner Tasche, das Exemplar meines Vaters und das seines Vaters. Ich legte sie zwischen uns auf den Tisch und fühlte mich ungewöhnlich verletzlich. Mir war, als würde ich ihm eine meiner Nieren geben. Das Buch war nicht sonderlich schön, aber es war intim und es gehörte mir. Ich beobachtete Orville ganz genau. Er griff nach dem Exemplar meines Vaters und zog es mit einem tiefen Seufzer zu sich. Er sah so gequält aus, dass es mich wütend machte. Warum durften die Brontës bei ihm mehr schmerzliche Erinnerungen heraufbeschwören als bei mir? Er machte mir meinen Anspruch streitig, tragisch und unverstanden zu sein.

Vorsichtig rückte ich ein paar Zentimeter näher zu ihm und sagte, wir könnten ja mit der Hand-Szene beginnen, immerhin sei sie die Schlüsselszene des Buches. Ob er das auch so sehe? Orville reagierte nicht. Er wirkte wie jemand, der alle Textstellen bereits durchdacht hatte und keine Hilfestellung bei ihrer Analyse benötigte. Beschützerinstinkt wallte in mir auf. Was wäre, wenn er ein verzerrtes Bild vom Buch hätte? Wenn er sich Cathy mit langem Haar vorstellte? Meine Güte, was für ein Gedanke!

Ich räusperte mich. »Würden Sie mir sagen, was diese Szene für Sie bedeutet? Meinen Vater hat sie sehr beschäftigt.«

Orville war sich wohl nicht bewusst, wie verzweifelt ich nach einer Antwort suchte, denn er hing still seinen eigenen Gedanken nach. Ich fühlte mich sehr einsam.

Nach einer Weile sagte er nachdenklich: »Eine schöne Szene.«

»Ach?«

»Es ist eine elegante Darstellung des Schmerzes eines Liebenden«, sagte er. »In seiner Seelenpein sieht Heathcliff seine dahingeschiedene Liebe überall, wo er geht und steht. Eine Einbildung, die durch Kummer hervorgerufen wird, kann einen an schreckliche Orte führen, Samantha. Durch sein Bestreben, Cathy wiederzuerwecken, befindet sich Heathcliff halb in der realen und halb in der anderen Welt, in ewigen Qualen.«

Ich hatte mit etwas Originellerem gerechnet. Ich wartete einen respektvollen Moment, dann sagte ich: »Wollen Sie wissen, was ich darüber denke?«

»Natürlich.«

»Ich denke, diese Szene besagt lediglich, dass eine Frau am Fenster aufgetaucht ist.«

»Wie meinen Sie das?«

»Woher wollen Sie wissen, dass nicht tatsächlich jemand vor dem Pfarrhaus der Brontës gestanden und Emily beschlossen hat, es in das Buch zu integrieren?«

Orville blinzelte. »Weil wir Wissenschaftler sind und keine Idioten.«

»Würden Sie bitte aufhören, meine Dummheit zu überschätzen? Diese Szene wäre ansonsten völlig unpassend. Die Stelle ist schlecht geschrieben und passt nicht zum Rest des Buches. Man muss sich doch fragen, warum Emily sie überhaupt geschrieben hat. Und ich sage: wahrscheinlich weil das Ganze wirklich so gewesen ist.«

»Messen Sie einer Szene, deren Gewicht rein emotional ist, keine buchstäbliche Bedeutung zu«, sagte Orville. »Wie würden Sie sich denn fühlen, wenn Ihre Schwester vor dem Fenster steht, nachdem sie jahrelang tot war?«

Ich hielt jäh inne. »Schwester?«, wiederholte ich.

»Gewiss doch.«

Ich starrte ihn mit blankem Entsetzen an.

»Heathcliff und Cathy sind Geschwister«, erläuterte er.

»Was? Nein.«

»Na gut, Halbgeschwister«, stellte er richtig.

Meine Augen weiteten sich. Ich schwieg eine Zeitlang und suchte nach den richtigen Worten, um meinem Schock Ausdruck zu verleihen. Ich kam mir vor wie ein Tier in einem Comic, das sich von einer Klippe stürzt und für einen Moment strampelnd über dem Abgrund schwebt.

»Um Himmels willen, Samantha«, sagte er. »Lesen Sie doch genau! Sollen wir wirklich glauben, dass der ehrbare Mr Earnshaw nur aus purer Herzensgüte ein mageres Kind mit wildem Blick aus den verschmutzten Straßen Londons holt und es wie sein eigenes aufzieht? Heathcliff ist Earnshaws heimliches Kind, das ist die einzige Erklärung.«

Ich wandte den Blick ab und sah mich im Raum um. Mir war, als hätte ich gerade an mir hinuntergeblickt und festgestellt, dass ich schon die ganze Zeit nackt war. Der gesamte Roman bekam einen neuen, grotesken Aspekt. Natürlich waren Cathy und Heathcliff Halbgeschwister! Sie schwatzten und rauften, sie hüpften Hand in Hand durchs Moor, und sie hatten nie Sex. Ihre tiefe Liebe zueinander hatte sich nicht aus kindlicher Zuneigung entwickelt. Was hatte Cathy einmal behauptet? »Ich *bin* Heathcliff!« und Heathcliff ist »mehr ich selbst, als ich es bin«. Ich vermute, sie hat die Wahrheit gesagt.

Geschlagen sah ich Orville an. Um uns herum wirkte alles mit einem Mal flacher. Die Beleuchtung war nicht mehr geheimnisvoll, nicht mehr romantisch.

»Dann war's das also?«, sagte ich. »Die größte Liebesgeschichte aller Zeiten ist ein fortgeschrittener Fall von Inzest?«

»Immer locker, Samantha, es ist nur eine Geschichte«, sagte er.

»Nichts ist immer nur eine Geschichte«, widersprach ich. »Nicht in einer Welt, in der Fenster als Portale in eine andere Welt betrachtet werden können. Soll das heißen, dass Emily heimlich in ihren Bruder verliebt war?«

Orville holte tief Luft. Er wirkte müde. »Wir sollten dieses Thema nicht wieder aufgreifen.«

»Aber es hätte doch sein können, oder?« Ich wurde wieder lebhafter. »Emilys Welt war ein Durcheinander aus Phantasie und realem Leben. Was spricht dagegen, dass sie eines Nachts tatsächlich an Branwells Fenster gestanden haben könnte? Und dass die beiden doch eine sehr enge intime Beziehung gehabt hätten? Was ist, wenn dies das große Geheimnis war, das mein Vater mit mir teilen wollte?«

»Samantha, bitte ...«

»Letztendlich war Cathy eine Spinnerin, Emily Brontë war eine Spinnerin. Heathcliff war labil, Branwell war labil. Emily hat einen absurden und inzestuösen Text verfasst. Vielleicht war es das Abbild ihres eigenen Lebens.«

»Behaupten Sie bitte keine absurden Dinge.«

»Halten Sie es denn nicht für möglich? Es wäre nicht das erste Mal, dass die Brontës ihr Leben in einem Buch geschildert haben.«

»Man kann einen Roman nicht nach dem Leben seines Autors bewerten.«

»Ach nein? Erinnern Sie sich an die Verrückte in *Jane Eyre*, die Rochesters Bett in Brand setzt und ihn damit fast umbringt? Und Branwell hat angeblich auch sein Bett angezündet. Zufall?«

»Dass Branwell beinahe ums Leben gekommen ist, lag nicht am Anschlag einer Verrückten.«

»Wie können Sie sich da so sicher sein? Er lebte in einem Haus mit drei mittellosen Schwestern, die er hätte retten können, hätte er sich je um eine richtige Arbeit bemüht. Wollen Sie mir etwa sagen, dass ihm nicht zumindest eine seiner Schwestern den Tod gewünscht hätte?«

Orville sah mich kurz an. »Sie behandeln Ihre Verwandten mit außergewöhnlicher Verachtung.«

»Dazu habe ich ein Recht«, sagte ich, »sie haben meine Familie auseinandergerissen.«

»Meine auch, und ich verunglimpfe sie doch auch nicht.«

Ich stutzte. Die Worte schienen ihm ungewollt aus dem Mund geschlüpft zu sein.

»Noch einen Drink?«

»Ich habe noch.«

Orville drehte sich um und wollte der langbeinigen Bedienung zuwinken, doch sie war verschwunden. Er wandte sich wieder an mich:

»Wo waren wir stehengeblieben?«

»Sie wollten gerade ein paar dunkle Geheimnisse ausplaudern.«

»Ihr Problem ist, dass Sie unbedingt einen tieferen Sinn in diesen Romanen finden wollen, Samantha. Doch normalerweise kommt der Sinn zu Ihnen, mitten in der Nacht, wenn Sie am wenigsten damit rechnen.«

»Wie ein Mörder, meinen Sie?«

»Ich meine wie Cathy Lintons Geist«, sagte er. »Emily Brontës älteste Schwestern, Maria und Elizabeth, starben beide als Kinder an Tuberkulose, als Emily, Anne und Charlotte noch sehr klein waren. Wenn es einen autobiographischen Hintergrund für diese Szene in *Sturmhöhe* gibt, dann ist es dieser. Sind Ihnen jemals verstorbene Familienmitglieder oder geliebte Menschen im Traum erschienen und sind sie Ihnen dann genauso real vorgekommen wie im echten Leben? Wie eine gute Geschichte kann auch wahre Liebe Wirklichkeit aus dem Nichts erschaffen. *Das* ist der Sinn der Szene, Samantha, wenn Sie unbedingt einen finden müssen. Sollte eine wahrhaftige Frau am Fenster aufgetaucht sein, liegt es nur daran, dass Cathys Geist für Heathcliff so real ist wie alles andere in der echten Welt.«

Ich presste die Lippen zusammen. »Dann wären wir jetzt wieder bei Frederick Douglass. Sie glauben, diese Szene steht für eine innere Wahrheit, während ich sie korrekterweise für die buchstäbliche Wahrheit halte.«

»Manchmal braucht es innere Wahrheit, um buchstäbliche Wahrheit zu schaffen.«

Ich schwenkte mein Glas und starrte hinein. »Irgendwann werden wir beide uns zu einem zweistündigen Boxkampf treffen, Sir, und ich werde Ihnen beweisen, dass es möglich ist.«

»Ich freue mich darauf.«

Als er grinste, sah es aus, als bleckte er die Zähne. Er nahm seinen Drink und trank den letzten Schluck. Mit einem Knall stellte er das leere Glas zurück auf den Tisch.

Ich musterte ihn. »Ich habe eine Frage«, sagte ich nach einer Weile.

»Bitte.«

»Sagen Ihnen die ›Warnungen aus Erfahrung‹ etwas?«

Er überlegte. »Die was?«

»Die ›Warnungen aus Erfahrung‹. Wissen Sie, was das ist?«

Er runzelte die Stirn. »Nein.«

Ich wusste nicht, ob ich enttäuscht oder erleichtert sein sollte. »Gut.«

»Warum fragen Sie?«

»Mein Vater hat gesagt, das sei mein Erbe: die ›Warnungen aus Erfahrung‹.«

Orville schwieg eine Zeitlang. Im Raum war es dunkel, ich konnte seine Augen nicht erkennen. Ich hielt mein leeres Glas in der Hand und sah zu, wie die gedämpften roten und blauen Lichter über uns tanzten. Geduldig wartete ich auf eine Antwort.

»Danke, Samantha«, sagte er dann, »dass Sie mir diese Information anvertraut haben.«

Ich zuckte mit den Schultern. »Ich hatte einfach gehofft, Sie wüssten, was es bedeutet.«

Er seufzte. Ich wollte wieder auf *Sturmhöhe* zu sprechen kommen, da sagte er unvermittelt:

»Ich bin es leid, über so etwas nachzudenken. Sie nicht?«

Ich blinzelte. »Ich bin es immer leid.«

»Gut.«

»Gehen wir dann jetzt?«

Er blickte auf die Uhr. »Wir bestellen noch etwas.«

Die Frau im Schottenrock kam wieder, und ehe ich protestieren konnte, bestellte James Timothy Orville III. zwei weitere Drinks.

Schließlich wurde es einer der schönsten Abende, die ich je erlebt habe. Wir waren auf Bier umgestiegen. Ich bestellte einen Teller Schokohaselnüsse, die leicht nach verbranntem Fisch schmeckten, Orville hatte etwas, das mit Kokosflocken überzogen war und auch leicht nach verbranntem Fisch schmeckte. Ich erzählte ihm von meiner Zeit als desillusionierte jugendliche Schriftstellerin, er erzählte, dass er früher geklettert war und davon geträumt hatte, Löwen zu besitzen. Keiner sah auf die Uhr. Wir hatten wohl beide das Gefühl, dass es schön war, einfach nur in einer schummrigen, verschwiegenen Bar zusammenzusitzen.

Das Gespräch entwickelte sich von Löwen über Hemingway und Bionahrung bis hin zu unseren Eltern. Ich erfuhr, dass Orvilles Mutter von der Philologie zu Jura gewechselt hatte, als seine Eltern sich hatten scheiden lassen, nun war sie eine einflussreiche Anwältin in London, hatte sich einen halbfesten Freund zugelegt und besaß eine Zimmerpflanze namens George. Ich sprach von meinem Vater, aber nur kurz. Ich schilderte unsere kleinen Spiele und die verrückten Pläne, die er und ich für unsere wilde, aufregende Zukunft geschmiedet hatten.

»Er hatte mir versprochen, mich an seinem fünfzigsten Geburtstag mit zu Oscars Grab zu nehmen«, sagte ich.

»Wer ist Oscar?«

»Wilde.«

»Ach so«, sagte er. »Ich wusste gar nicht, dass ihr euch geduzt habt.«

»Ich war schrecklich verliebt in ihn.«

»Sie wissen schon, dass Oscar Wilde Männer bevorzugt hat.«

»Ja. Und tot ist er auch. Niemand ist vollkommen.«

Er lachte. Es erschreckte mich so sehr, dass ich wegsah.

»Ich könnte Sie mir eher mit einem wie F. Scott Fitzgerald vorstellen«, sagte er.

»Zu jung, zu schön.«

»Jack London?«

»Spielt nicht in meiner Liga.«

Er lächelte. »Sie trauen sich nicht viel zu.«

Meine Wangen glühten, ich schenkte meine Aufmerksamkeit dem Bier und nahm einen männlichen Schluck. Hatte ich gerade ein weiteres Kompliment bekommen? Ich war mir nicht sicher. Für alle anderen hier haben Orville und ich wohl ausgesehen wie ein Paar – vielleicht wie aus einem düsteren Bild von Edward Hopper. Ich war mir der Unmöglichkeit einer Beziehung zwischen mir und Orville bewusst, aber vielleicht konnte ich gerade deswegen nicht aufhören, darüber zu phantasieren. Ich fühlte mich sicher in dem Wissen, dass zwischen uns nie etwas passieren würde. Doch im Grunde hatte ich sowieso keine Ahnung, was ich mit Männern anstellen sollte, nur müsste Orville das nie erfahren.

»Waren Sie denn je an Oscars Grab?«, fragte er.

»Dad wurde keine fünfzig.«

»Oh. Verzeihung.«

»Wir haben immer darüber gesprochen, dass wir uns eines Tages dort treffen würden. Wie Leute am Ende eines europäischen Films, wissen Sie? Er wäre von Süden gekommen und ich von Norden, und Vögel wären aufgeflogen.«

»Wir sollten gehen.«

»Nach Hause?«

»Nein, zu dem Grab. Père-Lachaise ist ein schöner Friedhof. Sie sollten ihn sehen.«

Ich zuckte mit den Schultern. »Ich könnte auch einfach nur darüber schreiben. Für Dad wäre es dasselbe gewesen.«

»Schreiben Sie denn?«

»Nein.« Ich wechselte das Thema: »Wollen Sie noch etwas bestellen?«

Orville warf mir einen langen, forschenden Blick zu, bevor er sich umdrehte und die Kellnerin heranwinkte. Er bestellte noch zwei Bier. Als er sich wieder mir zuwandte, sagte er: »Wissen Sie, ich glaube, ich stand immer auf Agatha Christie.«

»Witzig«, sagte ich und trank den letzten Schluck in meinem Glas in einem Zug aus. »Ich hätte Sie für einen Virginia-Woolf-Typ gehalten.«

Das Bier kam. Es war schon vorher nicht besonders gut gewesen. Kein Wunder, dass mein Vater lieber Whiskey getrunken hatte.

»Ich wusste gar nicht, dass Sie mit Ihren Studenten trinken dürfen«, sagte ich.

Es war gegen Mitternacht. Ich war betrunken. Betrunken? Betrunken. Es war kein so tolles Gefühl. Ich fühlte mich wie die Protagonistin in meinen Träumen, die immer zu rennen versuchte, aber ihre Beine nicht schnell genug bewegen konnte.

»Ich darf mit meinen Studenten vieles nicht tun«, sagte Orville achselzuckend.

»Ich weiß. Ich habe Teil C des Regelwerks durchgeblättert. Ist umfangreich.«

Er lachte. »Sie dürften wohl die einzige Studentin sein, die das je gelesen hat. Applaus!«

»Wussten Sie, dass Sie sich dem Urteil Ihrer Kollegen und dem geltenden Recht stellen müssen, wenn ich bei einem Tutorium ein Kleidungsstück ausziehe?«

»Klingt überzeugend, ja.«

»Wussten Sie auch, dass bei einem Studenten, der sich illegal etwas aus dem Büro eines Dozenten aneignet, all sein eigener Besitz beschlagnahmt wird, einschließlich seiner Ländereien und Schlösser?«

»Das Regelwerk ist mehrere hundert Jahre alt.«

»Was passiert also, wenn Sie und ich jetzt erwischt werden?«

»Hinrichtung.«

»Guillotine?«

»Pistole.«

Ich lachte. Mir war schwindelig. »Ich verstehe nicht, warum es im College solche gegenstandslosen Regeln gibt.«

»Oh, ich würde sie nicht gegenstandslos nennen«, sagte Orville und lehnte sich zurück. »Einzelne Bestimmungen sind überkommen, aber im Kern soll das Regelwerk eine objektive Bildung ermöglichen, den Respekt gegenüber den Kommilitonen gewährleisten und den Anstand in der Beziehung zwischen Tutor und Student wahren.«

Ich hob eine Augenbraue. Ich machte ihn nicht auf die Tatsache aufmerksam, dass dieser Tutor und diese Studentin im Moment in einer Bar Bier tranken, denn von Englischdozenten wird erwartet, dass sie gut zwischen den Zeilen lesen können. Orvilles Formulierung klang wie eine PR-Präsentation des Old College. Da ich mich ein wenig mit dem Thema befasst hatte, wusste ich, dass das College in den vergangenen Jahrhunderten nicht wenige Probleme gehabt hatte. In einem Buch, das ich in der Bibliothek entdeckt hatte – *Schwere Vorfälle im 18. und 19. Jahrhundert* –, hatte ich gelesen, dass es im Old College allerlei Streiche, Affären, Diebstähle und Mordversuche gegeben hatte. Mich überraschte nicht so sehr die Art der Vergehen, sondern die Leidenschaft, mit der sie offenbar verübt worden waren. Der Versuch, mit Gesetzesübertretungen durchzukommen, schien inoffiziell der beliebteste Sport am College gewesen zu sein.

Ich trommelte mit den Fingern auf den Tisch. »Haben Sie sich jemals etwas zuschulden kommen lassen, Sir?«

Orville, der wohl mit seinen Gedanken woanders gewesen war, blickte auf. »Hm?«

»Haben Sie je die Regeln verletzt?«

»In welcher Weise?«

»Ich habe irgendwo gelesen, dass es in den letzten Jahrzehnten einige unangemessene Beziehungen am Old College gegeben hat.«

Orvilles Blick wurde lebhaft. Mir stieg sofort wieder die Röte in die Wangen. Ich hatte das nicht sagen wollen, oder zumindest hatte ich nicht gewollt, dass es so klang, wie es geklungen hatte. Unangenehmes Schweigen breitete sich aus, ich wäre am liebsten unter den Tisch gekrochen. Meine Worte hingen zwischen uns wie ein Geschoss in Zeitlupe.

Orville sagte nur: »Ich glaube, Sie haben keine Ahnung, wie ernst diese Frage ist, Samantha.«

Die Stimmung schlug schlagartig um. Orville wirkte nicht wütend, er schwieg nur. Wahrscheinlich erinnerte er sich nun daran, warum er die meiste Zeit mit Menschen seines Alters verbrachte. Als die Rechnung kam, verdeckte er die Summe mit der halben Hand. Sobald er bezahlt hatte, standen wir auf. Ich folgte ihm zur Tür.

Ich räusperte mich. »Wissen Sie, dieses Tutorium war nicht so wahnsinnig hilfreich«, sagte ich in einem Versuch, die Stimmung zu heben. »Ich muss wohl warten, bis der ›Sinn‹ mitten in der Nacht zu mir kommt – mit einem Knüppel.«

Er sagte nichts. Draußen war es wahrscheinlich kalt, aber mein Körper fühlte sich dank des Biers warm und lebendig an.

Orville zog seinen Mantel enger um sich. »Ich begleite Sie nach Hause, Samantha.«

»Tun Sie das nicht. Was ist, wenn jemand Sie sieht?«

»Es ist nach Mitternacht.«

»Ja, aber wenn der Ruf eines Mannes erst einmal dahin ist, ist er dahin.«

Ich lächelte, doch Orville reagierte nicht. Schweigend gingen wir durch die einsamen Straßen. Ich wusste nicht, ob ich etwas Falsches oder etwas Richtiges gesagt hatte.

Am nächsten Häuserblock änderte er seine Meinung und winkte mit erhobenem Arm ein Taxi heran.

»Danke für die Einladung«, sagte ich.

»Erzählen Sie es bitte niemandem.«

»Keine Sorge. Werde ich nicht.«

Neben uns kam das Taxi zum Stehen. Ich erwartete, dass Orville mich kurz in den Arm nahm oder vielleicht anlächelte, aber wir verabschiedeten uns so steif wie nur möglich voneinander: Er deutete so etwas wie eine Verbeugung an, ich winkte zum

Abschied. Nach einem kurzen, zögerlichen Blick verschwand er in der Nacht.

Sehr geehrter Sir John,
danke für Ihr Schreiben. Ich hätte mich früher gemeldet, aber ich habe wegen der Bücher schon Hilfe bekommen. Wussten Sie, dass Heathcliff und Cathy Halbgeschwister sind? Ich weiß, ich weiß – auch das noch!
Allerdings würde ich das Pfarrhaus gern besuchen. Mein Vater hat gesagt, dass ich ihn eines Tages dort finden würde. Könnten wir einen Termin für einen Wochenendbesuch ausmachen?
Und würden Sie mir wohl auch erzählen, wie Sie zum Ritter geschlagen wurden? Das klingt alles sehr spannend!
Herzliche Grüße
Samantha

10

Das Feuer brach an einem ruhigen Abend irgendwann nach Mitternacht aus.

Es war das Jahr 1847 oder möglicherweise 1846. Niemand kannte das genaue Datum. Die vier Brontë-Geschwister waren mit ihrem Vater daheim im Pfarrhaus, alle waren wieder vereint. Charlotte hatte davor zwei Jahre in Brüssel verbracht, wo sie von einem gut aussehenden, verheirateten Mann namens Constantin Héger unterrichtet worden war – und sich in ihn verliebt hatte. Mit gebrochenem Herzen kehrte sie nach Hause zurück, als ihr klar wurde, dass ihr Lehrer ihre Liebe niemals erwidern würde. Zur gleichen Zeit etwa kamen auch Anne und Branwell traumatisiert und schockiert von ihrem rätselhaften Martyrium aus Thorp Green Hall zurück. Keiner, auch nicht Emily, erfuhr den wahren Grund für ihre übereilte Rückkehr.

Es war eine malerische Zeit, zumindest von fern betrachtet: Die Biographen haben dieses Jahr als die produktivste Phase im Leben der Brontës liebevoll in Erinnerung. Zu dieser Zeit entdeckte Charlotte Emilys Versteck mit deren geheimen Gedichten – und veröffentlichte sie bald darauf. Außerdem begannen alle Schwestern mit ihren berühmtesten Romanen. Und dennoch stimmte etwas nicht. Alle Geschwister waren als Abklatsch ihrer früheren selbst zurückgekommen: Charlotte hatte ihre Zuversicht verloren, Anne ihre Liebenswürdigkeit, Branwell sein Talent, seine Besonnenheit, seine Würde, seinen Humor, seinen Mantel, seine Hausschlüssel und alle seine Freunde. Statt verspielte Juvenilia zu verfassen, fingen die Brontës an, wie besessen zu schreiben, als hätten sie zu viel zu sagen und nicht genügend Zeit. Charlotte begann 1846 ihren schlechtesten Roman, *Der Professor*, eine kaum verfremdete Version ihrer Erfahrungen in Brüssel. Emily schrieb einen Roman über verschrobene Familien, die im Moor lebten und in Wahnsinn und Depressionen verfielen. Anne hingegen war mit einem hochgeheimen Manuskript beschäftigt, über das sie mit niemandem sprechen wollte.

Sie hatte von allen die radikalste Veränderung durchlaufen. An die Stelle des kultivierten, ausgeglichenen jungen Mädchens, das Jahre zuvor das Haus verlassen hatte, war eine ungeduldige, unberechenbare Anne getreten, die über das, was ihr in Thorp Green Hall widerfahren war, kein Wort verlor. Sie war energisch und stürmisch geworden. Ich bin mir sicher, dass Emily den Charakterwandel spannend gefunden hätte. Sie hätte ihre Schwester ermutigt, Hosen zu tragen und ein Schwert zu schwingen. Charlotte wäre weniger erfreut gewesen: Wie war es dazu gekommen, dass Annie – die kleine, zierliche Annie mit dem süßen Gesicht – ihr nun ebenbürtig war?

Durch die dünne Wand musste Charlotte gehört haben, wie ihre kleine Schwester bis spät in die Nacht mit einem kratzenden Federkiel altes Papier beschrieb. Das Konkurrenzdenken musste wie Gift durch Charlottes Adern geflossen sein. Zum ersten Mal in ihrem Leben wollte sie unbedingt lesen, was ihre unbedeutende kleine Schwester da schrieb. Konnte es sein, dass Annes Roman besser war als *Der Professor*? Das war keine belanglose Frage. In der Familie war nur Platz für eine Berühmtheit. Und war es denn nicht Charlottes Recht? Sie war die Älteste, die Kleinste, die Hässlichste, sie war diejenige, der man gerade erst das Herz herausgerissen und darauf herumgetrampelt hatte. Wenn sie in ihrem Leben kein Glück finden konnte, hatte sie es dann nicht verdient, dass man sie wenigstens in Erinnerung behielt?

Das Ergebnis dieses turbulenten Jahres war das Gegenteil dessen, was ich erwartet hatte. Entgegen all der Leidenschaft und Annes plötzlichem Eifer für das Schreiben war *Agnes Grey* doch sehr bescheiden. Zahm. Uninteressant. Wo war ihr Feuer geblieben? Das konnte sicherlich nicht das Buch gewesen sein, das sie sich zu schreiben vorgenommen hatte. Was war bei ihrem stundenlangen Auf-und-ab-Gehen allein in ihrem Zimmer herausgekommen? Warum *Agnes Grey*?

Ich gab Charlotte die Schuld. In jenem Jahr hatte sie sich zur Lektorin und Sammlerin der Werke ihrer Schwestern aufgeschwungen; diese Position hatte sie bis zu deren Tod inne. Sie war die Agentin, die Geschäftsfrau, die Unternehmerin. Als einzige Brontë, die bei Monsieur Héger eine richtige Ausbildung im Schreiben bekommen hatte, hatte sie die Familie sicherlich leicht davon überzeugen können, dass ihre Kenntnisse in Bezug auf Stil, Duktus und Handlung weitaus profunder waren als die ihrer Schwestern. Es war also nur natürlich, dass sie Annes geheimes Manuskript las und ein nützliches Feedback gab. Oder?

Ich wünschte, ich hätte dabei sein können, als Anne ihrer älteren Schwester schüchtern ihr erstes wildes und ungebührliches Manuskript gezeigt hatte, in dem alle schmutzigen Details aus Thorp Green dokumentiert waren. War es leicht für Charlotte, die gottesfürchtige Anne davon zu überzeugen, dass solche stürmischen Äußerungen nur für ihre Familie bestimmt waren und nicht für die Öffentlichkeit? »Hältst du es für klug, solche Dinge zu enthüllen?«, hätte Charlotte sagen können. »Ziemt sich das denn für eine Christenfrau? Ist das fair gegenüber deinem Vater? Gegenüber uns? Deinem sterbenden Bruder? Unserer verstorbenen Mutter? Denk an unsere Mutter.«

Anne würde davor zurückschrecken. Sie hatte sich zwar verändert, aber nicht so sehr, wie man gern gehofft hätte. Angesichts der Moralpredigt ihrer Schwester würde sie ins Wanken geraten und wieder die kleine Annie werden. Charlotte würde gewinnen. Während Anne ihr Werk zugunsten einer abgemilderten zweiten Fassung aufgab, überarbeitete Charlotte in aller Ruhe den *Professor*. In die neue Version, *Jane Eyre*, würde sie nun all die anzüglichen Details aus Annes ursprünglicher Geschichte einfließen lassen. Die zentrale Beziehung zwischen einem Lehrer und einer Schülerin bliebe die gleiche, nur vor einem neuen, spektakulären Hintergrund: Thorp Green Hall in seiner neugotischen Pracht, mit seinem unwirschen Personal, dem rosawangigen Mündel und dem geheimnisvollen Hausmädchen Ann Marshall. Es war Annes Leben, und Charlotte hat es ihr gestohlen. Sie hat es boulevardisiert, verfremdet, zerhackt und stückchenweise verkauft.

Dann aber fing das Pfarrhaus der Brontës Feuer. Es war ein wahres Inferno, das auf Branwells Bett, die Vorhänge, den Nachttisch und die halbe Wand übergriff. Es dauerte nahezu eine Stunde, das Feuer zu löschen, und erforderte die vereinten Kräfte aller vier Geschwister sowie ihres Vaters Patrick. Elizabeth Gaskell berichtete später, dass Branwell betrunken die Vorhänge an seinem Bett angezündet und sich dabei um ein Haar umgebracht hätte. Es klang plausibel, aber ich glaubte es nicht, in erster Linie, weil Elizabeth Gaskell die Angewohnheit hatte, die Wahrheit zu beschönigen. Branwell hatte sich später nie mit dem Brand auseinandergesetzt, er hatte nie darüber geschrieben, nie Bezug darauf genommen. Allein Charlotte schien davon traumatisiert zu sein. Sie litt unter einer Art posttraumatischer Belastungsstörung und verbannte aus Angst, der Unfall würde sich wiederholen, alle Vorhänge aus dem Haus der Brontës. Sie, nicht Branwell, entschied sich dazu, ein brennendes Bett in ihren ersten Roman einzubauen.

Das Feuer in *Jane Eyre* bricht nach Mitternacht an einem ansonsten ruhigen Abend aus. Jane wird von einem grausamen Lachen geweckt, das durch den Korridor hallt – Grace Poole, vermutet sie, das Hausmädchen. Sie schlüpft aus dem Bett, um nachzusehen, und findet Edward Rochester allein in seinem Zimmer vor, das schon halb von den Flammen verzehrt ist. Sie schafft es, das Feuer zu löschen, und kann Rochester retten, erfährt aber erst Monate später, wer die Schuldige ist: Bertha, die Wahnsinnige. Jane hat nicht einmal gewusst, dass es diese Frau überhaupt gab, die jedoch jahrelang auf dem Dachboden des Hauses gelauert hat.

Es war nicht eindeutig, wie viel von der Feuerszene in *Jane Eyre* Fakt ist und wie viel Fiktion. Ich wusste nur: Der Brand im Pfarrhaus war mit ziemlicher Sicherheit nicht in Branwells Zimmer ausgebrochen. Ein Brandopfer überstand ein Feuer normalerweise nicht, wie Branwell, ohne psychische Schäden – das wusste ich aus eigener Erfahrung. Nein, das Feuer hatte sich in Charlottes Zimmer entzündet, und die einzig mögliche Brandstifterin war Anne Brontë.

Es musste Anne gewesen sein. Ich wusste es in meinem tiefsten Inneren, so wie Tiere eine drohende Katastrophe spüren. Ich kannte Anne Brontë wie mich selbst. Ich verstand ihren rasenden Zorn, die fürchterliche, erbarmungslose Wut einer Frau, deren Geschichte brutal von einer neidischen älteren Schwester an sich gerissen worden war. Was war denn noch für sie übrig? Nur wenige Menschen würden einer Frau, die Tee kochte und ein Hauskleid trug, einen Mordversuch zutrauen, doch ich wusste, dass man gerade jene im Auge haben sollte. Ich konnte Annes Verbitterung spüren, die sie dazu getrieben hatte, spätnachts durch den Flur ins Zimmer ihrer Schwester zu schleichen.

Ich hätte zu gern gewusst, an welchem Tag genau das Feuer ausgebrochen war. Man wusste nur, dass es zu der Zeit geschah, als *Jane Eyre* geschrieben wurde – entweder kurz vor der Veröffentlichung oder kurz danach. Beide Optionen boten jeweils eine vollkommen unterschiedliche Version der Wahrheit. Hatte Charlotte Brontë ein furchterregendes Feuer erlebt und beschlossen, es in ihrem Roman nachzuerzählen? Oder hatte jemand *Jane Eyre* nach der Veröffentlichung gelesen und wollte auf die passendste Art und Weise Rache an der Autorin nehmen? Entweder stand Anne Brontë hinter der Figur der Bertha Mason, oder Anne Brontë hatte sich von ihr inspirieren lassen. In dem einen Szenario erschafft die Wahnsinnige das Buch, im anderen erschafft das Buch die Wahnsinnige.

Wie es auch immer gewesen sein mag, ich hatte so eine Ahnung, dass die Wahnsinnige in der Dachkammer nicht ganz so fiktiv war, wie alle Welt gern glauben wollte.

Der Februar war ein stiller Monat, so dunkel und kalt wie ich es nicht für möglich gehalten hatte. Orville bürdete mir so viel

Lektüre auf, dass ich meinen Turm kaum noch verließ. In den folgenden drei Wochen gingen wir Edith Wharton, Samuel Baker, Ovid, John Davies, Dante, Rumi, Cicero, Henry James und Konfuzius durch. Unser Lehrplan war wie ein literarischer Friedhof. Es gab keinen chronologischen oder thematischen Zusammenhang, und ich wünschte, ich hätte mich stattdessen für ein Ingenieursstudium entschieden.

Gegen Monatsende ging ich hinunter in den Speisesaal, um Mittag zu essen und ein bisschen Leben um mich herum zu haben. Ein sommersprossiger Mann in der Cafeteria gab mir matschigen Salat und einen Klumpen von irgendwas mit Pommery-Senf, ich trug das Tablett in den Saal. Die ehemaligen Könige von England blickten mit typischer Verachtung von ihren Porträts herab. Am anderen Ende des Raums entdeckte ich Hans. Als er mich sah, winkte er mich herüber. Ich war überrascht. Seit dem Abend, als *Jane Eyre* auf meinem Kopfkissen gelegen hatte, hatte ich ihn weder gesehen noch gesprochen, und ich erinnerte mich an diesen Abend als einen der peinlichsten überhaupt.

»Samantha!«, sagte Hans, als ich auf ihn zusteuerte. Ich hatte vergessen, wie glatt und jungenhaft sein Gesicht war. Er war so klassisch schön, dass Orville neben ihm aussehen musste wie ein Trampel.

»Ist eine Weile her«, sagte er und stellte mich den anderen vor.

»Wo warst du?«, fragte ich.

»›Im Kampf für die Wahrheit, die Gerechtigkeit und die amerikanische Lebensart.‹«

Ich überlegte. »Benjamin Franklin?«

»Superman.«

»Aha.« Ich spürte, wie ich rot wurde. »Ich glaube, ich habe gestern von ihm geträumt.«

»Von wem? Von Superman?«

»Nein, von Benjamin Franklin.«

Hans grinste. »Bin ich auch in deinem Traum vorgekommen?«

Ich überlegte. »Er spielte in Oxford, also warst du wahrscheinlich auch irgendwo.«

Wir fingen an zu essen. Hans' Freunde stanken alle nach

Schweiß. Einer war ein stiernackiger Rugbyspieler mit glasigen Augen, der über Automechanik sprach. Der Freund neben ihm war Franzose und wirkte schockiert, als wollte er sagen: »Auto? Aber hier sitzt doch eine Frau!«

Hans fragte nach meinen Plänen fürs Wochenende, ich sagte ihm, dass ich nach Paris fahren würde.

Er hob eine Augenbraue. »Was gibt es in Paris?«

»Meine Mutter.«

»Habt ihr ein gutes Verhältnis?«

»Nein, sie ist meine Mutter.«

»Klar.«

Ich griff nach dem Pfefferstreuer, obwohl ich nie Pfeffer verwendete. Meine Hände brauchten eine Beschäftigung. Ich sah, dass auf dem ganzen Tisch Exemplare des *Hornbeam* auslagen.

»Ich hasse dieses Blatt echt!«, sagte ich.

Hans antwortete nicht, er blickte nur zwischen dem Stiernacken und mir hin und her.

»Und warum sind da überhaupt so viele Ausgaben?«, meckerte ich. »Sieht aus wie eine Bakterienkultur.«

»Mittags werden sie immer verteilt«, erklärte Hans.

Ich nahm eine Zeitung und überflog die neuen Schlagzeilen in Erwartung der üblichen Salve verleumderischer Lügen und übler Nachrede. Zu meiner Erleichterung entdeckte ich nichts von Pierpont. Auf der Titelseite fand sich nur die Anschuldigung einer Studentin, ihr Lehrassistent hätte sie vor einem Sandwich-Stand angemacht. Ich blätterte zu Seite vier, dann fünf. Ich wurde nirgends erwähnt. Doch auf Seite sechs wurde ich stutzig. Ich sah genauer hin. Rechts unten war ein sehr kleiner Artikel mit dem sehr kleinen Bild einer sehr kleinen Frau. Ich stöhnte leise auf. Nein. Ja? Nein.

DR. REBECCA DEFOE VOM OLD COLLEGE BEKOMMT DEN PREIS DER NATIONAL ACADEMY

Ich ließ meine Gabel fallen.

»Was ist?«, fragte Hans.

»Rebecca.«

»Rebecca wer?«

Ich blinzelte und starrte weiter auf den *Hornbeam*. Das Bild neben dem Artikel war ein unscharfes Foto aus den Achtzigern. Die Frau hatte toupiertes Haar und einen trüben Blick. Ich kannte diese Rebecca. Es war *meine* Rebecca.

Ich sah zwischen Hans und seinen Freunden hin und her, als hätte mir gerade jemand einen gemeinen Schulstreich gespielt. Doch Hans schien ernsthaft verwirrt zu sein.

»Kennst du Rebecca Defoe?«, fragte ich.

Hans nickte. »Das ist die Leiterin des Fachbereichs Mathematik.«

»Ist sie Engländerin? Hat sie mit fünfundzwanzig ein Fachbuch geschrieben und trägt mehrere Goldringe?«

»Du kennst sie?«

Ich wurde bleich. Meine geistige Gesundheit schien sich zu verabschieden. Wie war es möglich, dass so kleine zweidimensionale Wörter die Macht hatten, ganze Welten zu verändern? Rebecca war doch tot. Tot – das hieß, sie konnte keine Preise mehr bekommen. Und wer war überhaupt Rebecca Defoe? Die Frau auf dem Bild, die mich aus dem Jahr 1982 heraus anblickte, war Rebecca Smith.

Hans sah mich mit seinen pfauenblauen Augen an.

»Nichts«, sagte ich als Antwort auf eine Frage, die er gar nicht gestellt hatte. »Ich wusste nur nicht, dass sie hier am College ist.«

»Sie ist ziemlich bekannt.«

»Ach ja? Wie praktisch.«

»Wie bitte?«

Meine Wangen glühten. Ich durchforstete mein Gehirn und versuchte mich zu erinnern, wie mein Vater uns einander vorgestellt hatte. Er hatte gesagt: Mathelehrerin, nicht Professorin in Oxford. Das war ein wesentlicher Unterschied. Dennoch, der ganze Artikel war Unsinn – Rebecca war ertrunken, nur ein paar Monate nach dem Tod meines Vaters. Ihr Boot war in den frühen Morgenstunden auf Grund gelaufen, und sie war mit ihrem griechischen Liebhaber untergegangen. Ich war nicht verrückt – es war passiert. Und doch war sie laut diesem Blatt am Leben, es ging ihr gut, und sie hielt Reden vor der National Academy.

»Du siehst nicht gut aus«, sagte Hans.

»Das liegt wohl am Senffleisch.«

»Es war Fisch.«

»Dann ist vielleicht das der Grund.«

Ich betrachtete wieder sein sonnenhelles Haar. Wie sehr hätte ich mir gewünscht, wir beide könnten uns einfach unterhalten, ohne dass ständig Teile meiner Vergangenheit zwischen uns wiederauferstanden. Wir waren verdammt, Hans und ich. Ich würde nie ein normales Leben führen können, wenn mein Leben von Geistern überrannt wurde.

»Ich bringe dich zurück zu deinem Turm, ja? Dann können wir darüber reden«, sagte Hans.

Ich antwortete nicht, stattdessen blickte ich zum Tisch der Fellows hinüber. Kurz dachte ich, Rebecca würde dort sitzen und mich angrinsen.

»Wo ist sie?«, fragte ich. »Ist sie hier?«

»Sie darf nicht in den Speisesaal.«

»Hattest du nicht gesagt, sie sei die Fachbereichsleiterin für Mathematik?«

»Das heißt nicht, dass sie keine Strafe bekommen kann.«

»Was hat sie denn verbrochen? Hat sie ihren eigenen Tod vorgetäuscht?«

Hans sagte etwas, ich hörte aber nicht zu. Ein leises Keuchen entfuhr mir, doch es schien nicht von mir zu kommen, sondern von dem jungen Mädchen, das in mir erwacht war, dem Mädchen, das man einst gezwungen hatte, mit der parfümierten Zahnstochersammlung einer Engländerin Trigonometrie zu lernen. »Wie viel ist zwölf mal sieben, Sam, zwölf mal sieben?« Ich drückte meine Handflächen auf das kühle Holz des Tisches. Wie konnten reale Gegenstände in einer Welt existierten, in der Rebecca Smith noch am Leben war?

Ich stand auf und sagte zu Hans, er solle sitzen bleiben. Ich lächelte zum Abschied in die Runde. Beim Hinausgehen hatte ich das Gefühl, dass jemand in diesem Raum – ein Gemälde, eine Person oder ein Geist – mich beobachtete.

Zurück in meinem Turm, klappte ich den Laptop auf. Ich erinnerte mich genau an den Morgen, als ich von Rebeccas Tod erfahren hatte. Ich war fünfzehn und stand im Bademantel und mit Lockenwicklern im Haar auf der Türmatte. »Rätselhafter Tod auf See«, lautete die Schlagzeile. Ich erinnere mich an die seltsame, unmoralische Erregung, die nur eine plötzliche Katastrophe auslösen kann. Das Opfer war die in London geborene Rebecca Smith, 55. Lehrerin. Unverheiratet.

Damals war Dad schon tot, meine Mutter war zu mir nach Boston gezogen. Wiederholt las ich die Schlagzeile, ich ging barfuß mit der Zeitung in der Hand auf der Veranda auf und ab und war froh, dass Dad dies wenigstens nicht mehr erfahren musste. Meiner Mutter sagte ich davon kein Wort, denn ich wusste, dass sie sich aufregen würde. Sie hat es nie gemocht, wenn mein Vater über Rebecca sprach. Das Wissen um den Tod meiner ehemaligen Lehrerin war meine alleinige Bürde.

Nun im Turm zitterten meine Finger und waren taub, ich brauchte drei Anläufe, um den Namen richtig in Google einzugeben. »Rebecca Smith stirbt auf See«, »Neueste Nachrichten«, »Liebhaber«, »Jacht«. Ich drückte *Enter* und bekam gleich einige Artikel. »Rätselhafter Tod auf See«. Ich fühlte mich bestätigt, aber nur ganz kurz. Denn bei genauerem Hinsehen und eingehenderer Lektüre wurde klar, dass es sich keineswegs um die Frau handelte, die ich kannte. Die Rebecca Smith, die ums Leben gekommen war, war Grundschullehrerin und Verfasserin von Liebesromanen.

Ich sank auf meinem Stuhl zusammen. Mein Herz klopfte nicht mehr, es blutete. Wer auch immer sich dieses Leben für mich ausgedacht hatte, hatte einen kranken Humor gehabt. Ich war wütend – nicht auf mich selbst, sondern auf die Kindheitsversion von mir, die mit Lockenwicklern im Haar etwas in der Zeitung gelesen hatte und so fest daran glauben wollte, dass sie wohl gar nicht daran gedacht hatte, den Artikel zu Ende zu lesen. So etwas passierte, wenn man nicht aufmerksam las, pflegte mein Vater zu sagen.

Ich dachte an all die Trauer, die ich im Laufe der Jahre vergeudet hatte. In den Tagen nach Rebeccas »Tod« trug ich Schwarz und verweigerte die Nahrungsaufnahme. Ich badete vollständig angezogen, tauchte mit dem Kopf unter und verharrte, bis ich dachte, ich würde platzen. Ich verzichtete auf Käse und Avocados. In einem selbstauferlegten Trauerritual, dessen Entstehung ich nicht mehr nachvollziehen konnte, drückte ich alle zehn Finger an meine Lippen, hauchte einen Kuss in den Himmel und dachte: Gott segne dich, Rebecca!, obwohl ich nicht gläubig war und Gott wahrscheinlich auch keine Wünsche von Heuchlern entgegennahm. Ich hatte Schuldgefühle, weil ich nie den Mumm gehabt hatte, die Wahrheit zuzugeben: Ich hasste Rebecca.

Ich hasste sie wirklich mit großer Leidenschaft. Doch diese Art von Hass konnte man sich nur eingestehen, wenn sein Objekt nicht in einer unsäglichen Tragödie ums Leben gekommen war. Erst nachdem ich nun erfahren hatte, dass Rebecca am Leben war, konnte ich mich dazu bekennen. Ich war nun, vielleicht zum ersten Mal, eine seriöse Erzählerin.

Mir kamen Erinnerungen in ihrer unverfälschten, unverfremdeten Form: Rebecca sitzt am Küchentisch und isst die alten Schweizer Pralinen meiner Mutter. Rebecca sitzt auf meinem Platz neben Dad am Planschbecken. Rebecca duscht im Elternbadezimmer, sogar montagmorgens. Wenn unser Unterricht bis spät am Abend ging, schlief sie bei uns, sie wollte nicht mehr nach Hause fahren, jedenfalls hat sie das behauptet. Mit der Zeit deponierte sie Dinge im Bad, die sie für die Übernachtung brauchte: Zahnpasta, Zahnseide, Lippenstift.

Manchmal stieg ich durchs Fenster ins Gästezimmer, wo sie schlief, und stahl ihre Sachen. Ja, ich stahl tatsächlich. Ich fand es nur gerecht. Ich stibitzte ihre Zeitschriften, ihre Schals, ihren Nagellackentferner – kleine Dinge, die mir damals wie große Siege vorkamen. Rebecca verlangte sie immer zurück, doch ich ließ mich nicht davon abschrecken. Ich bin sicher, dass ich ihr das Leben genauso zur Hölle gemacht habe wie sie mir. Der einzige Kommentar, den sie zu meinen Diebstählen abgegeben hat, war auch der einzige Rat, den sie mir je gegeben hat. Eines Morgens saßen wir an linearen Gleichungen, und sie sagte kühl zu mir: »Das Einzige, was du in dieser Welt hast, Samantha, ist dein Ruf. Gib niemandem je Anlass, ihn anzuzweifeln.« Ich fand nie heraus, ob es ein Rat oder vielmehr eine Drohung gewesen war.

Ich ging auf dem knarrenden Dielenboden in meinem Turm hin und her und mied es, einen direkten Blick in die Ecke zu werfen, in der *Jane Eyre*, *Sturmhöhe* und *Agnes Grey* lagen. Ich glaubte die Frau gefunden zu haben, die mir die Bücher gebracht hatte. Ich kam mir betrogen vor. Wenn jemand hätte wiederauferstehen sollen, dann mein Vater. Ich saß auf der Bettkante und drapierte systematisch die Kissen um mich herum. Doch ich konnte nur an Rebeccas leere Augen denken, die mich aus den Tiefen eines weiten Meeres anstarrten. Mechanisch nahm ich das Laken und verhängte wieder die *Gouvernante*.

Am Donnerstag brach ich in Rebeccas Büro ein.

Wenn dies drastisch und illegal klingt, dann weil es drastisch und illegal war. Der Fairness halber muss ich sagen, dass ich nicht zum Fakultätsgebäude gegangen bin, um einzubrechen. Es war am Tag vor meiner Abfahrt nach Paris. Ich wollte nur kurz vorbeischauen, höflich den Rest meiner Bücher einfordern und eine umfassende Erklärung dafür verlangen, was das alles eigentlich sollte.

Aber es lief anders: Um 16.55 Uhr schlich ich mich ins Fakultätsgebäude und versuchte zwanzig Minuten lang, den Fachbereich Mathematik zu finden, der sich, wie sich herausstellte, in einem gewölbten Korridor an der Südseite befand, in dem es nach Gummi und Schuhcreme roch. Rebeccas Büro war leicht zu finden, es lag in der Ecke und trug ein Schild mit demselben irreführenden Namen, den ich in der Zeitung gelesen hatte: Defoe. Die Bürotür war alt, das Schloss war lose. Ich klopfte, bekam aber keine Antwort. Ich klopfte lauter, ich war wütend. Ich hatte sie endlich gefunden. Wollte sie mir aus dem Weg gehen? Wieder und wieder klopfte ich. Ich spürte, wie die Tür klapperte, umfasste die Türklinke und drückte, drückte noch ein bisschen mehr, und nach einem weiteren Stoß gab sie nach.

Ich war so problemlos eingedrungen, dass ich kurz dachte, das Ganze müsse ein Trick sein: Rebecca würde jeden Moment aus dem Schrank stürmen und mir ein paar Differenzialgleichungen um die Ohren hauen. Doch da war niemand. Das Büro war hell und unglaublich sauber. Nur die Verpackung dessen, was irgendwann einmal ein Sandwich gewesen sein musste – Thunfisch und Cheddar –, wirkte mitten auf ihrem Schreibtisch deplatziert. Hatte sie vergessen, ihre Essensreste zu entsorgen? So ein Ferkel.

Mein Herz raste. Ich dachte an das Regelwerk und überlegte, ob die Strafe für meinen Einbruch ins Zimmer eines Fellow nun die umgehende Beschlagnahmung meiner Ländereien und Schlösser nach sich ziehen würde. Ich hätte die Schwere meines Vergehens erkennen und wieder gehen können, doch das tat ich nicht. Stattdessen schlich ich langsam durch den Raum. Ich schnaubte. Rebecca war die ganze Zeit am Leben gewesen und aß Thunfisch! In der Ecke stand ein kleiner Kühlschrank. Ich überlegte, was ich wohl darin finden würde: eine Wassermelone, Marmelade, eine Flasche Weißwein. Zwei Flaschen *Gibson's* Gin. Ein menschliches Herz. Auf dem Schreibtisch lag ein Stapel Übungsblätter – Eigenvektoren, mit Bleistift gezogen. Am Lampenschirm klebte eine kleine Haftnotiz, auf der stand: »Danke für den Rat. Ich liebe Dich von ganzem Herzen, Rebecca.« Ich zog ein Gesicht und sah mich um, als stände die Person, die das geschrieben hatte, direkt hinter mir.

Ich machte mich daran, das zu tun, wozu ich gekommen war, außer dass ich nicht wusste, was genau ich suchte. Beweise? Beweise wofür? Dafür, dass die Wurzel aus jeder negativen Zahl imaginär war? Für diesen Fall gab es reichlich Beweismaterial in einem Bücherstapel auf dem Schreibtisch: *Vektorenberechnung*, *Additive Probleme mit kombinatorischen Zahlen*, Dissertationen in Mathematik … Sie rochen nach feuchtem Brot und Juniwärme. Sie erinnerten mich an Algebra um acht Uhr am Morgen und an das frischgemähte Gras draußen im Garten.

An der Wand hinter ihrem Schreibtisch hingen Dutzende und

Aberdutzende gerahmter Dokumente. Ich sah genauer hin und las. Ich stutzte. Diese Frau hatte in ihrem Leben bergeweise Preise gewonnen, doch an der Wand hingen lediglich gerahmte Kopien von Unterlagen, die aussahen wie nicht bestandene Prüfungen, Absagen von verschiedenen Universitäten und Briefe von Verlagen, die ihr erstes Buch abgelehnt hatten. Dieses Büro, dieses helle Eckbüro, war ein Symbol für Rebeccas akademischen Erfolg, und dennoch hatte sie es mit einem Leben voller belangloser Fehlschläge dekoriert. Ich kannte nur einen, der das genauso gemacht hatte: mein Vater.

Alles wirkte mit einem Mal fehl am Platz. Der Ernst der Lage erdrückte mich. Mir kam der Gedanke, dass ich kein einziges Mal, wenn ich etwas aus Rebeccas Zimmer in unserem Haus gestohlen hatte, davongekommen war.

Mit wachsendem Unbehagen und feuchten Händen durchsuchte ich eilig Rebeccas Bücherregal. Mein Herz hämmerte in der Brust. Ich überflog die Bücher über Matrizen und lineare Gleichungen und bekam Panik, weil mir einfiel, dass Rebeccas Sandwich womöglich gar nicht alt war, sondern von heute. Dumme Gans!, sagte ich mir, es war von heute! Rebecca würde zurückkommen, und ich müsste in einen Schrank springen, den es nicht gab …

Da. Da war es. *Die Herrin von Wildfell Hall.* Es steckte zwischen *Elementare Quantenmechanik* und *Fortgeschrittene Spieltheorie.* Es war dick und aufgequollen. Ich nahm das Buch aus dem Regal. Der Rücken fehlte, und an der Vorderseite entdeckte ich die Ecke, wo es angenagt worden war – von wem oder was hatte ich nie genau herausgefunden. Ohne Zweifel, es war das Exemplar meines Vaters. Es war die ganze Zeit hier gewesen.

Ich runzelte die Stirn. Da war auch etwas Neues, das ich nicht aus meiner Kindheit kannte. In der Mitte ragte ein Lesezeichen heraus. Ich schlug das Buch an der markierten Stelle auf und blickte in Emily Dickinsons spöttisches Gesicht. Ich begriff nicht. Mein Lesezeichen war rot gewesen. Dieses hier, dieses neue, merkwürdige, war gelb und roch nach Parfüm. Ich hatte bei uns zu Hause nie ein gelbes Emily-Dickinson-Lesezeichen gesehen. Ich hielt es zwischen Daumen und Zeigefinger. *Verrücktheit hat oft höchsten Sinn.* Ich bekam kaum noch Luft. Sie hätten Paar-Lesezeichen für Vater und Tochter sein sollen – nicht für Vater, Tochter und Mathelehrerin. Ich hätte doch als Einzige mit seinen seltsamen kleinen Spielchen beglückt werden sollen. Hatte mein Vater seine Liebe halbiert?

Ich röchelte leise. Ich klemmte Buch und Lesezeichen unter den Arm und eilte zur Tür, ohne zurückzublicken. Ich musste hier raus. Ich stürmte aus Rebecca Smiths Büro und schlug die Tür hinter mir zu, doch sie fiel nicht ins Schloss. Es war kaputt.

Dann tat ich das, was jeder Kriminelle getan hätte: Ich ging ganz gelassen durch den Flur, aus dem Gebäude hinaus und floh außer Landes. Ich wäre längst in Paris, bevor Oxford sagen könnte: Verweis!

11

Ich hatte einen Wettlauf gegen die Zeit begonnen. Es war nur eine Frage von Tagen, bis das Old College herausfinden würde, dass ich in das Büro eines Fellow eingebrochen war. Ich gehörte nicht länger nach Oxford. Ich hatte gegen den stillen Pakt zwischen Lehrenden und Studierenden verstoßen. Ich würde feierlich gehängt und gevierteilt werden und rückwirkend mein Privileg verlieren, in der Dining Hall zu speisen.

Den Freitagmorgen verbrachte ich im Zug nach Paris und suhlte mich in Schuldgefühlen, das Bild meiner Hinrichtung vor Augen. Mit mir in dem versifften blauen Zugabteil saßen ein Mann in einer quietschgrünen Sportjacke und eine Mutter, die ein dickes Baby in einem Tragetuch an ihre Brust drückte. Alle paar Minuten stieß das Kind einen schrillen Schrei aus, und der Mann in Grün reagierte mit einem genervten Blick an die Decke, als würde er ein Streitgespräch mit Gott führen.

»Keine Sorge«, sagte die Mutter schwitzend und lächelte zuversichtlich. Sie tätschelte dem greinenden Baby den Rücken. »Ich habe Medikamente dabei.«

»Für uns auch?«, fragte der Mann.

Vor mir lag *Die Herrin von Wildfell Hall.* Ich hatte das Buch nicht angerührt, seit ich es eine Stunde zuvor aus der Tasche gezogen hatte. Die Frau auf dem Umschlag, eine Brünette mittleren Alters mit hoher Stirn, sah aus wie jemand, der alles durchgemacht hat, was es im Leben durchzumachen gab, und zwar zweimal.

Meine Ohren knackten, als wir unter dem Ärmelkanal hindurchrasten, und wie aufs Stichwort gab das Baby erneut einen gellenden Schrei von sich. Die Mutter streichelte ihm den Rücken und summte ein selbstgedichtetes Lied mit dem Titel »Wasch mich, wasch mich, ja, ja, ja«. Ich bemerkte, dass sie mein Buch mit einiger Neugier betrachtete, so als würde sie eine traurige italienische Oper verfolgen, die sie nicht richtig verstand – schön, aber irgendwie nutzlos.

Kurz vor der französischen Grenze schlug ich das Buch auf. Es war keine vergnügliche Lektüre – *Die Herrin von Wildfell Hall* war ein Durcheinander. Ein Chaos. Es war Annes emotionales Erbrechen, in kühle, zurückhaltende Prosa gehüllt. Sie hatte zu viele Erzähler eingebaut, zu viele Geschichten innerhalb von Geschichten, zu viele Geheimnisse, die niemand teilen durfte. Das geschah mit einer Schriftstellerin, wenn sie sehr, sehr wütend war und versuchte, eine komplexe Geschichte viel zu schnell zu erzählen. *Die Herrin von Wildfell Hall*, veröffentlicht nach *Jane Eyre*, *Agnes Grey* und *Sturmhöhe*, war eine literarische Matrjoschka-Puppe: ein Tagebuch in einem Brief in einem Buch. Es war keine Geschichte, in der man sich verlieren konnte, es war eine Geschichte, die einen Seite für Seite daran erinnerte, dass sie *geschrieben* worden war. Man musste unweigerlich daran denken, dass es eine Autorin gegeben hatte, dass sie Anne Brontë geheißen, sich nachts an einen einsamen Tisch gesetzt und sich überlegt hatte, wie sie am besten mit ein paar Geheimnissen herausrücken konnte.

Es war Annes zweiter Roman. Ihr erstes Buch, *Agnes Grey*, hatte sich als langweilig und unnütz herausgestellt, während zeitgleich *Jane Eyre* tragisch und beliebt war. *Die Herrin von Wildfell Hall* beginnt mit dem Brief eines jungen Mannes, Gilbert Markham – eine schlecht getarnte Version des jungen Branwell Brontë. Er ist leidenschaftlich, impulsiv und auf Beute aus. »… will ich [ihm] in groben Zügen«, schreibt er, »– nein, nicht in groben Zügen, sondern umfassend und wahrheitsgetreu von bestimmten Umständen berichten, die mit dem wichtigsten Ereignis in meinem Leben verbunden sind.« Das »wichtigste Ereignis« in seinem Leben ist natürlich eine Frau. Sie heißt Helen Graham und ist eine verschwiegene alleinerziehende Mutter, die in ein verlassenes altes Herrenhaus zieht und für ihren Lebensunterhalt morbide Landschaftsbilder malt.

Ihre Liebelei endet nicht sonderlich romantisch, denn Gilbert wendet den Großteil seiner Energie dafür auf, die Geheimnisse aus Helens düsterer Vergangenheit aufzudecken. Warum ist sie nach Wildfell Hall gekommen? Warum hat sie einen Sohn? Warum sind ihre morbiden Landschaftsbilder so morbid? In einem Moment der Verzweiflung drückt Helen ihm ihr Tagebuch in die Hand. Dort steht praktischerweise alles, was ihr je widerfahren ist. Gilbert überträgt natürlich alle dreihundertfünfzig Seiten des Tagebuchs in den besagten Brief an seinen alten Freund, und so wird der Rest des Romans ein Bericht aus erster Hand über Helens Vergangenheit.

Und die ist entsprechend schockierend: Als leicht zu beeindruckende junge Frau durchlebt sie eine quälende Ehe mit einem sagenhaften Schwerenöter und Trinker. Nach ein paar Jahren hält Helen es nicht mehr aus und beschließt, ihn zu verlassen. In einer Trotzreaktion schlägt sie ihrem Mann die Tür vor der Nase zu. Dieses Türeschlagen hallt in der gesamten Welt wider. Es ist der entscheidende Moment im Buch, der Augenblick, in dem Anne Brontë all die leeren Versprechungen aus ihrem ersten Roman erfüllt. Helen Graham ist die aktualisierte Version von Agnes Grey. Nach außen hin ist sie schüchtern und streng, in ihrem Innern ist sie hitzig und stark wie ein Mann.

Wenig überraschend wurde der Roman heftig kritisiert. Wie *Sharpe's London Magazine* es ausdrückte, war es eine Aneinanderreihung »lästerlicher Ausdrücke, unfassbar gewöhnlicher Wendungen, empörender Szenen und Schilderungen, welche die Seiten entstellen«. Doch das Buch bescherte Anne schließlich den kommerziellen Erfolg, der ihr gebührte. Ihr Roman verkaufte sich sogar besser als *Sturmhöhe*, und nach nur sechs Wochen wurde eine zweite Auflage gedruckt.

Mein Vater und ich nannten das Buch nur »Die Herrin«. Es war seine Herrin, unsere Herrin, das Wesen, das in unserem Keller zur Untermiete wohnte. Dad mochte das Buch nicht, respektierte es aber. Es war die Hera der Brontë-Werke – allwissend und weise und doch verloren im Schatten anderer, funkelnderer Götter. Dad und ich hatten nie Gelegenheit gehabt, das ganze Buch zu studieren. Bevor er starb, waren wir nicht weiter gekommen als bis zum Vorwort der zweiten Ausgabe. Im Zuge der schlechten Kritiken schrieb Anne diesen kleinen, scharfzüngigen Essay, in dem sie sich selbst und ihren Roman verteidigte. Ein kühner Schritt für eine Frau, deren Ruf bereits auf dem Spiel stand. Anne hat nie einen Rückzieher gemacht oder sich entschuldigt. Sie wehrte sich. In ihrem Vorwort schrieb sie:

Wenn ich es als meine Pflicht erachte, eine unbequeme Wahrheit zu äußern, dann werde ich das mit Gottes Hilfe tun, auch wenn es meinem Namen schadet und dem unmittelbaren Vergnügen des Lesers sowie meinem eigenen abträglich sein mag.

Natürlich tat Charlotte ihr Möglichstes, um *Die Herrin von Wildfell Hall* zu zerreißen. Sie beurteilte das Buch ihrer Schwester mit noch größerer Verachtung als Annes zahlreiche Kritiker: »[Es] erscheint mir kaum bewahrenswert«, schrieb sie. »Die Wahl des Stoffes in diesem Werk ist ein Fehler.« Nach Annes Tod verweigerte sie eine Wiederauflage des Romans. Vielleicht wollte Charlotte so Annes guten Ruf retten. Aber ich war mir nicht sicher, ob Anne ihren Namen wahren wollte. *Die Herrin von Wildfell Hall* hätte so berühmt sein können wie *Jane Eyre*, wenn es richtig vermarktet worden wäre. Die Unterstützung der großen Charlotte Brontë hätte Anne bekannt machen können. Stattdessen verweigerte Charlotte ihrer Schwester absichtlich die Anerkennung, die sie verdiente. Anne starb als eine Sozialreformerin, die am Ende gar nichts hatte reformieren können.

Der kleine Marsianer auf der anderen Seite des Tischs stieß einen durchdringenden Schrei aus, der mich aus meinen Gedanken riss. Offenbar konnte selbst ein Baby ein Problem spüren, wenn es direkt vor ihm lag. Ich sah den Mann im grünen Sakko an, der aufgehört hatte, mit der Abteildecke zu streiten, und mich nun mit einer Neugier beobachtete, als würde er heimlich Textmaterial für sein nächstes Buch sammeln. Ich runzelte die Stirn und zog mir die Kapuze über den Kopf.

Paris war nett, vermutlich. Die Stadt schien es nicht nötig zu haben, sich Mühe zu geben, einen zu beeindrucken, weil sie es ohnehin tat. Meine Mutter wollte mich am Bahnhof abholen, also wartete ich in der Halle, in der es funkelte und hallte wie in einer billigen Kathedrale. Eine Frau in Pelzmantel und mit einem weißen Brillengestell, die vor einem Blumenstand wartete, kam mir bekannt vor.

Doch es war nicht meine Mutter – sie steuerte soeben in hellen Jeans und einem bunten, mädchenhaften Oberteil mit Puffärmeln auf mich zu. Ich hatte sie seit über zwei Jahren nicht gesehen; sie hatte ihr Haar in einem satten Braun gefärbt. Das unscharfe Bild einer Blonden in meiner Erinnerung war wie das einer Figur aus einem Buch, das nun von der aktuellen Verfilmung nach und nach ausgelöscht wurde. Das neue Gesicht kam mit einem Lächeln, das ich kaum wiedererkannte, vor mir zum Stehen. Mom war imposant, sie hatte eine tolle Ausstrahlung, und ihre Zähne blitzten wie Kristalle.

»Lass dich umarmen!«, tönte sie. Sie war riesengroß. Als wir uns wieder voneinander lösten, blickte ich in ihr weiches, junges Gesicht. Sie war immerhin erst zweiundvierzig.

»Ich nehme dein Gepäck«, sagte sie.

Wir gingen nach draußen, ein Taxi fuhr vor, und Mom hielt mir die Tür auf. Sie war schöner, als ich sie in Erinnerung hatte, aber vielleicht kam Schönheit mit dem Alter und mit dem Selbstvertrauen. Mom ratterte ein paar Anweisungen für den Fahrer herunter, dann sagte sie zu mir:

»Du kannst doch noch Französisch, oder, Samantha?«

»Konnte ich das denn mal?«

»Schnall dich an.«

Das Taxi fuhr los. Es war bereits früher Nachmittag. Die orangeroten Strahlen der Wintersonne lugten zwischen den Gebäuden hervor. Für jemand anders war das wahrscheinlich poetisch. Für mich sah alles so aus wie in Rebeccas Büro. In den vergangenen Stunden konnte ich an nichts anderes denken. Ich fühlte mich krank. Ich war keine Tochter, die ihre Mutter besuchte, ich war eine Flüchtige, die in einem anderen Land Schutz suchte.

Doch Mom schien sich ihres Lebens zu freuen. Während der ganzen Fahrt stand ihr ein Lächeln im Gesicht. Sie tätschelte meine Hand. Wäre ich ein Kind gewesen und hätte sie zum ersten Mal gesehen, hätte ich mir gewünscht, sie wäre meine Mutter. Hier war sie nun, in der Blüte ihres Lebens. Es war nicht fair, sauer zu sein, weil sie so jung war, aber ich war es. Hätte sie nicht so jung geheiratet, hätte sie nicht weglaufen müssen.

Moms neue Wohnung lag auf der angesagten Seite der Rue de Magdebourg im siebten Stock eines Hauses, das aussah wie eine kunstvolle Praline. An der Wohnungstür waren mehrere Schlösser angebracht. Gute Idee – so schützte man sich vor Kriminellen wie mir. Innen war alles blitzsauber und ordentlich wie auf einem Foto in einer Zeitschrift. Die Möbel waren eckig und glänzten. Der Hauptraum war riesig. Sehr Avantgarde!

Mom verschwand gleich in der Küche. Ich stellte meine Tasche ab und sah mich um. Es gab keine Bücher. Dadurch wirkte der Raum seelenlos. Oder vielleicht war »seelenlos« ein Begriff, den man benutzte, wenn alles perfekt war und man sich einfach nur ärgerte, dass man selbst nicht dazugehörte. Mom hatte immer gewollt, dass ich nach Paris zog, ich hatte Boston gewählt. Damals konnte ich meinen Vater nicht alleinlassen. Ich musste mich zwischen zwei Elternteilen entscheiden, und meine Mutter hatte verloren. Doch daran wollte ich jetzt nicht denken.

»Ich würde dir gern etwas kaufen, solange du hier bist«, rief meine Mutter aus dem angrenzenden Zimmer.

»Du musst mir nichts kaufen.«

»Weißt du, was dir gut stehen würde?«

»Ein Porsche?«

»Knielange Röcke.«

»Hm.«

»Das Gästezimmer ist rechts. Ich komme gleich.«

Ich betrat das Zimmer. Es war gelb und blau, eindeutig für eine Tochter eingerichtet. Rüschen. Vorhänge. Ein großes orangefarbenes Bett. An der Wand hing ein affiges Bild von einer dunkelrot-grünen Frau mit sechs Füßen. Auf dem Nachttisch lag ein Stapel französischer Modezeitschriften. Bei jeder war eine Seite eingeknickt – sehr wahrscheinlich waren darauf Schuhe und knielange Röcke abgebildet. Der Raum wirkte so, als wäre hier ein Kind gestorben und keiner hätte ihn seither betreten.

»Gefällt es dir?«, fragte Mom.

Ich hatte nicht bemerkt, dass sie hinter mir stand. Ich drehte mich um und sah sie mit einem Becher Kakao in der Hand. Sie reichte ihn mir. Schal wirkende Marshmallows schwammen auf der Oberfläche.

»Für dich«, sagte sie mit erwartungsvollem Blick.

Ich stutzte. »Danke.«

Es war der traurigste Moment, den wir je zusammen verbracht haben.

Ich wich einen Schritt zurück und stieß versehentlich meine Tasche um, *Die Herrin von Wildfell Hall* fiel heraus. Ich hob das Buch auf, zusammen mit der Zahnseide, die auch herausgefallen war, und legte beides aufs Bett. Mom starrte erschrocken auf das Buch, als wäre es Kokain im Wert von mehreren tausend Dollar.

Sie räusperte sich und sagte betont harmlos: »Das hast du doch schon gelesen, oder?«

»Ja.«

»Mehr als einmal?«

»Das ist eines der Bücher, die auf meiner Fußmatte gelegen haben. Erinnerst du dich? Ich habe es dir erzählt.«

Sie überlegte. »Und du schleppst es mit dir herum?«

Ich antwortete nicht. Moms Lächeln erlosch zum ersten Mal an diesem Tag. Sie hatte etwas Tragisches an sich, etwas, das mein Vater ironischerweise unwiderstehlich gefunden hätte, das wusste ich. Ihr Blick wanderte von meinem Pony zu meinen Ohren, zu meinem Hals, zum Mund, der Nase, den Wangen und den Augenbrauen. Ich hatte ihre Wangenknochen, ihren schmalen Brustkorb und ihren Knochenbau, doch ich wusste, dass sie nach Weiterem suchte, das sie ihr Eigen nennen konnte. Ich bin immer die Tochter meines Vaters gewesen. Damit hatte sie noch nie umgehen können, nicht als ich klein war und auch jetzt nicht.

»In einer halben Stunde gibt's Abendessen«, sagte sie. Mit einem dünnen Lächeln verließ sie das Zimmer.

Abendessen gab es in einer Stunde und fünfundvierzig Minuten. Ich nutzte die Zeit, um meine Mails abzurufen. Ich entdeckte eine Mitteilung, die am Morgen um 8.32 Uhr abgeschickt worden war. Mir blieb das Herz stehen:

Liebe Studierende,
uns wurde angezeigt, dass sich jemand am Abend des 27. Februar gewaltsam Zutritt zu einem Büro im Fakultätsgebäude verschafft hat. Wir müssen kaum betonen, wie schwerwiegend dieses Vergehen ist. Wenn Sie Hinweise in dieser Sache haben, bitten wir Sie dringend, sich an ein Fakultätsmitglied des College zu wenden. Wer Beweise zurückhält, muss mit schweren Konsequenzen rechnen.
Mit freundlichen Grüßen
Ellery Flannery
Leiterin der Abteilung Studierendenangelegenheiten

Ich atmete schwer. Man hätte Ellery Flannery genauso gut meinen letzten Albtraum diktieren können, nur dass in meinem Traum Orville den Brief geschrieben und dabei ausgesehen hatte wie Rasputin. Ich versuchte mir einzureden, dass mich keiner gesehen hatte und ich somit auch nicht erwischt werden konnte. Doch warum hatte ich dann das Gefühl, ein unsichtbares Wesen würde auf meiner Schulter hocken und mich verurteilen? Sicherlich würde man mich finden und mich von der Universität werfen. Mein Magen verkrampfte sich. Ich war zu jung zum Sterben.

Ich zückte mein Handy und wählte.
»Hallo?«, hörte ich die Stimme am anderen Ende.
»Ist da James Orville der Dritte?«
Pause. »Samantha, woher haben Sie diese Nummer?«
»Sie haben mich einmal angerufen. Erinnern Sie sich?«
Meine Stimme war kurzatmig und dringlich, ich klang wohl wie ein kleines Schulmädchen mit Augen so groß wie Untertassen. Ich konnte selbst nicht glauben, dass ich den Nerv hatte, Orville an einem Freitagabend anzurufen.
»Sind Sie gerade beschäftigt?«, fragte ich. Im Hintergrund hörte ich Geräusche – er war auf einer Party, in einer Bar, vielleicht mit einer Frau. Ja, er war beschäftigt. Mein Herz klopfte.
»Wo sind Sie?«, fragte Orville. »Die Verbindung ist schlecht.«
»Ich bin in Paris.«
An seinem Ende der Leitung krachte etwas, und in der Ferne ertönte grölender Beifall. Ich war eifersüchtig. Ich hatte gehofft, am Wochenende läse er Bücher und wäre ungesellig.
»Hören Sie, das ist jetzt kein guter Zeitpunkt«, sagte er, »ist irgendetwas passiert?«
»Nein.«
»Sind Sie in Schwierigkeiten?«
Die Sorge in seiner Stimme war wahnsinnig attraktiv.
»Ich …«
»Antworten Sie!«
»Nein, alles bestens.«
Wir schwiegen.
»Ich habe eine Frage zu Anne Brontë«, sagte ich zögerlich.
Orville stöhnte auf. »Es ist Freitagabend.«
»Ich wurde zu Hause unterrichtet«, erklärte ich. »Hat Anne womöglich ein drittes Buch geschrieben, wenn ich fragen darf?«
Es herrschte Stille, was bedeutete, dass es entweder eine blöde Frage oder aber eine brillante Frage war.
»Woher soll ich das wissen?«, sagte er.
»Aber …«
Wieder Gebrüll im Hintergrund.
»Samantha, ich bin gerade beschäftigt.«

»Ich habe ein weiteres Buch bekommen, *Die Herrin von Wildfell Hall.*«

Schweigen.

»Ist alles in Ordnung?«, fragte er dann.

»Ja. Aber ich habe ein paar Fragen dazu. Es kommt mir einfach noch immer unvollständig vor.«

Orville sagte erst nichts, dann fragte er schließlich: »Nächsten Donnerstag?«

»Gut.«

»Sie können einen Aufsatz darüber schreiben. Versuchen Sie, kreativ zu sein.«

»Wie wenn ich Ihnen ein Gedicht schreiben würde?«

»Hoffentlich nicht! Gute Nacht, Samantha.«

»War's das?«

»Sie sollten längst im Bett liegen.«

»Es ist halb neun.«

»Ich dachte, Sie wären zu Hause unterrichtet worden.«

Mir fiel auf die Schnelle keine Antwort ein – was mich nervte.

»Sir?«, fragte ich, doch er hatte schon aufgelegt.

Das Abendessen bestand aus Erbsen, Kartoffelbrei und blassrosa Hühnchen. Das Fleisch war zäh und schmeckte so, wie ich mir den Geschmack von Salmonellen vorstellte. Mom wirkte so zufrieden, als hätte sie den Vogel selbst geschossen. Das Gespräch zog sich hin. Ich erfuhr, dass Moms Innenausstattungsunternehmen phantastisch lief, ihr Hochzeitsmodengeschäft weniger, nein, sie habe keinen Freund und sie verspüre momentan auch kein Bedürfnis zu heiraten. Wie es denn überhaupt bei mir stehe? Ich erzählte ihr nicht, dass Ellery Flannery einen Haftbefehl gegen mich hatte – so ein Thema schnitt man am ersten gemeinsamen Abend nicht an. Es gab lange Pausen, in denen wir schwiegen, worauf Mom und ich nicht vorbereitet waren. Wir waren wie Bekannte, die sich lediglich über ein einziges Hobby kannten.

»Erzähl mir, wie es mit dem Schreiben läuft«, sagte sie. »Ich will alles darüber wissen.«

»Ich habe aufgehört zu schreiben.«

»Das ist schade. Warum?«

»Weiß nicht. Malst du noch?«

»Ich habe noch nie gemalt.«

»Stimmt.«

Sie nahm einen bedächtigen Schluck Cabernet Sauvignon. Ihre Augen waren zwei schwarze Kugeln. »Alles in Ordnung mit dir, Samantha?«

»Was?«

»Bist du glücklich?«

Ich blickte auf. »Nicht besonders.«

Sofort wünschte ich, ich hätte nichts gesagt. Die Worte klangen sperrig und unwiderruflich, wenn ich sie laut aussprach – als hätte ich einer Sache Gestalt verliehen, die ansonsten verborgen blieb.

»Was belastet dich denn?«, fragte sie.

Ich nahm meine Gabel und schob die Erbsen auf dem Teller hin und her. »Ich habe herausgefunden, wer mir dieses Buch vor die Tür gelegt hat. Es ist Rebecca Smith. Dad hatte sie damit betraut, mir seine Bücher zu geben. Nur heißt sie jetzt Defoe.«

Moms Augen wurden schmal.

»Defoe«, sagte sie dann und nahm ihr Weinglas. Ihre Stimme war blechern geworden. »Defoe war ihr Mittelname, vermutlich der Geburtsname ihrer Mutter.«

»Du kanntest sie?«

»Dein Vater sprach ständig über sie.«

Wir verfielen wieder in Schweigen. Mom wirkte, als würde sie dieses Gespräch gern beenden, damit sie zu Bett gehen und zwanzig Jahre später wieder aufwachen könnte. Ich dachte an die verschwörerischen Blicke, die mein Vater Rebecca oft über den Tisch hinweg zugeworfen hatte. Als wären sie Mitglieder eines Zwei-Personen-Geheimbundes. Hatte mein Vater meine Mutter je so angesehen? Daran hätte ich mich bestimmt erinnert.

Mom blickte mich unverwandt an. Das Schweigen brachte mich um.

»Ich liebe ihn nicht mehr, falls das deine Frage war«, sagte sie.

Ich senkte den Blick. »Nein, daran habe ich gerade nicht gedacht.«

»Wie auch immer. *Ich* habe immerhin ihn verlassen, erinnerst du dich?«

Leise sagte ich: »Weil die beiden eine Affäre hatten?«

Ich blickte hoch und sah, dass ihre großen schwarzen Augen noch immer forschend auf mich gerichtet waren. Sie antwortete nicht. Sie nahm nur erneut ihr Glas und trank einen großen Schluck. Ich spürte, wie mich eine Welle der Zuneigung überkam.

»Noch Huhn?«

»Nein danke«, sagte ich. »Sie lehrt jetzt in Oxford.«

»Wer? Rebecca?« Ihre Stimme war spröde. »Sie war immer in Oxford. Dein Vater hat sie gern dort besucht, als wir verheiratet waren.«

Ich stutzte. »Verstehe.«

»Ich habe gehört, dass sie nach Boston gekommen ist, als ich weg war.«

Ich merkte, dass sie versuchte, locker zu klingen. Sie wandte den Blick ab und reichte mir das Hühnchen, obwohl ich keines wollte. Das Einzige, was wir beide gemeinsam zu haben schienen, war die Angewohnheit, unsere Lippen zusammenzupressen, wenn wir aufgeregt waren.

»Kann ich dir etwas erzählen?«, fragte ich leise. »Und würdest du es bitte nicht weitersagen?«

»Nur zu.«

Ich holte Luft. »Ich bin gestern in ihr Büro eingebrochen.«

Mom kniff die Augen zusammen. »In wessen Büro?«

»In Rebeccas.«

Pause. Dann: »Was?!«

Plötzlich konnte ich nicht mehr aufhören zu reden. Ich stürzte mich in eine hastige Schilderung des gesamten Vorfalls, von Anfang bis Ende und wieder zurück zum Anfang. Ich sagte, es sei unumgänglich gewesen, erzählte, wie ich die Tür aufgebrochen, herumgeschnüffelt, das Buch geschnappt hatte und dann wieder gegangen war. Dass es sich gar nicht so angefühlt hatte, als sei ich selbst es gewesen, und dass ich offenbar auf das wütende schikanierte Kind in mir gehört hatte, dabei war ich doch nie schikaniert worden, oder? Ich redete und redete – worüber, weiß ich nicht genau. Aber als ich fertig war, starrte meine Mutter mich an, als hätte sie mich nie zuvor gesehen. Die Mutter, die ich mir vorgestellt hatte, und die Tochter, die sie sich vorgestellt hatte, waren noch irgendwo, aber nicht hier.

Schließlich sagte sie: »Verdammt, Samantha!«

»Ich weiß, ich weiß, ich fliege raus, wenn es herauskommt.«

Sie schlug mit der flachen Hand auf die Küchentheke. »Verdammt, Samantha!«

Ich zuckte zusammen. Ich wollte bestraft werden, ja, ich musste bestraft werden. In der Strafe lag Absolution. Das taten normale Mütter mit normalen, sich danebenbenehmenden Töchtern.

»Du hast die Tür genommen? Die *Tür*?«, sagte sie.

Ich blinzelte. »Wie bitte?«

»Nächstes Mal steigst du durchs Fenster ein! Verstanden?«

Mein Mund klappte zu. Mom stand auf. Ich hörte, wie hinter mir die Kühlschranktür geöffnet wurde. Dann ein Zischen. Mom kam zurück und setzte sich mir wieder gegenüber. Und dann, um zehn Uhr abends auf der angesagten Seite der Rue de Magdebourg, reichte meine Mutter mir ein Bier.

Am Samstag spazierten wir durch Paris. Ich erfuhr einiges über meine Mutter. Sie kam aus einer kalifornischen Hippie-Familie, was ich vermutlich wusste, aber nun hatte ich es endlich begriffen. Sie hatte als Ornithologin gearbeitet, und zu ihren ersten Freunden zählte mehr als nur ein Mitglied einer irischen Punkband. Über ihr Zusammenleben mit meinem Vater sprachen wir nicht, weil es nicht mehr wichtig war. Stattdessen unterhielten wir uns über ihr Leben in Europa, wo sie fließend Norwegisch gelernt und Blogs über Wildhunde geschrieben hatte. Nun war sie Unternehmerin und hatte nur vier gute Freunde – denn wenn man älter wird, sagte sie, habe man keine Kraft mehr, anderen etwas vorzumachen.

Am frühen Nachmittag schossen wir ein Foto von uns vor Notre-Dame, schlenderten an der Seine entlang, und ich erstand meinen ersten Acht-Euro-Kakao. Dann gingen wir nach Hause, kochten Capellini und sahen uns einen französischen Film an, der nach einem Gedicht von Baudelaire benannt war. Der Tag war richtig europäisch, und ich kam mir ein bisschen vor wie im Urlaub. Mom lachte viel und ansteckend. Mehr als einmal überlegte ich, wie mein Leben wohl ausgesehen hätte, wenn ich ihre Tochter und nicht die Tochter meines Vaters gewesen wäre.

Am Abend musste sie sich mit einem Kunden treffen, wir verabredeten uns für später im *Écume des Pages*. Ich kam früh und setzte mich an einen der hinteren Tische, damit ich den Aufsatz für Orville schreiben konnte. An Samstagabenden lebte in Literaturcafés ein merkwürdiges Volk. Die Frau neben mir las ein Buch über die Insekten des Regenwaldes. Daneben saß ein Franzose, der offenbar hierhergekommen war, um seine Schuhe auszuziehen und seinen Fußgeruch zu verbreiten. Er wackelte mit den nackten Zehen. Ich zog *Die Herrin von Wildfell Hall* heraus und begann mit meinem improvisierten Aufsatz für Orville. Ich sagte mir, dass ich das Ganze *für* ihn schrieb, in Wirklichkeit schrieb ich es aber *an* ihn, in dem eindeutigen Bewusstsein, dass er es lesen würde und dass er dabei vielleicht meine Stimme in seinem Ohr hörte.

Ich lehnte mich zurück, schaukelte auf den Hinterbeinen des Stuhls und versuchte, mir etwas Kluges einfallen zu lassen. Ich hatte keine These, keine Gliederung, keine Ideen. Es war fast unmöglich, das ramponierte Exemplar meines Vaters zu lesen, also hatte ich bei der Hälfte aufgehört und überflog es nur noch. Fast bei jeder Zeile hatte Dad etwas unterstrichen, mit Sternchen versehen oder etwas am Rand angemerkt. Ich wusste, dass er eine Stelle besonders mochte. Sie befand sich auf der zweiten Seite des Vorworts, und er hatte sie begeistert mit Rot markiert.

Ich wollte die Wahrheit sagen, denn die Wahrheit übermittelt für diejenigen, die sie empfangen können, immer ihre eigene Moral. Doch da der kostbare Schatz sich oft auf dem Grund eines Brunnens verbirgt, braucht es Mut, danach zu tauchen, besonders da er sehr wahrscheinlich dem Schlamm und dem, in das er zu fallen gewagt hat, mehr Verachtung und Verleumdung bescheren wird als Dank für das Juwel, das er ist.

Das war natürlich der Hinweis, den mein Vater mir an jenem Weihnachtsabend gegeben und der mich in die Kanalisation geführt hatte. Wie in *Agnes Grey* war auch in diesem Buch irgendwo ein »kostbarer Schatz« enthalten.

Ich setzte mich auf und nahm meinen Stift. Ich beschloss, über Helen Graham zu schreiben. Man kannte sie als stabile, vernünftige und pragmatische Protagonistin, »eine große, damenhafte Gestalt, ganz in Schwarz gehüllt«. Dennoch kam mir der Verdacht, dass bei ihr etwas komplett daneben war. Sie meidet die Gesellschaft von Menschen, nicht wegen der Existenz ihres vaterlosen Kindes und ihres geheimnisvollen Exmannes, sondern wegen ihres seltsamen Verhaltens. Sie wird als Hexe beschrieben, »bleich, atemlos, zitternd vor Erregung«. Als Gilbert sie zum ersten Mal trifft, sagt er, dass er sie lieber aus einiger Entfernung betrachten würde, als ihr nah zu sein. Für Helens Unbeliebtheit gibt es eine einfache Erklärung: Ihre Unabhängigkeit war an einem entlegenen Ort im 19. Jahrhundert fremdartig und bedrohlich. Doch die Beschreibung von Helen geht bald darüber hinaus: »Und siehe da: Mrs Graham stürzte auf mich zu, den Nacken entblößt, die schwarzen Locken im Wind wehend.« So würde man nicht unbedingt eine Vorzeigefeministin beschreiben, eine Geistesgestörte hingegen schon.

Ich lehnte mich wieder zurück. Ja, diese Theorie gefiel mir gut, ich mochte den Gedanken, dass Helen Graham im Grunde neben der Spur war, so ungestüm und energiegeladen, dass alle Angst vor ihr hatten. Es war aber eigentlich auch kein befremdlicher Gedanke. Denn der Erzähler ist unglaubwürdig, um Orvilles Lieblingsausdruck zu benutzen. Die Geschichte wird von einem Mann erzählt, der die Protagonistin letztendlich heiratet. Und ein liebestrunkener Mann kann niemals objektiv sein. Als Kopist von Helens heimlichem Tagebuch wurde Gilbert zum Cheflektor ihres Lebens und konnte alles, was zu schockierend für seine Leser gewesen sein mochte, streichen oder verdrehen. Als Romanfigur wurde Helen gesäubert und geschönt. Doch nach allem, was man weiß, könnte die wahre Helen eine zweite Bertha gewesen sein, die schließlich gegen ihre Gefangenschaft rebellierte.

Sollte Gilbert tatsächlich Helens Bild aus gut gemeinten Gründen verändert haben, so musste ich Anne Brontë für ihre Voraussicht loben. Annes Biographie wurde posthum geschrieben, ihr Bild von ihrer älteren Schwester geformt, die nur das Beste für sie gewollt hatte – oder auch nicht. Wusste Anne das und hatte es absichtlich in ihr semiautobiographisches Meisterwerk integriert, um ihre eigenen Fußfesseln zu zeigen? Die echte Anne und die echte Helen waren gefangen, gefangen in narrativen Schichten.

»Was liest du?«

Ich erschrak. Mom war angekommen, sie war außer Atem. Von der Kälte waren ihre Wangen gerötet. Sie wickelte sich den Schal vom Hals.

»Willst du ein Croissant?«

»Nein danke.«

»Ich habe schon bestellt.«

»Mit Mandeln?«

»Klar.«

Sie setzte sich. Ich sah, dass sie etwas auf dem Herzen hatte. Sie blickte zwischen mir und dem Buch hin und her.

»Ich hasse dieses Buch«, sagte sie schließlich.

Sie klang genau wie ich.

»Dein Vater hat von mir verlangt, es zu lesen, als wir uns kennengelernt haben«, erklärte sie mir. »Er hat gesagt, dass mir alles direkt vor Augen stehe, ich aber rein gar nichts begreifen würde, wenn ich nicht lernte, mit mehr Vorstellungsvermögen zu lesen. Sagt man so etwas zu seiner künftigen Frau?«

»Nein.«

Mom holte Luft. Ihr Wochenendlächeln war einem tiefen Stirnrunzeln gewichen. »Ich wollte mit dir über etwas sprechen, bevor du morgen abreist, Samantha. Kennst du die Brontës?«

»Äh – wen?«

»Jetzt reiß keine Witze, ich meine es ernst. Ich möchte, dass du nichts mehr mit ihnen zu tun hast. Von diesem Augenblick an.«

Es entstand ein kurzes Schweigen. Mom hatte noch nicht einmal ihren Mantel ausgezogen und war schon alles losgeworden, was ihr auf dem Herzen lag.

Ich wartete. Dann sagte ich: »Ich denke nicht, dass du das verlangen kannst.«

Mom schürzte die Lippen. »Sieh dich doch an«, sagte sie. »Du bist hier, mitten in Paris, und liest mal wieder dieses Scheißbuch. Findest du das nicht traurig?«

Da mir nichts anderes einfiel, sagte ich nur: *»Merde.«*

»Dein Vater hatte schon lange vor Rebecca eine Geliebte.« Das Wort klang scharf und hässlich. »Seine Obsession mit den Brontës hat absolut jede zwischenmenschliche Beziehung in seinem Leben zerstört – ich fürchte, auch die Beziehung zu dir.«

Ich beschloss, nicht darauf einzugehen. »Dann musst du eine Vorstellung davon haben, was ich finden sollte.«

»Wahrscheinlich ein paar alte Handtücher, mit denen sich die Brontës abgetrocknet haben.«

»Ich meine es ernst.«

»Meinst du etwa, ich nicht? Du verkomplizierst etwas, das nie hätte kompliziert sein sollen.«

»Man wird klüger, wenn man lernt, Dinge komplex zu betrachten.«

»Nur in der Schule.«

»Das ganze Leben ist eine Schule«, sagte ich.

»Verflucht, Samantha!«

»Sorry«, sagte ich. »Sorry.«

Sie warf mir einen funkelnden Blick zu.

»Dein Vater war vielleicht dein Vorbild, aber ich möchte, dass du nicht vergisst, dass er nicht immer ein guter Mensch war«, sagte sie. »Bist du schon einmal seinem Doppelgänger begegnet – Sir John Booker? Was für ein Paar! Ein Cambridge-Professor, hochdekoriert wie der Papst, der sein Talent damit vergeudet hat, deinem Vater jahrelang nachzustellen, um ein Geheimnis aufzudecken, dass er lediglich erfunden hat. Ich möchte, dass du dir genau ansiehst, was aus diesen beiden Männern geworden ist, Samantha. Dein Vater ist mit Anfang vierzig gestorben. Er wusste, dass der Alkohol ihn umbringen würde, hätte es das Feuer nicht getan. Und Booker? Der ist total verrückt. Vor ein paar Jahren sah man ihn durch den Schlamm vor dem Pfarrhaus der Brontës waten. Wahrscheinlich hat er etwas gesucht. Lies die Artikel über ihn, Samantha. Es ist jämmerlich. Du wirst sehen, das auch er geschieden ist.«

Das Croissant kam in einer Papiertüte. *»Chaud«*, sagte das Mädchen in der grünen Schürze und verschwand wieder. Ich biss hinein, aber es schmeckte nach nichts außer Salz. Mom sah mich eine Weile an, dann faltete sie die Hände im Schoß wie zu einer kleinen Wiege.

»Ich mache mir Sorgen um dich«, sagte sie. »Du bist so damit beschäftigt, allein zu sein, dass ich manchmal denke, dir gefällt das.«

Mir schnürte es die Kehle zu. »Ich habe mir das nicht ausgesucht.«

Sie sah mich ernst an. »Ich habe dir nie das Geringste getan. Spinne dir also keine enttäuschende Geschichte zusammen und tu nicht so, als hätte ich dich verlassen. In den letzten sieben Jahren habe ich nichts anderes getan, als versucht, dich zu überreden, zu mir zu ziehen. Ich weiß, warum du mich nicht ansehen kannst – weil du dabei jedes Mal *ihn* siehst! Und weißt du, was? Wenn ich dich ansehe, sehe ich auch jedes Mal ihn. Er war ein toller Mann und er war ein ängstlicher Mann. Er hat in der Vergangenheit gelebt, weil dort nichts auf dem Spiel stand.«

Ich sagte nichts. Mom hatte sehr viel mehr Selbstvertrauen, als ich in Erinnerung hatte.

»Ich weiß, dass du gelitten hast, Schatz«, sagte sie. »Du willst dein Leid in Ehren halten, weil du meinst, es würde dich definieren. Ich mache mir nur Sorgen, weil du bestimmt eine ganze Menge in dir aufgestaut hast, und irgendwann wird der Deckel wegfliegen und du wirst etwas Verrücktes und Dummes tun und dich in Schwierigkeiten bringen.«

»Ich habe schon etwas Verrücktes und Dummes getan.«

»Der Einbruch in Rebeccas Büro? Das war vielleicht illegal, aber nicht verrückt.«

Ich riss ein Stückchen Croissant ab. Ich spürte, wie mir Tränen in die Augen schossen, wusste aber, dass sie nicht fließen würden. Sie flossen nie.

»Worauf willst du eigentlich hinaus?«, fragte ich.

Mom legte den Kopf schräg und schaute mich an, wie es nur eine Mutter konnte.

»Ich liebe dich«, sagte sie sachlich. »Ich möchte nicht mit ansehen müssen, wie du den Verstand verlierst.«

Ich wurde still. Ich konnte ihr nicht mehr in die Augen sehen. Diese drei Worte hatte ich so lange nicht gehört, dass ich fast vergessen hatte, was sie mit einem machten. Mein Vater hatte seine Zuneigung zu mir nie in Worte gefasst – Liebe war einfach eine weitere unterschwellige Botschaft. Mein Herz raste, und einen kurzen, beglückenden Moment lang wollte ich meinen Vater vergessen und nach Paris zu dieser eigenartigen, emotionalen Frau ziehen, die vor mir saß. Warum eigentlich nicht?

Es war ein angenehmer Gedanke, aber er hielt nicht lange an. Gleich darauf überkam mich quälende Trauer. Als würde Dads Geist erwachen und mir zur Strafe mit dem Handrücken eins überziehen. Ich sah das Croissant an und erinnerte mich an die weichen, ungestümen Umarmungen, wenn ich zum Frühstück hinunterkam, und wie er mir den Kopf kraulte, wenn ich nicht schlafen konnte. Ich erinnerte mich an sein vollkommenes, abgespanntes, schmales, ehrfurchtsloses, bebrilltes und weltfremdes Gesicht. Noch immer konnte ich die Wärme spüren, die an diesen Morgen voller Pancakes von ihm ausging, wenn es nur uns beide gab, allein gegen den Rest der Welt. Ich vermisste ihn so sehr, dass es mich körperlich schmerzte.

In einem Punkt irrte sich Mom: Ich war nicht darauf aus, irgendwelche alten Bücher zu finden, die mein Vater mir hinterlassen hatte. Ich wollte etwas Größeres – eine Botschaft, eine Lektion, irgendetwas –, und das konnte durchaus in einen Haufen gebrauchter Handtücher gewickelt sein. Ich wollte, dass

Dads schöne Stimme sich erhob und mir etwas Bedeutendes sagte – oder dass sie zumindest das Gespräch beendete, das wir vor langer Zeit begonnen hatten. Ich denke, ich wollte, was jeder will: einen Sinn. Dagegen war Glück in gewisser Weise unbedeutend.

Als ich schließlich wieder aufblickte, sah Mom verwirrt aus. Da ich nicht wusste, was ich sonst tun sollte, legte ich meine Hand auf ihre. Ihre Finger waren kalt. Und dann spürte ich, dass sie meinen Druck erwiderten, zart und zerbrechlich.

12

Am Sonntagabend kehrte ich nach Oxford zurück und fand einen Stapel Zeitungen und Flugblätter vor meiner Tür. Der *Hornbeam* hatte die Einbruchsgeschichte in jeder Hinsicht ausgeschlachtet. Pierpont und seine Meute hatten eifrig spekuliert. In vielen Artikeln hieß es, der Missetäter sei eingebrochen, um eine Zensur für eine Arbeit zu fälschen. Die Artikel waren fürchterlich geschrieben, aber ich war erleichtert, dass ich nicht erwähnt wurde. Diesen Berichten zufolge waren die Zuständigen »nah dran«, den »Übeltäter« zu fassen, der schuld war an dem »großen Einbruch« in einem Büro. Ich warf den Stapel in den Müll. Ich wusste nicht, woher sie ihre »Quellen« hatten, für mich war das alles ein Haufen Scheiße.

In den nächsten Tagen stellte ich meinen Aufsatz über *Die Herrin von Wildfell Hall* fertig. Das Endprodukt war mehr eine Geschichte über die Brontës, aber das fand ich angemessen, schließlich hatte Orville verlangt, dass ich »kreativ« sein sollte. Der Titel lautete am Ende: »*Eine wahrlich sehr traurige Parabel (Fabel, Biographie, Autobiographie? Wählen Sie).* Von Samantha Whipple«.

Nun war ich auf dem Weg zum Fakultätsgebäude, um meinen Aufsatz vor der Deadline um Mitternacht abzugeben. Ich wäre schon früher hingegangen, doch ich war unglaublich paranoid. Ich war überzeugt, Ellery Flannery wurde sich auf mich stürzen und mir das Verbrechen von der Stirn ablesen. Seit meiner Rückkehr aus Paris verließ ich meinen Turm nur spätnachts oder frühmorgens und mied, soweit ich konnte, jede Begegnung. Wollten die Zeitungen nicht eine »merkwürdige, asoziale Brontë-Erbin«? Nun hatten sie eine.

Seit ich in Rebeccas Büro eingebrochen war, war ich nicht mehr im Fakultätsgebäude gewesen, und mein Herz raste. Ich war der Täter, der an den Ort des Verbrechens zurückkehrte. Ich ging wie immer hintenherum. Halford's Well war in Dunkelheit gehüllt. Bald stand ich vor der zweiflügeligen Tür, sie war verschlossen. Ich legte meine Hand auf das frostige Glas. Wie hatte ich mich letztes Mal hineingeschlichen?

Ich erschrak. Auf der anderen Seite der Glastür tauchte ein Männergesicht auf, das sich ebenfalls an die Scheibe drückte. Dann ging die Tür auf. Doch es war nur ein Porter, er hatte wässrige Augen und erinnerte mich an Tin Man.

»Ja bitte?«, sagte er.

»Hallo.«

»Kann ich Ihnen helfen?«

»Ich muss einen Aufsatz abgeben.«

Er sagte nichts. Ich hielt das Papier hoch.

»Ihr Name?«

»Samantha Whipple.«

Er runzelte die Stirn, mir blieb die Luft weg. Ich musste wirklich üben, mir schneller falsche Namen auszudenken.

»Hier ist heute Abend niemand mehr, Miss.«

»Ich muss ihn nur unter der Bürotür meines Tutors hindurchschieben.«

Keine Antwort.

»Darf ich?«

Er sah mich eine Weile an, eine lange Weile, dann trat er langsam zur Seite. Etwas knarrte – entweder die Tür oder seine blechernen Gelenke. Ich schob mich an ihm vorbei und ging durch die Eingangshalle. Als ich mich umdrehte, stand der Porter mit den Händen auf dem Rücken in der Tür und sah mir nach. Täuschte ich mich, oder hatte das College Wachposten aufgestellt?

Ich ging weiter, vorbei an der Geologie und der Philosophie bis zum Fachbereich Englische Literatur. Das Licht im Flur war hell und steril, ich kniff die Augen zusammen. Orvilles Tür war natürlich geschlossen. Der Messingklopfer glänzte hell wie ein wachendes Auge. Ich bückte mich und schob den Aufsatz unter der Tür hindurch. Ich wollte es schnell erledigen, doch ich trödelte und besah mir das Schild: *Dr. James Timothy Orville III*. Ich fragte mich, ob mein Name ihm den gleichen dumpfen Stich versetzte. Diese Woche hatte ich Dutzende Male an ihn gedacht. Dutzende? Hunderte Male. Alles erinnerte mich an ihn.

Zu meiner großen Überraschung schwang plötzlich die Tür auf. Ich fuhr zusammen. Da war er, im Dunkeln, er trug moosgrüne Boxershorts und ein T-Shirt mit einem Werwolf darauf.

»Oh«, sagte ich. »Sie sind's.«

Orvilles Miene blieb unverändert. »Ich dachte, ich hätte etwas gehört.«

»Was tun Sie hier?«

»Ich arbeite hier.«

Kurz dachte ich, er würde mir sagen, dass er mit einer Studentin hier wäre, und mich bitten, ein andermal wiederzukommen.

»Wohnen Sie hier, oder was?«, fragte ich.

»Der Abgabetermin für Ihren Aufsatz war heute Abend. Erinnern Sie sich?«

»Haben Sie darauf gewartet?«

Er sah zu Boden, wo mein Aufsatz ihm zu den nackten Füßen lag wie ein folgsamer, hechelnder Hund. Er hob ihn auf und warf ihn in den Raum hinter sich. Bis auf den Schein eines Bildschirms lag sein Büro im Dunkeln.

»Was sehen Sie sich an?«, fragte ich und deutete mit dem Kinn ins Zimmer.

»*Jane Eyre*«, sagte er, »die neue Verfilmung.«

»Ich habe seit Jahren keinen Film mehr geguckt«, sagte ich.

»Wollen Sie eine Einladung?«

»Nein. Nein.«

»War das ein Nein oder ein Ja?«

»Nein. Ja.«

»Sie wollen ihn gerne sehen.«

»Weiß nicht«, sagte ich. »Vielleicht.«

»Na, dann kommen Sie rein.«

»Was?«

»Kommen Sie rein!«

»Ich …«

»Samantha!«

Ich trat ein. Er hatte recht: Ich wollte eine Einladung. Im Zimmer roch es nach überhitzten Elektrogeräten. Durfte ich denn um diese Uhrzeit hier sein?

»Ihr Mantel«, sagte Orville und streckte die Hand aus.

Ich zog ihn aus und reichte ihn ihm.

»Setzen Sie sich.«

»Wuff.«

»Wie bitte?«

Ich setzte mich. Der Film war pausiert. Die Frau auf dem Bildschirm musste Jane sein. Ganz anders als im Buch, sah sie temperamentvoll und sonnengebräunt aus. Die Kamera schien sie mitten in einem Spaziergang durch einen untypisch verwilderten englischen Garten eingefangen zu haben, dessen Farben von tausend verschiedenen Beleuchtern intensiviert worden waren.

Orville ging durch das Zimmer und legte meinen Mantel über den Sessel vor dem erloschenen Kamin. Dann öffnete er seinen Minikühlschrank, und ein Schwall konservierten Lichts ergoss sich in den Raum.

»Kampieren Sie immer in Boxershorts im Büro?«, fragte ich.

»In England nennen wir das Unterhosen.«

»Mein Vater nannte sie Hallelujas.«

Er nahm etwas aus dem Kühlschrank. »Sie mögen doch heiße Schokolade, nicht wahr.«

»Haben Sie Bier?«

»Wie wär's mit Müsli?«

Die Kühlschranktür fiel zu, ich hörte, wie eine Schranktür aufging. Gleich darauf raschelte etwas und wurde in eine Schüssel gekippt. Es klang wie Trockenfutter. Orville kam zur Couch und setzte sich. Er reichte mir eine Schüssel mit Bran Flakes. Ich schwieg. Zum letzten Mal hatte ich Getreideflocken mit der Hand gegessen, als ich acht war.

»Jetzt im Ernst«, sagte ich, »warum sind Sie nicht zu Hause?«

»Manchmal kommt mir meine Wohnung einsam vor.«

»Anders als dieses Büro?«

»Das ist mein wirkliches Zuhause. Ich habe mir hier mein Leben aufgebaut.«

Ich nickte und schielte auf den Wolf auf seiner Brust. »Ein Selbstporträt?«

Er zuckte mit den Schultern. »Das werden Sie bei Vollmond herausfinden.«

Ohne es zu wollen, lachte ich. Es schien ihn zu freuen. Er legte seine Füße auf den Tisch vor uns, dann drückte er auf *Play*, und der Bildschirm erwachte wieder zum Leben. Ich hatte recht gehabt: Jane Eyre spazierte unschuldig durch einen Paradiesgarten. Ich fand es immer lächerlich, dass sie nie ahnte, was nun kam. Nur ein Trottel konnte das stimmungsvolle Licht, die gespenstische Stille und den verheißungsvollen sintflutartigen Regen missverstehen. Und tatsächlich, in der nächsten Einstellung sah man Mr Rochester, der alles andere als unauffällig in den Büschen kauerte und darauf wartete, zuzuschlagen. Auch dieser Schauspieler war übertrieben gebräunt, er hatte ein merkwürdig orangerotes Gesicht und ein energisches Gladiator-Kinn. Er war viel zu gut aussehend, um den Rochester zu spielen. Der Mann, den Jane Eyre liebte, musste älter sein, kauzig und knorrig, und ein Gesicht haben, das einen an innere Schönheit glauben ließ. Rochester sprang hinter dem Busch hervor und kam wankend vor der Kamera zu stehen, als wartete er darauf, dass der Applaus in seinem Kopf verstummte. Jane wirkte überhaupt nicht überrumpelt. Sie standen sich gegenüber, Hausherr und Gouvernante in ihrem ewigen Tanz.

Ich räusperte mich und fragte: »Gibt es einen Grund, warum Sie sich diese Verfilmung ausgesucht haben?«

»Reden Sie immer während des Films?«

Ich hielt den Mund. Ich saß unnatürlich aufrecht, an meinem Arm sträubten sich die Haare. Mir vorzustellen, dass Orville allein hier saß und sich diesen Film ansah … Hatte er mich erwartet?

Ich verfolgte geduldig, wie Jane die Sätze hinausschrie, die ich vor langer Zeit auswendig gelernt hatte: »Glauben Sie, weil ich arm, unbedeutend, hässlich und klein bin, hätte ich keine Seele und kein Herz? Dann täuschen Sie sich! Ich habe genauso viel Seele wie Sie, bei weitem so viel Herz!« Danach umfing Rochester ihre nichtexistente Taille, zog sie an sich und vergrub sein Gesicht in ihrem. Das war das Stichwort für den Regen. Ich erwartete, dass die Szene nun endete – denn hier endete sie immer, oder? –, aber sie ging weiter. Der Regisseur hatte wohl vergessen, »Schnitt« zu rufen. Jane und Rochester küssten sich leidenschaftlich. Er riss ihr den Mantel vom Leib – oje, passierte das wirklich? –, und sie tat es ihm gleich. Nein, nein, nein, so stand das nicht im Buch! Sie ließen sich auf die Erde fallen, waren voller Dreck und, o nein!, das Hemd – weg! Meine Wangen brannten. Ich wandte den Blick vom Bildschirm ab, peinlich berührt nicht nur um meiner selbst, sondern auch um der armen Charlotte Brontë willen, die in ihrem ganzen Leben nichts Derartiges geschrieben hatte, auch wenn sie es sich wahrscheinlich gewünscht hatte.

Die Szene war vorüber.

»Ein wundervoll dezenter Augenblick«, sagte Orville.

»Dann würde ich gern sehen, was für Sie das Offensichtliche ist.«

Keine Antwort.

Der Film lief weiter. Ich wusste, dass er noch lange nicht zu Ende wäre und ich die ganze Zeit hier sitzen und so tun müsste, als würde ich mich wohlfühlen. Wessen blöde Idee war das gewesen? Jane musste noch ihren inneren und ihren äußeren Kampf durchstehen, ihre Flucht, ihre Rettung, ihren Entschluss. Mindestens noch hundertfünfzig Seiten.

Stunden vergingen, Tage vergingen, tausend Jahre vergingen. Als der Film zu Ende war, hatte ich weder auf die Dialoge und die Schauspieler noch auf die Kulissen geachtet. Es war, als hätte sich *Jane Eyre* in ein glühendes Porträt kommunistischer Revolutionärinnen auf Kuba verwandelt. Die Wahnsinnige auf dem Dachboden hatte ich völlig verpasst. War sie überhaupt vorgekommen, oder war das nur ein Sexfilm? Zum Schluss kam der Abspann. Ich rührte mich nicht, ich war mir Orvilles Körper nur allzu bewusst, als wären wir zwei Magneten. Mit religiöser Andacht starrte ich auf den Bildschirm. Der Bühnenbildner war ein gewisser Alpheus Thomas. Wie spannend! Orville und ich warteten den gesamten Abspann ab, bis das Logo der Produktionsgesellschaft erschien. Es hing kurz im Bild, dann verließ es uns. Schließlich wurde der Bildschirm schwarz.

»Und?«, sagte Orville. »Wie fanden Sie es?«

Mit neuer Entschlossenheit blickte ich auf den Tisch vor uns und sagte: »Pah.«

»Was bedeutet dieses Wort?«

»Ich halte Rochester für einen Arsch.«

Er lachte halb, halb grunzte er. »Sie verabscheuen alles, was Sie bedroht.«

»Er ist ein vierzig Jahre alter, verheirateter Mann, der einer achtzehnjährigen Gouvernante nachstellt.«

»Und?«

»In Amerika gibt es dafür ein Wort.«

»Und das wäre?«

»Grenzwertig.«

Nachdem das Licht des Bildschirms aus war, hatte sich Orvilles Gesicht in der Dunkelheit aufgelöst. Völlig ruhig sagte er: »Rochester stellt Jane lediglich auf die Probe und weckt in ihr Leidenschaften, die sie sich ansonsten nie eingestanden hätte.«

Ich überlegte. »Jane hätte ihre Leidenschaften auch ohne ihn entdecken können.«

»Nicht nachdem sie in sexueller Unterdrückung aufgewachsen war.«

»Vielleicht war sie damit besser dran.«

»Wie meinen Sie?«

»Ich muss gehen.«

Ich stand abrupt auf. Ich war ganz durcheinander. Zum ersten Mal hatte ich das Gefühl, dass meine vollkommen unangemessene Schwärmerei für Orville doch nicht ganz einseitig war. Dieser Gedanke war so verstörend, dass ich mich am liebsten hinter der Couch verkrochen hätte. Es ging mir gut damit, von fern für James Orville III. zu schwärmen. Aber ich wusste nicht, was passieren würde, wenn unsere Zweisamkeit irgendwie Realität wurde. Orville hatte von Anfang an recht gehabt: Ich hatte eine Scheißangst vor ihm.

Ich holte meinen Mantel. Orville begleitete mich zur Tür. Ich bekam keine Luft. Er knipste das Licht an. Es war hell und hart, ich hätte mich schminken sollen. Nun sahen Orville und ich einander so, wie wir wirklich waren.

»Wie verabschieden wir uns?«, fragte er. »Geben wir uns die Hand?«

»In Amerika winkt man.«

Wir taten weder das eine noch das andere. Ich nickte nur und hätte ihm fast fröhliche Weihnachten gewünscht. Bevor er noch etwas sagen konnte, öffnete ich die Tür und floh. Na ja, ich floh nicht wirklich – nachdem die Tür zu war, stand ich noch lange davor und lehnte meinen Rücken an das kühle Holz. Ich atmete tief und langsam. So sollte es immer sein: Ich würde ihm so nahe sein, wie ich nur konnte, solange eine massive Schranke zwischen uns war.

An: Samantha J. Whipple, swhipple@old.ox.ac.uk
Von: Ellery Flannery, eflannery@old.ox.ac.uk
Betreff: Nachfrage

Liebe Samantha,
wir wurden darauf aufmerksam gemacht, dass Sie vor zwei Nächten um 23.50 Uhr das Fakultätsgebäude betreten haben, um einen Aufsatz für Dr. Orville abzugeben. Dem diensthabenden Porter fiel auf, dass Sie das Gebäude erst um 3.15 Uhr wieder verließen. Ich würde es begrüßen, wenn Sie mir so bald wie möglich antworten und den Grund für diese Verzögerung darlegen würden.
Beste Grüße
E. Flannery

An: Ellery Flannery, eflannery@old.ox.ac.uk
Von: Samantha J. Whipple, swhipple@old.ox.ac.uk
Betreff: Re: Nachfrage

Sehr geehrte Frau Dr. Flannery,
ich habe eine Affäre mit Ihrem Kollegen. Ich hoffe, das erklärt alles.
Mit Dank
Samantha

Löschen, löschen!

Es war acht Uhr am Abend, und ich saß mit zerzaustem Haar am Schreibtisch wie Beethoven, vor mir eine halbleere Flasche Wein. Ich war beschwipst. Es war abwechselnd angenehm und widerlich. Dass ich alleine trank, war eindeutig jämmerlich, aber der Gedanke, dass dies eine Art poetischer Initiationsritus war, machte es äußerst erträglich. Wohl oder übel war ich die Tochter meines Vaters.

Mein Telefon klingelte. Orville? Orville? Ich riss es vom Schreibtisch. Überall um mich herum lagen in einem Durcheinander aufgeschlagene Bücher und zerknittertes Papier.

»Samantha«, sagte die Stimme am anderen Ende der Leitung.

Ich kniff die Augen zusammen. »Professor?«

»John hier. Sir John.«

»Booker?«

»Genau der.«

Ich stöhnte hörbar auf. »Ich telefoniere nicht gern.«

»Verstehe«, sagte er. »Können Sie eine Ausnahme machen?«

Ich dachte darüber nach. Er deutete mein Schweigen fälschlich als Ja: »Sehr schön. Ich war …«

»Wissen Sie, neulich habe ich etwas über Sie erfahren«, unterbrach ich ihn, »ich habe gehört, dass Sie einmal dabei gesehen wurden, wie Sie durch den Schlamm gewatet sind.«

Schweigen.

»Sind Sie auch verrückt?«

»Wie bitte?«

»Ich suhle mich auch gern.«

Er stutzte. »Im Schlamm?«

Ich rülpste kurz und geräuschlos und setzte mich auf. »Im sprichwörtlichen Schlamm.«

»Ich fürchte, ich verstehe nicht.«

»Es ist eine Metapher, Sir.«

Es war keine Metapher.

Sir John fuhr unbeirrt fort: »Ich rufe an, um mich nach dem Stand der Dinge in Bezug auf die Bücher Ihres Vaters zu erkundigen. Haben Sie ein weiteres bekommen?«

»Sie«, lallte ich, »Sie sind ein flennender Wurm mit Namen Wackford Squeers.«

»Werfen Sie mir nicht Dickens an den Kopf!«

»Etwas anderes hatte ich gerade nicht parat.«

Er räusperte sich. »Was ist nun mit den Büchern, Miss Whipple?«

»Sie denken eingleisig.«

»Sie klingen undeutlich und unglücklich, und das deute ich so, dass Sie meine Hilfe brauchen.«

Er hatte recht. »In Ordnung«, sagte ich. »Gut. Ich habe *Die Herrin von Wildfell Hall* bekommen. Ein kleines Juwel. Acht Pfund, drei Unzen. Sie ist genau so, wie ich sie mir vorgestellt habe.«

Er ging nicht darauf ein. »Vereinbaren wir einen Termin und sprechen wir darüber, ja?«

Seine Stimme war energisch und unattraktiv. Ich stellte mir vor, er sei mein Tutor, und verwarf den Gedanken wieder. In Oxford hatte ich die Erfahrung gemacht, dass Intelligenz entweder attraktiv oder arrogant machte. Sir Johns Intelligenz gehörte eindeutig zur zweiten Kategorie.

»Schön«, sagte ich, »aber nur unter einer Bedingung.«

»Die wäre?«

»Ich möchte das Pfarrhaus sehen.«

Er hielt inne. »Nein, ich komme zu Ihnen.«

»Wollen Sie das Buch nun sehen oder nicht? Sie bekommen

es nur zu Gesicht, wenn ich im Gegenzug eine private Führung bekomme.«

»Es ist ein weiter Weg zur Parsonage.«

»Das kann ich schaffen.«

Nach einer langen, nachdenklichen Pause sagte er: »Würde es Ihnen nächstes Wochenende passen?«

»Megacool!«

Ich hatte dieses Wort nie zuvor benutzt, und sein plötzliches Auftauchen in meinem Wortschatz irritierte mich.

»Vergessen Sie nicht, die Bücher mitzubringen.«

»Ich muss sie erst fragen, aber ich denke, sie kommen mit.«

Wieder eine Pause. Ich lachte laut und gedehnt, ohne besonderen Grund. Wir legten auf. Ich gähnte. In der Zimmerecke sah ich die ordentlich gestapelten Bücher: *Sturmhöhe*, *Jane Eyre*, *Agnes Grey* und *Die Herrin von Wildfell Hall*. Sie hatten gewonnen. Ich hatte mich gehen lassen und war eine von ihnen geworden: seltsam, ungesellig, besessen. Unkontrollierbar. Künstlerisch. Ich sah die Bücher an und begriff schließlich, wie man sich fühlen musste als Teil einer liebenden Problemfamilie. Hier war eine Gruppe Menschen, die ich langsam lieben lernte, vielleicht auch nur, weil sie verrückt waren und weil sie mir gehörten.

An: Ellery Flannery, eflannery@old.ox.ac.uk
Von: Samantha J. Whipple, swhipple@old.ox.ac.uk
Betreff: Re: Nachfrage

Sehr geehrte Frau Dr. Flannery,
danke für Ihre Mail. Ich musste meinen Aufsatz um Mitternacht abgeben. Danach haben Dr. Orville und ich noch eine Weile über Allegorien und Sexualmoral diskutiert. Ich bin sicher, er kann es Ihnen besser erklären als ich.
Mit freundlichem Gruß
Samantha

13

Ich sah Orville erst am folgenden Donnerstag wieder. Als ich in sein Büro kam, stand er mit dem Rücken zu mir auf einem Hocker und nahm Bücher aus dem obersten Regal. Die Krawatte hatte er sich über die linke Schulter gelegt. Ich suchte nach etwas Nettem, das ich sagen könnte, doch mir fiel nichts ein.

»Sie kommen zu spät«, sagte er zum Regal und stieg vom Hocker. Er legte einen Stapel Bücher auf den Tisch. Mit seiner Brille auf der Nasenspitze sah er aus, als hätte er gerade über den Niedergang des kapitalistischen Systems nachgegrübelt. Er beugte sich vor und schenkte zwei Tassen Tee ein. Er musste mich nicht mehr fragen, welche Sorte ich mochte. Ich sah auf meine Armbanduhr – ich war vierundvierzig Sekunden zu spät gekommen.

Als er mir den Tee gereicht hatte, setzte er sich auf die Couch, auf der wir vor nur wenigen Tagen zusammen gesessen hatten. Seine Augen waren dunkler als sonst. Angespannt setzte ich mich ihm gegenüber. Es erschien mir unnatürlich, dass wir weitermachen sollten, als wäre nichts geschehen. Ich wollte ihm erklären, dass die Situation zwischen uns angespannt und unangenehm war, falls ihm das noch nicht aufgefallen wäre.

»Hat Ihnen meine Geschichte gefallen?«, fragte ich stattdessen.

»Sollte das ein Kinderbuch sein?« Seine Stimme war tonlos.

»Es ist eine Kurzgeschichte über die Brontës, eine Novelle, wenn Sie so wollen.«

»Wissen Sie überhaupt, was eine Novelle ist?«

»Ein kleiner Roman für kleine Leute.«

»Sehr witzig!«

Er verhielt sich ungewöhnlich kühl, als würden wir uns gar nicht kennen. Ich konnte seine Miene nicht deuten.

Orville sagte: »Sie haben mir eine Geschichte über das Leben der Brontës geschrieben, haben aber nicht daran gedacht, irgendwelche Fakten zu liefern.«

»Falsch«, sagte ich, »es gibt Fakten, Sie müssen sie nur suchen. Graben Sie tief oder schöpfen Sie lieber nicht aus der Quelle Hippokrene.«

»Verstehe«, sagte er. Er verzog keine Miene. »Haben Sie denn gar keinen Respekt?«

»Wie meinen Sie das?«

»Sie haben Charlotte als Monster dargestellt.«

Ich wurde rot. Er sah aus, als hätte ich gerade seine Schwester beleidigt. Da war sie, die Quelle seiner schlechten Laune. Schweigend saßen wir da.

»Stimmt«, sagte ich schließlich.

Zwischen uns herrschte dicke Luft. Orvilles Blick bohrte sich in meine Augen. »Warum rücken Sie nicht einfach mit dem heraus, was Sie mir sagen wollen?«

»›Ich wollte die Wahrheit sagen, denn die Wahrheit übermittelt für diejenigen, die sie empfangen können, immer ihre eigene Moral.‹«

»Das ist nicht die Wahrheit.«

»Vielleicht nicht wortwörtlich«, sagte ich. »Aber Sie können die Brontës durch meine Geschichte besser verstehen als anhand jeder Biographie. Es hätte alles geschehen können, verstehen Sie?«

»Es hätte nicht geschehen können!« Sein Ton war scharf, seine Augen kalt. Meine Sicht der Brontës war wohl mit der seinen kollidiert. Ich hatte gehört, dass Biographien eine sehr sensible Angelegenheit seien.

»Zeigen Sie mir eine Stelle, die nicht plausibel ist«, sagte ich.

Er wurde lauter. »Anne Brontë hat nicht versucht, ihre Schwester umzubringen!«

»Aha. Ich habe aber beschlossen, dass Anne Brontë verrückt war«, sagte ich.

»Verrückt«, wiederholte er.

»Ja, die Wahnsinnige in *Jane Eyre*, Charlottes Wahnsinnige. Sie war das lebende Vorbild für Bertha Mason. Natürlich war sie lediglich eine Möchtegernmörderin.«

Keine Reaktion. Ich wartete still darauf, dass sich Orville beeindruckt zeigte. Ich stellte mir vor, dass ich mit einem Hammer auf ein imaginäres Podium geschlagen hatte und nun darauf wartete, dass die Menge sich erhob. Aber Orville war nicht beeindruckt.

»Das ist schlichtweg unzutreffend.«

»Es mag unzutreffend sein, aber es ist dennoch die Wahrheit. Meinen Sie, Charlotte Brontë hätte die Wahnsinnige in Rochesters Dachkammer erfunden? Nein. Sie hatte gesehen, was nach fünf Jahren als Gouvernante aus ihrer Schwester geworden war. Ich denke, ich habe das große Geheimnis um das, was Anne in Thorp Green widerfahren war, gelüftet. Sie ist verrückt geworden wie viele andere Gouvernanten auch.«

Orville gefiel das überhaupt nicht. »Die Autorin von *Agnes Grey* war nicht verrückt.«

»Ja, aber die Autorin von *Die Herrin von Wildfell Hall* war es sehr wohl. *Jane Eyre* und *Die Herrin von Wildfell Hall* – es ist dieselbe Geschichte, auf zwei unterschiedliche Arten erzählt. Die eine wird von einer Frau erzählt, die eine geheimnisvolle Verrückte finden will, die durch das Haus schleicht, die andere wird von der Verrückten selbst erzählt.«

Stille. Als Antwort fuhr Orville sich durchs Haar. Ich erwartete, dass ich meine These noch genauer ausführen sollte, aber er sagte:

»Ihr Problem ist, dass Sie davon ausgehen, dass die Wahnsinnige auch tatsächlich wahnsinnig ist, Samantha.«

Ich blinzelte. »Ja, die Wahnsinnige ist wahnsinnig. Deshalb wird sie auch so genannt.«

»Erinnern Sie sich an unser erstes Tutorium? Wir sprachen damals über ein ähnliches Thema.«

»Ja, ich erinnere mich.«

Ich erinnerte mich nicht.

»*Porphyrias Buhle?*«, half er mir auf die Sprünge.

Ich überlegte. »Ja. Sie sagten, dass der Mann, der seine Geliebte erwürgt hat, nicht verrückt sei, dass der Mord Kunst sei und wir ihm deswegen verzeihen sollen, dass er ein Arschloch ist.«

Orville reagierte nicht sofort. Er sah müde aus oder alt, vielleicht auch beides.

»Nicht ganz«, sagte er schließlich. »Ich sagte, dass Wahnsinn rationaler sein kann, als Sie annehmen. Sie haben den Fehler gemacht, den viele unerfahrene Leser machen. Sie unterstellen nämlich, dass Verrückte in der Literatur, wie etwa Bertha Mason in *Jane Eyre*, labil, verstört und gewalttätig sind. Doch ich möchte, dass Sie sich Bertha genauer ansehen und dann, wenn nötig, Helen Graham. Bertha Mason wurde von ihrem Mann verlassen, auf den Dachboden gesperrt und gezwungen, praktisch in einem Gefängnis zu leben. Diese Taten hat man *an* ihr begangen, nicht sie selbst. Denken Sie an die Stellen im Buch, an denen Bertha aus eigenem Antrieb handelt. Sie ist pragmatisch und berechnend. Dass sie Rochesters Bett in Brand steckt, ist ein vorsätzlicher Akt. Ich muss wohl kaum betonen, welche versteckte Anspielung diese Szene beinhaltet – aber nach Ihrem leeren Blick zu urteilen, muss ich das vielleicht doch. Das Feuer bricht genau dann aus, als sich Rochesters Gefühle für Jane manifestieren. Bertha, die rebellische, exotische, tieferotische Bertha, legt – im wörtlichen wie im übertragenen Sinn – Feuer an Rochesters Bett. Und damit erinnert die vernachlässigte Frau ihren Gatten an seine wahren Pflichten.«

Ich verzog das Gesicht. »Kann jemand ›tieferotisch‹ sein?«

Klatsch!

Ich fuhr zusammen. Wo war der Meterstab plötzlich hergekommen? Orville saß noch immer auf der Couch, nun aber mit dem Stock in der rechten Hand. Vielleicht bewahrte er ihn hinter dem Sofa auf, so wie Männer früher ihre Duellpistolen in den hinteren Hosenbund steckten. Er schien das Kräfteverhältnis wiederherstellen zu wollen, das wir in den letzten Wochen irgendwie verloren hatten. Ich setzte mich aufrecht hin.

»Also weiter«, sagte er. »Als Jane den Rochester heiraten soll, schleicht Bertha in Janes Zimmer und zerreißt ihren Hochzeitsschleier. Zufall? Bertha vergreift sich am eigentlichen Symbol von Janes Vereinigung mit Rochester. Das ist kein Akt des Wahnsinns, Samantha, es ist eine dringende Warnung an Jane von einer Frau, die bereits die Erniedrigung in der Ehe selbst erlitten hat. Bertha Mason ist so wenig verrückt wie Sie oder ich. Und was Helen angeht – wenn die Gesellschaft sie mit Verachtung straft, dann nur, weil sie eine vernünftige, alleinerziehende Mutter ist, zu einer Zeit, als vernünftige, alleinstehende Frauen als verdammenswert galten. Für Sie ist Wahnsinn etwas Wildes und Brutales. Ich hingegen betrachte ihn als die einzig logische Reaktion auf wilde und brutale Umstände.«

Ein gedämpftes Klatschen begleitete seinen letzten Satz – der Meterstab traf einen Zeitungsstapel und nicht den Tisch. Es wirkte irgendwie enttäuschend.

»Sie wollen den interessantesten Charakter zerstören, den Charlotte Brontë je geschaffen hat«, sagte ich. »Wenn Sie die Wahnsinnige auf dem Dachboden als das betrachten, was sie ist, nämlich wahnsinnig, dann geben Sie zu, dass Charlotte eine weibliche Figur hervorgebracht hat, die solche Macht besitzt, dass man sie wegsperren muss. Wenn Sie aber die Wahnsinnige als vernünftig betrachten, dann berauben Sie die Literatur des 19. Jahrhunderts einer ihrer originellsten Figuren. Warum über eine Wahnsinnige schreiben, wenn sie doch nur eine normale Frau ist?«

»Weil die Wahnsinnige weitaus faszinierender ist, wenn sie tatsächlich eine ›normale‹ Frau ist«, sagte Orville. Ich wollte protestieren, doch er fuhr fort: »Nein, unterbrechen Sie mich nicht! Wenn sie wirklich wahnsinnig ist, wird sie zum unrealistischsten Teil von *Jane Eyre* und verwandelt den Roman in eine unwahrscheinliche Schauergeschichte. Wenn wir die Wahnsinnige jedoch als gesunde Frau behandeln, die man auf den Dachboden gesperrt hat, zwingen wir uns selbst, uns einzugestehen, was es im wirklichen Leben tatsächlich gegeben hat: Generationen von Frauen, die, still und ausgegrenzt, ihre Leidenschaften unterdrückt und ein Leben in Abgeschiedenheit geführt haben. Sehen Sie sich doch die Brontës selbst an. Ich finde, man sollte ihre Kreativität respektieren und nicht ihre Genialität dem Wahnsinn zuschreiben.«

Ich sagte nichts darauf. Mein Schweigen hatte etwas Endgültiges, wie wenn man eine Tür zuschlägt. Orville hatte gewonnen, und er wusste es. Seine Version der Realität war wohl realer als meine. Ich verspürte kühle Feindseligkeit. Mein Werk, meine schöne kleine Novelle, schien bedeutungslos und unnütz zu sein.

»Vielleicht erinnern Sie sich, dass ich Ihnen geraten habe, Grace Poole genauer zu betrachten«, fügte er noch hinzu.

»Ja.«

»Wenn die Verrückte auf dem Dachboden tatsächlich verrückt ist, dann hätte Jane doch wohl Angst vor ihr, oder? Aber Jane hat keine Angst vor ihr, sondern vor Grace Poole. Grace ist eine Randfigur, eine unscheinbare, alte, unsichtbare Dienstmagd, die doch Janes Gedanken unverhältnismäßig stark beherrscht. Jane vergleicht sich mit Grace Poole und hofft dabei, nicht die geringste Ähnlichkeit zwischen ihr und sich zu finden. Verstehen Sie denn nicht? Wenn in Thornfield Hall Gefahr droht, dann geht sie keinesfalls von Bertha aus. Jane Eyre läuft nicht Gefahr, wahnsinnig zu werden, sie läuft Gefahr, vierzig Jahre als einsame Angestellte leben zu müssen. Wie Grace. Die angeblich wirkliche Wahnsinnige, Samantha, ist nicht von Bedeutung.«

Schweigen. Ich überlegte krampfhaft, doch mir wollte einfach keine Antwort einfallen. Als hätte Orville meinen inneren Kampf gespürt, schenkte er mir ein unerträglich strahlendes Lächeln.

»Sie wollen unbedingt mit mir streiten«, sagte er.

»Nur dass mir kein Gegenargument einfällt.«

»Liegt es daran, dass Sie sich endlich dazu durchgerungen haben, zu denken wie eine Wissenschaftlerin und nicht wie eine gescheiterte Schriftstellerin?«

In mir sträubte sich alles. Er grinste. Dieses Lächeln! Konnte er es sich nicht einfach verkneifen? Ich sah in seine dunklen Augen und kämpfte verzweifelt, um zu gewinnen.

»Sir«, sagte ich.

»Ja?«

»Wenn ich mitten in der Nacht in Ihr Zimmer kommen und Ihr Bett anzünden würde, während Sie schliefen, würden Sie mir wohl kaum zu meinen Schlussfolgerungen gratulieren.«

»Malen Sie den Teufel nicht an die Wand.«

»Der gesunde Menschenverstand sagt einem, dass diese Frauen etwas Wahnsinniges hatten, auch ohne Schaum vor dem Mund. Jeder, der lange genug als Gouvernante isoliert war, erlebt so etwas. Vielleicht hatte Bertha gute Gründe, ihren Mann umzubringen, aber sehen Sie sich doch ihren Zustand an, als ihr Bruder sie findet. Vielleicht waren diese Frauen nicht von Geburt an verrückt, aber an irgendeinem Punkt sind sie es geworden.«

Orville hob eine Augenbraue. »Vielleicht können wir ausnahmsweise einen Kompromiss eingehen, Samantha.«

Und als wäre eine lange Folter endlich zu Ende, lehnte er sich zurück und legte den Meterstab weg. Ich war irritiert.

»Was? Das war's jetzt?«, fragte ich.

Überraschenderweise lächelte er. Die dunklen Wolken hatten sich offenbar verzogen. Wir waren noch nie zuvor einer Meinung gewesen. Das Zimmer veränderte sich. Es wurde heller, freundlicher. Alles fühlte sich unangemessen fröhlich an. Doch meine Freude wich einem Stirnrunzeln. Was würden wir jetzt machen? Karten spielen?

Auf einmal klingelte das Telefon. Ich fuhr zusammen. Ich hatte so lange kein Festnetztelefon mehr läuten gehört, dass ich mir vorkam wie in den sechziger Jahren, in einem dieser alten Filme, in denen alle Männer aussahen wie Nachrichtensprecher. Orville sagte: »Moment«, ging zum Schreibtisch und griff zum Hörer.

»Ja«, sagte er, »hallo?«

Ich lauschte auf die leise Stimme am anderen Ende der Leitung. Eine Frau? Unwillkürlich war meine Neugier geweckt.

»Was wollen Sie?«, fragte Orville. »Kann das nicht warten?«

Offensichtlich keine Frau, die er mochte.

»Gut, können wir machen«, sagte er und sah auf die Uhr.

»Jetzt, meinen Sie? Nur wenn es schnell geht. Ich habe eine Studentin hier. Was? Ja. Ja, gut. Sehr schön. Dann kommen Sie rauf, ich bin hier.«

Er legte auf, ohne sich zu verabschieden. Ich überlegte, ob ich gerade einen Vorgeschmack darauf bekommen hatte, was es bedeutete, mit ihm verheiratet zu sein.

»Wer war das?«, fragte ich.

»Eine Kollegin will sich meinen Türknauf ansehen.«

»Wie nett.«

»Sie will sich einen neuen besorgen. Ein Student ist in ihr Büro eingebrochen.«

Und genau da hörte die Welt auf, sich zu drehen.

Ich erstarrte. »Rebecca Defoe?«

»Ja, genau. Nun … wo waren wir stehengeblieben?«

Ich wurde panisch, mein Hals war wie zugeschnürt, ich bekam kaum noch Luft. Der Raum verschwamm vor meinen Augen. Kam Rebecca nun hierher? Ich musste schleunigst verschwinden.

Jäh stand ich auf. »Also, das war toll heute. Gibt es noch etwas?«

Orville sah wieder auf die Uhr. »Das waren nur zwanzig Minuten.«

»Zwanzig echt tolle Minuten.«

Er runzelte die Stirn. »Sie sind ganz blass. Ist etwas?«

»Ich bin immer blass.«

»Und Ihre Augen sind auch sehr geweitet.«

»›Damit ich dich besser sehen kann!‹«

Er setzte sich wieder und lehnte sich zurück. Er hatte eine komische Miene aufgesetzt. Ich wandte den Blick ab, weil ich mir sicher war, dass er mir alle meine Sünden von der Stirn ablesen konnte. Mein Blick verschwamm erneut. Er war anders, ich war anders, der ganze Tag war anders. Unsere vorigen Tutorien schienen bereits einer fernen Vergangenheit anzugehören. Ich schwitzte. Ich musste hier raus. Mit einem Mal lief alles in Zeitlupentempo: Die Uhr tickt. Der Mund des Tutors bewegt sich. Das Mädchen steht da und wird langsam verrückt.

»Ich möchte nach Hause«, sagte ich hastig.
»Ich sagte doch, dass wir noch nicht fertig sind.«
»Aber ich möchte wirklich nach Hause.«
»In Ihren Turm? Sind Sie krank?«
»Nach Boston.«
»Wie bitte?«
»Bitte, Sir!«
Aber er ließ mich nicht gehen, also setzte ich mich wieder. Die Minuten verstrichen quälend langsam. Wir versuchten, unser Gespräch weiterzuführen: Wenn die Wahnsinnige in Wirklichkeit nicht wahnsinnig war, was bedeutete das dann für Jane? Für Grace? Für die Schauerliteratur? Ich bat darum, die Toilette benutzen zu dürfen, was mir schlicht verweigert wurde. Orville plauderte weiter und weiter, und ich saß da und wartete auf den Henker.

Da war es – das Klopfen an der Tür. Mein Leben war zu Ende. Die Situation hatte etwas eigenartig Vorherbestimmtes. Vermutlich kehrten die Fehler, die man auf Seite 3 machte, auf Seite 183 immer zurück und bissen einen in den Hintern. Überraschend, aber unausweichlich.

Orville, der aufgestanden war, um den Wasserkocher anzuschalten, sagte: »Würden Sie bitte öffnen, Samantha? Es dauert nur eine Minute.«

Ich stand auf. Irgendwo in meinem Inneren schrie ich. All die fragilen kleinen Welten, die ich sorgsam errichtet hatte, stürzten in sich zusammen wie ein Kartenhaus.

Ich öffnete die Tür.

Da stand sie – Rebecca Smith. Ich erkannte sie sofort. Sie hatte langes, welk aussehendes Haar, das noch nicht richtig grau und nicht mehr richtig schwarz war. Ihr Blick war düster, aber wach.

Ich musste ihr zugutehalten, dass sie genauso schockiert war wie ich. Vor Schreck weiteten sich ihre Augen, dann verengten sie sich. Sie musterte mich mit eisiger Miene. Kein Lächeln im Gesicht, kein Schimmer von Zuneigung in ihren Augen. Sie und ich hatten wöchentlich vier Stunden zusammen verbracht, sie hatte mir beigebracht, dass Dreiecke drei und Vierecke vier

Seiten hatten und dass das Leben ein logisches, wohlgeordnetes Phänomen war. Nun standen wir da und starrten einander an. Ich bekam Angst, dass es mit Orville eines Tages genauso sein könnte.

Mein Herz klopfte wie wild. Orville schien überhaupt nicht zu bemerken, dass hier etwas Schreckliches vor sich ging. Er kam zu uns und gab Höflichkeiten von sich. Meine beiden Lehrer führten ein kurzes, kühles Gespräch. Ich machte ein vollkommen ausdrucksloses Gesicht und blickte in Rebeccas graue Augen. Sie sprach mit Orville, sah aber mich an. Sie wusste es. Ich konnte es in ihrem Gesicht lesen. Sie hatte gerade herausgefunden, dass ich in ihr Zimmer eingebrochen war. Ich fragte mich, warum sie das nicht schon längst erraten hatte.

»Verzeihen Sie meine Unhöflichkeit«, sagte Orville. »Rebecca, das ist Samantha Whipple. Samantha, das ist Dr. Defoe.«

»Hallo, Sam«, sagte Rebecca. Ihre Stimme war klar und angespannt. Sie hätte eine von Hemingways Frauen sein können. »Sam«. Erinnerungen durchfuhren mich wie eine schmerzhafte Injektion. Ich erinnerte mich an den lila Schal, den sie immer getragen, an die Kürbisküchlein, die sie morgens mitgebracht hatte, die Alkoholfahne in der Luft, den Tee, der Flecken auf den Tischtüchern meiner Mutter hinterließ.

Orville sah zwischen uns hin und her. »Sie beide kennen sich?«

Rebecca wandte sich zu ihm. »Das hier ist die Studentin, die bei mir eingebrochen ist, James.«

Damit war mein Leben offiziell zu Ende – so definitiv, wie wenn man ein Buch zuschlägt. Orville lachte kurz auf und sagte zu Rebecca, sie solle sich nicht lächerlich machen. Als Antwort drehte sie den Kopf zu mir und hob eine Augenbraue, wie damals, als ich klein gewesen war. Sie war attraktiv, auf unheilvolle Weise. Sie riet Orville, mich selbst zu fragen. Da wandte mein Tutor mir sein schönes Gesicht zu.

Er wartete. »Samantha?« Es war kein anschuldigender Blick, nur ein überraschter.

Ich konnte ihm nicht in die Augen sehen. »Entschuldigen Sie, Sir.«

»Beantworten Sie die Frage.«

»Es ist keine Frage, die man mit Ja oder Nein beantworten kann.«

Sein Blick war verschleiert. Er und ich konnten keine Verbündeten mehr sein, nicht, wenn er herausfand, dass ich seinesgleichen angegriffen hatte. Ich hatte mich an der Wissenschaft vergangen. Genauso gut hätte ich seine Katze umbringen können.

»Darf ich das erklären, bevor ich antworte?«, fragte ich. »Vielleicht unter vier Augen?«

Orville sog scharf die Luft ein. Entsetzen machte sich in seinem Gesicht breit. »Sie sind in das Büro eines Don eingebrochen?«

Ich machte den Mund auf, um zu antworten, doch es kam nichts heraus. Orville wich einen Schritt zurück. Plötzlich war ich felsenfest davon überzeugt, dass ich nicht in Rebeccas Büro eingebrochen war, dass ich vollkommen unschuldig und dieser Streit eine grausame Ungerechtigkeit einer gefühllosen Welt war. Dachte denn niemand daran, dass mein Vater tot war? Zählte das denn nichts?

»Sie sind in das Büro eines Don eingebrochen«, wiederholte er ungläubig. Mir wurde klar, dass es keine Frage mehr war.

»Ich kann das erklären«, sagte ich.

»Was haben Sie sich dabei gedacht?« Seine Stimme wurde laut. »Sind Sie verrückt? Was ist nur los mit Ihnen?«

Ich zuckte zusammen. »Welche Frage soll ich zuerst beantworten?«

»Das ist ja wahnsinnig!«

»Ich dachte, Sie schätzten das. Ich dachte, Sie hätten gesagt, dass im Wahnsinn eine Menge geistige Gesundheit liege.«

Orvilles Augenbrauen formten eine harte Linie, seine Augen glühten darunter wie schmauchende Pistolen. Er war unnötig grausam.

»Es war ein Unfall«, sagte ich entschuldigend.

»Wie kann das denn ein Unfall gewesen sein?«

»Haben Sie je *Rebecca* gelesen?«

»Bleiben Sie bitte bei der Sache.«

»Ich versuche nur, es so zu erklären, dass Sie es verstehen.«

Er sagte nichts. Seine Miene verriet mir, dass er mich nicht mehr kannte und nicht mehr wusste, was ich in seinem Büro tat. Rebecca stand lächelnd in der Tür. Sie genoss es in vollen Zügen. Ihre Miene machte mich rasend.

Ich wandte mich wieder an Orville und sagte scharf: »Ich habe *Die Herrin von Wildfell Hall* gesucht.«

»Im Fachbereich Mathematik.«

»Ja.«

»Wie …?«

»Sir«, unterbrach ich ihn und deutete auf Rebecca. »Sie war die Geliebte meines Vaters.«

Schweigen. Ich sah, wie Rebeccas Augen aufblitzten. Die Stille verriet, dass die Truppen verlagert wurden und sich niemand mehr ganz sicher war, welche Seite gewinnen würde.

»Ich komme klar, James«, sagte Rebecca ganz ruhig. »Geben Sie uns einfach ein paar Minuten.«

»Sir«, sagte ich schnell. »Lassen Sie mich bitte nicht mit ihr allein.«

»James, lassen Sie uns allein«, wiederholte Rebecca scharf.

»Sir, ich bitte Sie!«, flehte ich. »Sie verstehen das nicht!«

»James!«

Orville schien mit einem Streit unter Frauen nicht gut umgehen zu können. Er rang mit der Entscheidung, auf welche Seite er sich schlagen sollte. Auf die der Studentin oder die der Dozentin? Auf die der Unterdrückten oder die der Unterdrückerin? Unsere ganze Beziehung schien von dieser einen Reaktion abzuhängen. Schützten Männer denn nicht das, was ihnen teuer war? Ich beobachtete ihn und wartete.

Schließlich atmete Orville aus. Ohne mich direkt anzusehen, sagte er zu Rebecca. »Sagen Sie mir dann bitte, was Sie mit ihr zu tun gedenken. Ich bin im Foyer.«

Und ohne noch einmal zurückzublicken, verließ er den Raum. Ich stöhnte, dann wurde alles schwarz. Ich dachte an etwas, das er mir vor langer Zeit gesagt hatte: »Dieser Besuch hat nie stattgefunden …«

Offenbar war ich gestorben und zur Hölle gefahren. Orville war weg. Rebecca blickte zu der geschlossenen Tür und wieder zu mir. Ein kleines, dünnes Lächeln brach die Maske ihres Gesichts auf. Sie setzte sich auf die Couch.

»Tee?«, fragte sie süßlich. Sie war keine freundliche Person. Sie griff nach der Teekanne und schenkte sich ein.

»Nein danke«, sagte ich.

»Setz dich.«

Mir fiel auf, dass sie keine Milch mehr nahm. War Orville wirklich weg? Ich dachte an all die kleinen Dinge, über die ich mir in diesem Jahr Sorgen gemacht hatte: Was hielt er von meinen Aufsätzen? Schätzte er meine Pünktlichkeit? Mochte er es insgeheim, dass ich so groß war und mich nicht schminkte? Ich hätte mich besser fragen sollen, ob er überhaupt an mich dachte. Er und ich waren keine Freunde, das sind wir nie gewesen. Er war einfach nur mein Tutor, jemand, den ich mir für ein Jahr ausgeliehen hatte. Alles, was ich hatte, war die Illusion von Intimität.

»Das war echt fies von dir«, sagte ich zu Rebecca.

»Ja? Ich hätte dich auf der Stelle rausschmeißen können. Wäre dir das lieber gewesen? Dass du einfach so in mein Büro eingedrungen bist, war nicht sehr schlau von dir.«

»Es überrascht mich, dass dir nicht früher aufgefallen ist, dass das Buch weg war.«

»Ich überprüfe das nicht regelmäßig.«

»*Die Herrin von Wildfell Hall* gehört mir.«

»Nein, das Buch gehört mir. Dein Vater hat es mir gegeben, bevor er starb.« Sie klang ein wenig besitzergreifend. »Es war nicht nötig, es zu stehlen. Ich hätte es dir schon noch gegeben.«

»Du meinst, mitten in der Nacht? Du hast eine komische Art, einem Dinge zu geben.«

Sie blinzelte. »Ich glaube, ich wollte dich einfach nie mehr wiedersehen.«

Mir stand der Mund leicht offen. Sie war viel zu alt, um so etwas Kindisches zu sagen, und es schien sie genauso wie mich zu schockieren, denn sie wandte den Blick ab. Mir wäre nie in den Sinn gekommen, dass Lehrer ihre Schüler genauso hassen könnten wie die Schüler sie.

»Ich bin wohl gerade in einem intimen Augenblick hereingeplatzt«, sagte Rebecca.

»Wir hatten ein Tutorium – wenn du das intim nennst.«

Sie lehnte sich zurück und legte mit einem leisen Lachen den Arm auf die Lehne. »Hältst du mich für blöd?«

»Bitte?«

»Du bist in ihn verliebt. Das steht dir ins Gesicht geschrieben.«

Ich versteifte mich. »In wen?«

»Du bist nicht die Erste. Dr. Orville raubt naiven Studentinnen die Herzen, seit er hier ist. Das wird am häufigsten angeführt, wenn andere Fakultätsmitglieder ihm den Posten streitig machen wollen. Wie kann ein Mann in so einer Situation überhaupt unterrichten? Es muss verdammt lästig sein, dass junge Mädchen ihm hinterherlaufen, wenn er doch lediglich seine Arbeit tun möchte.«

»Ich will lieber nicht darüber reden, wenn es dir nichts ausmacht«, sagte ich.

»Du bist ganz rot, Sam.«

»Warum erzählst du mir nicht etwas über dich und meinen Vater? Ihr scheint ja auch eine ziemlich enge Beziehung gehabt zu haben.«

Ihre Miene war hart. »Ich glaube nicht, dass du das Geringste von der Beziehung zwischen mir und deinem Vater begriffen hast.«

»Dann macht es dir ja wohl nichts aus, mir die ganze Geschichte zu erklären.«

Sie wartete kurz, dann stahl sich ein dünnes Lächeln auf ihr Gesicht. »Du bist ihm sehr ähnlich.«

»Ich weiß.«

»Er war nicht immer ein guter Mensch.«

»Das höre ich nun schon zum zweiten Mal.«

Sie strich mit den Fingern über den Rand des Sofas. Mir fiel auf, dass ihre Kleidung irgendwie unordentlich war. Die Bluse steckte nicht richtig in ihrer schlecht sitzenden braunen Hose, die zerknitterten Schöße lugten heraus. Ich sah sie flüchtig als junges Mädchen vor mir – still, klug, verlegen. Mein Vater hatte mir einmal gesagt, dass ihre Eltern Großes von ihr erwartet hatten und sie systematisch alles erreicht hatte, Punkt für Punkt wie bei einem mathematischen Rekursionsverfahren: Topstudentin, Topdozentin, Lehrstuhl auf Lebenszeit. Ich fragte mich, wie das zu der Beziehung zu meinem Vater passte.

»Weißt du, er war in vielen Dingen brillant«, sagte Rebecca.

»Wer? Mein Vater?«

»Doch er konnte nie mit dem Stress umgehen, zwei Frauen in seinem Leben zu haben.«

»Lass bitte meine Mutter aus dem Spiel.«

Sie zuckte mit den Schultern, als hätte ich etwas Belangloses gesagt. »Wie du willst.«

»Du musst sehr verliebt in ihn gewesen sein, dass du seine Ehe ruiniert hast.«

Sie lachte laut und hart auf. »Sieh dich doch an, mit deinem armen, kleinen, neugierigen Gesicht. Du würdest gern alles wissen, was? Was wir getan, wo wir gesessen, was wir geredet haben. Gib's zu.«

»Ja«, sagte ich. »Ich habe es bereits zugegeben. Wo hast du ihn kennengelernt?«

»Hier am Old College, ich lehrte damals hier.«

»Du lügst.«

»Meine Güte! Echt jetzt?«

»Was hatte mein Vater hier zu suchen? Er hat nie in Oxford gelebt.«

Sie überlegte und öffnete leicht den Mund, als hätte ich etwas total Offensichtliches übersehen oder als würde sie nicht genau wissen, wo sie anfangen sollte.

»Wie hat dein Vater mit dir kommuniziert?«

»Auf Englisch?«

»Offenbar hat er sich genau überlegt, was und wie viel er dir sagen kann.«

»Na, dann kannst du mir ja jetzt den Rest erzählen«, entgegnete ich kühl.

Sie überlegte kurz, und ich dachte, einen triumphierenden Blick bei ihr zu erhaschen. Sie stand auf und begann, in Orvilles ordentlichem Büro umherzugehen.

»Was willst du wissen?«, fragte sie, die Hände hatte sie auf dem Rücken verschränkt. »Verabredungen, Rendezvous, Skandale? Offensichtlich liebst du Geschichten. Dein Vater auch. Wahrscheinlich ist er deswegen gestorben. Ein paar Monate bevor es passiert ist, hat er mich hier besucht. Wusstest du das? Ich hatte ihn eine ganze Weile nicht mehr gesehen. Er sah sehr krank aus. Der Alkohol. Als ich danach aus der Zeitung von dem Brand erfuhr, wusste ich, dass er es geschafft hatte. Er hat sein Leben in ein Kunstwerk verwandelt. Es war das gut geplante Ende eines ansonsten unstrukturierten Lebens. Ein perfekter, tragischer Tod.«

Ich glaube nicht, dass ich mir das einbildete – sie klang, als würde sie es heimlich genießen. Ihre Absätze klackten laut, wenn sie neben den Teppich trat.

»Ich erinnere mich an den Tag, als ich ihn getroffen habe«, sagte sie. »Ich trug ein blaues Kleid, er einen grauen Pullover. Er war jung, vorlaut. Neunzehn? Zwanzig? Wir wussten, dass es passieren würde. Unsere Affäre, meine ich. Es begann mit dem gelegentlichen gemeinsamen Mittagessen, und das entwickelte sich dann zu dem gelegentlichen späten Drink und der wiederum zu einem gelegentlichen Wochenendausflug nach Norden in irgendein zwielichtiges Hotel. Ich war trunken von ihm und er von mir.«

Ich hatte mich nicht getäuscht, in ihrer Stimme schwang unterschwellig Stolz mit. Ja, sie hatte einmal eine große Leidenschaft erlebt – schön für sie!

»Einmal kam er mich nachts hier besuchen, und wir wurden gesehen«, sagte sie, »genau wie ich erwartet hatte, aber lange bevor ich auch nur annähernd mit ihm fertig war.« Sie sprach schnell. »Wir wurden draußen auf dem Rasen beim Brunnen erwischt. Du hast ihn sicherlich gesehen.«

»Wie meinst du das – erwischt?«

»Ein Student hat uns ertappt und ein Foto geschossen.«

»Ich verstehe nicht.«

Sie sah mich an. »Was verstehst du nicht?«

Ich überlegte. »Hattest du … hattest du nichts an?«

Unerwartetes Schweigen füllte den Raum. Heiße rote Scham durchfuhr mich, ich wandte den Blick ab. Ich sah ein Bild vor mir, das eine Tochter niemals sehen sollte: ihr Vater, nackt, obszön, fehlerhaft und menschlich. Ich konnte nur noch daran denken, wie er sich mit dieser Frau auf dem Rasen wälzte. Rebeccas Blick war hart und ohne jedes Gefühl. Sie beobachtete mich genau, als würde sie sich zu dem Schlag beglückwünschen, den sie gelandet hatte.

Ich fragte mich, was ich Rebecca angetan haben konnte, das eine so heftige Abscheu rechtfertigte – etwas anderes, als hin und wieder Lippenbalsam aus ihrem Zimmer zu stibitzen. Sie starrte mich an wie eine betrogene Ehefrau die Geliebte ihres Gatten. So einen Blick hatte ich bei meiner Mutter nie gesehen, nie.

Ich räusperte mich. »Na, erzähl weiter. Was ist dann passiert?«

Sie zuckte die Achseln. »Vor ein paar Jahren hat mich die Universität wieder aufgenommen. Sie behalten mich im Auge. Vielleicht nicht so genau wie deinen Tutor, aber gut genug. Deshalb wird James dir niemals einen Blick schenken, Sam, es steht zu viel auf dem Spiel.«

Ihre Stimme war so ruhig und gefasst, dass ich überlegte, ob sie diese Geschichte schon öfter erzählt hatte, als handle es sich um *Tristan und Isolde.* Bislang hatte sie kein einziges Wort ausgelassen.

»Ich verstehe nicht«, sagte ich, »du bist rausgeflogen?«

»Kannst du dir das denn nicht denken?«, fragte sie. »Erst kam die Story im *Hornbeam*, dann im *Examiner* und in der *Times.* Bald gab es in England keinen mehr, der das Bild nicht gesehen hatte: ein Oxford-Don in einer kompromittierenden Stellung. Meine Karriere war über Nacht ruiniert. Ich kündigte umgehend. Jahre später war ich so verzweifelt, dass ich nach Boston zog und ein verwöhntes Mädchen unterrichtete. Unterschätze niemals die Opfer, die man der Liebe bringt, Samantha.«

Ich sah sie eine Weile lang schweigend an. Mir schien, wir befänden uns gar nicht mehr im 21. Jahrhundert, sondern in einer Zeit, als öffentliche Schmach die unausweichliche Reaktion auf die Freiheit einer Frau war. Doch ein Rendezvous schien so einen Tiefschlag nicht ausreichend zu rechtfertigen. Ich fragte mich, ob Rebecca wohl ein paar zentrale Details ausließ.

»Weißt du, du klingst über all das gar nicht so wütend, wie du solltest.«

Sie schenkte mir ein hartes Lächeln. Wie ich es verabscheute!

»Es ist viele Jahre her«, sagte sie, »ich habe wohl gelernt zu vergessen.«

Mit diesen Worten ging sie zum Sofa zurück und setzte sich wieder. Sie war eine miserable Lügnerin. Sie hatte nichts vergessen! Es war eine entscheidende Episode in ihrem Leben, und Rebecca hatte sie in eine saubere Geschichte verpackt. Ich wusste nicht, ob sie tatsächlich hier war oder ob ich mit der Version ihrer selbst redete, die sie als ihre PR-Managerin in die Öffentlichkeit schickte. Unter ihrer gelassenen Miene lauerte eine Verbitterung, die ich erschreckend fand. Für sie war die Geschichte noch nicht vorbei, keineswegs. Sie nahm einen großen Schluck Tee.

»Wenn mein Vater dich so geliebt hat, wieso wollte er dann, dass du Boston verlässt?«, wagte ich mich vor.

Es war eine schlecht formulierte Frage, ich hatte nicht zum Gegenschlag ausholen wollen. Ihre grauen Augen funkelten. Mit einem lauten Scheppern stellte sie ihre Tasse ab. Ihr Gesicht wurde völlig ausdruckslos.

»Okay, Sam«, fuhr sie mich an. »Kommen wir wieder zum Thema: Wie würdest du gern relegiert werden? Öffentlich oder im Stillen?«

Ich wurde bleich. »Ich denke nicht, dass mein Vater gewollt hätte, dass du mich des College verweist. Ich habe das Gefühl, dass du ihm das Versprechen gegeben hast, dich hier um mich zu kümmern.«

»Ein Versprechen gegenüber einem toten Mann ist wie Sand im Wind. Ich habe meine Pflicht bereits getan, ich habe diese teuflischen Bücher für dich sicher aufbewahrt und dich in diesem verfluchten Turm untergebracht.«

Ich bekam große Augen. »*Du* hast mich in den Turm gesteckt?«

»Ich musste ein paar Strippen ziehen. Der Turm ist ein historisches Wahrzeichen.«

»Na, vielen Dank! Es ist ein ziemliches Höllenloch!«

»Gib deinem Vater die Schuld. Er wollte, dass du dort wohnst.«

»Woher wusste er von dem Turm?«

Zum zweiten Mal sah Rebecca perplex aus – als wäre ihr nicht richtig klar, wie ich hatte groß werden und so dumm bleiben können.

»Hast du denn die Führung durch deinen Turm nie mitgemacht?«, fragte sie.

»Nein. Aber ich sehe, du hast sie genutzt, um mir *Jane Eyre* zu bringen. Gibt es einen Grund, dass du mir die Bücher nicht alle auf einmal oder persönlich gegeben hast – oder am liebsten beides zusammen?«

»Dein Vater wollte, dass du diese Bücher in einer bestimmten Reihenfolge liest, und er wollte, dass du weißt, wie wichtig sie sind.«

Ich sagte nichts, denn ich glaubte ihr nicht. Sie sah so absolut böse aus, dass ich nichts anderes denken konnte, als dass sie all das absichtlich eingefädelt hatte, um mich zu foltern.

»Also kommt mein Vater hierher, bevor er stirbt, übergibt dir alles Wichtige und mietet ein ganzes Bankschließfach, um mir ein lausiges Lesezeichen zu hinterlassen?«, fragte ich.

Zu meiner Überraschung zuckte ein Muskel an ihrem Hals. Ich hatte ihre Neugier geweckt.

»Das hat er dir hinterlassen?« Ihre Stimme war einen Ton schriller geworden. »Ein Lesezeichen?« Sie begann, mit einem Fuß auf den Boden zu klopfen, leise und unregelmäßig.

»Es war mein Emily-Dickinson-Lesezeichen«, stellte ich klar. »Rot. Goldbändchen. Deinem ziemlich ähnlich?«

Rebecca fühlte sich sichtlich unbehaglich. Ich hatte offenbar einen empfindlichen Punkt getroffen. Sie stand auf und kam rasch auf mich zu. Ich dachte, sie wolle mir an die Gurgel gehen, doch sie blieb vor mir stehen.

»Ich dachte, es gäbe nur zwei Lesezeichen«, sagte sie. »Seines und meines.«

»Er hat wohl allen Frauen eins geschenkt.«

Ihr Pokerface war noch schlechter als meines. Sie wich ein paar Schritte zurück, drehte sich zum Kamin um und verharrte dort länger, als ich gedacht hätte.

»Während du dort drüben grübelst, könnte ich dich in der Zwischenzeit ja erpressen«, sagte ich. »Ich kenne ein paar tausend Pressefritzen, die die Geschichte über dich und meinen Vater bestimmt gern wieder aufrollen würden. Meinst du nicht, es wäre umso spannender, wenn die Story dieses Mal von der betrogenen Tochter erzählt wird, der letzten Brontë? Es tut mir sehr leid, dass ich dir drohen muss, wirklich, aber ich will keinen Verweis.«

Als Rebecca sich umdrehte, waren ihre Augen stählern. Ich hatte noch nie jemanden erpresst, und es fühlte sich nicht so toll an wie im Film. Rebeccas Gesicht war ausdruckslos. Ihre Gedanken waren ganz woanders. Hatte ich gewonnen?

Ich wollte nicht mehr so lange warten, bis ich es herausgefunden hatte, und ging langsam zur Tür. »Ich geh dann mal«, sagte ich.

»Nicht so schnell«, bellte sie. Wieder kam sie auf mich zu. Aus der Nähe sah ich, dass die Jahre tiefe Falten hinterlassen hatten. Sie war nicht mehr jung und schön.

»Ja?«

Fordernd streckte sie eine Hand aus. »Mein Lesezeichen bitte!«

Ich wusste nicht genau, wie ich reagieren sollte. »Ich … ich trage es nicht mit mir herum«, sagte ich.

Unsere Blicke trafen sich. Ihre kalte, heimtückische Miene verriet, wie wenig ich von ihrer Geschichte begriffen hatte – gar nichts im Grunde. Ich nahm ihr Schweigen zum Anlass und ging. Nachdem ich die Tür leise hinter mir geschlossen hatte, rannte ich den Flur entlang, die Treppen hinunter und stürmte aus dem Gebäude. Ich schnappte nach Luft. Ich hätte erleichtert sein sollen – für den Moment hatte ich einen Verweis abgewendet. Doch als ich in den kalten, hellen Nachmittag hinauslief, dachte ich automatisch, dass Rebeccas Groll nur auf den richtigen Zeitpunkt wartete, bevor er mich erneut traf. *Klug allzu bald, sagt man, wird nimmer alt.*

Am Samstag um Viertel nach zwei klopfte es an meine Tür. Dreimal, dann ein lauter Knall. Ich stürzte zur Tür und sah Marvin in seinem abgewetzten schwarzen Mantel, hinter ihm die üblichen Touristen, diesmal eine kleinere Gruppe, wahrscheinlich wegen der arktischen Kälte. Normalerweise entschuldigte Marvin sich immer dafür, dass er mich überraschte. Doch dieses Mal hatte ich ihn erwartet.

Er runzelte die Stirn, als er mich sah. »Alles in Ordnung?«

Ich hielt einen Besen in der Hand und lächelte wie Sweeny Todd. Den ganzen Vormittag hatte ich auf die Führung gewartet, mein Zimmer war fast steril. Das Bett war gemacht, die Socken waren beseitigt, das Laken bedeckte nicht mehr die *Gouvernante.* Rebecca hatte mir nahegelegt, auf die Führung zu achten, also tat ich das nun. Möglicherweise war Marvin die Lösung meiner Probleme.

»Treten Sie bitte ein«, sagte ich.

Die Gruppe kam nach und nach durch die Tür. Marvin sah aus, als überlegte er, ob er wohl gerade in eine Falle getappt war. Das Zimmer war so anders als sonst. Nach meinem Putzfimmel sah der Turm nun aus wie ein neu eingerichtetes Hotelzimmer und roch auch so.

»Kommen Sie doch bitte herein!«, sagte ich. »Immer herein! Treten Sie näher. Ja, gut so.«

»Ja, ja«, sagte Marvin, »immer herein.« Seine Stimme war dünn, aber laut, und er schien um Autorität bemüht. Der Letzte der Gruppe zwängte sich durch die Tür.

»Wie schon gesagt, dies ist der berühmte Turm«, sagte Marvin. »Er wurde 1361 als Quarantänestation für die Opfer der Beulenpest gebaut. Manche nennen ihn deswegen den ›Turm des Aussterbens‹.«

Ich redete dazwischen: »Man nennt ihn so, weil sich hier drin niemand fortpflanzt.«

Marvin sah mich leicht erstaunt an.

Ich räusperte mich. »Ist es in Ordnung, wenn ich auch an der Führung teilnehme?«

Marvin wirkte überrascht, dann nuschelte er etwas in seinen Bart, das ein »Wie entzückend« hätte sein können.

Ich hörte ein Klicken. Jemand hatte bereits das erste Foto geschossen. Es war die Frau ganz vorn – weite Jeans, ein Schopf blassblonder Haare. Sie sah zwischen Marvin und mir hin und her, als würde sie auf eine Showeinlage warten. Marvin bat die Gruppe in die hintere Ecke, und ich setzte mich im Schneidersitz aufs Bett, mein Kissen im Schoß.

»Einige der berühmtesten und geheimnisvollsten Bewohner des Old College lebten in diesem Turm«, sagte Marvin. »Wenn Sie genau hinschauen, sehen Sie, dass es Tradition geworden ist, dass jeder der Nachwelt etwas hinterließ. Vielleicht ist der Raum deshalb für uns heute von so großem Interesse. Genau hier – hier entlang, bitte – sehen Sie die Stelle an der Wand, wo Sir Michael Morehouses arme Katze bei lebendigem Leib eingemauert wurde. Sehen Sie die Verfärbung des Ziegelsteins genau hier? Gleich zwei Zentimeter daneben können Sie die Klauenabdrücke der Bestie von Boulogne sehen.«

»Entschuldigung?«

Jemand hatte ihn unterbrochen, und ich merkte, dass ich es gewesen war. Ich umarmte mein Kissen und wiegte mich leicht vor und zurück. Die Gruppe drehte sich zu mir um.

Marvin sah mich mit hochgezogenen Augenbrauen an. »Ja, Miss Whipple?«

»Wer hat vor mir hier gewohnt?«

Marvin wirkte aufgewühlt. Sein Kinn zuckte. Ich überlegte, ob ich ihm sagen sollte, dass es nicht ganz gleichmäßig rasiert war.

»Ich würde gern chronologisch vorgehen.«

»Hat hier jemand im letzten Jahrhundert gewohnt?«, drängte ich ihn.

»So weit sind wir noch nicht.«

»Könnten wir in umgekehrter Reihenfolge vorgehen? Ich bin ungeduldig.«

Offenbar hatte ich mir einen schlechten Moment ausgesucht, um die Amerikanerin in mir freizulassen.

Marvin atmete durch, dann sagte er: »Ja, ja, da war einer, Sie können seine verblassten Initialen dort drüben erkennen. Sehen Sie?«

Er deutete auf drei undeutliche Buchstaben an der zerkratzten Wand neben meinem Bett.

J. H. E.

»Ich sehe sie«, sagte ich irritiert.

»Es …«

Wieder unterbrach ich ihn. »Wofür stehen die Initialen?«

»Wie bitte?«

»Die Initialen!«

Marvin blinzelte. »Jack Halford, Esquire.«

»Jack Halford?«

»Genau.«

»Esquire?«

»Ist alles in Ordnung, Miss Whipple?«

»Scheiße, verdammt!«

Marvin riss die Augen auf. »Wie meinen Sie?«

»Scheiße!«

Marvin sah sich um, als hätte er noch nie ein Schimpfwort gehört. Zensoren! Wo waren die Zensoren?

Ich fasste unter mein Kissen und zog *Die Herrin von Wildfell Hall* hervor. Rebeccas Lesezeichen lag darin wie eine Landmine. Marvin, inzwischen ziemlich beleidigt, redete weiter. Doch ich hörte nicht mehr zu. Alles schien plötzlich weit entfernt zu sein. Ich schlug das Buch auf. In großer Schrift stand oben auf der ersten Seite: »An J. Halford, Esq.« J. H. E. war Gilbert Markhams »alter Freund«. Offenbar war gerade eine Romanfigur an meiner Wand erschienen.

Meine Brust hob und senkte sich schnell. Kurz erschien es mir unmöglich, dann war es das Wahrscheinlichste auf der ganzen Welt. Snodgrass D. Diddleworm. Echo Woodraine. Jack Halford.

Die Pseudonyme meines Vaters. Dad war hier, er war die ganze Zeit hier gewesen. Ungläubig starrte ich auf die Buchstaben neben mir an der Wand: *J. H. E.* Was hatte mein Vater einmal gesagt? »Es ist der einzige Ort, wo du die Schrift an der Wand lesen kannst.«

»Jack Halford hat hier gewohnt?«, unterbrach ich Marvin. Mein Mund war trocken. »War er Student? Wann?«

Marvin, der mitten im Satz gewesen war, drehte sich zu mir um. »In der Thatcher-Zeit«, sagte er unruhig. »Wir sind wirklich gleich bei ihm, wenn Sie eben noch warten wollen …«

»Vor dreißig Jahren?«, sagte ich. »Verflucht, dreißig Jahre.«

Marvin wandte sich entschuldigend an die Gruppe und erklärte: »Jack Halford war einer der berühmtesten Exzentriker am Old College. Seine Missgeschicke waren legendär.«

»Hatte er eine Affäre mit einer Dozentin?«, fragte ich.

»Bleiben wir beim Thema!«, schnauzte Marvin mich an.

»Wird der Brunnen deshalb Halford's Well genannt?«, fragte ich. »Weil sie es dort getrieben haben?«

»Würden Sie freundlicherweise still sein?«, bat mich Marvin mit Nachdruck.

Die Gruppe sah mich verständnislos an. Marvin räusperte sich und versuchte, die Kontrolle über die Situation zurückzugewinnen. Ich lehnte mich an die Wand. Der Raum um mich herum schwoll an, überall schienen sich Geister zu materialisieren, sie klatschten laut und hießen mich in der kleinen Welt jener Menschen willkommen, die es begriffen hatten. Plötzlich wirkte alles anders und kostbar. Der vernagelte Kamin sah nicht länger aus wie der Zugang zu einem Kerker – er war ein intimes Geheimnis zwischen Freunden und Ausgestoßenen. All das hatte früher einmal meinem Vater gehört. Er war hier gewesen. Er hatte studiert. Jedes Mal wenn ich über eine lockere Diele gestolpert oder kurz davor gewesen war, vor Frust mit dem Kopf auf den Schreibtisch zu schlagen, hatte mein Vater früher dasselbe getan. Dieses Zimmer, dieses wundervolle unordentliche Zimmer war für Leute geschaffen, die hoffnungslos verloren waren und versuchten, einander zu finden.

Ich stopfte *Die Herrin von Wildfell Hall* wieder unters Kissen und fragte mich, wie mein Vater es geschafft hatte, so eine ausgeklügelte Tarnung zu inszenieren. Seinen Namen konnte man sicher nicht so leicht ändern. Doch mein Vater hatte sich immer seines Talents gerühmt, unsichtbar zu werden, wenn die Zeit es erforderte. Ich denke, das hatten er und die Brontës gemeinsam.

Ich hätte einfach nur Marvin zuhören müssen. Während er die Aufmerksamkeit der zunehmend unkonzentrierten Gruppe wieder auf sich zog, ließ ich meinen Blick langsam durch den Raum wandern. Dieser Besen – hatte er meinem Vater gehört? Nein, nein. Der Schreibtisch? Das Bett? Waren diese »Klauenabdrücke« seine? Dann fiel mein Blick auf das Gemälde, welches halb von der glänzenden Glatze eines Mannes verdeckt wurde. Die *Gouvernante* und ich sahen einander an. Ich versuchte, langsam und gleichmäßig zu atmen.

Sir Michael Morehouse hatte seine Katze hinterlassen, die Bestie von Boulogne ihre Abdrücke. Und Jack Halford? Tja, er hatte das Bild hinterlassen.

Am nächsten Tag ging ich zur Plodge. Hans war da. Sein Computerbildschirm verriet, dass er an einem Diagramm und einer Tabelle arbeitete, doch er hatte die Füße auf den Schreibtisch gelegt und las den *Hornbeam*. Er trug ein Perlenarmband – das ich in der fiktiven Version unserer Beziehung auf jeden Fall weggelassen hätte. Als ich eintrat, legte er so schnell die Zeitung weg, als hätte er sich den *Playboy* angesehen.

»Hallo!«, sagte er. Ich war froh, dass er so tat, als wäre nie etwas schiefgelaufen, wobei doch eigentlich zwischen uns nie etwas richtig gelaufen war.

»Musst du am Wochenende arbeiten?«, fragte ich.

»Ich muss noch etwas nachholen«, sagte er und räumte ein Bündel Papiere vom Schreibtisch. Ich konnte mich nicht mehr genau erinnern, was hier sein Job war, aber wir kannten uns mittlerweile so lange, dass ich ihn jetzt auch nicht mehr danach fragen konnte.

»Du bist ganz außer Atem«, sagte er.

»Es ist kalt draußen.«

»Ich mache uns etwas Warmes. Kakao?«

»Wasser wäre toll.«

»Keine heiße Schokolade?«

»Wasser ist einfacher.«

Er grinste. »Dann will ich also etwas Warmes, und du willst etwas Einfaches.«

Ich blinzelte und sagte nichts. Sicherlich deutete er mein Schweigen als Desinteresse. Ich war wirklich ungeschickt. Ich wusste nicht, was ich sagen sollte, und merkte, dass er nicht aufstand, um ein Glas Wasser zu holen.

Ich setzte mich ihm gegenüber und fragte: »Kann ich dich um Hilfe bitten?«

»Immer.«

Ich atmete durch. »Dein Computer sieht groß und offiziell aus. Kommst du damit in die Datenbanken über ehemalige Studenten?«

Er lachte. »Du kommst auch rein – über dein Studentenpasswort.«

»Ach so. Könntest du für mich trotzdem nach einem gewissen Jack Halford suchen? Ich würde gern wissen, wie lange er hier studiert hat.«

»Denkst du immer noch über den Brunnen nach?«, fragte er lächelnd, doch er drehte sich zu seinem Rechner um und tippte etwas auf der Tastatur.

»Jack Snodgrass Halford«, las er vor und sah mich an. »Hat offenbar nie einen Abschluss gemacht.«

»Hat man ihn rausgeschmissen?«

»Das steht hier nicht, ist aber sehr wahrscheinlich. Es ist bekannt, dass er eine Affäre mit seiner Tutorin hatte.«

»Seiner Tutorin?«

»Er hat Mathematik studiert, sie war seine Tutorin.«

Ich schwieg eine Zeitlang.

»Stimmt irgendwas nicht?«, fragte Hans schließlich.

»Nein. Ja. Ist nur so komisch, dass er Mathe studiert hat, findest du nicht?«

Er dachte darüber nach. »Nein, eigentlich nicht. Warum auch?«

Ich sagte nichts. All das ergab keinen Sinn. Warum Dad sich einen falschen Namen zugelegt hatte, konnte ich mir vorstellen – in einem Umfeld, in dem der Name Whipple zu viel Aufmerksamkeit erregt hätte, wählte er immer die Anonymität. Doch ich konnte nicht nachvollziehen, warum er Mathe studiert und vor allem warum er es nie erwähnt hatte.

»Was wissen wir über ihn?«, fragte ich. »Woher kam er? Wie sah er aus?«

»Ich weiß nicht genau«, sagte Hans. »Es gibt ein Foto …«

»Ja, ich weiß.«

»Aber sein Gesicht ist nicht zu sehen.«

Ich wurde rot. Ich fragte mich, wie viele Leute wohl ein Bild vom Schäferstündchen meines Vaters gesehen hatten. Ich inspizierte meine Finger und tat so, als hätte ich unter einem Nagel etwas Interessantes gefunden. Ich denke, ich begriff nun das Ausmaß des Skandals – es war keine Affäre zwischen zwei normalen Erwachsenen gewesen, sondern eine zwischen einem Studenten und seiner Tutorin. Ich stand auf.

»Danke für deine Hilfe, das war sehr nett.«

»Warte kurz«, sagte Hans. »Lass uns das ausdiskutieren.«

Ich wurde hektisch. »Ich kann nicht. Ich muss telefonieren.«

»Mit wem?«

»Ich weiß noch nicht genau«, sagte ich. »Vielleicht mit meiner Mutter.«

»Ich dachte, ihr redet nicht miteinander.«

»Mit meinem Vater rede ich nicht mehr.«

Ich ging zur Tür, hielt aber inne und drehte mich noch einmal um. »Hans?«

»Samantha?«

»Nur aus Neugier – hast du im Old College mal etwas Stinknormales gesehen, das alt und berühmt sein könnte? Eine Zeichnung etwa? Einen Teppich oder einen echt tollen Türknauf?«

Er runzelte die Stirn. »Wie meinst du …?«

»Egal«, sagte ich, »ich war nur neugierig.«

Ich ging nach draußen. Mein Herz klopfte. Ich war froh, dass sich bestätigt hatte, dass Dad einmal hier studiert hatte. Dennoch musste ich mich unweigerlich fragen, ob er und ich tatsächlich so gute Freunde gewesen waren. Freunde vertrauten sich einander an, sie erzählten sich all die schrecklichen Dinge aus ihrer Vergangenheit, auch wenn sie nicht schmeichelhaft waren. Mich verunsicherte der Gedanke, dass mein Vater Rebecca nähergestanden haben könnte als mir. Ich dachte an Rebeccas triumphierenden Blick. Sie hatten ein Geheimnis gehabt, und ich würde nie Teil davon sein. Ich ging zurück zu meinem einsamen Turm und hatte mit einem Mal den Eindruck, dass sich alles, was ich je gewusst hatte, plötzlich in Luft auflöste.

An: James Timothy Orville, jorville@old.ox.ac.uk
Von: Samantha J. Whipple, swhipple@old.ox.ac.uk
Betreff: Anfrage

Lieber Dr. Orville,
die Frage fällt mir schwer, denn ich würde Sie am liebsten nie mehr wiedersehen. Aber würden Sie bitte morgen Nachmittag zu mir in den Turm kommen?
Herzlich
Samantha

An: Samantha J. Whipple, swhipple@old.ox.ac.uk
Von: James Timothy Orville, jorville@old.ox.ac.uk
Betreff: Re: Anfrage

Liebe Samantha,
nein. Ich hoffe, Sie verstehen das.
Beste Grüße
O

An: James Timothy Orville, jorville@old.ox.ac.uk
Von: Samantha J. Whipple, swhipple@old.ox.ac.uk
Betreff: Re: Re: Anfrage

Sie verstehen das nicht – ich möchte Ihnen ein sehr altes Gemälde zeigen. Falls Sie Sorge haben, dass Sie damit Ihre Zeit vergeuden, werde ich Ihnen versichern, dass wir zusätzlich *Das verlorene Paradies* rezitieren.

An: Samantha J. Whipple, swhipple@old.ox.ac.uk
Von: James Timothy Orville, jorville@old.ox.ac.uk
Betreff: Re: Re: Re: Anfrage

Ich werde nicht hier sein. Ich verlasse die Stadt am späten Abend für ein langes Wochenende.

An: James Timothy Orville, jorville@old.ox.ac.uk
Von: Samantha J. Whipple, swhipple@old.ox.ac.uk
Betreff: Re: Re: Re: Re: Anfrage

Dann kommen Sie heute noch. Am frühen Abend?

An: James Timothy Orville, jorville@old.ox.ac.uk
Von: Samantha J. Whipple, swhipple@old.ox.ac.uk
Betreff: Re: Re: Re: Re: Re: Anfrage

Sir?

Es wurde später Nachmittag, dann früher Abend, und ich hatte noch immer nichts von Orville gehört. Ich packte meine Sachen für meinen Ausflug zur Brontë Parsonage. Dass Orville auch die Stadt verließ, gefiel mir nicht. Wie eine zürnende Gattin wollte ich wissen, wohin er ging und mit wem er sich verlustierte. Mir wurde bewusst, dass ich nicht einmal wusste, wo er wohnte, schon gar nicht, ob er überhaupt ein Haus hatte. Hatte er auch Geschwister? Einen Schrank mit alten Schuhen und ein Wohnzimmer voller Buntstiftzeichnungen? Eine brasilianische Frau, die schwarze Leggins und Ballerinas trug? Für dieses Wochenende gab es eine Sturmwarnung. Ich fragte mich, ob Orville in die Tropen flüchten wollte.

Ich setzte mich aufs Bett und betrachtete die *Gouvernante*, die an der Wand hing wie ein wertvoller Picasso. Ich hatte sie in Sir Johns Buch über die vermissten Gegenstände gesucht, aber nicht gefunden. Er hatte wohl keine Ahnung von der Existenz dieses Bildes. Mein Vater musste es so gewollt haben.

Ich sah ihr direkt in die Augen. Gefangen in ihrem einsamen Rahmen und in einem gleichgültigen schwarzen Meer ertrinkend, war sie selbst eine Brontë. Ihr formloser Körper und ihre ausdruckslosen Augen schienen den ganzen Raum einzunehmen. Diese Woche hatte sich einiges verändert, und auch die *Gouvernante* wirkte anders. Vielleicht wollte sie mit ihrem Lieblingsbuch im Arm einfach nur schwimmen gehen. Ich betrachtete ihr wundervolles, beunruhigtes Gesicht. Wieso hatte ich sie nicht schon früher als Verwandte erkannt? Vielleicht ging es in meinem ganzen Leben darum, die Menschen, die ich glaubte, am besten zu kennen, neu zu bewerten.

»Ist es hier drinnen immer so kalt?«

Ich fuhr zusammen. Die Tür musste offen gewesen sein, denn da stand James Orville mit dem Hut in der Hand und einem verärgerten Blick. Er trat ein.

»Hereinspaziert«, sagte ich.

Er stellte seine Reisetasche ab. Ich versuchte, mich so unnahbar wie möglich zu geben – vielleicht würde er so ja erkennen, dass er doch in mich verliebt war.

Er legte den Hut zusammen mit einem rostigen Nagel auf meinen Schreibtisch. »Den habe ich draußen gefunden«, sagte er. »Dieses Zimmer ist ein Gesundheitsrisiko, Samantha. Gibt es hier denn keine Heizung?«

Ich deutete auf das vernagelte Relikt, das in der Ecke vermoderte – in seinem ersten Leben war es einmal ein Kamin gewesen. »Willkommen in meinem Heim.«

Er sagte nichts. Eine Glühbirne in meiner Schreibtischlampe war kaputt, das Zimmer war in schummriges Licht getaucht.

»Das College muss doch wissen, dass dieses Zimmer unbewohnbar ist!«, sagte er.

»Gehört alles zur Touristenattraktion.«

Er stutzte. »Ach so.«

Wir sahen einander so lange an, dass ich mich fragte, ob er eine neue Foltermethode testete.

Schließlich sagte er: »Und?«

»Und was?«

»Was war mit Rebecca?«

»Sie sind gegangen, das war.«

»Ich wusste nicht, dass sie Ihren Vater kannte.«

»Tat sie, im biblischen Sinn.«

Wieder eine Pause. »Verstehe.«

»Sie war seine Tutorin, als er hier am Old College studiert hat.«

Er schüttelte den Kopf. »Tristan Whipple hat nie in Oxford studiert.«

»Tristan Whipple nicht, aber Jack Halford.«

Orville zog die Stirn in tiefe Falten. Ich wandte mich ab, ich wollte ihm einen Moment Zeit geben, die Sache zu verdauen.

»Sie sind wütend auf mich«, sagte er.

»Ich schäume vor Wut.«

»Das ist dann wohl kein Witz«, sagte er.

»Wer sagt, dass ich Witze mache? Sie haben mich mit ihr allein gelassen.«

Schweigen. »Ich kann Sie nicht anders behandeln als andere Studenten.«

Ich drehte mich zu ihm um und zuckte zusammen – er stand direkt vor mir.

Ich schluckte. »Also verfüttern Sie Ihre Studenten normalerweise an die Wölfe?«

»Hätte ich mich anders verhalten, wäre das verdächtig gewesen.«

Ich versuchte, seine Miene zu deuten. Hatte er Schuldgefühle? War es ihm peinlich? Hatte er Mitleid? War es verzweifelte, unmögliche Liebe? Oder eher Teilnahmslosigkeit? Er trat noch näher, ich bekam Panik. Ich war ihm nie zuvor so nah gewesen, und ich wurde mir unseres Erfahrungsunterschieds schmerzlich bewusst. Seine Vergangenheit bestand aus einem großen Schwarzbuch voller Exfreundinnen, während ich noch nicht einmal wusste, wie man jemandem schöne Augen machte.

»Erzählen Sie mir, wie es mit Rebecca gelaufen ist.« Seine Stimme war leise. »Schnell – ich habe nicht viel Zeit.«

»Mir geht es gut.«

Ich erwartete, dass er mir widersprach, aber seine Augen waren groß und besorgt. Ich bekam kaum Luft. Ich wünschte, ich wäre zehn Jahre älter gewesen. Er beobachtete mich genau.

»Samantha ...«

Als er noch näher kam, schrie ich leise auf und drückte mich an ihm vorbei auf die andere Seite des Zimmers.

»Wenn Sie nicht viel Zeit haben, möchte ich Sie nur eines fragen«, platzte ich atemlos heraus. »Sehen Sie das Gemälde hier drüben?«

Sollte Orville meine Verlegenheit bemerkt haben, überspielte er es gekonnt. Er folgte wie geheißen meinem Blick zur *Gouvernante* und sah sie eine Zeitlang an. Ich überlegte, wie ich die beiden einander richtig vorstellen sollte – »Gouvernante, das ist James; James, das ist die Gouvernante. Die Gouvernante und ich sind Zimmergenossinnen; James und ich sind ... gewissermaßen miteinander befreundet.« Doch mir wurde klar, dass das nicht nötig war. Orville machte ein merkwürdiges Gesicht. Er trat an das Bild heran und wirkte nicht erfreut.

»Sie ist immer noch hier«, sagte er. Es klang so, als wäre er einer besonders schlimmen Ex über den Weg gelaufen.

»Sie?«, fragte ich. »Kennen Sie einander?«

»Es ist leichtsinnig, Wertgegenstände in Ihrem Zimmer herumliegen zu lassen.«

Ich wartete. »Ich halte das für ein Originalgemälde einer Brontë.«

»Ja«, sagte er. »Von Anne. Ich wusste es, als ich es das erste Mal sah.«

»Sie wussten es?«

»Sehen Sie sich die Pinselführung an.«

Ich blickte auf das Bild. »Was?«

»Und hier, das Datum, das sie schnell in die rechte Ecke gekritzelt hat. Hier, sehen Sie? Schauen Sie genauer hin. 1843. Erkennen Sie das Motiv nicht?«

»Nein.«

»Ich dachte, Sie hätten *Jane Eyre* gelesen.«

»Bitte?«

Er zog seine Handschuhe aus und warf sie in die Ecke. »Das Buch«, sagte er, »geben Sie mir das Buch.« Er streckte die Hand aus, als verlangte er meinen Skalp.

Als ich mich nicht schnell genug bewegte, ging er an mir vorbei zum Schreibtisch, wo *Jane Eyre* lag. Er nahm das Buch und blätterte es rasch durch. Ich hatte den Eindruck, dass er das schon oft getan hatte. Es war, als würde man einem Geigenvirtuosen dabei zusehen, wie er Tonleitern übte.

»Wie viele Leute wissen, dass das Bild hier hängt, Samantha?«, fragte er zerstreut.

»Nur Sie, ich, mein Vater. Marvin und ein paar harmlose Touristen.«

»Ihr Vater?«, sagte er scharf.

»Ja. Er hat es hier aufgehängt.«

»Und ich dachte, Sie hätten das getan«, sagte er. »Ich habe angenommen, dies sei Ihr Erbe, das Sie vor der Welt verbergen wollten. Ich war so höflich, es nicht zu erwähnen.«

»Sie trauen mir zu viel zu.«

»Diese Sache bleibt unter uns, ja?«

Ich sah mich um. »Wem sollte ich es denn sagen?«

Er antwortete nicht und widmete sich wieder dem Buch. Wenn Männer sich konzentrieren, sind sie verdammt attraktiv. Ich fragte ihn, wonach er suchte, aber er schien mich nicht zu hören. Er sah erst wieder auf, als er den Finger auf eine bestimmte Seite gelegt hatte, und reichte mir das Buch.

»Hier, lesen Sie.«

Ich nahm das Buch. Wie üblich hatte mein Vater die ganze Seite unterstrichen. Es ist die Stelle, wo Jane Rochester drei Aquarelle von sich zeigt. Wie Orville befohlen hatte, las ich:

Auf dem ersten erblickt man tiefhängende, bleischwere Wolken, die sich über die wildbewegte See wälzen. Die Ferne liegt in völligem Dunkel ... Ein Lichtstrahl lässt einen halb aus dem Meer ragenden Mast deutlich hervortreten, auf dem ein dunkler großer Seerabe sitzt, dessen Schwingen die Gischt bespritzt. Im Schnabel hält er ein goldenes Armband, reich mit Edelsteinen besetzt ... Hinter dem Vogel scheint der versinkende Leichnam einer Ertrunkenen durch das grünliche Wasser. Nur ein einziges Glied ist deutlich erkennbar: ein weißer Arm, von dem das Armband fortgespült oder heruntergerissen worden ist.

Ich sah Orville mit großen Augen an.

»Sehen Sie nun, wo das Problem liegt?«, fragte er.

Ich sah das Bild an, dann wieder das Buch. »Problem?«, echote ich. »Das sind tolle Neuigkeiten!«

Ich kam mir vor wie ein Kind in einem dieser unrealistischen Weihnachtsfilme, das sich etwas so fest wünscht, dass es plötzlich aus dem Kamin purzelt. Das war ein literarischer Zaubertrick. Das Buch und das Bild – durch ein unsichtbares Band verbunden. Die Worte hatten sich vor unseren Augen in feste Materie verwandelt.

»Schauen Sie bitte nicht so besessen drein«, sagte Orville.

Ich reagierte nicht, es fiel mir schwer, mich zu konzentrieren. Die fiktionale Jane Eyre hatte ein Bild gemalt, und es hing vor mir. Genau dieses Bild! Ich blickte zu den anderen Büchern im Regal, *Agnes Grey, Sturmhöhe, Die Herrin von Wildfell Hall.* Sie schauten mich an, als wollten sie fragen: »Warum hast du so lange gebraucht?«

Würden alle Aquarelle von Jane Eyre aus den Seiten springen? Und Helen Grahams Bilder? Würde ich den kleinen Vogel aus *Agnes Grey* finden? Berthas Tuch aus *Jane Eyre*? Den Grabstein aus *Sturmhöhe*? Die Möglichkeiten waren unbegrenzt. Irgendwo in weiter Ferne konnte ich meinen Vater jubeln hören.

»Was überlegen Sie?«, wollte Orville wissen.

»Ich überlege, was Annes Bild in Charlottes Buch zu suchen hat.«

»Wie bitte?«

»Ich hatte recht. Charlotte war eine Diebin.«

»Ziehen Sie keine voreiligen Schlüsse«, sagte Orville. »Das ist nur ein Bild.«

»Wie können Sie so gelassen bleiben? Glauben Sie, das sind die ›Warnungen aus Erfahrung‹?«

»Mir wäre es lieber, wenn Sie all das vergessen und zu Bett gehen würden.«

»Es ist erst sieben Uhr.«

»Ich muss verreisen.« Orville nahm seine Handschuhe und seinen Hut und ging zur Tür.

»Warum sind Sie wütend?«, fragte ich.

»Ich würde Sie lieber nicht … so sehen.«

»Wie denn?«

Er schlang seine Reisetasche um die Schulter. »Versprechen Sie mir, keine Dummheiten zu machen? Es ist nur ein Bild. Vergessen Sie das nicht. Sie müssen sich immer wieder sagen: ›Es ist nur ein Bild.‹«

Ich hob die Augenbrauen. Orville hatte eine Hand am Türknauf.

Als ich nicht antwortete, sagte er. »Gut. Ich denke, ich habe genug gesagt.«

Die Tür schlug hinter ihm zu.

14

An diesem Wochenende traf ein »Frankenstorm« auf England. Die *Times* nannte ihn den Sturm des Jahres, denn er sollte noch heftiger werden als der Sturm des Jahres, den wir zu Jahresbeginn erlebt hatten. Die Meteorologen aller größeren Wetterstationen verteilten Ratschläge in Bezug auf den Hochwasserschutz, in den Geschäften gingen die Taschenlampen aus, Mineralwasser wurde teurer als meine Studiengebühren.

Ich nahm den letzten Zug nach Haworth, der Heimatstadt der Brontës. Angesichts der Schlagzeilen war es eine dumme Idee, aber ich wollte unbedingt weg. Die letzten Tage hatten es nicht gut mit mir gemeint. Das Old College hatte sich in das Grab meines Vaters verwandelt. Nach meinem Gespräch mit Orville suchte ich den Rest der Woche den Campus nach weiteren Bildern, Initialen oder Wandinschriften ab, die mir in den letzten Monaten entgangen sein könnten. Ich durchkämmte die verlassenen Korridore der Bibliothek, ich wühlte in den feuchten Kellern der Wohnheime in Bücherstapeln, ich studierte Karten des Campus, Denkmäler, Becher, Zeichnungen, Gekritzel und Schmierereien, Globen, Aschenbecher, Stühle, Tische, Läufer, Badezimmerschilder, Teppichflecken. Nichts wirkte interessant oder gar alt, und keines schrie: »Warnungen aus Erfahrung«!

Verzweifelt wandte ich mich an Hans, der normalerweise ein wandelndes Lexikon nutzloser College-Geschichten war, aber dieses Mal stellte er im Gegenzug zu viele Fragen. »Ich verstehe nicht, warum du das tust. Was suchst du? Was ist los?« Ich antwortete nicht. Im Verlauf der Tage wurde klar, dass ich in Oxford keine weiteren Hinweise finden würde, und ich dachte immer mehr über die Parsonage nach. Mein Vater hatte mir versprochen, dass wir irgendwann dort hingehen würden. Vielleicht hatte er einen speziellen Grund dafür – vielleicht hatte er etwas in einem alten Grab versteckt oder etwas unter einen leicht zu übersehenden Teppich geschoben. Beides war unwahrscheinlich, aber andere Möglichkeiten fielen mir nicht mehr ein. Entweder also Haworth oder gar nichts.

Die kahler und trostloser werdende Landschaft verriet mir, dass wir uns dem Norden Englands näherten. Ich faltete die Zeitung zusammen, in der es um sterbende Buchhandlungen und angeklagte Kriegsverbrecher ging. Der Zug war leer, am anderen Ende des Wagens schimpfte eine Frau lautstark mit ihrem Sohn: »Du erinnerst dich doch, wie es letztes Jahr war, oder? Henry, hörst du mir überhaupt zu? Henry!«

Nach drei Stunden Fahrt erreichten wir Leeds, wo ich in einen alten, heruntergekommenen Zug der Keighley & Worth Valley Railway umstieg. Eine Frauenstimme verkündete aus dem Lautsprecher, dass wir mit einem historischen, restaurierten Zug unterwegs waren, den jeder kannte, der einmal *Sherlock Holmes*, *Söhne und Liebhaber* oder einen Film mit Hercule Poirot gesehen hatte. Ich fragte mich, ob der Zug auch die Kulisse für *Zombie*, *Blut an den Lippen* oder *Das Omen* gewesen war. Draußen erstreckte sich meilenweit ein knochiger Wald, die Zweige waren verschlungen wie Gliedmaßen von Skeletten, die nach einer fürchterlichen Schlacht erstarrt waren. Nach einer Weile lichteten sich die Bäume und wichen weitem, ödem Land. Wir waren im Moor angekommen.

Als der Zug eine halbe Stunde später hielt, stieg ich zusammen mit den wenigen anderen Passagieren aus. Haworth war trist. Alte, verlassene Häuser drückten sich Schulter an Schulter aneinander. In Erwartung des Sturms waren die Fenster bereits verriegelt, auf allen Gehsteigen waren Sandsäcke gestapelt. Es gab wohl keine Taschenlampen mehr zu kaufen, eine Frau ging mit einer Laterne in der Hand an mir vorbei.

Ich hatte kein Handynetz, also auch kein Navi. Ich brauchte ein Taxi. An Bahnhöfen gab es doch immer Taxis. Hallo? Taxi? Ich ging durch die stillen Straßen und suchte nach einem hilfsbereiten Ortsansässigen. Ich fand einen Park, aber keine Menschen. Ein geschlossenes Café, aber keine Menschen. Die Bewohner von Haworth hatten sich wohl schon in den sicheren Hafen ihrer ordentlichen britischen Heime zurückgezogen. Das Einzige, was sich bewegte, war eine einzelne Zeitungsseite, die vorüberwehte.

Wollten die Brontës mich veräppeln? In diesem Höllenloch gab es nichts Charmantes, nichts Romantisches. Ich ging bis zu einem kleinen Hügel, von dem aus ich das Moor überblicken konnte. Die Erde war dunkelblau und kalt, der Himmel von erdrückendem Grau. Ich sah in die leere Weite hinaus. Das hügelige Land starrte zurück.

Als ich mich umdrehte, war da auf einmal ein Taxi. Es rollte durch die Straße wie ein alter Cowboy. Ich hob die Hand. Als der Wagen neben mir hielt, wurde das Fenster heruntergelassen und gab den Blick auf einen einäugigen Mann mit kantigem Kinn und einer Miene frei, die zu sagen schien: »Laura? Die ist schon seit Jahren tot.«

»Zur Brontë Parsonage bitte.«

»Könnte sein, dass die Straßen gesperrt sind, meine Liebe.«

Im Grunde hatte ich keine Ahnung, was er gesagt hatte. Sein nordenglischer Akzent war nicht zu verstehen.

»Wie schnell können Sie dort sein?«, fragte ich dennoch.

Er musterte mich. »Steigen Sie ein.«

Ich stieg ein, das Taxi fuhr knurrend an. Ich gab ihm die Adresse, und wir krochen durch die alten Straßen, vorbei an flatternden Plakaten für die *Haworth West Lane Baptist Amateur Operatic Society*, vorbei an kleinen englischen Häusern, britischen Kleinwagen und einem verlassenen alten Park. Es hatte angefangen, leicht zu schneien. Nach nur wenigen Minuten kam der Wagen zum Stehen, der Fahrer sagte, er könne wegen des Hochwassers nicht weiterfahren, aber das Pfarrhaus sei in der Nähe. Ich bezahlte die horrende Summe und stieg aus.

Der Fahrer fuhr rückwärts die alte Straße hinunter, bis er außer Sicht war.

Ich zog meinen Schal enger um den Hals. Vor mir lag nichts als eine löchrige Straße aus Kopfsteinpflaster mit Pfützen. Ich ging den schmalen Weg entlang, vorbei an einer alten Kirche, dessen breiter grauer Turm sich gegen einen noch graueren Himmel abhob. Irgendwie kam er mir bekannt vor. Ich bog um eine Ecke, und plötzlich stand das Pfarrhaus vor mir.

Ich hätte es überall erkannt, das Heim meiner Ahnen. Dad hatte davon eine gerahmte Tuschezeichnung über dem Bett hängen, gemalt von seinem Urgroßvater Ernie. Das Haus war alt und viereckig, es hatte Sprossenfenster wie eine Anstalt. Der Wind traf mich hart von der Seite, und plötzlich kam mir eine leise Frauenstimme in den Sinn:

Das Haus ist alt, kahl die Bäume,
Mondlos wölbt sich der Dämmerschein
Doch was auf Erden ist halb so erträumt –
So ersehnt – wie der Herd des Heims?

Aus der Nähe war das Haus seltsam klein und still, als würde es seit Jahrhunderten darauf warten, dass seine Zeit käme. Ich ging den alten, vergessenen Weg hinauf und stellte mir vor, dass die Brontës dasselbe getan hatten. Das hat Emily auch getan, und das und das! Doch es war anstrengend, meine Verwandten zum Leben zu erwecken. Ich hatte das Gefühl, Emily wollte gar nicht geweckt werden. Ich spürte, dass sie irgendwo war und mir den Stinkefinger zeigte.

Ich klopfte an die Haustür. Keine Reaktion. Der Wind hinter mir war rau und eigensinnig. Ich klopfte wieder und wieder. Musste ich erneut irgendwo einbrechen? Ich klopfte noch zweimal, und zu meiner Erleichterung ging die Tür auf. Auf der anderen Seite stand Sir John. In seinem schwarzen Mantel und dem roten Schal um den Hals sah er aus, als wäre er direkt dem Buch *Die rote Tapferkeitsmedaille* entsprungen.

»Sind Sie verrückt?«, fuhr er mich an.

»Ich bin die neue Gouvernante.«

»Wir haben Sturm, Miss Whipple. Ich hatte nicht damit gerechnet, dass Sie sich wirklich auf den Weg machen.«

»Na, jetzt bin ich hier.«

»Haben Sie schon einmal wirklich schlechtes Wetter erlebt?«

»Sie vergessen, dass ich in Boston aufgewachsen bin.«

»Das hier sind nicht die Bermudas, das ist Nordengland.«

»Wenn Sie Boston für die Bermudas halten, waren Sie eindeutig noch nie dort.«

»Wir schließen das Museum bald.«

»Ich werde mich beeilen.«

Ich schob mich an ihm vorbei in die kleine, saubere Diele. Ich sah Parkettboden, frischgestrichene Wände und eine Vase, die von Ikea hätte sein können. Das Haus roch nicht so alt und muffig, wie ich es mir erhofft hatte. Es war überraschend gut instand. Die Böden glänzten viel zu sehr. Wir hätten auch im kargen Loft eines jungen kalifornischen Golfer-Pärchens stehen können.

Ich sah mich um. »Rührend.«

Sir John sah mich mit großen Augen an. Ich hatte den Eindruck, dass er keine bleiche braunhaarige Frau mit nassen Stiefeln sah, sondern einen Mann mit Brille und schütterem Haar in einem schlecht sitzenden Mantel und mit drei Künstlernamen. Ich fragte mich, wann genau Dad hier gewesen war.

John Booker zwang sich zu einer einigermaßen höflichen Miene. Auf dem Klapptisch am Eingang sah ich Stapel seines neuen Buchs. Ein paar standen aufrecht und waren aufgeschlagen, als würden sie um Geld betteln.

»Haben Sie die Romane dabei, Samantha?«

»Nur *Die Herrin von Wildfell Hall.*«

»Ich würde das Buch gern sehen.«

»Wie wäre es zuerst mit einer Führung?«

Sein Mund zuckte. Seine Hände waren altersfleckig und blass und sie zitterten ganz leicht. Er wirkte älter als bei unserem letzten Zusammentreffen – wie einer dieser alten Männer, bei denen man sich unsicher ist, ob sie einen überhaupt hören können, sodass man etwas Unverschämtes sagt, nur um es herauszufinden.

»Was suchen Sie hier eigentlich?«

»Das, was mein Vater gefunden hat, als er hier war.«

Sir John neigte leicht den Kopf, sagte aber nichts. Ohne ein weiteres Wort drehte er sich nach rechts und öffnete eine Tür. Ich stellte meine Tasche ab und folgte ihm mit klopfendem Herzen. Wir duckten uns und betraten eine kleine, abgedunkelte Stube mit altmodischen femininen Tapeten und einem blutroten Teppich. Gott, ich war hier – in dem dämmrigen, spektakulären Zimmer, wo die drei Mädchen ihre Romane geschrieben hatten! In meiner Vorstellung war ich schon tausendmal hier gewesen. Es war ein bescheidener Raum mit einem Kamin, drei leeren Stühlen und einem quadratischen Esstisch. Emily war auf der schwarzen Couch drüben an der hinteren Wand gestorben, genau unter dem Porträt ihres Bruders Branwell. Ich holte tief Luft, als könne ich all die Konflikte, das Lachen, die Genialität einatmen, die diesen Raum erfüllt hatten. Doch das Zimmer war ganz anders, als ich es mir vorgestellt hatte, es war viel zu still, und der Geruch von Desinfektionsmittel irritierte mich. Hier gab es kaum etwas, was mich nicht an eine alte Irrenanstalt denken ließ.

Ich wartete darauf, dass etwas Großartiges, Magisches passierte. Dad? Wo war mein Vater? Hatte er mir irgendwelche Notizen oder Rätsel hinterlassen? Komm schon, Dad, ich bin hier. Wo bist du? Ich sah mich nach Hinweisen von ihm um. Hatte er etwas in die Wand geritzt? Etwas hinter der Couch versteckt? Sir John ließ zu, dass ich mich kurz umsah. Alles war sauber. Blitzsauber. Mich überkam zunehmende Verzweiflung: Emily, Charlotte und Anne waren nie weiter weg gewesen als in diesem Moment. Mit leicht geöffnetem Mund wandte ich mich an Sir John, er sah mich kühl an. Ich hatte das Geheimnis aufgedeckt: Das Haus war tot.

Schweigend folgte ich ihm zurück in die Diele. Die Besichtigung der oberen Räume war oberflächlich und kurz wie eine belanglose Autopsie. Sir John erlaubte, dass ich meinen Kopf in die verschiedenen Schlafzimmer steckte wie ein Hund an der Leine. Patrick Brontës Zimmer war klein und ordentlich, es gab eine hübsche Zeichnung und ein großes, rechteckiges Fenster, aus dem er, wie ich erfuhr, jeden Morgen seine Gewehre abgefeuert hatte. Das alte Spielzimmer der Mädchen war ein schlecht beleuchteter Quader, in den nur wenig natürliches Licht fiel. Auf dem Fenstersims standen ein paar stockfleckige Bücher, deren Gebrauchsspuren bewiesen, dass sie oft gelesen worden waren. Hier waren die Autoren und ihre Bücher, die das Denken der Brontës geformt hatten: Shelley, Byron, Sir Walter Scott. Die Bibel. Zu meinem Missfallen fand ich keine einzige Nische, Ritze oder Kammer, die einer Inspektion würdig gewesen wäre, und auch keinen Geheimgang, nicht einmal ein loses Fußbodenbrett. Alles was ich fand, war eine Schreibfeder, die so auf Emilys ehemaligem Schreibtisch drapiert war, als würde gleich jemand kommen und sie in die Hand nehmen.

Charlottes Zimmer war am langweiligsten. Die einzig beachtenswerten Gegenstände waren das Bett, in dem sie gestorben war, und mitten im Raum eine kopflose Ankleidepuppe, die ein altes, unförmiges Kleid trug. Sie stand in einem Kasten aus dickem Sicherheitsglas. Offenbar durfte man nichts anfassen. Auch die Notizbücher waren in Glasvitrinen ausgestellt. Sir John wartete geduldig, während ich mir alles ganz genau ansah. Ich hoffte, zumindest einen einzigen Hinweis auf das Feuer zu finden, das vor langer Zeit dieses Haus verwüstet hatte. Doch ich fand nichts Außergewöhnliches. Die Wände mussten im vergangenen Jahrhundert erneuert worden sein, die Narben mit der Zeit verblasst. Oder vielleicht hatte das Feuer, das ich so schnell mit Charlotte in Verbindung gebracht hatte, ja auch nie etwas mit ihr zu tun gehabt. Was für ein Gedanke!

Schließlich drehte ich mich wieder zu Sir John um. »Das ist einfach nur schrecklich.«

»Was hatten Sie denn erwartet?«

»Etwas Dramatisches.«

»Sie lesen zu viele Romane.«

»Das taten die Brontës auch.«

Ich hatte gedacht, dass meine Verwandten in diesem Haus irgendwie lebendig wären und dass die Arbeit eines Kurators darin bestand, ihre Geister so glücklich und wohlgenährt zu halten wie nur möglich. Ich hatte mich getäuscht. Das Pfarrhaus stand nur noch dank hundert Jahre währender lebenserhaltender Maßnahmen. Sir John kümmerte sich darum wie um einen kranken Verwandten, um den es schlechter stand, als die anderen wussten. Die Erregung, die ich zuvor verspürt hatte, ließ nach. Ich war nur ein kleines Mädchen in einem großen Haus, das so tat, als wäre es groß und das Haus klein. Heute würde ich die »Warnungen aus Erfahrung« nicht finden. Ich hatte nicht einmal das alte Pfarrhaus der Brontës gefunden.

»Sie haben Cambridge wegen dem hier verlassen?«, fragte ich.

Das zu sagen war natürlich falsch, aber zu meiner Verteidigung muss ich sagen, dass es in meinem Kopf besser geklungen hatte.

Sir Johns Augen wurden schmal. »Man tut vieles aus Leidenschaft.«

Aus dem Mund in seiner angegrauten Maske von Gesicht klang das Wort »Leidenschaft« fremd.

»Ich frage mich, was mein Vater wohl von alldem gehalten hat, als er es sah.«

Sir John lachte bellend auf. »Hat er Ihnen das erzählt? Dass er hier war?«

»Ja. Warum?«

»Ihr Vater hat nie einen Fuß ins Pfarrhaus gesetzt. ›Schon aus Prinzip nicht‹, das waren seine Worte.«

Ich stutzte. »Aber er hat gesagt, dass ich ihn hier finde.«

»Ihr Vater hat vieles gesagt, was nicht wahr war.«

Er lehnte sich an den Türrahmen, ich schwieg. Vertrauter, erschöpfter Ärger stieg in mir auf – auf den unsichtbaren Mann mit der Brille und den drei Pseudonymen und auf seine unverbesserlich naive Tochter. Ich versuchte, mir die genauen Gespräche über dieses Haus ins Gedächtnis zu rufen, aber je mehr ich mich bemühte, desto verschwommener wurden die Erinnerungen. Hatten sie überhaupt so stattgefunden, oder bildete ich sie mir nach all den Jahren nur ein? Ich war mir nicht mehr sicher, wer von uns beiden der größere Lügner war. Wer war der echte Geschichtenschreiber: ich oder mein Dad?

Vorsichtig griff ich in meine Tasche und zog *Die Herrin von Wildfell Hall* heraus. Ich warf einen flüchtigen Blick darauf, dann reichte ich Sir John in einem Akt der Kapitulation das Buch.

Erst nach über einer Stunde kam ich die Treppen wieder herunter. Wie ein garstiges Kind, das sich in die Ecke verzogen hat und darauf wartete, dass seine Schwestern merkten, dass es schmollte, hatte ich in Anne Brontës ehemaligem Zimmer gesessen. Den Rücken an die Wand gelehnt, hatte ich die Augen geschlossen und versucht, den Gesprächen, die vor 167 Jahren hier geführt worden waren, zu lauschen. Doch ich hörte lediglich ein leises Wimmern, tief in meiner Brust. Mein Körper schien zu begreifen, was mein Verstand noch nicht erfassen konnte: Ich war ganz und gar allein.

Als ich wieder hinunterging, war es fast dunkel. Sir John saß in dem alten Sessel an der Haustür. Er putzte seine Fingernägel. *Die Herrin* lag neben ihm auf dem Tisch wie ein schlafender Tiger an der Seite dutzender Bücher voller Wunschdenken über den »Großen Brontë-Besitz«. Ich stellte mich an das schmutzige kleine Fenster und blickte hinaus. Der Sturm tobte. Weißes Gestöber umschwirrte den alten Friedhof.

»Und?«, sagte ich zum Fenster. »Was halten Sie von der *Herrin*? Hat sie für Sie irgendwelche Fragen beantwortet?«

»Die Anmerkungen Ihres Vaters sind unleserlich«, brummte Sir John hinter mir. Er konnte seine Enttäuschung kaum verbergen, er klang wie ein kleiner Junge, der gerade herausgefunden hatte, dass er nicht mehr weiterwachsen würde.

»Ich habe Sie gewarnt«, sagte ich.

»Die einzige Anmerkung, die ich entziffern kann, ist auf der letzten Seite. Dort steht ›Econ 101‹.«

»Tatsächlich? Ich bin dieses Mal nicht bis zum Ende gekommen.«

»Wissen Sie, was es damit auf sich hat?«

»Für mich oder für meinen Vater?«

»Für Ihren Vater natürlich.«

Ich drehte mich mit geschürzten Lippen um. Offenbar war

ich nur ein Informationskanal zwischen den Lebenden und den Toten. Niemand hatte sich je die Mühe gemacht, auf meine Meinung zu hören – Sir John nicht, Orville nicht und manchmal nicht einmal mein Vater.

»Sie hätten selbst mit ihm reden sollen«, sagte ich.

»Ich sagte Ihnen doch, dass es nicht möglich war, an ihn heranzukommen.«

»Sie hätten es mit Rauchzeichen versuchen sollen. Die mochte er.«

Sir John starrte mich an. Erstaunlich, wie umgänglich ich mir im Vergleich zu ihm vorkam. Doch ich konnte seine Frustration verstehen: Dads Exemplar der *Herrin* hatte kein einziges Rätsel gelöst.

»Darf ich Sie etwas fragen?«, sagte ich. Draußen heulte der Wind das Haus an. »Was ist mit dem Aquarell von Anne Brontë geschehen, das Sie entdeckt haben? Sie erinnern sich – die Entdeckung, die Ihr Leben verändert hat. Sie haben mir in Oxford davon erzählt. Ist es hier? Ich würde es gern sehen.«

Er deutete auf die Bücherstapel neben ihm.

»Seite 275.«

Ich ging zum Tisch und nahm ein Exemplar des *Großen Brontë-Besitzes*. Es glänzte und roch nach Chemikalien. Ich fand die Seite und las: »*Gemälde von zwei Turteltauben*. Ist es das?«

Er nickte.

Ich sah mir die Seite an. Unter dem kursiv gesetzten Titel war ein hübsches kleines Bild abgedruckt, eine Art Momentaufnahme von zwei Vögeln auf einem Ast, der über einem jungen Mädchen mit blauen Augen hing. Für ein Original von Anne Brontë war es überraschend fröhlich. Die Vögel waren zuckersüß. Das Mädchen war mollig und irgendwie erotisch. Ein Ärmel des Kleids war heruntergerutscht und entblößte eine elfenbeinweiße Schulter. Ich strich mit dem Finger über die Hochglanzseite. In der Mitte hielt ich inne und kniff die Augen zusammen. Die Szene wirkte seltsam vertraut. Ich sah zu Sir John, der in den Sturm hinausstarrte, dann wieder auf die Seite. Ich war mir sicher, dass ich dieses Bild schon einmal irgendwo gesehen hatte, oder nicht? Vielleicht hatte ich es mir eingebildet. Oder hatte ich womöglich davon *gelesen*?

Leise, ohne meinen mürrischen Gefährten zu stören, legte ich das Buch zurück und griff nach der *Herrin von Wildfell Hall*. Fachmännisch blätterte ich es durch – wie Orville. Da, auf Seite 242, fand ich eine Stelle, die mir bekannt vorkam, ich hatte sie erst vor wenigen Wochen im Zug nach Paris gelesen. Mein Vater hatte sie pink markiert:

> *Ich hatte mir die Freiheit herausgenommen, dem Gras und den Blättern mehr von dem leuchtenden Grün des Frühlings oder Frühsommers zu verleihen, als in der Malerei gewöhnlich gewagt wird. Die dargestellte Szenerie zeigte eine offene Waldlichtung. […] Auf diesem Ast, der sich kühn gegen die düsteren Fichten abhob, saß ein verliebtes Turteltaubenpaar, dessen dunkel gefärbtes Gefieder einen Kontrast anderer Art bildete; und darunter kniete ein junges Mädchen auf dem mit Gänseblümchen übersäten Moos, den Kopf zurückgeworfen, wobei ihm eine Flut blonden Haares auf die Schultern herabfiel …*

Ich schlug das Buch zu.

Sir John sah mich an. »Ist etwas?«

»Nein«, krächzte ich.

Er heftete seinen Blick wieder auf den Sturm, der den Schnee wild um die Grabsteine peitschte. Ich wartete, aber es geschah nichts. War John Booker, dem großartigen Sir John, die Ähnlichkeit zwischen der Textstelle und dem Bild entgangen? War es zu einfach, zu offensichtlich? Es war doch direkt vor seinen Augen.

Vorsichtig griff ich wieder nach seinem Buch und schlug es auf. Die beiden Turteltauben sahen mich unschuldig an. Anne hatte das Bild wohl nicht in der Absicht gemalt, es jemandem zu zeigen, es wirkte unfertig. Hier ein Klecks Grün, dort eine blaue Linie. Sie hatte die Konturen kaum ausgemalt. Die Vögel sahen rund und glücklich aus. Wahrscheinlich waren sie betrunken. Grinsten sie? Je länger ich das Mädchen ansah, desto mehr schien es zu strahlen. Das Mädchen und die Vögel sahen so aus, als würden sie gemeinsam über einen Witz lachen und könnten sich gar nicht mehr einkriegen.

Ich hätte Sir John ein wenig mehr zutrauen sollen – er hatte recht, das Bild war nicht von geringer Bedeutung. Als Helen Graham in der *Herrin* dieses Bild malt, ist sie ein liebestrunkenes junges Mädchen, das von seinem Traummann, dem angehenden Alkoholiker Arthur Huntingdon, träumt. In einer Szene, die Jane Eyres erstem Zusammentreffen mit Edward Rochester verdächtig ähnlich ist, kommt Arthur in Helens Zimmer und entdeckt zufällig ihre Zeichenmappe mit unfertigen Skizzen. Er will sie anschauen. »Ich lasse sie nie jemanden sehen«, sagt Helen schwach, bevor er sich eines Miniaturselbstporträts bemächtigt, denn er ist daran mehr interessiert, als Helen lieb gewesen wäre. Er gibt es ihr zwar zurück, aber aus Angst, er könnte es sich zurückholen und anderen Leuten zeigen, zerreißt sie es und wirft es ins Feuer. Ohne Zweifel typisch Emily Brontë. Für Helens Verhalten gibt es nur eine Erklärung: Diese Skizzen sind ein Spiegelbild ihrer Seele und drücken Gefühle aus, die sie der Welt niemals offenbaren würde. Anne Brontë, die Künstlerin hinter Helens Bild, musste dasselbe empfunden haben. Ihre Skizzen stellten ein visuelles Tagebuch dar, das sie nie einem Londoner Verleger geschickt hätte. Ich schlug das Buch wieder zu.

»Wie haben Sie das Aquarell als ein Bild von Anne identifiziert?«, fragte ich Sir John. »Es sieht anders aus als alles andere, was sie sonst gemalt hat.«

»Stilistisch sind sie gleich.«

Ich nickte. »Kann ich es bitte live sehen?«

»Bitte?«

»Das Aquarell. Ich würde es gern sehen.«

»Das Museum schließt jetzt.«

»Es dauert nur einen Moment.«

Schweigen, dann: »Es ist nicht hier.«

»Wo ist es?«

»Dort, wo es hingehört.«

»Eher als in das Brontë-Museum?«

»Sie verärgern mich, Miss Whipple.«

Er stand auf und drehte mir den Rücken zu. Er war dünn. Seine Hemdsärmel waren aufgekrempelt, und ich konnte bläuliche Adern unter der blassen Haut durchscheinen sehen. Ich ging um ihn herum und stellte mich vor ihn.

»Also, wo ist es?«

»Wo ist was?«

»Das Bild. Haben Sie es dem Mann zurückgegeben, dem es gehört? Wie hieß er doch gleich – Elmes?«

»Er hat mich gebeten, mich darum zu kümmern.«

Ich stutzte. »Hatte er ein Messer am Hals, als er das sagte?«

Sir John kniff die Augen zusammen. »Wie war das gerade?«

Ich schluckte. »Verzeihung.«

»Was wollten Sie damit andeuten?«

»Nichts.«

Wir schwiegen.

»Oder …«, sagte ich vorsichtig.

»Raus damit!«

»Nun, warum sollte er es Ihnen geben, wenn es so wertvoll ist?«

»Nicht jeder ist so egoistisch wie Ihr Vater. Elmes wurde sich darüber klar, dass Erinnerungsstücke wie dieses Bild in die Hände qualifizierter Biographen gehören.«

»Dann haben Sie es also?«

»Wieso interessiert Sie das?«

»Die Brontës sind *meine* Familie.«

Die Worte kamen mir schwungvoller über die Lippen, als ich erwartet hatte. Ich hatte das Wort »Familie« betonen wollen, nicht »meine«, aber nun war es eben so. Ich bin nie sehr besitzergreifend gewesen, aber auf einmal hatte ich das Bedürfnis zu betonen, dass es meine Verwandten waren, meine Geschichte und vielleicht auch mein Haus, in das Sir John anmaßend einmarschiert war, als wären es die Ardennen.

Sir John kräuselte die Lippen. »Wie ähnlich Sie Ihrem Vater doch sind.«

»Was haben Sie mit dem Bild gemacht, Sir?«, drängte ich ihn.

»Ich musste es jemandem geben, der es zu schätzen weiß und es richtig behandelt. Edward Elmes hatte keine Ahnung, was diese Skizze wert ist.«

»Und wie viel ist sie wert?«

»Fast eine Million Pfund Sterling.«

Ich bekam große Augen.

»Es gibt Leute, die diesen Preis bezahlen.«

»Das haben Sie also gemacht?«, fragte ich. »Sie haben Kasse gemacht? Sie haben es aus der Sammlung der Memorabilien genommen und verhökert?«

»Ich bin Wissenschaftler, kein Freibeuter.«

»Das heißt dann wohl, dass Sie Geld gebraucht haben.«

Sein Blick wurde wild. »Ich lasse mich nicht beleidigen! Sie können Ihre Sachen holen.«

»Dann habe ich also recht?«, beharrte ich. »Kein Wunder, dass mein Vater Ihnen nicht über den Weg getraut hat. Wetten, dass Sie jeden einzelnen Gegenstand, den die Brontës je besessen hatten, gesucht haben, nur um alles höchstbietend zu verscherbeln? Meinem Vater war es ein Anliegen, seine Verwandten wieder zum Leben zu erwecken, Sie aber schicken sie anschaffen wie ein Zuhälter.«

»Werden Sie nicht vulgär, Samantha, das ist äußerst unwürdig«, sagte er. »Und um Sie zu beruhigen und Ihrer penetranten Neugier zuvorzukommen – es war nur das eine Bild; es hätte großen Schaden genommen, wenn es noch länger über Edwards baufälligem Kamin gehangen hätte. Der Mann, in dessen Besitz es jetzt ist, ist einer der größten Kunstsammler im Land. Das Bild ist in sehr, sehr guten Händen. So. Sind Sie jetzt zufrieden?«

»Ist dieser Mann auch ein Totengräber?«

Sir John strich seinen Schal glatt. »Sie meinen wohl: Grabräuber«, sagte er in einem Tonfall, der bedeutete, dass unser Gespräch nun beendet war.

Ich presste die Lippen zusammen. Er ging an mir vorbei zum Garderobenständer. Es nervte mich, dass er sich nicht schämte. Ein Professor sollte doch ein Fels der intellektuellen Integrität sein, eine Koryphäe, die von Freunden und Feinden gleichermaßen respektiert wird. Er sollte nicht hinter Geld her sein, genauso wenig wie hinter Frauen.

»Wo übernachten Sie?«, wechselte er das Thema. Es schien ihn gar nicht zu scheren, was ich von ihm dachte – eine Gabe, die ich ihm gern gestohlen hätte.

Ich verschränkte die Arme. »Weiß nicht genau. In irgendeinem B & B.«

Um ehrlich zu sein, ich hatte keinen Schimmer, wo ich bleiben könnte. Mein Handy funktionierte nicht, der Sturm tobte. Vielleicht könnte ich mich hier im Haus verstecken oder einfach in den Sturm hinausgehen und im Moor sterben wie eine echte Romantikerin.

»Sie finden niemals ein Taxi«, sagte er.

»Dramatisieren Sie die Sache nicht.«

Ich schob mich an ihm vorbei und machte die Haustür auf. Eine eisige Bö schlug mir entgegen wie eine Schockwelle. Ich kniff die Augen zusammen. Es war dunkel, aber ich konnte noch immer den Hof sehen, der mit Schnee überzogen war wie ein Kuchen mit Glasur. Sir John hatte recht. Ich würde kein Taxi finden. Ich schloss die Tür wieder.

Sir John wirkte unangenehm berührt, wie ein Vater, den seine Pflichten anwiderten. Er atmete hörbar aus. »Ich habe zu Hause ein Gästezimmer, falls Sie eines brauchen.«

Ich schwieg, er schwieg. Er schien über diese Aussichten genauso wenig erfreut zu sein wie ich. Nach all den Beleidigungen, die ich ihm an den Kopf geworfen hatte, fühlte ich mich durch seine Großherzigkeit ein wenig schuldig.

Ich blickte mich um. »Vielleicht sollte ich einfach hierbleiben.«

»Sie können hier nicht bleiben.«

»Ich werde mich unter dem Teppich verstecken wie Emily.«

»Emily hat sich nicht unter Teppichen versteckt.«

»Das denken Sie!«

Er zog seinen Mantel an. »Entscheiden Sie sich – wollen Sie mit zu mir, oder wollen Sie Ihr Glück auf der Straße versuchen?«

Ich antwortete nicht.

»Also?«

»Ich überlege gerade.«

Er zog seine Schlüssel heraus. Nein, nein, nein! Ich wollte nicht einen ganzen Abend mit Sir John verbringen. Aber als der Schneesturm gegen die Tür peitschte, war klar, dass diese Entscheidung nicht bei mir lag.

Ich seufzte. »Wie kommen wir zu Ihnen?«

Er drückte die Tür auf. »Wir gehen zu Fuß.«

Sir John wohnte nicht weit vom Pfarrhaus entfernt, und doch brauchten wir über eine halbe Stunde dorthin, weil er so langsam ging und weil der Sturm ihn immer wieder aus dem Tritt brachte. Außerhalb der Unterrichtsräume war er stark desorientiert. Mehr als einmal blieb er wie angewurzelt stehen und schnupperte in der Luft wie ein alter Löwe, der wusste, dass er irgendwann zusammenbrechen und von einem rivalisierenden Rudel gefressen werden würde. Vorsichtig bot ich ihm meinen Arm an. Er sagte nichts, aber sein Griff war fest.

Sein Haus war gedrungen und lag abgeschieden auf einer kleinen Erhebung im Moor. Fernab von allem und jedem. So ein Haus kaufte man nur, wenn man Kurator der Brontë Parsonage war – und geschieden. Im trüben Außenlicht warfen die schneebedeckten Büsche bedrohliche Schatten. Wir waren völlig durchnässt.

Der Fußmarsch hatte Sir John nicht gutgetan, er sah aus wie hundertfünfzig. Es dauerte, bis er seine Schlüssel gefunden hatte. Auf dem Absatz der Außentreppe sah ich eine Weihnachtskrippe und ein paar verwelkte Pflanzen. Als er die Tür aufstieß, fiel eine Schindel von der Wand.

»Lassen Sie sie liegen«, bellte er.

Ich ließ sie liegen. Wir klopften uns den Schnee von den Stiefeln und traten ein – ich kreischte. An der gegenüberliegenden Wand der kleinen Diele hing ein Elchkopf. Er starrte mich mit einem eigenartigen Blick an, der zu sagen schien: »Ich habe in Alaska einen tragischen Tod gefunden.«

»Wer hat den geschossen?«, fragte ich, als ich mich vom Schreck erholt hatte.

»Einer meiner Söhne.«

»Ich wusste gar nicht, dass man noch Elche jagt.«

»Ist aber so.«

»Wie viele haben Sie?«

»Elche?«

»Söhne.«

»Sieben.«

Sieben! Ich stellte meine Schuhe dort ab, wo auch Sir John seine hingestellt hatte, dann schüttelte ich meine Jacke aus und hängte sie auf. Ich tat mich schwer, mir Sir John mit einer Horde Kindern vorzustellen. Wo waren all diese Kinder hergekommen? Er war gewiss kein Mann, der sich über seine Fortpflanzung Gedanken machte. Wie animalisch!

Ich stellte meine Reisetasche ab und folgte ihm ins Wohnzimmer. Es war klamm und es roch nach Thunfisch und nassem Hund. Die Einrichtung war weniger prächtig, als ich gedacht hätte. Irgendwie hatte ich ein ganzes Versteck voller gestohlener Kunstwerke erwartet, ein Büro voller Auszeichnungen und Preise oder zumindest mit einer Büste von ihm. Doch ich sah lediglich ein paar alte Möbel. Eine abgenutzte orangerote Couch stand verlegen im Raum, als wartete sie auf ihren letzten Gehaltsscheck. Es gab einen quadratischen Furnierholztisch und vier alte Stühle. Auf dem Tisch lag ein Roman, den ich kannte: *Pfirsiche der Freude.*

Ich sah ihn an. »Ich wusste nicht, dass Sie die Bücher meines Vaters lesen.«

Ich erinnerte mich, dass es Dads Fortsetzung von *Früchte des Zorns* war. Sir John sagte nichts. Er nahm einen Drink, den er sich eingegossen hatte, mit zur Couch und sank auf seinen Platz. Er keuchte. Mit jedem Atemzug sackte sein groß gewachsener, schlaksiger Körper weiter in sich zusammen. Ich setzte mich ihm gegenüber in einen Sessel. Der Kamin brannte nicht, und Sir John schien auch nicht die Absicht zu haben, ihn in Gebrauch zu nehmen. Wo könnte man sonst trocknen? Ich glaubte zu spüren, dass sich bereits eine Lungenentzündung ankündigte.

Wir saßen schweigend da. Ich hörte nur das Ticken einer Uhr, sah sie aber nicht. Ich ließ meinen Blick durch den vernachlässigten kleinen Raum schweifen und sagte Sir John nicht, was ich dachte: nämlich dass er all die Kohle, die er mit Anne Brontës Originalbild gemacht hatte, verprasst haben musste. Ich biss mir auf die Zunge.

Plötzlich hörte man oben einen lauten Knall. Jemand rief: »Bist du das?«

Sir John reagierte nicht.

»Ist hier noch jemand?«, fragte ich und deutete nach oben.

»Mein jüngster Sohn.«

»Hat er den Elch geschossen?«

Keine Antwort. Ich fragte mich, ob er mich überhaupt gehört hatte. Das Trampeln oben wurde immer lauter, dann hörte ich schwere Schritte die Treppe herunterkommen. Ich drehte mich um und sah gerade noch, wie ein erwachsener Mann den Raum betrat. Eins neunzig groß, dunkles Haar, buschige Augenbrauen. Ich erstarrte.

Da, direkt vor mir, stand Dr. James Timothy Orville III.

Nein! Oder doch …? Nein. Mir fiel die Kinnlade herunter. Mein Tutor trug eine Jogginghose und hellrote Socken, und ein T-Shirt, das für seinen Oberkörper nicht lang genug war, entblößte einen Streifen seines weiß marmorierten Unterbauchs. Ich musterte ihn von Kopf bis Fuß und fragte mich, ob dies nicht in Wirklichkeit Orvilles beeindruckendes Double war. Aber nein, ich sah den vertrauten Leberfleck am rechten Arm, die blassen Aknenarben auf den Wangen, seine finstere Miene, die schlagartig dem Schock gewichen war. Mit aufgerissenem Mund und großen Augen starrte er mich an, als hätte er gerade den blutigen Geist von Achill gesehen.

Sir John stellte uns vor. »Das ist mein Sohn James.«

Ich deutete ein vages Nicken an. Meine Wangen brannten. Ich ertappte mich dabei, dass ich ihn anstarrte wie ein fesselndes Meerespanorama.

»James, James«, sagte ich. »Kommt mir irgendwie bekannt vor.«

Orville schien sich schneller von seinem Schock erholt zu haben als ich. Sein Miene war undurchdringlich, aber seine Stimme war freundlich.

»Hallo, Samantha.«

Sein Vater – Gott, war er das wirklich? – sah uns stirnrunzelnd an. »Ihr beide kennt euch?«

Orville schien seine Worte sorgsam zu wählen. »Das ... das ist eine meiner Studentinnen, Vater.«

Eine seiner Studentinnen. War das alles? Ich wollte seine beste Studentin sein, seine einzige Studentin, seine geehelichte Studentin. Vater und Sohn sahen sich an, es war kein höflicher Blick. Zwischen ihnen schien eine ganze Menge unausgesprochener Emotionen zu stehen.

»Verstehe«, sagte Sir John spitz. »Tristan Whipples Tochter? Seltsam, dass du sie nicht früher erwähnt hast, Jimmy.«

Orville lächelte unschuldig, aber ihre Blicke begegneten sich feindselig. Er sah seinem Vater nun so ähnlich, dass ich mich fragte, wie ich diese Ähnlichkeit zuvor nur übersehen haben konnte. Hohe Stirn, kantiges Kinn. Sir John straffte sich und wandte sich mir zu – nicht wie ein Wissenschaftler, sondern wie ein lästiger Elternteil.

»Jimmy ist das jüngste amtierende Fakultätsmitglied der letzten hundert Jahre«, sagte er.

Ich nickte. »Muss hart gewesen sein, gleichzeitig Pubertät und Karriere zu meistern.«

Orville ignorierte mich und wandte sich an seinen Vater. »Wieso hast du so lange gebraucht? Du siehst fürchterlich aus.«

»Ich musste diese junge Dame begleiten«, sagte Sir John hustend.

»Ich habe doch gesagt, dass ich dich abhole.«

»So alt bin ich nun auch wieder nicht, mein Junge.«

»Ich helfe dir beim Umziehen.«

»Das kann ich selbst.«

»Dad ...«

»Genug!«

Die beiden verstummten. Orville half seinem Vater auf die Beine. Der alte Mann äußerte schwachen Protest, ließ es aber zu. Er sah so alt aus! Ich wandte mich ab. Mir wurde klar, dass Sir John mich nicht eingeladen hatte, weil er ein Gästezimmer hatte – er hätte es einfach nicht allein nach Hause geschafft.

Ich fing seinen Blick auf. In diesem Moment veränderte sich sein Gesichtsausdruck, als wüsste er, dass mir gerade das Herz brach. Seine dunklen Augen, die tapfer der Altersschwäche trotzten, wurden schmal vor Unmut. Er sah mich von Kopf bis Fuß an.

»Sie sehen ganz anders aus als Jimmys letzte Freundin«, sagte er schließlich.

»Wie bitte?«

Orville schob seinen Vater zur Treppe. »Komm, ich helfe dir.«

»Wie hieß sie noch mal?«, fragte Sir John in einem Tonfall, der verriet, dass er sich sehr gut an ihren Namen erinnerte. »Irgendeine kaninchengesichtige Blondine, eine Deutsche.«

Demonstrativ hob ich die Augenbrauen und hoffte, Orville würde es sehen und sich freundlicherweise erklären. Doch er drehte sich nur um und fuhr mich an: »Küche. Wir treffen uns dort.«

»Hieß sie nicht Abigail Irgendwas?«, fragte Sir John. Doch Orville half ihm schon die Treppe hinauf. Für den Moment war das Gespräch beendet.

Die Küche mit den dunklen Fliesen und den hellen Vorhängen war überladen und chaotisch. Eine alte Waschmaschine und ein Trockner rasselten laut in einer Ecke wie zwei enthusiastische Marimbas. Auf meinem Weg stolperte ich über einen Schuh. Sieben. Sieben Kinder. Familienfotos bedeckten fast jeden Zentimeter der Wand, alle zeigten eine andere Version des gleichen Gesichts. Ein eigenartiger Platz für Fotos. Entweder wollte Sir John sie dort haben, wo er sie sehen konnte, oder dort, wo er sie nicht sehen musste. Auf dem größten Bild, dem über der Spüle, waren alle sieben Jungs zusammen, sie trugen Fliegen und Schuluniformen und hatten sich nach Größe und Alter aufgestellt wie die Orgelpfeifen.

Orville kam eine Viertelstunde später wieder zurück. Er

keuchte leicht. Ich dachte an das deutsche Mädchen. »Kaninchengesichtig«. Was genau hieß das? Ich stellte mir eine Wiese von Sommersprossen vor, von der hübschen Sorte, und helle türkisblaue Augen. Orville hatte wohl mehr gejagt als nur Elche.

»Welcher sind Sie?«, fragte ich und deutete auf die Fotos, auch wenn ich keine Antwort brauchte. Ich hatte ihn bereits erkannt. Er war der Kleinste, derjenige mit den abstehenden Ohren, der krummen Kinderfliege um den Hals und den vollen, breiten Lippen, die mit den Jahren und der Erschöpfung schmaler geworden waren. Er war kleiner als seine sechs strammen Brüder und stand in ihrem Schatten.

Der neue, dünnlippige Orville öffnete den Kühlschrank, in dem eine halbvolle Ablage zu sehen war – hauptsächlich mit Bier und Eierkartons gefüllt.

»Wie mögen Sie Ihre Eier, Samantha?«

»Von beiden Seiten gebraten«, sagte ich, »Jimmy.«

Er nahm einen Eierkarton heraus und knallte ihn auf die Arbeitsplatte. Bestimmt waren welche zerbrochen. Von dem Trockengestell über seinem Kopf nahm er eine Pfanne. Die Muskeln unter seinem T-Shirt waren dick und angespannt, ich beobachtete sie mit einiger Faszination. Ich fragte mich, wie Orville hier im Haus ohne Jacke herumlaufen konnte. Ich jedenfalls fror.

Ich schlang die Arme fest um meinen Oberkörper. »Das ist also Ihr Vater.«

»Ja, das ist mein Vater.«

»Sie haben mir nie gesagt, dass er der Erzfeind meines Vaters war. Manche Leute könnten das verdächtig interessant finden.«

»Sie haben mich nie danach gefragt.«

»Lebt er allein?«

»Meine Eltern haben sich getrennt, als ich achtzehn war.«

»Und Sie stehen Ihrer Mutter näher als Ihrem Vater?«

»Das habe ich nicht gesagt.«

Er schaltete den Herd an. Kleine blaue Flammen leckten über den Rand der rostigen alten Pfanne. Automatisch wich ich einen Schritt zurück. Orville gab erst einen Klecks Butter hinein, dann acht Eier, eines nach dem anderen. Er rührte vorsichtig mit dem Zeigefinger darin herum und wischte seine Hände dann an der Hose ab. Ich konnte nicht erkennen, ob er wütend war oder gleichgültig, und es nervte mich, dass er für beides die gleiche Miene aufsetzen konnte.

»Sie erinnern sich bestimmt, dass ich Sie gebeten habe, keine Dummheiten zu machen«, sagte er. »Wieso sind Sie hergekommen?«

»Hätte ich zu Hause sitzen und stricken sollen?«

Wie aufs Stichwort schaltete sich der Trockner aus. Orville durchquerte den Raum und riss das runde Türchen auf. Er warf mir ein graues Shirt mit V-Ausschnitt und eine Jogginghose zu.

»Ziehen Sie das an. Sie müssen sich warm halten.«

Die Kleider rochen vertraut, aber ich konnte den Geruch nicht genau einordnen. Aus Gründen, die ich nicht gleich begriff, bekam ich Sehnsucht.

»Danke«, sagte ich. »Nicht gucken.«

Er drehte sich um, ich zog meinen nassen Pulli und die Bluse aus, die an meinem Körper klebten wie Blutegel. Ich schlüpfte in Orvilles weiches Baumwollshirt und fragte mich, welche Art Mann sich so viele weiche Sachen kaufte und ob sie nicht in Wirklichkeit von einer baumwollliebenden Dame erstanden worden waren. Und in diesem Fall: von welcher Dame? Hatte sie Sommersprossen und türkisblaue Augen? Ich zog die Jeans aus und kickte sie in die Ecke.

»Sie murmeln«, sagte Orville, der mir noch immer den Rücken zuwandte. »Woran denken Sie?«

»Ich gedenke ›des grüngeaugten Scheusals, das besudelt die Speise, die es isst!‹«

»Wie?«

»Ich habe Hunger. Ist das unser Abendessen?«

Orville nahm einen Pfannenwender. Beidseitig gebratene Eier waren offensichtlich zu kompliziert für ihn, denn er fing an, Rührei zu machen und die Masse sorgfältig hin- und herzuschieben wie Spielzeugschlachtschiffe.

»Ich vertraue darauf, dass die Sache mit dem Bild in Ihrem Zimmer unter uns geblieben ist«, sagte er.

»Klar.«

»Mein Vater weiß nichts davon?«

»Nichts.«

Die Eier rochen gut. Ich zog die übergroße Jogginghose an, die an einigen Stellen abgewetzt war.

»So, fertig«, sagte ich. »Sie können sich wieder umdrehen.«

»Danke.«

»Wenn ich fragen darf – finden Sie es nicht grausam, Ihrem Vater etwas vorzuenthalten, das er wahrscheinlich die letzten zwanzig Jahre gesucht hat?«

Orville sah mich an. »Ich glaube nicht an Pyrrhussiege.«

»Um ehrlich zu sein, Sir, ich habe nie begriffen, was das bedeutet.«

Er schaltete den Herd aus. »Fragen Sie Ihren Vater.«

Das Essen war eine stille, halbherzige Angelegenheit. Wir saßen am Tisch und verzehrten Orvilles vielseitige kulinarische Kreationen: Eier, Thunfisch, Oliven, Bier. Ich erfuhr so einiges: Vater und Sohn mochten beide *Die Nacht vor der Hochzeit*; Sir John hasste Kaugummi-Esser und benutzte für ein Glockengeläut das Wort »Gebimmel«; Orville war der fünfte Sohn, der seinen Eltern in eine akademische Laufbahn gefolgt war, und der einzige, der gezielt den Nachnamen der Mutter angenommen hatte. Ich sah, dass Sir John *Die Herrin von Wildfell Hall* auf den Tisch gelegt hatte, das Buch lag zwischen uns wie eine tickende Zeitbombe.

Als Sir John halb aufgegessen hatte, legte er die Gabel weg. »Treffen Sie sich mit jemandem, Samantha?«

Ich riss die Augen auf. Die Eier hatte ich gegessen, nun arbeitete ich mich durch Orvilles Thunfisch-Kreation.

»Wie meinen Sie das?«

»Gibt es einen Mann in Ihrem Leben?«

»Einige, aber sie sind alle fiktiv.«

Er lächelte nicht. »Ein so reizendes Mädchen wie Sie? Das überrascht mich.«

Ich versuchte, nicht gekränkt zu sein. Wenn Männer in so einem Tonfall »reizend« sagten, fanden sie einen überhaupt nicht reizend.

»Ich verstehe die Männer wohl nicht«, sagte ich.

»Liegt es daran, dass Sie nicht begreifen, wie etwas so einfach gestrickt sein kann?«

Er sah mich an, als wäre mir etwas Offensichtliches entgangen. Orville aß stumm und blickte nicht auf. Meine Anwesenheit hatte einen Keil zwischen meine beiden Tischnachbarn getrieben. Sie sahen sich kaum in die Augen, und wenn, dann nur um harte, zögerliche Blicke auszutauschen. Waren sie Verbündete oder uneins? Es war alles sehr griechisch.

Sir John ließ nicht locker. »Wollen Sie mir damit sagen, dass Sie im lebhaftesten Epizentrum der Intellektualität in der westlichen Welt keine einzige Quelle der Versuchung entdeckt haben?«

»Ich habe gelernt, der Versuchung zu widerstehen, Sir.«

»Hast du das gehört, James?«, sagte Sir John mit einem verwirrten Lächeln zu seinem Sohn. »Samantha widersteht der Versuchung.«

»Ich habe es gehört«, sagte Orville.

»Sag mal«, sagte Sir John, »darfst du neuerdings wieder in die Dining Hall?«

Orville pfefferte seine Serviette auf den Tisch. »Wir finden sicherlich ein interessanteres Gesprächsthema.«

Kurz herrschte Schweigen. Sir Johns weißes Haar sah aus wie statisch aufgeladen.

»Na gut«, sagte er bedächtig, aber mit einem scharfen Unterton. Er wandte sich an mich: »Worüber reden Sie gern, Samantha?«

Sicherlich meinte er mit »gern« ein Thema, bei dem ich mitreden konnte.

Bevor ich antworten konnte, sagte er: »Als Jimmy klein war, setzten wir uns nach dem Abendessen immer zusammen und diskutierten über die Erfindung der Taschenbücher.«

»Bis ich acht oder neun war«, sagte ich, »ließ mich mein Vater in dem Glauben, dass ›Paperback‹ eine Walart sei.«

Keine Reaktion. Unser Besteck kratzte über die Teller.

Ich deutete auf das Buch auf dem Tisch. »Vielleicht können wir darüber reden«, schlug ich vor. »Vor ein paar Monaten haben Sie gesagt, Sie könnten mir helfen, *Die Herrin von Wildfell Hall* zu verstehen, Sir John.«

»Nein«, widersprach Orville. »Es gehört sich nicht, bei Tisch über Literatur zu diskutieren.«

Aber Sir John schien angetan, er nahm das Buch zur Hand.

»Früher hat Jimmy die Brontës geliebt, Samantha«, sagte er. »Ich erinnere mich, wie er in London an unserem Esstisch saß, so wie nun Sie, und hundert törichte Theorien vom Stapel ließ, die wir später richtigstellen mussten. Erinnerst du dich, Jimmy, dass du immer dachtest, Emily Brontë sei bisexuell gewesen? Erinnerst du dich?« Er lachte. »Nun, Jimmy, vielleicht würdest du als Erster gern dein ... sagen wir, Fachwissen zum Besten geben.«

»Jimmy« sah nicht amüsiert aus. Er presste die Lippen aufeinander. Kurz dachte ich, keiner der beiden würde meine Anwesenheit bemerken. Sie machten den Eindruck, als würden sie sich jeden Moment gegenseitig abmurksen.

»Samanthas Vater hat an den Seitenrand ›Econ 101‹ geschrieben«, sagte Sir John.

»Und?«, fragte Orville.

»Das ist der amerikanische Begriff für die Grundlagen der Ökonomie«, sagte Sir John.

»Ja, ich weiß, was damit gemeint ist, Dad.«

Sir John warf ihm das Buch zu wie bei einem Abschlussexamen. »Warum nutzt du nicht deine Chance, so gut du kannst.«

Orvilles Nasenflügel blähten sich. Ich wusste überhaupt nicht mehr, was hier los war. Ich hatte meinen Tutor nie als Studenten gesehen, dem ein anderer Mann überlegen war. Ich konnte mir seine traurige Kindheit vorstellen – ein segelohriger Junge, den man an einen kleinen Tisch gesetzt hatte und damit schikanierte, Proust rezitieren zu müssen. Orville nahm das Buch nicht, stattdessen wandte er sich mir zu und holte tief Luft.

»Erinnern Sie sich an Elizabeth Langland, Samantha?«

»Nein.«

»Wir haben ihre Arbeiten zusammen studiert.«

»Tatsächlich?«

Sir John hatte ein belustigtes Lächeln aufgesetzt. Er lehnte sich auf dem Stuhl zurück und verschränkte die Arme. Eine unausgesprochene Frage schien zwischen ihm und seinem Sohn im Raum zu stehen: War Orville ein guter oder ein schlechter Lehrer?

Orville räusperte sich. »Ich denke, Ihr Vater, Samantha, war der Meinung, dass man dieses Buch als ein Spiegelbild der aufstrebenden Wirtschaft des 19. Jahrhunderts betrachten kann. Helen betreibt ein Geschäft, sie ist von Beruf Künstlerin. Gilbert ist auch Geschäftsmann, er aber handelt mit Informationen. Er definiert den Handel mit einfachen Geschichten in ökonomischen Begriffen: ›Wenn Dir die Münze recht ist, lass es mich wissen, und ich schicke Dir den Rest, wenn ich Zeit habe: falls Du lieber mein Gläubiger bleiben möchtest, als Deinen Geldbeutel mit so plumpen, schweren Geldstücken vollzustopfen – sag es mir ruhig, und ich will Dir Deinen schlechten Geschmack verzeihen und gern den Schatz für mich behalten.‹ Du musst nicht nachschlagen, Vater, das Zitat ist korrekt«, fügte er mit einem Seitenblick auf Sir John hinzu. »Zum ersten Mal kann der ›Schatz‹ eine persönliche Erzählung sein. Helen ist selbst ein ›Schatz‹, etwas, das man kaufen, verkaufen oder vielleicht auch gewinnen kann.«

Er sah aus wie ein Student, der auf Lob wartet.

»Danke, Jimmy«, sagte Sir John. »Das war ziemlich gut.«

»Sind wir dann fertig?«, fragte Orville.

»Nein«, in Sir Johns Stimme lag Nachdruck. »Das Buch ist also eine Angelegenheit von Handel und Wandel. Als Puppenspielerin hinter diesen Transaktionen musste Anne Brontë ein Motiv gehabt haben. Sie hat ihre Geschichte niedergeschrieben – was würde sie im Gegenzug dafür bekommen?«

»Oder vielleicht war es umgekehrt«, sagte ich. »Anne wollte, dass ihr Buch von möglichst vielen Menschen gelesen wird. Was wollte sie ihren Lesern im Austausch für diese große Aufmerksamkeit bieten?«

Orville warf seine Serviette auf den Tisch. »Lasst ihr beiden jetzt mal Anne Brontë aus dem Spiel! Wir sprechen von Helen.«

»Natürlich kommt Anne Brontë ins Spiel«, sagte Sir John. »Sie hat ihren Roman als einen Teil des Handels angelegt. Welche Absichten hatte sie?«

Orvilles Augen blitzten. Ich wusste nun, dass er das von seinem Vater geerbt hatte.

»Ach«, sagte Sir John und wandte sich mit einem dünnen Lächeln wieder an mich, »Sie sehen, Samantha, mein Sohn glaubt nicht an die auktoriale Intention.« Er sagte es so, als würde sein kleiner bedauernswerter Sohn nicht an Gott glauben.

Die Hitze stieg Orville ins Gesicht. Die beiden schienen bereit zu sein für einen Wettkampf in einer gefährlichen intellektuellen Sportart, die sie beide gleichermaßen beherrschten. Ich hatte das Gefühl, dass sie schon oft über dieses Thema diskutiert hatten, so oft, dass es nun so etwas wie ein Kreuzzug geworden war.

»Es ist beschämend, dass bei uns jedes Gespräch über die Brontë-Romane mit ihrer ›Intention‹ endet«, sagte Orville. »Man kann ein Kunstwerk nicht nach der Absicht seines Schöpfers beurteilen. Ich werde nicht zulassen, dass du einem unschuldigen Geist Unsinn einredest. Sie ist meine Studentin.«

Ich wusste nicht genau, worauf er die Betonung legen wollte, auf »meine« oder auf »Studentin«, und ich wünschte mir, er hätte sich klarer ausgedrückt.

»Einigen Büchern ist es nicht vergönnt, etwas ›hervorgebracht‹ zu haben«, sagte Sir John. »Sie wurden überlektoriert, sie wurden beschnitten aus Sorge des Autors um ihre Rezeption. In diesen Fällen musst du nach äußeren Hinweisen suchen, um dir die ursprüngliche Intention des Textes zusammenzureimen.«

»Wenn ein Roman nichts von Wert hervorgebracht hat, frage ich dich, warum du es überhaupt für nötig erachtest, dich damit zu beschäftigen.«

»Als Leser und als einfühlsame Menschen liegt es in unserer Verantwortung, die wahren Absichten des Autors aufzudecken.«

Orville schien kurz davor, die Beherrschung zu verlieren – was ich faszinierend fand. »Wenn man die Intention einer verstorbenen Person rekonstruiert, erschafft man selbst eine Fiktion«, fuhr er seinen Vater an. »Und du solltest das von allen am besten wissen.«

»Jeder Wahrheit liegt auch eine gewisse Fiktion zugrunde.«

Schweigen trat ein. Merkten sie überhaupt, dass ich hier war? Ich sah Sir John an, sein Lächeln war wie eingefroren. Schwer zu sagen, ob er stolz darauf war, dass sein Sohn Wissenschaftler war, oder betroffen, weil sie letztendlich in gegnerische Lager geraten waren. Orville sah hingegen so wütend aus, wie ich ihn noch nie erlebt hatte. Vielleicht hatte ich den Grund entdeckt, warum er den Namen seiner Mutter gewählt hatte.

Zu meiner Überraschung wandte er sich an mich: »Was meinen Sie dazu, Samantha?«

Ich fuhr zusammen, als ich meinen Namen hörte. Ich war nicht scharf darauf, in einen Familienzwist einzugreifen, aber es war nett, dass ich ausnahmsweise mal nach meiner Meinung gefragt wurde.

»Was ich davon halte?«, wiederholte ich. »Ich denke, die Interpretation eines Romans hängt weitaus mehr vom Leser ab als vom Text selbst oder von der Absicht des Autors.«

Sir John und Orville blickten mich beide höhnisch an. Orville verdrehte die Augen und murmelte: »Die Rezeptionsmethode.« Sir John gluckste leise. Ich fragte mich, ob man mich gerade irgendwie beleidigt hatte.

»Sie haben beide unrecht«, erklärte ich. »Die Intention des Autors zu ignorieren ist einfach nur eine Methode, sich nicht mit persönlichen und psychologischen Fragen auseinandersetzen zu müssen. Außerdem haben Sie, Sir John, die Idee der Intention genau falsch herum interpretiert. Sie gehen davon aus, dass die biographisch-persönlichen Gegenstände der Brontës, wie zum Beispiel ihre Skizzen, den Romanen eine neue Bedeutung verleihen. Ist Ihnen jemals der Gedanke gekommen, dass die Brontë-Romane es uns ermöglichen, simplen Objekten neue Bedeutung zuzumessen?«

Ich erwartete eine Reaktion – ein Nicken, ein Lächeln, selbst eine Grimasse –, aber von Sir John kam nichts. Hatte er mir überhaupt zugehört? Vielleicht nicht. Er sah aus, als hätte er Verstopfung.

Ich sprach lauter: »Die Bücher weisen uns auf Besitztümer

hin, die wir ansonsten vielleicht übersehen würden, und sie verleihen ebendiesen Dingen einen Sinn. Und das war so geplant, denke ich. Das war die Intention, wenn Sie so wollen.«

»Wer sagt das?«, fragte Sir John schließlich. »Ihr Vater?«

»Nein, Sir.« Ich spürte, wie meine Wangen rot wurden. »Ich sage das.«

Er sah mich mit dem Desinteresse eines Menschen an, der zu alt war, um die Ansichten einer jungen Person ernst zu nehmen. Er hatte mit meinem Vater sprechen wollen, nur mit meinem Vater. Stattdessen war er nun mit mir geschlagen. Ohne ein weiteres Wort packte er die Stuhlkante und richtete sich ganz langsam auf. Er wirkte mitgenommen, lädiert wie nach einer gescheiterten Ehe oder einer ruinierten Karriere. Er nahm sein leeres Glas und ging in die Küche. Hinter ihm schloss sich die Tür.

»Habe ich ihn beleidigt?«, fragte ich.

Orville sah mich ernst an.

»Was ist?«, fragte ich. »Wollen Sie jetzt sagen, dass auch ich lächerlich bin?«

»Nein, ausnahmsweise nicht.«

»Warum nicht? Sind Sie krank?«

Er atmete aus. »Sie halten sich an eine riskante Methode, Literatur zu analysieren. Aber ich denke, es ist womöglich die einzige Möglichkeit, Ihren Vater zu verstehen.«

»Ich verstehe nicht.«

»Geben Sie mir bitte *Die Herrin von Wildfell Hall.* Ich habe Ihnen nun schon eine ganze Zeit lang etwas vorenthalten.«

Ich reichte ihm den Band. Er nahm ihn und blätterte etwa bis zur Mitte. Er brauchte ein Weilchen, um die richtige Seite zu finden, doch als er dort angelangt war, sagte er: »Sie haben mich einmal nach den ›Warnungen aus Erfahrung‹ gefragt.«

Ich horchte auf. »Ja?«

Als Antwort gab er mir das offene Buch. Ich nahm es, er hatte die Szene aufgeschlagen, in der Helen Gilbert ihr Tagebuch in die Hand drückt. Gilbert nimmt es mit nach Hause und schreibt an seinen Freund:

Ich habe es jetzt vor mir liegen, und obwohl Du es natürlich nicht halb so interessiert lesen könntest, wie ich es gelesen habe, weiß ich doch, dass Du mit einer verkürzten Wiedergabe seines Inhalts nicht zufrieden wärst, und so sollst Du es ganz haben, ausgenommen vielleicht ein paar Stellen hier und da, die für die Schreiberin bloß von vorübergehendem Interesse waren, oder solche, die die Geschichte eher verunklaren als verdeutlichen würden. Es beginnt ziemlich unvermittelt folgendermaßen – aber wollen wir seinen Anfang für ein anderes Kapitel aufsparen und ihm die Überschrift geben: WARNUNGEN AUS ERFAHRUNG.

O Gott! In erstauntem Schweigen saß ich da. Da war es – und auch noch in Großbuchstaben. Die »Warnungen aus Erfahrung«, mein Erbe. Die Hitze stieg mir in die Wangen. Das war ein grausamer Scherz. Die Antwort war die ganze Zeit in diesem Buch gewesen. »Warnungen aus Erfahrung« war der Titel von Helens Tagebuch, es umfasste sage und schreibe zwei Drittel des ganzen Buchs. Ich hatte etwas gesucht, was seit 165 Jahren vor aller Augen stand. Mein Vater hatte die Stelle mit kleinen freundlichen Smileys umrahmt.

Mit rotem Gesicht sah ich Orville an. »Warum haben Sie mir das nicht früher gesagt?«

Er fuhr sich durchs Haar. »Weil ich dachte, Sie könnten es missverstehen und annehmen, dass die ›Warnungen aus Erfahrung‹ wörtlich gemeint sind.«

Mein Atem beschleunigte sich. »Natürlich ist es wörtlich gemeint! Wenn ein Gemälde aus einem Buch existieren kann, wieso soll dann ein Tagebuch aus einem Buch nicht existieren? Ist es Anne Brontës Tagebuch?«

Ein gequälter Ausdruck trat auf Orvilles Gesicht. Ich hatte nicht erwartet, dass ihn das Ganze so mitnehmen würde.

»Nein«, sagte er, »nein, Samantha. Ich kannte die Stelle, natürlich kannte ich sie. Aber ich ahnte auch, wie Sie reagieren würden. Ihre Vorstellungen von Literatur führen zu einer gefährlichen Sicht auf die Realität. Sie können doch nicht davon ausgehen, dass etwas vor Ihren Augen Gestalt annimmt, wenn Sie nur fest genug daran glauben.«

»Bei Cathy Lintons Geist war es so, als Heathcliff ihn heraufbeschwor.«

Er sah mich so sanftmütig an, dass es mich überrumpelte. »Ich weiß, was Sie im Grunde wollen, Samantha, und es tut mir sehr leid, aber ich fürchte, dass Ihnen nichts davon Ihren Vater zurückbringen wird.«

Mir stockte der Atem. Automatisch wandte ich den Blick ab. Meine Begeisterung über die »Warnungen aus Erfahrung« ließ augenblicklich nach. Dann streckte Orville zu meiner größten Überraschung den Arm aus und nahm meine Hand. Sie war warm und weich, und als er meine Hand drückte, glaubte ich, dass er es wirklich so meinte.

Da war ein Geräusch hinter uns. Umgehend zog Orville seine Hand zurück, wie ein Kind, das man dabei erwischt hat, wie es den Teppich mit einer Schere zerschneidet. Ich fuhr herum und sah Sir John in der Küchentür stehen, in der Hand ein frisches Glas Wasser. Ich fragte mich, wie lange er schon zugehört hatte.

»Du zeigst ein überdurchschnittliches Interesse an der Bildung dieser jungen Frau«, sagte er zu seinem Sohn.

Orville erwiderte nichts.

»Wie hieß sie, Jimmy – die letzte Studentin, mit der du ausgegangen bist?«

Hässliches Schweigen breitete sich aus. Meine Augen wurden groß. Sir Johns Nasenflügel weiteten sich, während er ein- und ausatmete. Ich sah meinen Tutor an. Ein merkwürdiges Gefühl überkam mich, das zu fremd war, um es richtig einzuordnen. Es war nicht direkt Angst – war es Hoffnung? James Orville ist gerade eben entweder zum Helden oder zum Bösewicht geworden.

Er verzog keine Miene. Er blickte an sich hinunter, zupfte einen Krümel von seinem T-Shirt und schnippte ihn auf den Boden. Dann stand er langsam auf.

»Abby«, sagte er, »sie hieß Abigail.«

Und damit verließ er den Raum.

Später am Abend – lange nachdem Sir John zu Bett gegangen war und lange nachdem ich geduscht und wieder Orvilles übergroßes Shirt angezogen hatte – ging ich in die Küche, wo Orville allein auf einem klapprigen Stuhl über Hardys Roman *Am grünen Rand der Welt* gebeugt saß.

Ich setzte mich ihm gegenüber. Ich wusste, dass mir dieses Shirt nicht stand. Es war zu groß und rutschte mir von meinen nichtexistenten muskulösen Schultern. Wir sprachen nicht. So niedergeschlagen und bedrückt, wie wir da saßen, hätten wir Werbung für die Große Depression machen können.

Ich räusperte mich. »Wollen Sie mir von ihr erzählen?«

Er sah nicht auf. »Nein.«

»Bitte! Ich mag romantische Komödien. Oder ist es ein Drama?« Ich überlegte. »Ein Film noir?«

»Es ist sehr lange her, und ich war sehr jung.«

»War sie jünger als ich? Ist Ihr Vater deshalb so sauer? Weil Sie gegen Gesetze verstoßen haben?«

»Sie war älter. Im vierten Studienjahr.«

»Dann stand sie auf Jungs?«

Er legte das Buch weg, es landete mit einem dumpfen Knall auf dem Tisch. »Zwischen uns ist nichts vorgefallen, Samantha.« Nach einer Pause fügte er hinzu: »Zumindest nicht, während sie meine Studentin war.«

»Warum dürfen Sie dann nicht in der Dining Hall essen?«

»Hören Sie auf!«

»Bitte! Ich möchte es gern wissen.«

Er atmete durch. Ich wusste, dass er wütend war, aber es war mir egal.

»Meinen Kollegen gefiel die Vorstellung nicht, dass eine kürzlich examinierte Studentin mit einem Fellow ausging. Die Befragung, der sie mich unterzogen haben, war eine Qual.« Er griff nach seinem Glas und nahm einen Schluck – was war das? Tee? Whiskey? »Wahrscheinlich hatten sie recht«, sagte er resigniert. »Ich hätte es lange vorher beenden sollen.«

Ich runzelte die Stirn. In der letzten Stunde hatte ich mir den Kopf über Abigail zerbrochen. Einerseits wusste ich, dass

Orvilles Beziehung zu ihr, mit der er seine vertraglich vereinbarten universitären und pädagogischen Pflichten verletzte, anstößig und unmoralisch war. Andererseits fand ich die Vorstellung gar nicht so empörend, wie ich sollte. Eine Beziehung in gegenseitigem Einvernehmen, die auf einer Geistes- und Unterrichtsebene fußte, erschien mir auf alle Fälle wertvoller als das lustvollere Äquivalent. Und es kam mir irgendwie widersprüchlich vor, dass eine Institution, die es sich zum Ziel gesetzt hat, die Grenzen der menschlichen Leistungsfähigkeit zu erweitern, von so vielen Regeln behindert wurde. Mich störte nicht, dass Orville mit einer Studentin zusammen gewesen war, sondern dass sie ihm wirklich etwas bedeutet haben musste. Ich sah das entmutigende Bild der beiden vor mir: Orville und seine blasse, wortgewandte Freundin radeln durch eine pittoreske englische Kleinstadt.

»Ihr Vater scheint darüber verärgert zu sein.«

»Ich denke, es war für die ganze Familie eine Belastung«, sagte er kurz angebunden.

Ich suchte nach etwas Tröstlichem. »Ihr Dad wird darüber hinwegkommen.«

»Nicht lange, und mein Dad wird über alles ›hinwegkommen‹.«

»Wie meinen Sie das?«

Orville sah mich an. »Er baut ab. Haben Sie das nicht bemerkt?«

Ich sagte nichts.

»Jeden Tag verliert er mehr Körperkraft. In einem Unterrichtsraum kann man ihn allein lassen, aber nicht auf der Straße. Als mein Bruder und ich das letzte Mal hier waren, rief mein Vater an und sagte, er sei auf dem Rückweg vom Pfarrhaus. Er ist hier nie angekommen. Er hat sich verlaufen. Ich fand ihn – meinen überragenden Vater – knietief im Schlamm.«

Ich wollte etwas sagen, machte aber den Mund wieder zu. Ich wünschte, ich wüsste, wie ich nett zu ihm sein könnte. Ich wollte meine Arme um seine breiten Schultern legen und ihm den Schmerz nehmen. Doch mehr als grübeln und plappern konnte ich wohl nicht. Als Orville mich wieder ansah, waren seine Augen wie tot.

»Hören Sie … bitte hören Sie mir zu«, sagte er. »Da draußen gibt es keinen Gegenstand, den Sie finden können und der Ihnen so etwas wie Glück bringen könnte. Mein Vater hat irgendwann einmal ein Bild gefunden – so wie Sie. Dieses Bild hat ausgereicht, dass er seine Karriere, seine Familie und den Großteil seines Urteilsvermögens aufgab, nur damit er nach Norden ziehen und diesem einen wilden und zerbrechlichen Traum nachjagen konnte. Können Sie sich das vorstellen? Ein Cambridge-Fellow, der einen Posten in einem unbedeutenden Museum annimmt! Die Desillusionierung meines Vaters war immens. Er wird es nicht zugeben, nicht einmal jetzt, aber er ist gescheitert. Dieses Bild hat ihm nichts eingebracht. Das Buch, das er geschrieben hat, ist nutzlos, und das weiß er. Er hat keine Gegenstände der Brontës gefunden. Er ist nicht reich geworden. Er hat seine Neugier nicht befriedigen können und hat auch keinen inneren Frieden gefunden. Das passiert, Samantha, wenn man an Dinge glaubt und nicht an Ideen. Man wird enttäuscht und stirbt.«

Ich blinzelte. Ich hatte Orville noch nie so leidenschaftlich erlebt.

»Vielleicht denkt er immer noch rationaler, als Sie glauben«, sagte ich in dem Versuch, die Stimmung zu heben. »Vielleicht hat er eine Menge lohnenswerter Dinge gefunden und weiß nur nicht, welchen Stellenwert sie haben. Es wäre wirklich nicht fair, seine Leidenschaft als geistige Umnachtung zu bezeichnen. Haben Sie mir das nicht beigebracht?«

Mit voller Wucht schlug eine Faust auf den Tisch. Es war Orvilles Faust, ich zuckte zusammen. Zum ersten Mal schrie er mich regelrecht an.

»Warum ist das für Sie so schwer zu verstehen? Hören Sie mir gut zu: Die ›Warnungen aus Erfahrung‹ sind kein physisches Tagebuch. Sie sind die Geschichte über einen vielversprechenden jungen Mann, der sein Leben mit Alkohol zerstört, und über eine junge Frau, die die Zeichen vor ihren Augen lieber nicht sehen will. Ich dachte, dass Sie das begreifen könnten, Samantha. Nein? Verdammt, Samantha! Sie sind mutterseelenallein, und ich fürchte, einsame Menschen tun genau das – sie messen imaginären Dingen Bedeutung zu, um ihre innere Leere zu füllen.«

Ich blinzelte. Weg war der nette Mann, der zuvor meine Hand genommen hatte. Seine Stimme war hart, und ich merkte, dass er mich wirklich verletzt hatte. Ich blickte auf den Tisch, sah nach rechts und nach links. Ich hatte Tränen in den Augen. Komisch, dachte ich, dass die Tränen beschlossen hatten, sich jetzt zu zeigen, Jahre nachdem sie entstanden waren. Orville hatte recht. Ich dachte an die Freunde, die ich auf der Welt hatte, und stellte fest, dass mein einziger Freund vor mir saß. War das wirklich alles?

Ich hatte erwartet, dass Orville mich ansah, als ich aufblickte. Doch er massierte stumm seine Handflächen, wieder und wieder, als hätte ihn eine unverhoffte Emotion überkommen, mit der er nicht umzugehen wusste. Er stand auf und ging zum Kühlschrank. Zurück kam er mit einer Tüte gefrorener Zitronenschnitten. Er legte sie auf einen Teller und stellte ihn auf den Tisch.

»Die sehen fürchterlich aus«, sagte ich.

»Ich hole eine Gabel.«

»Amerikaner essen mit den Händen.«

Orville setzte sich mir gegenüber. Ich aß nichts. Ich fragte mich, ob jeder Nachtisch, den er zu sich nahm, tiefgefroren war.

»Ich wollte Sie nicht kränken«, sagte er.

»Was wollten Sie dann?«

»Ich wollte aufrichtig sein. Ich glaube, dass die wenigsten Menschen ehrlich zu Ihnen sind.«

»Ich glaube, dass die meisten Menschen zu niemandem ehrlich sind. Deswegen gibt es keine echten Freunde.«

Ich spürte Orvilles Blick, weigerte mich aber, ihn anzusehen. Ich war schon auf dem Rückzug an einen einsamen, farblosen Ort, an dem Besucher nicht willkommen waren.

»Sagen Sie mir, was Sie so gekränkt hat«, sagte er.

»*Sie* vor allem. Ich bin nicht ›mutterseelenallein‹.« Selbst in meinen Ohren klang es beleidigt und kindisch. »Und ich denke nicht, dass Sie es mir vorwerfen können, wenn ich imaginären Dingen Bedeutung schenke. Nicht als Literaturwissenschaftler.«

»Sie haben da etwas unter dem Auge.«

»Lassen Sie, ich will das so.«

»Halten Sie still!«

»Hören Sie auf!«

Aber er beugte sich trotzdem über den Tisch und streckte seinen starken Arm aus. In einer anderen Welt hätte ich gedacht, dass er sich vorbeugte, um mich zu küssen. Doch stattdessen rieb er mit dem Daumen vorsichtig über mein Unterlid. Es war feucht von der halben Träne, die es mir herauszupressen gelungen war, und ich fragte mich, ob er das mit »etwas unter dem Auge« meinte. Seine Haut war weich und warm, und mein Gesicht fühlte sich klein an in seiner Hand. Ich hatte das Gefühl, jeden Moment zusammenzubrechen.

Doch der Moment war schnell vorüber. Blitzartig zog er seinen Arm wieder zurück und verließ den Raum. Ich hatte den Eindruck, zum ersten Mal von ihm eine Art Entschuldigung bekommen zu haben.

In dieser Nacht träume ich wieder vom Pfarrhaus:

Die Straße ist nass, der schmelzende Schnee hat den Weg in Matsch verwandelt. Ich gehe schnell, denn es ist kalt. Heute Nacht sieht das Haus still und gemütlich aus. Aus dem Kamin quillt Rauch, als würde darin ein großer Mann liegen und Zigarre rauchen. Über der Haustür ist verschwenderisch »groteske Bildhauerarbeit« angebracht, »unter einem Kunterbunt aus verwitterten Greifen«.

Hinter der Tür sehe ich einen langen, sauberen Flur. Es ist warm dort und riecht nach Lavendel. Ich gehe durch die Diele. Links ist ein schönes Wohnzimmer, dessen prunkvoller Kamin der Tatsache trotzt, dass das Haus von außen so klein wirkt. Es ist ein schwach beleuchteter Raum, in dem noch kürzlich erschalltes Gelächter widerhallt. Die Stühle sind vom Tisch weggezogen, einer ist umgefallen. Ich sehe neues Papier, zwei Federhalter und einen angebissenen Keks mit Schokoladenstückchen. Die Bewohner mussten ziemlich plötzlich und ohne ein Wort aufgebrochen sein.

Ich sehe mich verwirrt um. Sind meine Verwandten etwa am Abend meiner Ankunft abgehauen? Ich weiß, dass es sich nicht gehört, einfach einzubrechen und hereinzukommen, aber es ist ja mein Traum, und das heißt doch, dass ich die Erzählerin bin, nicht wahr? Mir gefällt das fröhliche Chaos im Raum, er ist groß und angenehm unordentlich. Die Luft riecht schwach nach einer gelöschten Kerze. Durch den Türspalt pfeift ein kalter Luftzug.

Ich setze mich neben den Kamin und verschränke nachdenklich die Finger. Selten habe ich mich so zu Hause gefühlt. Das letzte Teilchen eines Puzzles, von dem ich nicht wusste, dass ich dazugehörte, schien an seinen Platz gefallen zu sein. Ich werde das Gefühl nicht los, dass mein Vater an derselben Stelle gesessen und dasselbe getan hat.

Ich warte, dass etwas Interessantes geschieht, höre aber lediglich das Ticken der Uhr. Sollte nicht etwas Spannendes passieren, wenn dies mein Traum ist? Schießereien, Romanzen, Prophezeiungen? Und sollte ich mich so … wach fühlen? Aber vielleicht sollte ein Traum genau so sein, und ich habe die ganze Zeit alles falsch gemacht.

Und da höre ich ein Pochen am Fenster. Es klingt wie ein Ast, der gegen den Sims schlägt. Plötzlich fliegen Finger durch das Glas, direkt dahinter ein Arm – ich sehe »die Finger einer eiskalten kleinen Hand«. Eine tieftraurige Stimme schluchzt: »Oh, lass mich ein, lass mich ein!«

Alarmiert stehe ich auf.

»Ich komme heim«, sagt die Stimme draußen. »Ich hatte mich im Moor verirrt!«

Den kalten weißen Fingern und dem kalten weißen Arm folgt ein kalter weißer Körper, der sich durchs Fenster hievt. Es ist ein Mann in einem Bademantel, in der Hand hält er einen Martini. Ich sehe, dass es mein Vater ist.

»Dad?«

»Hallo, meine Kleine. Da draußen ist es arschkalt!«

»Was tust du hier?«

»Ich sagte doch, dass du mich eines Tages hier finden würdest.«

»Habe ich dich gefunden oder heraufbeschworen?«

»Ist das wichtig?«

Ich runzle die Stirn und trete näher. Ja, es ist wirklich mein Vater. Es sind seine müden Augen mit dem leidenden Blick. Ich erkenne seine schwarzen Haare und seine gewölbte Stirn und beglückwünsche mein Unterbewusstsein dazu, so ein getreues Bild von ihm erschaffen zu haben. Er riecht so wie immer, vertraut, heimelig wie ein altes, behagliches Buch.

»Du bist nicht real«, sage ich. »Ich träume.«

»Wenn es aussieht wie eine Ente und schmeckt wie eine Ente, dann ist es eine Ente.«

Ich erinnere mich, dass dies einer seiner alten Sprüche war. Schmerz macht mir die Brust eng, ein Schmerz, der den Rahmen meines Traums zu sprengen scheint. Die Zeit hat keine Wunden geheilt. Das vaterförmige Loch in meinem Leben ist nicht kleiner, es ist nur immer weniger sichtbar geworden. Ich spüre die leise Angst, die die Trauer begleitet.

Ich räuspere mich. »Ich habe ein wenig die Achtung vor dir verloren, weißt du?«

»Ja?«

»Du hast mit einer Dozentin geschlafen, du hast deine Frau betrogen, du hast dich zu Tode getrunken und mich verlassen!«

Dad schwenkt seinen Drink im Glas. »Niemand ist vollkommen.«

Seine Stimme – meine Güte, seine Stimme! Er setzt sich, und ich setze mich neben ihn. Er reicht mir seinen Martini.

»Koste mal.«

Ich will nicht. Aus der Nähe ist sein Gesicht merkwürdig durchscheinend, wie ein Stück Käse oder eine dünne Scheibe Fleisch.

»Wo ist das Buch?«, frage ich.

»Welches Buch?«

»Das Buch, das du mir hinterlassen hast. Du hast mir doch ein Tagebuch vererbt, oder?«

»Du meinst das hier?«

Er fasst hinter sich und zieht einen kleinen Lederband hervor, kaum so groß wie seine Handfläche. Ich kann gerade noch die verblassten Worte auf dem Umschlag erkennen: Warnungen aus Erfahrung.

»Ja, das meine ich«, sage ich.

»Du hattest es die ganze Zeit.«

»Das stimmt nicht.«

»Schlage die Hacken deiner Schuhe zusammen und sage: Am besten ist es doch zu Hause.«

»Kannst du bitte nüchtern werden?«

Er runzelt die Stirn. Ich weiß, dass er wütend ist. Er pfeffert das Buch an die Wand. Es reißt ein großes Loch, und ich sehe, wie es draußen auf dem Friedhof im Schnee landet. Es sinkt in die Erde und höhlt einen großen, schwarzen Trichter aus. Das Buch rutscht hinein und verschwindet. Ich wende mich an Dad, um eine Erklärung zu verlangen, doch sein Gesicht verschwimmt.

»Gehst du jetzt?«, frage ich.

»Ich weiß nicht. Gehe ich?«

»Sag mir bitte, was ich tun soll. Ich bin für solche Spielchen zu alt.«

»Du lernst nur etwas, wenn du selbst darauf kommst.«

»Unser Unterricht ist zu Ende.«

»Wenn du so denkst, habe ich versagt.«

»Sag mir bitte, was ich wissen soll.«

Daraufhin lächelt er, aber nur ganz leicht. »›Ich wollte die Wahrheit sagen, denn die Wahrheit übermittelt für diejenigen, die sie empfangen können, immer ihre eigene Moral.‹«

»Zitiere nicht Anne Brontë! Nicht jetzt.«

»›Doch da der kostbare Schatz sich oft auf dem Grund eines Brunnens verbirgt, braucht es Mut, danach zu tauchen.‹«

Ich blinzle und schaue zum Friedhof. Der Schneefleck, wo

das Buch gelandet war, hat sich zu einem tiefen dunklen Loch verformt – ein Tunnel zum Mittelpunkt der Erde. Es sieht aus wie ein Schlagloch in einer alten Bostoner Straße.

»Scheiße!«, sage ich zum Schluss.

Ich stehe auf und stolpere rückwärts, als mir etwas wahnsinnig Wichtiges klar wird. Plötzlich ist mein Vater verschwunden, das Haus verschwunden, die Welt verschwunden. Ich bin an einem dunklen, kalten Ort, alles ist tiefschwarz. Der Donner lässt das Haus von John Booker erzittern, und ich erwache vor Schreck.

»Orville!«

Keine Reaktion.

»Orville!«

»Hmpf.«

Ich gab ihm einen Stoß. »Orville!«

»Was?«

»Wachen Sie auf!«

»Amy?«

»Wer ist Amy?«

Die Lichter gingen an, das heißt ein Licht. Orville hatte den Arm ausgestreckt und die Nachttischlampe gefunden. Langsam richtete er seinen Blick auf mich. Ich saß auf der Bettkante und beugte mich mit verschränkten Armen über ihn. Mir wäre es lieber gewesen, er hätte das Licht aus gelassen. Er schlief ohne Oberteil, sein weißer Oberkörper schien zu leuchten.

Er blinzelte. Ich hatte vier Anläufe gebraucht, um die richtige Tür zu finden, und nun saß ich hier in Orvilles Schlafzimmer. Im Schein der Lampe konnte ich die matten Umrisse eines Telefonladegeräts über ihm auf dem Regal ausmachen.

»Samantha, was ist los?«, wollte er wissen. Seine Augen waren verquollen vom Schlaf, über seine Wange zog sich der Abdruck des Kissens. »Brennt Paris?«

Ich konnte nicht antworten.

Orville setzte sich auf. »Sie zittern. Was ist denn los?«

»Es ist kalt hier.«

Er stutzte. Insgeheim hoffte ich, er würde mich zu sich ins Bett bitten, aber er sagte nur: »In der Kommode ist eine Decke.«

Ich schüttelte den Kopf. »Ich habe gerade von meinem Vater geträumt.«

Orville sagte kurz nichts, dann: »Wie geht es ihm?«

»Gut, danke.«

»Wollen Sie darüber reden?«

»Nein. Ich will über Bücher reden.«

Er schielte auf die Uhr an der Wand. »Vier«, sagte er, »es ist vier Uhr morgens.«

»Sie haben mich mal gefragt, was Lesen mir bedeutet. Das war bei unserem ersten Treffen, wir waren in diesem Pub. Erinnern Sie sich? Jetzt habe ich die Antwort – falls Sie sie hören wollen.«

Er sank zurück aufs Kissen und legte seinen Unterarm über die Augen. »Jetzt?«

Ich stach ihm mit dem Zeigefinger in die Brust. Es funktionierte – er schlug die Augen wieder auf. Seine Haut war warm, fast heiß. Offenbar war es ein schlechter Zeitpunkt, Gefühle zu äußern. Er wirkte müde und nicht ansprechbar.

»Mut«, sagte ich.

»Wie bitte?«

»Lesen lehrt einen, Mut aufzubringen. Der Autor versucht, den Leser davon zu überzeugen, dass etwas Fiktives real ist. Es ist eine lächerliche Forderung, und sie stellt die geistige Gesundheit des Lesers in Frage. Inwieweit man dem Autor glaubt, hängt davon ab, wie bereitwillig man sich Hals über Kopf hineinstürzt.«

»Wo hineinstürzt?«

»Können Sie mir bitte aufmerksam zuhören? Sich hineinstürzen in das, was das Buch einem bietet.«

»Meinen Sie, wir können morgen darüber sprechen?«

Ich ignorierte ihn. »Sie haben mich einmal gefragt, warum ich Schriftsteller nicht mag. Der Grund ist, dass ich einfach nicht so empfinden kann wie normale Leute. Jetzt sehen Sie mich nicht so an! Ich konnte mich nie richtig auf ein Buch einlassen, weil Bücher Lügen sind und ich mich ungern anlügen lasse. Intensives Lesen erfordert Tapferkeit, und ich bin nicht tapfer. Deshalb bin ich weder eine gute Schriftstellerin noch eine gute Leserin.«

Orvilles Augen verengten sich. »Mut ist keine Eigenschaft, es ist eine Gefühlslage.«

»Ja, und dazu braucht es einen Vertrauensvorsprung. Das hat mein Dad immer gesagt. Ich dachte früher, dass er es im übertragenen Sinn gemeint hat, aber ich glaube, er meinte es wörtlich – ein Sprung.«

»Ich kann Ihnen nicht folgen.«

»Buchstäblich, meine ich, verstehen Sie jetzt?« Ich ließ in der Luft einen Finger den anderen überholen, falls er eine anschauliche Darstellung brauchte.

Er kniff die Augen zusammen. »Wollen Sie sich irgendwo hineinstürzen?«

»Gibt es hier in der Gegend einen Brunnen?«

Orville stöhnte und sah erneut auf die Uhr. »Gehen Sie wieder ins Bett, Samantha.«

»Nein, ich sehe endlich alles klar.«

»Klingt aber nicht so.« Er vergrub den Kopf im Kissen und schloss die Augen. Ich stupste ihn wieder, aber er reagierte nicht. Und da legte ich meine Hand an seine Wange.

Orville riss die Augen auf. Ich blinzelte angesichts meiner Forschheit. Meine Fingerspitzen waren kalt, sein Gesicht fühlte sich samtig an. Ich hatte eine Grenze überschritten. Ich sah die Porträts in der Dining Hall vor mir, wie sie vor Schreck erwachten und Alarm schlugen: »Schnell, Mann, hol die Truppen!« Aber Orville wich nicht zurück. Er lag nur mit reglosem Blick und gerunzelter Stirn da. Seine Brust hob und senkte sich langsam. Alles wurde ganz still. Ich wusste, dass mein Leben sich nun verändern würde.

»Was machen Sie da?«, fragte Orville klar und deutlich.

Doch noch bevor er weitersprechen konnte, beugte ich mich hinunter zu einem Kuss, von dem ich hoffte, er würde ihn eines Tages als das überraschende, aber unausweichliche Ende unseres qualvollen, imaginären Liebeswerbens verstehen. Ich küsste ihn, es war intensiv, und ich hätte gern gesagt, dass mein Blut rauschte, aber im Grunde rauschten mir nur die Ohren. Vielleicht waren es die Stimmen all der Porträts, die mich entweder anschrien, sofort aufzuhören, oder aber all die Fragen heteronormativer Geschlechternonkonformität diskutierten, die ich aufwarf; und vor allem fragten sie, ob ich mir das auch gut überlegt hatte ... Oder dachte ich zu viel nach? Meine Güte. Aber beides war möglich, oder? Die Zeit schien sich zu verlangsamen, mir war heiß, ich schwitzte, aber das schien nur mir so zu gehen – Orville nicht. Ich fragte mich, warum das hier ein schwerwiegendes, schreckliches Vergehen sein und gegen so viele akademische Regeln verstoßen sollte.

Ich wollte schon alles sein lassen, da hob Orville den Oberkörper. Ich kreischte auf – oder quietschte das Bett? Seine Hand umfasste grob meinen Nacken, er presste seine Lippen an meine. Mich überkam eine Hilflosigkeit, die sich anfühlte, als würde man fast daran sterben. Und doch wusste ich nicht, ob er mich an sich zog oder versuchte, mich abzuwehren. Ich bekam Panik und tat das einzig Vernünftige: Ich drückte seinen Oberkörper zurück aufs Kissen und stürmte aus dem Zimmer.

15

Lieber Sir John,
ich habe mich heute Morgen um halb sechs aus dem Haus geschlichen, wollte mich aber für Ihre Gastfreundschaft bedanken, vor allem nachdem Sie meinen Vater so gehasst haben und auch mich nicht mögen, weil ich ihm so ähnlich sehe und weil Sie glauben, dass ich mit Ihrem Sohn zusammen bin. Aber das bin ich nicht, es wäre unanständig. Ich weiß, dass Sie meinen Vater nicht sehr gut kannten, aber er war eigentlich kein so schlechter Mensch, mitunter konnte er auch ein richtig guter Mensch sein. Er hat Dinge getan, die ich nicht verstehe, aber wenn es Ihnen damit besser geht: Ich glaube, er hat sie selbst nicht verstanden. Entschuldigen Sie meine unleserliche, schlampige Handschrift – ich habe seit einer Ewigkeit nicht geschlafen. Ich schreibe meinem Tutor auch eine Nachricht – würden Sie dafür sorgen, dass er sie bekommt?
Herzliche Grüße
Samantha

Es war fast neun am Abend, als ich in Oxford ankam. Die Bahnlinie von Haworth war wegen einer Gleisstörung außer Betrieb, und ich musste einen Ersatzbus nehmen. Der Sturm war vorüber, dennoch war es wegen der geschädigten Straßen und dem Schneematsch, der die Reifen ins Rutschen brachte, noch immer eine apokalyptische 15-Stunden-Fahrt. Während dieser langen

Zeit zermarterte ich mir das Hirn. Mit erschreckender Akribie ließ ich die letzten vierundzwanzig Stunden noch einmal Revue passieren. Mir wurde klar, dass mein Leben in letzter Zeit aus viel zu viel Gespräch und zu wenig Veranschaulichung bestanden hatte. Ich stellte mir einen wütenden, bebrillten Englischdozenten vor, der mit dem Rotstift die Niederschrift meines Lebens durchstrich und sich fragte, wie jemand so wenig denken und so viel sagen konnte.

Zurück auf dem Campus, stellte ich meine Tasche ab und ging gleich zum Fakultätsgebäude. Rebeccas Tür stand einen Spalt offen – genauso wie ihr Mund. Ich musste katastrophal ausgesehen haben.

»Hallo«, sagte ich.

Zuerst sagte sie gar nichts. Ihre Miene verriet mir, dass ich gut daran tat, einen verdammt guten Grund für meine Anwesenheit zu haben.

»Dieser Gestank ist infernalisch«, sagte sie.

»Ja, tut mir leid. Man sollte nie den Bus nehmen.«

»Woher kommst du?«

»Aus dem ersten Kreis der Hölle.«

Sie sah mich verständnislos an.

»Das ist der mit den ungetauften Heiden«, sagte ich.

Keine Reaktion.

»›Lasst jede Hoffnung fahren, wenn ihr eingetreten‹«, sagte ich zur Erklärung.

Schweigen. Wir hatten wirklich nichts gemeinsam. Ich setzte mich, ohne dass Rebecca mich aufgefordert hatte. Das Zimmer war kalt, in der Ferne hörte ich komische plätschernde Geräusche, die wie bestimmte menschliche Bedürfnisse klangen. Ich versuchte, es mir bequem zu machen, doch ich trug einen kratzigen Wollmantel und zu enge Yoga-Leggins. So etwas hatte ich nur einmal zuvor getragen, und es hatte sich herausgestellt, dass die Regenbogenpresse unrecht hatte: Eine Yoga-Leggins stand nicht jedem.

Rebecca sah mich argwöhnisch an, also sagte ich: »Ich war in Haworth.«

»Was hast du denn in Haworth gemacht?«

»Die Brontë Parsonage besucht.«

»Aha«, sagte sie spitz. Auf ihrem Schreibtisch lag ein Hammer. »James Orville war dieses Wochenende auch dort.«

Die Erwähnung seines Namens ließ mich erröten. »Ach ja?«

»Hast du gewusst, dass er dort sein würde?«, fragte sie.

»Bitte?«

»Ich meine … wart ihr zusammen dort?«

»Ist das Kaffee hier in der Kanne?«

»Du wirst rot, Sam.«

Rebecca bot mir keinen Kaffee an. Sie setzte sich hinter ihren Schreibtisch und strich mit den Handflächen über ihre Hose. Sie sah aus, als würde sie an etwas Unangenehmes denken. Ich erinnerte mich, dass sie gesagt hatte, sie und mein Vater hätten früher romantische Wochenendausflüge nach Norden gemacht. Es hatte zu ihrer tragischen Liebesgeschichte gehört. Vielleicht war es eine ungerechte Laune des Schicksals, dass sich meine Geschichte nicht so tragisch abzuspielen schien.

»Ich wollte dich etwas fragen«, sagte ich. Es sollte verbindlich klingen, aber so zu tun, als sei ich locker, war anstrengender, als ich gedacht hatte. »Wurde Halford's Well nach meinem Vater benannt?«

Ihre Miene regte sich kaum. »Dann hast du es also herausgefunden.«

»Ja. Er war dein Student.«

»Ja, er war mein Student.«

»Mathematik.«

»Lesen und Schreiben konnte er schon. Er war der Ansicht, Bildung sollte eine Herausforderung sein.«

»Verstehe. Mir hat mal jemand gesagt, dass die Leute alles Mögliche in den Brunnen werfen«, sagte ich. »Stimmt das?«

»Es ist der älteste Wunschbrunnen in Oxford«, sagte sie ungeduldig. »Die Leute werfen seit Hunderten von Jahren Pennys hinein. Willst du sonst noch was wissen?«

»Und neben Münzen – auch Gegenstände vielleicht?«

»Man wirft einen Wunsch hinein, nicht sein Hab und Gut.«

Ich dachte darüber nach. »Und wenn ich da heute Nacht mal hinuntertauchen will – ist er tief?«

Rebeccas »Was soll der Scheiß?«-Blick war dem meiner Mutter auf unheimliche Weise ähnlich. Ihre Miene schien zu sagen: Gestern Abend habe ich mit Keats gespeist und mit ihm über Poesie parliert – und jetzt sitze ich hier mit so einer ungebildeten Banausin!

»Hinuntertauchen?«, wiederholte sie.

»Hat mein Vater das getan?«

»Kein normaler Mensch würde da hineinsteigen.«

»Genau.«

Offenbar wollte sie so eine läppische Diskussion nicht führen, denn sie begann, ihre Sachen zusammenzupacken. Ein Stapel unkorrigierter Tests wanderte aus einer Schublade in ihre Tasche, dann folgten Lippenstift und Ohrringe – sie trug sie mit sich herum, benutzte sie aber offenbar nie.

Vorsichtig näherte ich mich ihrem Schreibtisch. Sie sah müde aus. Ich überlegte, ob ich mich ihr ganz öffnen und ihr sagen sollte, was ich empfand. Wenn schon nicht aus Kameradschaft, dann weil Verletzlichkeit eine Währung war, die manche Menschen einsetzten wie Geld. Mein Atem ging schneller.

»Ich denke nicht, dass du etwas falsch gemacht hast«, sagte ich. »Mit meinem Vater, meine ich. Es war einfach Pech, dass die Leute so reagiert haben.«

Sie sagte nichts.

»Dass man einen Dozenten liebt und umgekehrt, ist nicht krankhaft«, fuhr ich fort. »Ich denke, so eine Liebe hat das Recht, gepflegt zu werden wie alles andere auch.«

Sie schenkte mir ein kühles Lächeln. »Soso. Und was hat diesen plötzlichen Meinungsumschwung bewirkt?«

Ich holte Luft. »Du hattest recht. Ich bin in James Orville verknallt.«

Das Lächeln verschwand nicht aus ihrem Gesicht. Für einen Moment sah sie so aus, als würde sie triumphieren.

»Dann hoffe ich, du weißt, dass du sein Leben ruinierst.«

»Wie meinst du das?«

»Du glaubst, du könntest die Machtunterschiede zwischen euch beiden eliminieren, aber du intensivierst sie nur. Wenn eine Studentin einen Dozenten liebt, ist das kindlich, natürlich, fast süß. Wenn ein Dozent eine Studentin liebt, ist es unnatürlich und krankhaft. Er bekommt ein Etikett aufgedrückt: Triebtäter. Manipulator. Monster.«

»Ich versuche nur, ihn wie ein menschliches Wesen zu behandeln.«

»Und dadurch entmenschlichst du ihn.«

»Willst du damit sagen, dass du die Beziehung zu meinem Vater bereust? Hast du nicht gesagt, du wärst darüber hinweg?«

Sie klappte ihre Tasche zu. »Zeit zu gehen, Samantha.«

»Nein, bitte!« Meine Stimme brach. Ich fühlte mich in diesem Moment so einsam, dass ich gern so etwas wie eine Freundin für Rebecca gewesen wäre, nur damit wir einander nicht so anstarren müssten. Rachsüchtig zu sein war mühsam. Außerdem hätten wir Verbündete sein sollen, keine Feindinnen – wir waren schließlich die beiden einzigen Menschen auf der Welt, die meinen Vater wirklich verstanden hatten. Rebecca musste die Veränderung in meinem Tonfall bemerkt haben, denn sie kniff die Augen zusammen.

Ich fragte noch einmal: »Bereust du es? Sag es mir bitte. Ich finde, dass die Medien dich sehr unfair behandelt haben.«

Sie musterte mich, als würde sie überlegen, ob ich ihre Zeit wert wäre. »Warst du schon einmal verliebt, Sam? Wahre, gegenseitige Liebe?«

»Nein.«

»Ich habe fünfunddreißig Jahre gebraucht, um diese Liebe zu finden«, sagte sie. »An diesem Punkt ist Liebe nicht Liebe, sondern das Ende des Alleinseins. Du hast das Gefühl, tatsächlich dazuzugehören – wenn nicht zu einem Menschen, dann zum Rest der Menschheit, zu albernen Romanen und berühmten Schnulzen. Wenn das nicht einer der Gründe für deine Zuneigung zu Orville ist.«

Ich sagte nichts. Sie setzte ein bedächtiges, unfreundliches Lächeln auf.

»Du und ich, wir sind uns ähnlicher, als du denkst«, sagte sie. »Ich habe mich in dir gesehen, als du ein verwöhntes Kind warst – allein und ohne Freunde, nur von einem Menschen geliebt, aber so übermäßig geliebt, dass es sich anfühlte, als würde die ganze Welt dich lieben. Mein Vater ist mit einer Freundin der Familie davongelaufen, als ich klein war, und meine Mutter ist nach Guam gezogen. Ich habe meine Therapie in der Mathematik gefunden so wie du offenbar in der Literatur – zwei Fächer, die helfen, in der Welt einen Sinn zu sehen. Ich weiß, was du willst, Samantha, denn ich wollte es auch. Du willst einen Grund zu glauben, dass es da draußen etwas Größeres gibt als dich selbst, etwas, das all die kleinen Dinge, die du erlebt hast, belanglos erscheinen lässt. So funktioniert Liebe. Und ob ich es nun bereut habe, dass ich mich in deinen Vater verliebt habe – Reue bleibt hinter der Geschichte zurück, die man erzählt.«

Sie lehnte sich auf ihrem Stuhl zurück. Mit Sentimentalität hatte ich nicht gerechnet, aber da war sie. Rebecca klang außergewöhnlich ehrlich, wie ein richtiger, echter Mensch. Ihre Augen waren glasig. Ich fragte mich, wie viele Gefühle sie dahinter aufgestaut hatte und ob diese Gefühle wohl wie die Fibonacci-Folge strukturiert waren. Es war wohl mein Fehler zu glauben, dass jemand entweder nur ganz schlecht oder überhaupt nicht schlecht sein konnte.

»Seid ihr beiden zusammengeblieben, auch nachdem du das Old College verlassen hattest?«, fragte ich.

»Dein Vater hat England verlassen. Jahrelang haben wir uns geschrieben. Die Briefe waren nicht schön oder überschwänglich, aber irgendwann erinnert man sie so. Die Jahre vergingen, er kam nach England, wann er wollte, und ging wieder. Irgendwann schrieb er mir, dass eine Frau namens Alice schwanger sei und er sie heiraten wolle. Bald darauf erfuhr ich von dir. Du hast ganze Seiten gefüllt, du hättest dein eigenes Epos sein können. Immer wenn er mich besuchte, erzählte er mir, wie schnell du lesen gelernt hast, wie viel du isst, wie du beim Versteckspielen in den Wäschekorb springst. ›Sie wird mal ganz groß, Becky, sie wird riesig.‹ Du warst die beste Geschichte deines Vaters.«

Sie klang weder nostalgisch noch als riefe sie sich eine angenehme Erinnerung ins Gedächtnis. Ihre Miene war säuerlich, ihre Augen stechend. Bei den Worten »ganz groß« kam mir Moms Gesicht in den Sinn.

»Du hast eure Affäre nicht beendet, obwohl du wusstest, dass sie eine Familie zerstören würde«, sagte ich.

»Dein Vater auch nicht«, fuhr sie mich an. »Worin liegt seine Schuld?«

»Hat einer von euch je an meine Mutter gedacht?«, fragte ich.

Überraschenderweise lachte Rebecca. »Deine Mutter hat deinen Vater nicht gekannt, nicht so, wie ich ihn kannte. Sie hat den Vater ihres Kindes geheiratet und er die Mutter seines Kindes.«

Rebeccas Lachen war schrill und grausam. Ich kniff die Lippen zusammen.

»Und doch hat Dad dich verlassen«, sagte ich.

Das hätte ich natürlich nicht sagen sollen, aber nun war der Schaden angerichtet. Unser vorübergehendes Bündnis war zerbrochen. Rebecca taxierte mich. Wenn Blicke töten könnten … Dann nahm sie mit einer wohlüberlegten Bewegung die eckige schwarze Brille von der Nase und legte sie auf den Tisch.

»Ich habe dir gesagt, dass er mit den konkurrierenden Forderungen mehrerer Frauen nicht umgehen konnte. Am Ende habe ich verloren, eine andere hat gewonnen. Nachdem ich Boston verlassen hatte, habe ich erst einen Monat vor seinem Tod wieder etwas von ihm gehört. Er kam nach Oxford, ging in seinen alten Turm, hat mir all diese verfluchten Bücher gegeben und mir gesagt, dass die kleine Samantha, wenn sie alt genug ist, bestimmte Bücher lesen und an bestimmten Orten leben soll. Er hätte dir nicht alles beigebracht, was ihm wichtig war. ›Bitte, Rebs‹, bat er mich, ›bitte tu es für mich.‹ Und da sind wir nun. Es ist spät, ich möchte gehen. Hast du sonst noch etwas zu sagen?«

Sie war blass, ihre Miene ausdruckslos. *Ich habe verloren, eine andere hat gewonnen.*

»Wer war die Frau, die dich am Ende ausgestochen hat?«, fragte ich.

Rebeccas Lippen kräuselten sich. »Kannst du dir das nicht denken?«

Ich sagte nichts. Sie betrachtete mich nicht mehr als Schülerin, sondern als Konkurrentin. Ich wich vor meiner ehemaligen Lehrerin zurück, heftige Gefühle für meinen Vater wallten in mir auf: Er hatte sich für mich entschieden. Er mochte ein schrecklicher Ehemann, ein schrecklicher Freund und ein schrecklicher Student gewesen sein, aber er ist letztendlich ein toller Vater gewesen.

»Ich werde jetzt gehen«, sagte ich. »Danke für deine Zeit.«

Ich wickelte mir den Schal um den Hals. Rebecca blickte mich unterdessen so hasserfüllt an, wie ich es bislang nur in Filmen und bei politischen Debatten gesehen hatte. Wieder drang ich in den Geheimbund ein, den sie mit meinem Vater gegründet hatte, und störte die saubere Geschichte, die sie für sich und ihn erfunden hatte. Ich hätte genauso gefühlt, wäre unsere Lage andersherum gewesen. Vielleicht hatte sie ja vorhin recht gehabt: Wir waren uns ähnlicher, als ich dachte.

Um die Wogen einigermaßen zu glätten, zog ich etwas aus meiner Manteltasche: ihr Emily-Dickinson-Lesezeichen, das ich in der *Herrin* gefunden hatte. Ich hatte es aus meinem Turm mitgebracht und überreichte es ihr wie eine weiße Flagge.

Ich hätte gedacht, sie wäre gerührt. Doch das Lesezeichen erfüllte genau den gegenteiligen Effekt. Ihre Miene war so gehässig, dass ich sie nicht hätte nachmachen können, sosehr ich es auch versucht hätte. Wieder hatte ich gewonnen und überreichte ihr den Trostpreis.

»Tut mir leid«, sagte ich. »Ich dachte nur … vielleicht willst du es.«

»Raus!«

Ich blinzelte. »Was?«

Aber sie war schon an der Tür und hielt sie mir auf. Ich wollte etwas sagen, aber ihr Gesicht war kalt und hart. Sie sah mich nicht an, als ich an ihr vorbeiging. Kaum stand ich im Flur, schlug sie die Tür hinter mir zu.

Ich wartete, drückte ein Ohr an die geschlossene Tür. Eine

Weile hörte ich nur das Geräusch ihrer Schritte, auf und ab, auf und ab. Dann war plötzlich ein leises Hämmern zu hören. Wenn ich mich nicht täuschte, nagelte Rebecca ihr Lesezeichen an die Wand.

Um drei Uhr nachts verließ ich meinen Turm und ging zu Halford's Well. Im Fakultätsgebäude brannte kein Licht, ein paar vereinzelte Straßenlaternen erleuchteten die Nacht. Der prachtvolle Rasen war dunkel und menschenleer. Da waren keine Stöcke schwingenden Porter, keine Journalisten, keine Studenten. Zum ersten Mal seit meiner Ankunft in Oxford sah mich niemand. Zu meiner Überraschung war ich seltsam enttäuscht. Ich dachte immer, es würde zur Tapferkeit gehören, dass man Publikum hatte.

Es war schrecklich kalt. Ich hatte die Yoga-Leggins anbehalten, aber ein T-Shirt, eine dicke Sweatshirt-Jacke und ein orangerotes Stirnband übergezogen. Aus der Nähe war der Brunnen groß und eckig. Altmodisch. Mit einer massiven dreieckigen Abdeckung, die von morschen Latten und übergroßen Nägeln zusammengehalten wurde. Ich lehnte mich über den kalten Rand und spähte hinein. Der Gestank war irgendwie mittelalterlich. Da unten musste das Ende der Welt sein, und keinem war das je aufgefallen. Ich sah mich um. Alles still.

»Also gut, Dad«, flüsterte ich, »du bist dran.«

Ich hörte das Echo meiner eigenen Stimme. Mir war so kalt, dass ich überhaupt nichts mehr spürte. Der Wind war stark und hallte in dem langen Schacht wider. Ich erkannte vage eine Sprosse, direkt rechts unter mir in der Brunnenwand. Es sah aus wie eine Leiter, also schwang ich ein Bein über den Rand, um die Lage zu erkunden. Die Umrandung war dicker, als ich gedacht hatte – ich hockte rittlings auf der Mauer.

»Halt!«

Mein Herz machte einen Sprung. Ich drehte mich um und spähte in die Dunkelheit. Diese Stimme hätte ich überall erkannt – da war Orville, mit wehendem Mantel kam er auf mich zu. Flammender Zorn loderte in mir auf. Warum wurde meine allererste wirklich empörende Tat – neben dem Einbruch in Rebeccas Büro natürlich – gleich vereitelt?

Keuchend blieb er vor mir stehen. Ob er wohl den ganzen Weg von Haworth bis hierher gerannt war? Weißer Atem quoll aus seinem geöffneten Mund.

»Was in aller Welt tun Sie hier?«

»Ich versuche, mich an eine Zeit zu erinnern, als ich etwas getan habe und Sie nicht aufgekreuzt sind.«

»Sie sind ohne ein Wort abgereist.«

»Ups!«

»Wir hatten Sturm, Samantha!«

»Er war vorbei, James.«

Er klappte den Mund zu, als ich seinen Vornamen sagte.

»Ich meinte: Orville«, korrigierte ich mich, »Jimmy. Oder wer sind Sie noch mal?«

»Sie sind nicht ans Telefon gegangen.«

»Woher wussten Sie, wo Sie mich finden?«

»Ihre Notiz. Da war ein Zitat aus *Die Herrin von Wildfell Hall.* Waren Sie sich dessen bewusst? Ja, bestimmt. Der kostbare Schatz verbirgt sich oft auf dem Grund eines Brunnens, und es braucht Mut, danach zu tauchen und so weiter. Erst dachte ich, es sei ironisch gemeint. Doch dann habe ich entdeckt, dass Sie weg waren, und mich an unser Gespräch erinnert. Ich habe befürchtet, dass Sie möglicherweise wirklich so verrückt sein könnten, einen Brunnen zu suchen.«

»Sie haben nur zehn Minuten gebraucht, um herauszufinden, was dieser Satz bedeutet? Ich habe zehn Jahre gebraucht.«

»Ich hätte nie gedacht, dass jemand so bescheuert sein und so eine lächerliche Aussage wörtlich verstehen könnte. Doch Sie offenbar schon. Heute Morgen habe ich in Haworth am Brunnen auf Sie gewartet. Ich dachte, dass sei Ihre logische Wahl.«

Ich blinzelte. »In Haworth gibt es einen Brunnen?«

Er sagte nichts, meine Position auf dem Brunnenrand schien ihn abzulenken. Ich saß auf der Umrandung wie auf einem Pferd. Tollpatschig.

»Also, wenn ich das hier richtig verstanden habe«, sagte er

schwer atmend, als würde er mit einer neuen Theorie ringen; sein schneeweißer Atem schien Pfeile in der Luft zu formen, »dann wollen Sie jetzt tatsächlich da hineinsteigen? Haben Sie vollkommen den Verstand verloren?«

»Möglich.«

»Sie werden nicht in diese ... diese ...«

»Was?«

»... Jauchegrube hinabsteigen!«

Ich blinzelte. »Übertreiben Sie nicht ein wenig?«

Er machte einen Schritt nach vorn. Es kam mir vor, als wären all unsere Meinungsverschiedenheiten nur Proben für ein Drama von diesem Kaliber gewesen. Seine Stimme war brüchig.

»Hören Sie mir zu, Samantha, hören Sie mir gut zu. Die Brontës haben Ihnen auf dem Grund dieses Brunnens nichts hinterlassen.«

»Die Brontës nicht«, sagte ich mit fester Stimme, »aber mein Vater.«

»Warum sollte er Ihr Erbe hier deponieren?«

»Warum nicht?«

»Wissen Sie, was für Zeug die Leute hier hineinwerfen?«

Ich wollte es gar nicht wissen und schwang mein anderes Bein über den Rand. Ich tastete über die Innenseite der Mauer, bis mein Fuß die erste Sprosse der Leiter fand. Ich kam nicht weit – sofort packte Orville mich von hinten an der Schulter. Ich wehrte mich, doch er fasste mir unter die Achseln, zog mich aus dem Brunnen und ein paar Schritte über den Rasen. Als ich strampelte und ihn abwehren wollte, schlang er seine Arme um meine Taille und riss mich mit solcher Kraft zurück, dass ich dachte, mein Abendessen käme in hohem Bogen wieder heraus.

»Ich werde mich wehren«, warnte ich ihn.

»Wie Sie wünschen.«

Ich kämpfte vergebens. Als ich mich auf ihn stürzte, drehte er mich um und drückte meinen Rücken an sich. So hielt er mich ganz fest.

»Sollen wir das noch zwei Stunden so machen, um zu sehen,

ob es möglich ist?«, schnaufte er. Sein Griff wurde fester, ich kreischte auf.

»Sie tun mir weh!«

Er ließ los, wir standen uns in Angriffsposition gegenüber. Auf einmal war mir nicht mehr wichtig, was ich da unten finden würde – ich wollte einfach nur hineinspringen. Ich verhielt mich selten dumm und impulsiv, aber hatte darauf nicht jeder ein Recht?

»Wenn Sie mich daran hindern, komme ich einfach später wieder«, sagte ich. »Sie können hier nicht für immer patrouillieren.«

Er fluchte leise. »Dann steige ich hinunter. Sie bleiben hier.«

»Sie wissen nicht, wonach Sie suchen müssen.«

»Sie vielleicht?«

Ich sagte nichts. Orville schien zu wissen, dass er nicht gewinnen konnte, und fuhr sich durchs Haar. Wenigstens hörte er auf, mit mir zu streiten. Ich zog meine Schuhe aus – was ich vorher vergessen hatte. Ich verstand nicht, warum Orville bleiben und zusehen wollte. Brunnen-Tieftauchen war eine Ein-Frau-Angelegenheit.

»Ich würde erst die Jacke ausziehen«, sagte er.

»Bitte?«

»Wenn Sie danach nichts Warmes überziehen können, holen Sie sich den Tod.«

Ich nickte und versuchte, die Sweatshirt-Jacke über den Kopf zu ziehen, ohne den Reißverschluss aufzumachen. Versuchte, denn meine Finger waren durch die Kälte steif und unbrauchbar. Ich mühte mich ab, bis Orville sagte, ich solle aufhören. Er machte einen Schritt auf mich zu und fand für mich den Saum meiner Jacke. Nach einem unbeholfenen Kampf mit meinen Kleidungsschichten wollte er mir die Jacke ausziehen. Es hätte reibungslos vonstattengehen können, doch der Ausschnitt verfing sich an meiner Nase, und ich wankte mit rudernden Armen. Ich spürte, wie ich rot wurde – zum Glück sah es in der Dunkelheit niemand. Orville kämpfte mit der Jacke, bis er sie mir ausgezogen hatte. Ich bedankte mich, konnte ihn aber nicht ansehen. Stattdessen ging ich wieder zum Brunnen, schwang meine Beine über den Rand und stieg auf die Leiter.

Ich begann mit dem Abstieg. Bevor Orville aus meiner Sicht verschwand, sah ich, wie er den Finger hob und wedelte. »Ein Wort, und ich komme nach.«

Ich nickte. Der Nachthimmel schrumpfte, bis ich nur noch die Ummauerung sah.

»Und?«, rief Orville in den Brunnen.

»Wirklich nett hier unten. Wir sollten das öfter tun.«

»Machen Sie einfach nur schnell!«

»Wie viele Krankheiten gibt es hier unten, wenn Sie raten müssten?«

Er antwortete nicht, was mir Sorgen bereitete. Der Schacht war tiefer, als ich gedacht hatte. Ich spähte hinunter und stellte mir das Monster vor, das in diesen gottlosen Tiefen lauerte.

Plötzlich berührten meine nackten Zehen die Wasseroberfläche. Ich dachte nicht mehr an Orville, dachte nicht mehr an meinen Vater. Es war höllisch kalt. Das Wasser reichte mir an die Schienbeine, dann an die Knie, die Schenkel, die Taille, und während ich mich hinunterließ, stieß ich einen erstickten Schrei aus, weil das Wasser eisig war und mein Körper so knochig und außer Form. Ich keuchte, das Geräusch hallte von den Wänden wider. Nun stand ich bis zur Brust im Wasser, meine Lungen zogen sich schmerzhaft zusammen. Alles schien weit weg zu sein. Aus der Ferne hörte ich etwas – Orville rief meinen Namen. Ich horchte, um ihn zu verstehen, doch die Worte verhallten entweder in der Dunkelheit oder in meinem Kopf. Hatte er gesagt, dass irgendwo ein Licht angegangen sei?

Ich wollte antworten, aber das eisige Wasser hatte sich um meine Lungen gelegt wie eine Schlinge. Es umspülte meinen Oberkörper, die Schultern, den Hals. Noch einen Schritt, und es stand mir bis zum Kinn. Die Situation verlor den letzten Hauch von Humor. Ich holte tief Luft und tauchte mit dem Kopf in das dreckige Wasser ein. Ich schrie ein paarmal leise und blubbernd und hörte das Rauschen in meinen Ohren. Dann sank ich mit rudernden Armen hinab.

Mein Fuß traf auf etwas Festes – doch dann rutschte es weg. Ich war auf einem Bett aus Pennys gelandet. Ich tastete mit den Zehen umher und spürte etwas Spitzes. Eine Spritze? Ich ließ meinen Fuß von links nach rechts wandern, aber da waren nur Flaschen, Münzen und Hunderte alter Träume, Wünsche und kleiner Enttäuschungen. Orville hatte recht. Ich würde keine Schachteln, keine Bücher, kein Gold, keine Antworten finden; hier nicht. Ich schrie meine Verzweiflung heraus, meine Stimme verlor sich in dem alten Wasser, das all das schon einmal gehört zu haben schien. Ich hatte mich getäuscht. O Gott, hatte ich mich wirklich getäuscht?

Ich stieß mich vom Boden ab und ruderte, bis ich die Wasseroberfläche wieder durchbrach und nach Luft schnappte. Doch ich konnte nicht atmen. Irgendwo da oben schrie ein Mann: »Hören Sie mich, Samantha? Ich komme jetzt runter! Hören Sie mich?«

Ich hörte nicht zu, aber nicht absichtlich – ich zitterte am ganzen Leib. War ich tot? Fühlte es sich so an, wenn man starb? Ich konnte mich nicht weiter nach oben ziehen. Atmen war Luxus, und ich war auf einmal zu schwach dafür. Ich klammerte mich an der Leiter fest, bis sich meine Lungen langsam wieder mit Luft füllten und ich die eisige Nachtluft einsog. Ich hörte nichts. In dieser Welt gab es nur meinen flachen Atem, meine steifen Finger, meine kleinen, kleinen Lungen. Mein Haar war schwer wie ein Teppich. Ich befahl meinen Händen, sich zu bewegen, und zu meinem Erstaunen gehorchten sie mir. Sie packten die Sprossen, aber ich konnte mich noch immer nicht hochziehen – oder? Wie kam es dann, dass ich mich bewegte? Ich musste geklettert sein, denn das Wasser war unterhalb meiner Taille. Mein Atem ging flach, und – aha! – das Wasser reichte nur noch bis zu meinen Schienbeinen. Es war komisch – als würde ich von einem Kran hinaufgezogen werden. Oder war es ein Mensch? Ich merkte, dass Orville sich vorgebeugt hatte und mich erst unter den Achseln, dann um die Taille fasste und nach oben zog – weiter und weiter, über den Brunnenrand. Ich fiel auf die Knie. Orville stand über mir, zog mich wieder hoch und rieb meine Arme in rasendem Tempo, schimpfte in sich hinein und verfluchte die Kälte. Sein Mantel war weg – ich sah, dass er mich darin eingewickelt hatte. Er strich mit der Hand über meine Haare, über meinen Wangen, er nannte mich »verrückt, verflucht, verrückt« und streichelte mit flachen Händen meinen Rücken. »Dummes Mädchen … Blöd … Dumm.« Doch seine Stimme war weich und freundlich, und nach einer Weile umschlang er mich mit beiden Armen und hielt mich einfach fest.

»Orville«, murmelte ich.

»Wir müssen rein.«

»Ich … habe nichts gefunden.«

»Natürlich haben Sie nichts gefunden. Das war reine Idiotie.«

Ich rührte mich nicht, ich klammerte mich an ihn. Er versuchte, mich wegzuziehen, aber ich ließ ihn nicht los.

»Ich habe nichts gefunden.« Meine Stimme brach.

»Ja, das sagten Sie bereits.«

»Ich habe wirklich gedacht, es wäre hier.«

Orville verstummte. Der Wind pfiff über den Rasen. »Wir müssen gehen. Das ist kein guter Platz, um erwischt zu werden.«

»Nein, es ist hier. Es muss hier sein. Helfen Sie mir bitte einfach nur, es zu finden. Bitte, bitte, helfen Sie mir.«

Ich blickte meinen Tutor an. Meine Lippen waren taub und schwer. Er sah mich an wie ein krankes Kind.

»Ihr Vater hätte Ihnen doch niemals im Wasser ein Buch hinterlassen! Es wäre zerstört. Haben Sie sich das denn nicht überlegt?«

»Nicht wenn er es in ein wasserdichtes Behältnis gelegt hätte«, sagte ich leise.

Er antwortete nicht, und die Absurdität meiner Äußerung schwebte in der Luft. Orville versuchte wieder, mich von dem Brunnen wegzuziehen, aber ich blieb, wo ich war. Mut. Endlich hatte ich meinen Mut gefunden – und wohin hatte er mich gebracht?

Orville schüttelte den Kopf. »Sehen Sie sich doch an! Sie sehen aus wie diese unheimliche Frau bei Ihnen an der Wand.«

Ich runzelte die Stirn. »Wie war das?«

»Kommen Sie, gehen wir.«

»O Gott!«

»Was ist denn?«, fauchte Orville.

Ich dachte an meine alte Freundin, die *Gouvernante*, wie sie mit wildem Blick im dunklen Meer versank. »Sie hatten recht«, sagte ich. »Ich habe mir den falschen Brunnen ausgesucht.«

»Ja, das sehe ich.«

»Nein«, sagte ich, »wirklich – es war der falsche Brunnen. Es gibt noch eine Frau, die ins Wasser gefallen ist, und sie hat ein Buch in der Hand. Erinnern Sie sich?«

»Wenn Sie sich jetzt nicht bewegen, werde ich Sie tragen!«

Ich schlotterte. Orvilles Mantel, der locker um meine Schultern hing, rutschte herunter und fiel ins Gras. Ich wollte mich bücken und ihn aufheben, aber meine Finger fühlten sich an, als wollten sie zu Asche zerfallen. Ich schwankte und wäre fast gestürzt. Orville legte mir die Hand um die Taille, damit ich aufrecht blieb.

»Sie müssen rein ins Haus, Samantha«, sagte er atemlos.

»Wohin gehen Verrückte in Oxford?«

»Sie springen in einen Brunnen. Kommen Sie, los!« Wieder versuchte er, mich vorwärts zu schieben, aber ich lehnte mich an ihn und drückte mit letzter Kraft. Eine eisige Bö traf uns und peitschte uns die Kälte ins Gesicht.

»Nein«, sagte ich. »Verrückte gehen in meinen Turm. Das war immer schon so.«

»Los jetzt, oder ich trage Sie!«

»›Verrücktheit hat oft höchsten Sinn … Stimm zu, dann bist du vernünftig, hab Skrupel und du bist gefährlich und liegst in Ketten künftig.‹«

»Sie delirieren.«

»Verstehen Sie denn nicht? Das Buch war die ganze Zeit in meinem Zimmer, und ich habe es nicht gesehen. Genau wie Dorothy.«

»Welche Dorothy?«

Ein gleißendes Licht holte mich schlagartig in die Wirklichkeit zurück. War das ein Blitz? Die Ewigkeit? Orville und ich drehten uns um und sahen, dass es keins von beiden war. Es war eine Kamera. Klick. Wieder erhellte sich die Nacht um uns.

»Wer ist da?«

Ich dachte, ich hätte das gesagt – zumindest stand mein Mund offen –, aber es war Orville, der gerufen hatte. Vor uns, keine drei Meter entfernt, war ein Schatten. Die Gestalt trat vor, und ich fuhr zusammen.

»Hans?«

Ja, ich glaube, es war Hans, der da stand und in der Dunkelheit zu leuchten schien. Blond und nordisch, mit einer schicken Kamera um den Hals, blickte er von Orville zu mir, als könnte er es nicht einmal für alles Geld der Welt glauben.

»Warum bist du hier?«, fragte ich.

»Warum bist du nass?«, fragte er zurück.

»Hier gibt es keine Story«, sagte Orville.

Story? Ich zitterte. Irritiert sah ich von meinem Tutor in Hans' vollkommenes Gesicht. Beim Anblick seiner professionell aussehenden Kamera dämmerte mir die Wahrheit.

»*Du* bist dieser verdammte H. Pierpont?«, schrie ich. »Du, du hast dieses ganze *verdammte* Jahr lang über mich geschrieben?«

»Samantha«, griff Orville ein.

Ich wollte mich auf Pierpont stürzen, doch Orville packte mich an der Taille und zog mich zurück

»Verschwinde!«, brüllte ich Hans an. »Ich mache nur einen Spaziergang.«

Noch ein Foto. Klick, klick.

Hans grinste. »In diesem Aufzug?«

»Wir können drinnen weiterreden«, sagte Orville. »Samantha geht es nicht gut.«

Da wusste ich es: Orville und ich würden sterben, hier neben diesem alten Brunnen und vor den Augen der ganzen Welt. Sterben, oder Schande würde über uns kommen! Mit belastenden Schlagzeilen würden die Bilder überall in den Nachrichten sein. Ich sah, wie die Gerüchte sich verbreiteten, ich sah, wie meine Mutter in einem Frisörsalon die Geschichte aus zweiter Hand las.

Hans hatte angefangen, Orville mit scharfen Fragen zu bombardieren, aber Orville starrte ihn nur schweigend an. So würde dieser Scheißkerl Hans Pierpont eine bessere Geschichte bekommen, als er überhaupt hätte erwarten können! Warum sagte Orville nichts? Das passte so gar nicht zu ihm. Doch ich merkte, dass er Hans überhaupt nicht ansah, er blickte an ihm vorbei.

Ich kniff die Augen zusammen. Wir waren gar nicht so allein, wie ich dachte. Hinter Pierpont standen noch zwei weitere Personen. Die eine war Ellery Flannery, die andere Rebecca Smith. Das Licht, das aus den Büros des Fakultätsgebäudes zu uns herüberschien, verlieh ihrem taillenlosen Körper scharfe Umrisse.

»Stören wir bei etwas Wichtigem?«, fragte meine ehemalige Mathelehrerin und kam auf mich zu. Ich hoffte, sie würde mich ansehen und mein enttäuschtes Gesicht bemerken, eine Miene, die Menschen auf ewig verfolgte. Sie war eine kleine Frau, doch sie wirkte bedrohlich. Sie hatte das Ende ihrer Geschichte in der Hand: Rache. Ich erinnerte mich an das, was sie über den Tod meines Vaters gesagt hatte: »Es war das gut geplante Ende eines ansonsten unstrukturierten Lebens.«

Mein Blick schoss zurück zu Hans. Was würde ich sagen? War ich zu einem romantischen Spaziergang mit meinem Tutor aufgebrochen, oder wollte ich nach dem Brontë-Gold graben? Würde ich mich für Samantha die Schlampe entscheiden oder für Samantha die letzte lebende Brontë? Nach Rebeccas Blick zu urteilen, wusste sie schon, was ich sagen würde. Sie tat mir nun das an, was mein Vater ihr angetan hatte. Sie vermachte mir ihre Geschichte.

Etwas regte sich auf dem Weg, zwei weitere Schaulustige näherten sich. Studenten? Gab es denn keine Ausgangssperre an dieser Uni? Ein Student flüsterte dem anderen etwas zu. Keiner kümmerte sich um mich, wie mir bewusst wurde, alle glotzten sie Orville an, der aussah wie ein verwundeter Leopard, der von einem Rudel Hyänen in die Enge getrieben worden war. Mein Herz klopfte wild. Flannery baute sich vor ihm auf und kickte seinen Mantel weg, der auf dem Boden lag. Orville blickte nicht zu mir, er fing einfach an, seine wundervollen englischen Sätze zu formulieren. Ja, Samantha wollte baden gehen. Na und? Er erwähnte weder meine nächtlichen Pläne noch die Brontës. Er redete und redete, doch ich konnte nicht mehr zuhören. Aus dem Fakultätsgebäude kamen Menschen mit Kapuzen. Trugen Sie tatsächlich Kapuzen, oder fielen mir einfach nur die Augen zu? Goldene Blasen stiegen in der Ferne auf. Blitzlichter?

Mit einem Mal taumelte ich. Oder taumelten alle anderen? Nein, nein, irgendwas stimmte hier nicht. Ich war weder so jung noch so unbesiegbar, wie ich geglaubt hatte. Ich zitterte am ganzen Leib. Ich dachte an die plötzliche Ohnmacht, die die Frauen in Viktorianischer Zeit so wirkungsvoll eingesetzt hatten.

Ich war mir nur vage bewusst, dass ich fiel. Bevor ich begriff, was geschah, war ich auf dem matschigen Rasen zusammengebrochen. Orville beugte sich über mich, während eine kleine Menschentraube zusammenkam und jemand einen anderen bat, etwas zu holen, etwas zu tun, irgendwas.

»Samantha? Samantha!«

16

Anne Brontë starb am 28. Mai 1849 im Alter von neunundzwanzig Jahren. Nach einer plötzlichen und schweren Erkrankung raffte die Tuberkulose sie dahin. Ihr Tod war ungerecht, und sie schien es zu wissen. »Ich wünschte, es würde Gott gefallen, mich zu verschonen, nicht nur um Papas und Charlottes willen, sondern weil ich mich danach sehne, etwas Gutes auf der Welt zu tun, bevor ich sie verlasse«, schrieb sie. »Ich habe viele Zukunftspläne im Kopf – bescheidene und begrenzte zwar, aber dennoch möchte ich nicht, dass aus ihnen überhaupt nichts wird und dass mein Leben nur so wenig Sinn und Zweck gehabt hätte. Doch Gottes Wille geschehe.«

Und Gottes Wille geschah. Anne verließ die Welt friedlich um zwei Uhr nachmittags in Scarborough. Nur Charlotte war an ihrer Seite, die trauernde älteste Schwester harrte neben der jüngsten aus bis zum Schluss. Emily und Branwell waren schon tot, nun gab es nur noch Charlotte allein gegen den Rest der Welt. Trotz aller Rivalitäten und belanglosen Streitigkeiten zwischen ihr und Anne hatte Charlotte sich das Ende sicherlich anders vorgestellt. Was wäre ihr Werk ohne Inspiration? Was wäre der Ruhm ohne ihre Familie?

Bis heute weiß niemand, was Charlotte und Anne in den letzten Stunden miteinander besprochen und welche Gefühle sie einander gezeigt hatten. Die späteren Gedichtzeilen einer zerstreuten Charlotte Brontë sprechen jedenfalls für sich:

Im Leben ist nur wenig Freud
Und wenig Graus im Grab;
Ich habe jemandes Abschied bereut,
Den ich zu retten gestorben sein mag.

Sie klangen wie die Verse einer trauernden Schwester, aber ich fragte mich, was Charlotte mit »zu retten« gemeint hatte. Bezog sie sich auf Annes Leben oder auf Annes Seele? Ich hoffte inständig auf Letzteres. Ich hoffte, dass Annes Geist so wild war, dass er Charlottes Nachleben ernsthaft verkomplizierte, und ich hoffte, dass jeder, der ihr je nahegestanden hatte, das wusste. Meine große Hoffnung war, dass die kleine Anne Brontë nach ihrem Tod Flügel bekommen hatte und auf eine Weise aufgeblüht war, die ihr im Leben versagt geblieben war. Ich wünschte mir dies so leidenschaftlich und mit jeder Faser meines Körpers, dass ich wohl etwas von mir in Anne hineinprojiziert hatte, oder vielleicht war es auch umgekehrt. Meine jüngste Cousine war für mich plötzlich ganz lebendig. Phantasie kann etwas erschreckend Konkretes sein, wenn man will, dass es so ist.

Annes letzte Worte an ihre Schwester waren kurz und bestimmt:

»Sei tapfer, Charlotte, sei tapfer.«

»Was ich nicht verstehe, ist«, sagte meine Mutter ein paar Tage später, »warum du deine Kleider ausgezogen hast.«

Der Tag draußen war warm, jedenfalls erzählte man mir das. Ich lag im Bett in meinem Turm. Mein rechter Fuß steckte in einem Verband und ragte unter der Decke hervor. In meinem Zimmer roch es nach Fieber und Salz.

»Sagte ich doch – um nicht krank zu werden.«

»Ach so«, sagte sie. »Aber du bist krank, also hat es nicht geholfen.«

»Ich habe die Jacke ausgezogen, weil ich sie danach überziehen wollte.«

»Ach ja?«

Ich sah sie an. Offenbar hatte sie Zeitung gelesen. »Wem

glaubst du?«, fragte ich sie. »Diesem Scheißkerl Pierpont oder mir?«

»Nicht fluchen. Das ist so amerikanisch.«

Mom war vor einer Stunde aus Paris gekommen, nun saß sie am Fußende meines Bettes und streichelte mein Bein. Sie behauptete, dass sie im Moment nirgendwo lieber wäre als hier. Der *Hornbeam* lag auf ihrem Schoß, das erstarrte Gesicht ihrer Tochter bedeckte die ganze Titelseite. Ich sah aus wie die Gewinnerin eines Wet-T-Shirt-Contests, die neben ihrem rattenscharfen Tutor stand. Dieser starrte mit so flammendem Zorn in die Kamera, dass man fürchten musste, er könnte von einem zweidimensionalen Zeitungsformat nicht in Schach gehalten werden. »Rendezvous am Brunnen lässt eine alte Tradition wiederaufleben«. Mom hatte den Artikel bereits zweimal gelesen. Einmal laut.

»Ich habe doch gesagt, dass du irgendwann zusammenbrichst«, waren ihre ersten Worte, als sie hereingekommen war.

Von dieser feuchten, eisigen Nacht erinnere ich mich nur an wenig, lediglich dass ich in der sengenden Hitze eines Taxis wieder zu Bewusstsein gekommen war. Das Taxi brachte einen Dozenten, den ich nicht kannte, ins Krankenhaus. Warum ging er dorthin? Dann wurde mir klar, dass ich diejenige auf dem Weg ins Krankenhaus war und er mich begleitete. Wo war Orville?

Wie sich herausstellte, fehlte mir nichts; ich hatte nur eine leichte Unterkühlung und eine böse Schürfwunde am Fuß. Kaum wurde ich um 7.17 Uhr am Morgen wieder entlassen, kehrte ich auf den Campus zurück. Es war ein klirrend kalter Morgen. Ich kaufte mir ein Schinken-Käse-Sandwich mit Sprossen und ging direkt zu meinem Turm, wo ich mir ein Glas Wasser eingoss, mich anzog und schließlich mein Erbe fand.

Die Entdeckung verlief reibungslos und einfach, so einfach, als hätte man sie mir diktiert. Ich nahm die *Gouvernante* von ihrem Platz an der Wand und fand die »Warnungen aus Erfahrung«, die einfach nur hinter der Leinwand geklemmt hatten. Es war ein abgenutztes, schmales, bedeutungslos wirkendes Buch, so dick wie mein Daumen. Es war die ganze Zeit hier gewesen. Und zwischen der letzte Seite und dem hinteren Umschlag steckte Emily Dickinson, das Lesezeichen meines Vaters. Ich hielt das Buch eine Weile in der Hand, befühlte den weichen, alten Ledereinband und die dünnen, abgegriffenen Seiten. Ich schlug es auf und sah, wie sich verblichene schwarze Tinte in einer engen, schrägen, intimen Handschrift in jede Seite gesogen hatte. Hier in der Hand hielt ich Anne Brontë, die echte Anne Brontë.

Dann glitt noch etwas anderes aus dem Buch – ein abgerissenes Stück Papier, auf dem mein Vater in hellroter Tinte ein Zitat notiert hatte:

»Die Menschen haben mich einen Wahnsinnigen genannt; aber es ist noch die Frage, ob der Wahnsinn nicht die höchste Stufe der Geistigkeit bedeutet, ob nicht vieles Glorreiche und alles Tiefe seinen Ursprung in einer Krankhaftigkeit des Gedankens, in dem besonderen Wesen des Zustandes hat, der auf Kosten des allgemeinen Verstandes aufs äußerste, und zwar einseitig, erregt ist.«
In Liebe
Dad

Es war ein Zitat von Edgar Allan Poe, einem von Dads Lieblingsautoren. Eine unstillbare Traurigkeit überkam mich. Dad sagte immer, die Reise sei das Wichtigste bei allem. Er wusste auch, dass man erst dann merkte, dass man auf einer Reise gewesen war, wenn sie vorüber war. Ich hatte sofort meine Mutter angerufen, einfach nur weil ich weinte, was ich sonst nie tat. Ich erklärte ihr nicht, was geschehen war, es spielte keine Rolle. Sie klang so, als hätte ich ihr gerade das tollste Geschenk der Welt gemacht. Einen Tag später nahm sie den Zug, und nun war sie hier, saß an meinem Bett und tätschelte in einem Durcheinander aus Zeitungen meinen lädierten Fuß.

Ich überflog einen Artikel in der Zeitung auf meinem Bauch. »Hat Tristan Whipple heimlich in Oxford studiert?« Ich schob die Seite weg und griff nach einer anderen, die ich schon dreimal gelesen hatte.

... muss nicht das erste Mal so eine Befragung über sich ergehen lassen. Dr. Orville hat vor einigen Jahren nach einer engen Beziehung zu der Studentin Abigail Baasch harsche Kritik vom Lehrkörper des Old College geerntet. Beide wurden freigesprochen, weil niemand belegen konnte, dass Baasch zur Zeit ihrer Verabredungen noch Studentin war. Doch manche sind nach wie vor der Überzeugung, dass die Affäre ein schwerer Verstoß gegen die Grundregel von Oxford darstellt: die Unantastbarkeit der Beziehung von Lehrenden und Lernenden.

»Dr. Orville hat sich das selbst zuzuschreiben«, sagte Dr. Ellery Flannery dem Hornbeam *am Sonntagabend. »Ich werde immer daran festhalten, dass Bildung sinnlos ist, wenn sie ihrer Objektivität beraubt wird.«*

Andere hingegen meinen, der Fehler liege nicht bei Dr. Orville, sondern bei »unreifen und rücksichtslosen« Studentinnen, und dass es kein inhärenter Makel sei, wenn man zum Schwarm einer jungen Studentin wird, sondern eher »ein bedauernswertes Berufsrisiko«, wie es ein Fellow, der ungenannt bleiben möchte, ausdrückte.

Als Reaktion auf die jüngsten Entwicklungen hat sich Dr. Orville auf unbestimmte Zeit freistellen lassen. Weder Abigail Baasch noch Samantha Whipple standen für einen Kommentar zur Verfügung.

Sorgfältig faltete ich das Blatt zu einem Flugzeug und warf es in die Ecke, in der nun auch die »Warnungen aus Erfahrung« lagen. Ich hatte das Bändchen nicht mehr angerührt, seit ich es entdeckt hatte. Ja, ich hatte mein Erbe gefunden, und ja, der Gedanke war irgendwie befriedigend, aber alles war nun überschattet. Was spielte es noch für eine Rolle, dass ich das Buch besaß, wenn ich Orville verloren hatte? Wem sollte ich es nun zeigen? Ich wusste nicht genau, was »Freistellung« bedeutete und ob es nicht ein anderer Ausdruck für »Einzelhaft« war. Oxford war Orvilles Leben, und ich hatte es zerstört. Und gleichzeitig auch die beste Ausbildung, die ich je bekommen hatte.

Neben mir räusperte sich Mom.

»Ich habe nicht gewusst, dass Halford's Well vor fünfundzwanzig Jahren Schauplatz eines ähnlichen Rendezvous gewesen war.« Sie hatte den *Hornbeam* weggelegt und sich stattdessen die *New York Post* vorgenommen, die sie mir als Geschenk mitgebracht hatte. Ich war bis Seite sechs gekommen: »Jane Eyre erhebt sich aus dem Grab«. Ich weigerte mich, das anzusehen.

»Ja«, sagte ich, »das war so.«

»Wirklich eigenartig.« Sie verzog das Gesicht. »Ich meine, wer treibt es denn schon in der Öffentlichkeit?«

Schweigen. Ich antwortete nicht, weil ich nicht sagen wollte: dein Exmann. Und sie wiederum redete nicht weiter, weil sie Angst hatte, ich könnte sagen: ich. Ich nieste laut, und damit war das Thema beendet.

Mom nahm die Brille ab. »Wirst du mir nun endlich die Wahrheit sagen? Warum warst du überhaupt bei dem Brunnen?«

Ich blinzelte. »Um zu kommunizieren.«

»Mit wem?«

»Mit Dad.«

Ihr entgleiste das Gesicht. Erst sah sie enttäuscht aus, dann wütend. »Jetzt sag bloß nicht, dass er dich dazu angestiftet hat!«

Ich deutete auf die »Warnungen aus Erfahrung« am anderen Ende des Zimmers. »Das ist mein Erbe.«

Mom war irritiert. »Ich sehe ein altes Buch.«

»Richtig.«

Stirnrunzelnd stand sie auf, ging hinüber und griff nach dem kleinen, ramponierten Buch. Sie nahm es mit zum Bett, ich wandte den Blick ab.

»Das hat er dir hinterlassen?«, fragte Mom. Das Buch hing zwischen Zeigefinger und Daumen, als hätte sie ein unappetitliches Stück rohes Fleisch in die Finger bekommen.

»Es ist ein Tagebuch.«

Je länger Mom es ansah, desto triumphierender und mitfühlender wurde ihr Gesichtsausdruck. Wenn das mein Erbe war, dann hatte sie gewonnen. Es war nur ein alter, schmutziger, ekliger, fauliger Haufen Papier mit unleserlicher Handschrift. Wie immer hatte Dad alles vermasselt. Er hatte sein Bestes gegeben, um etwas Heldenhaftes zu tun, aber er hatte versagt.

Mom musste meine Traurigkeit gespürt haben, denn sie hielt ihre Fröhlichkeit im Zaum und runzelte die Stirn, als wollte sie sagen: Du hast recht, das ist nicht lustig.

Sie drehte das Buch in der Hand und las den Umschlag: »›Warnungen aus Erfahrung‹.«

»Ja.«

»Was willst du damit machen?«

»Weiß nicht.«

»Hast du es gelesen?«

»Noch nicht.«

Mom legte das Buch weg und hüstelte. »Ich möchte, dass du zu mir nach Paris ziehst«, sagte sie, und so, wie sie »Paris« sagte, klang es wie »Psychiatrie«.

»Mir geht es gut hier.«

»Dir geht es beschissen hier.«

»Ich will trotzdem bleiben.«

»Ich sehe dafür keinen Grund.«

»Ich lerne.«

»Was?«

»Etwas über mich selbst.«

»Verarsch mich nicht!«

»Nicht fluchen! Das ist so amerikanisch!«

Wir schwiegen. Zerstreut zog ich den *Hornbeam* hervor und betrachtete das Foto. Orvilles Hände umfingen meine Taille. Hatte es mir gefallen, ihm so nah zu sein? Ich hatte vergessen, den Augenblick zu genießen. Die zwei Personen auf dem körnigen Schwarzweißbild umschlangen sich wie Verliebte. Ihr Anblick versetzte mir einen solchen Stich, wie ich ihn seit dem Moment selbst nicht mehr verspürt hatte. Das Mädchen in der Zeitung war lediglich eine weitere Frau, die ich beneidete. Orville – der echte Orville – hatte nicht auf meine Mails und nicht auf meine SMS reagiert.

Ich nahm Moms Hand. »Danke fürs Kommen.«

Sie schien für einen Moment vor den Kopf gestoßen zu sein.

»Natürlich. Ich kann doch mein Mädchen nicht krank und allein hier liegen lassen, oder?«

Ich schluchzte auf.

»Was ist?«, fragte Mom. »Habe ich dich verletzt?«

»Soll ich dir sagen, was mich an alldem am meisten nervt?«

»Sag's mir, Schatz.«

»Er ist weg.«

»Er war immer weg.«

»Nein. Aber jetzt ist er wirklich weg. Ich habe gefunden, was ich finden sollte.«

»Das ist gut.«

»Nein«, sagte ich. »Jetzt haben er und ich uns nichts mehr zu sagen.«

Ich schloss die Augen und drehte mich weg. Ich weinte – wieder. Es war sehr lästig, und ich hatte das fürchterliche Gefühl, dass gleich Hans mit seiner Kamera hereinkommen würde.

Moms Stimme wurde weich. »Samantha, dieser Mann hat dir ein Tagebuch hinterlassen, bevor er starb. Du hast gesagt, er hätte dir auch ein Bild hinterlassen. Wer weiß, wie viele andere Dinge noch irgendwo auf dieser Welt darauf warten, dass du so tust, als wären sie von Bedeutung?«

Ich sagte nichts. Ich wischte mir die Nase am Ärmel ab. Mom hielt inne, als wäre sie unsicher, ob sie ihren nächsten Gedanken laut aussprechen sollte. Schließlich holte sie Luft und sagte: »Es klingt nicht so, als würdest du ein Gespräch mit ihm beenden. Es klingt so, als würdest du gerade eines beginnen.«

Ich blickte auf. Ihre Brust hob und senkte sich. Ich nahm ihre warme Hand und hielt sie ganz fest.

Mein letztes Tutorium fand an einem Donnerstagnachmittag statt.

Es war die letzte Woche des zweiten Trimesters. Ab morgen würden der Lehrkörper und die Studenten vier Wochen frei haben, bis das dritte Trimester begann. Zur Feier des Tages sprossen kleine weiße Blüten aus der Erde, Blätter nahmen zarte Farben an. Die Sonne hatte ihren Winterschlaf beendet und lugte zwischen den Wolken hervor, genauso wie die Schar blasser Studenten, die mit weit aufgerissenen Augen aus ihren Wohnheimen krochen wie Traumaopfer. Alles war von so graziler Schönheit, dass man unwillkürlich sauer war, weil man so lange darauf hatte verzichten müssen.

In Erwartung meines Besuchs hatte mein Tutor – eher mein Extutor – die Tür geöffnet und die Vorhänge aufgezogen. Das Zimmer wirkte wie ein Opernsaal bei Tag, still und irgendwie sehnsüchtig. Die Fenster standen offen, eine leichte, entschuldigende Brise wehte herein. Vielleicht bereute der Wind sein schlechtes Benehmen in der gesamten vergangenen Jahreszeit.

Seit der Nacht bei Halford's Well hatte ich Orville nicht mehr gesehen, unsere einzige Verständigung war die Terminabsprache für unser heutiges Treffen gewesen. Er trug Jeans und ein Sweatshirt der Universität Oxford, über seiner Schulter hing ein rotes Tuch. Er zog Bücher aus den Regalen und stapelte sie im ganzen Zimmer zu wankenden, ungleichen Türmchen. Ich sah leere Kartons und Klebeband. Als ich hereinkam, stieg ich über Stapel von Molière, Twain und Dumas hinweg, die sich auf dem Boden im Licht der Sonne aalten. Es wirkte alles eher unorganisiert, und ich fragte mich, ob Orville überhaupt wusste, was er da tat.

Er hatte mich wohl hereinkommen gehört. »Hallo, Samantha.«

»Ziehen Sie wirklich nach Irland?«, platzte ich heraus.

»Wer hat Ihnen das gesagt?«

»Etwa vierzehn Leute – unabhängig voneinander.«

Der Wind bauschte die Vorhänge. Ein paar Minuten lang sprachen wir nicht. Wir schienen uns dem merkwürdigen und unausweichlichen Ende unserer vertragsmäßigen Beziehung zu nähern. Ich würde dieses Zimmer verlassen, und sein Leben würde weitergehen. Er würde mich aus seiner Erinnerung tilgen, die beiden letzten Trimester würden sich einfach verflüchtigen. Ich würde nur mehr ein weiterer Punkt auf seiner länger werdenden Liste mit Fast-Rechtsstreiten sein. Ich würde mein Studium abschließen, würde älter werden und sterben, und James Orville III. würde höflich aus meinem Leben verschwinden, wie ein Schiff, das aus dem Hafen ausläuft.

»Nun«, sagte er schließlich von der anderen Seite des Zimmers. Seine Stimme war tief und schien in den leeren Regalen widerzuhallen. »Sie haben es gefunden?«

»Hm?«

Ich merkte, dass er auf das Buch in meiner Hand deutete. Ich hatte fast vergessen, dass ich die »Warnungen aus Erfahrung« mitgebracht hatte. Ich drückte es an meine Brust wie manche Leute ihre Katze. Verglichen mit den schön gebundenen Ausgaben mit Prägungen überall um uns herum, sah mein Buch aus wie ein entsorgtes menschliches Organ.

»Ja, ich habe es gefunden«, sagte ich und setzte mich auf die Couch. Auf dem Weg dorthin stieß ich gegen einen Stapel Hemingway, der umfiel wie eine Kabarettrequisite.

»Wo war es?«

»Hinter dem Bild der *Gouvernante* in meinem Zimmer. Es klemmte in ihrem Rücken.«

»Ihrem Rücken?«

»Auf der Rückseite des Rahmens.«

»Die ganze Zeit?«

»Die ganze Zeit.«

Er öffnete den Mund, als wollte er eine Frage stellen oder mich beglückwünschen. Doch der Gedanke schien ihm nur ganz kurz gekommen zu sein, denn er widmete sich wieder seinem Regal. Wir verharrten in Schweigen. Ich konnte ihn nicht direkt ansehen, nicht wenn er so niedergeschlagen seine Kartons packte. Ich begann zu schwitzen.

Als ich es nicht mehr aushielt, schluchzte ich einmal laut auf. »Mein Gott, ich habe Ihr Leben ruiniert, nicht wahr?«

»Bitte, setzen Sie sich.«

Ich saß schon. Ich legte das Buch auf den Tisch.

»Sind Sie wütend auf mich?«, fragte ich. »Ich bringe das wieder in Ordnung, ich werde alles tun, damit Sie Ihre Stelle wiederbekommen. Bitte. Bitte!«

Er sah mich erstaunt an. »Ich bin überhaupt nicht ärgerlich. Wie kommen Sie denn darauf?«

»Die Karriere, die Sie sich Ihr Leben lang aufgebaut haben, ist zu Ende. Erlauben Sie mir, dass ich mich an die Presse wende und dieses Buch zeige. Ich werde erklären, was ich wirklich dort gesucht habe, und Sie sind raus aus der Sache.«

»Ich fürchte, dass man das als eine noch weitaus haarsträubendere und verzweifeltere Rechtfertigung betrachten würde. Und können Sie sich überhaupt die Hysterie vorstellen, die ausbricht, wenn Sie mit diesem Buch an die Öffentlichkeit treten? Ich will Sie nur beschützen.«

Ich lehnte mich zurück und schlug die Hände vor mein Gesicht. Ich wollte heulen, schreien, platzen – alles, nur um nicht zusehen zu müssen, wie Orville seine Bücher packte. Ich fuhr mir mit den Händen an die Ohren wie in Edvard Munchs Bild *Der Schrei.*

»Was hat Ihr Vater zu den Pressemeldungen gesagt?«, fragte ich zögerlich.

»Machen Sie sich um ihn keine Gedanken.«

»Dann war es bestimmt schlimm. Ich kann Ihnen gar nicht sagen, wie leid es mir tut. Ich würde am liebsten im Boden versinken.«

Irgendetwas musste ihm lustig vorgekommen sein, denn als ich ihn wieder ansah, huschte ein zartes Lächeln über sein Gesicht.

»Ich bin stolz auf Sie«, sagte er.

»Jetzt komme ich mir noch bescheuerter vor!«

»Sie haben sich all das erträumt, und nun liegt das Buch vor Ihnen. Wie fühlt sich das an?«

Ich sah das Buch an. »Gut fühlt es sich an.«

»Nur gut?«

Ich drehte das Buch in der Hand. »Mir war nie klar, welche Mühen mein Vater auf sich genommen hat, um sicherzustellen, dass ich *Die Herrin von Wildfell Hall* lesen würde, bevor ich dieses Tagebuch fand.«

»Wie meinen Sie das?«

Ich blickte ihn an. »Was wäre gewesen, wenn ich das Tagebuch zufällig zuerst gefunden und mir nichts dabei gedacht hätte? Oder, schlimmer noch, wenn ich gedacht hätte, dass das

Tagebuch lediglich ein Instrumentarium sei, um den Roman besser zu verstehen, wo es doch genau umgekehrt war? Mein Dad wollte mir beibringen, richtig zu lesen.«

Orville schien mir gar nicht zuzuhören. Er war ganz damit beschäftigt, all seine Bände des Gilgamesch-Epos aus dem Regal zu nehmen.

Ich hielt die »Warnungen aus Erfahrung« hoch. »Hier«, sagte ich.

Er drehte sich um. »Bitte?«

»Für Sie. Ein Geschenk.«

Orville lächelte nur und arbeitete weiter.

»Wollen Sie es nicht lesen?«, fragte ich.

Er nahm das rote Tuch von der Schulter und staubte die leeren Regale ab. Ich verstand sein Desinteresse nicht – das hier war ein literarischer Schatz.

»Ich habe es Ihnen mitgebracht!«, drängte ich. »Ein Geschenk. Ich dachte, es interessiert Sie. Ist es das Tagebuch von Anne Brontë oder von Bertha Mason? Oder von Helen Graham? Ich versichere Ihnen, dieses Buch verändert die gesamte Bedeutung der Romane von Anne Brontë.«

Schweigen. Orville wirkte so gedankenversunken wie jemand, der sich überlegt, was er zu Abend essen soll.

Ich presste die Lippen aufeinander. »Verzeihen Sie, Sir, aber interessiert Sie das alles überhaupt nicht?«

Als er mich wieder ansah, hatte er ein heiteres Lächeln aufgesetzt. »Nein«, sagte er. »Ich kann sehen, dass Sie ein echtes Buch in der Hand halten, das vielleicht einmal jemand Berühmtem gehört hat. Aber das spielt für mich keine Rolle. Ich werde Anne Brontës Romane weiterhin so in Ehren halten, wie sie sind, und nicht so, wie Anne sie vielleicht zu sein beabsichtigt hat. Einen vollendeten Roman in Frage zu stellen führt lediglich und unvermeidlich dazu, dass man das zerstört, was man schützen will.«

»Wollen Sie damit sagen, dass Sie nicht einmal ein bisschen neugierig sind?«, fragte ich und wedelte mit dem Buch vor ihm herum wie mit einem Salami-Baguette.

»Ein Tagebuch für sich betrachtet ist wertlos. Das ist so wie mit Ihrem Bild – bedeutungslos ohne die Geschichte dahinter, nicht wahr? *Jane Eyre* aber lebt auch ohne das Gemälde in Ihrem Zimmer weiter, während das Bild ohne das Buch gar nichts ist. Und Sie wissen, was mir lieber ist.«

Er muss die tiefen Falten gesehen haben, die sich in meine Stirn gruben, denn er fügte hinzu: »Ich bin wirklich beeindruckt, dass Sie das Buch gefunden haben. Aber Menschen schreiben ständig Tagebücher und unveröffentlichte Romane. Auch ich habe ein paar verfasst.«

»Aber das hier ist ein historisch-biographischer Gegenstand!«

Er lächelte mich traurig an. »Nein, es ist ein Familienerbstück. Überlegen Sie doch, wie viele Väter und Großväter dieses Buch weitervererbt haben, damit es bei Ihnen landet. Es ist in gewisser Weise eine Privatangelegenheit. Wenn Ihr Vater der Meinung gewesen wäre, dass Anne Brontë der Welt ihre Bekenntnisse offenbaren wollte, hätte er es wohl kaum für sich behalten.«

Geschlagen lehnte ich mich zurück. So eine Reaktion hatte ich nicht erwartet, und es war auch nicht die Antwort, die ich hatte hören wollen. Ich hatte gehofft, dass er mir freundlicherweise in eindeutigen und unwiderlegbaren Worten die Bedeutung des Tagebuchs erklären würde. Ich legte das Buch wieder auf den Tisch. Um ganz ehrlich zu sein – auch ich wollte es nicht lesen. Vor einigen Tagen hatte ich ein paar Abschnitte überflogen, aber sie hatten mich so verärgert, dass ich es wieder weglegen musste. Das Tagebuch war nicht unbedingt langweilig, aber ich würde es auch nicht gerade spannend nennen. Es war irgendwie gar nichts. Die Verfasserin war nicht die Anne Brontë, die ich kannte, sie war einfach jemand, der beschlossen hatte, alles, was sie den Tag über tat, chronologisch aufzuzeichnen. Es war schwer zu sagen, ob sie glücklich, gelangweilt oder wütend war. Für jemanden, der sie gut gekannt hätte, wäre die Antwort wohl eindeutig gewesen. Doch mir war nur aufgefallen, dass viele Seiten vollständig herausgerissen worden waren – von wem, würde ich wohl nie erfahren. Ich besaß lediglich das Skelett von etwas, das vielleicht einmal großartig gewesen war.

Seitdem hatte ich das Buch nicht mehr aufgeschlagen, und mein Ärger war nur noch größer geworden. Die »Warnungen aus Erfahrung« hatten offenbar die Macht, all die kleinen Welten, die ich für mich und für die Brontës so sorgfältig und minutiös aufgebaut hatte, zum Einsturz zu bringen. In meinen Händen hielt ich den Spielverderber für jede Geschichte, die ich mir je ausgedacht hatte – wie eine Literaturverfilmung, die für immer das Buch überlagern würde. Wenn ich Anne Brontës Tagebuch las, lief ich Gefahr, eine alte Freundin zu verlieren, die ich gerade erst wiedergewonnen hatte. Ich wusste, dass die Schwestern Brontë verpuffen würden – und wo bliebe ich dann?

Ich schnaubte. »Ich habe es nicht gelesen.«

»Das dachte ich mir schon.«

»Ach?«

»Vielleicht hatte Ihr Vater nicht die Absicht, Ihnen ein empörendes Tagebuch zu hinterlassen, sondern Ihnen aufzuzeigen, dass es ein empörendes Tagebuch geben könnte, und zwar aus reiner Fiktion«, sagte Orville. »Wie nannten Sie es noch einmal? Die buchstäbliche Wahrheit.«

Ich schüttelte den Kopf. »Nein, nein. Das dachte ich zuerst auch. Doch dann wurde mir klar, dass mein Vater dieses Tagebuch sein Leben lang besessen haben muss. Und was hat er damit gemacht? Er saß immer nur in seinem Arbeitszimmer und las die Romane wieder und wieder. Wenn es ihm ein Anliegen gewesen wäre, die ›buchstäbliche‹ Wahrheit aufzudecken, wären die Romane dann nicht sinnlos gewesen, sobald er das Tagebuch gelesen hätte? Das Tagebuch ist wie eine Landkarte ohne Legende.«

»Ja? Was sagen Sie da?«

Ich sank auf meinem Platz zusammen. »Ich glaube, ich habe mich die ganze Zeit auf den falschen Punkt konzentriert. Dieses Tagebuch ist kaum von Wert, wenn wir Helen Graham nicht verstehen und mit ihr den Grund, warum sie dieses Tagebuch überhaupt geschrieben hat. Und das Tagebuch ist auch kaum von Interesse, wenn wir Bertha Mason nicht verstehen und mit ihr all das Potenzial, das einem unterdrückten weiblichen Verstand innewohnen kann. Anne Brontës Leben verleiht dem Tagebuch keinen Sinn – die Romane der Brontës verleihen ihm einen Sinn. Die Fiktion ist realer als die Realität.«

Zum ersten Mal, seit ich Orville kannte, strahlte er. Er strahlte wirklich und wahrhaftig. Er legte seine Bücher weg und richtete sich auf.

»Sehr gut, Samantha, das war sehr gut.«

Ich blickte ihn an. »Sie widersprechen mir nicht?«

»Nein. Diese Theorie gefällt mir.«

Ich blinzelte. »Dann ist heute also V-E-Tag?«

»Wie bitte?«

»Victory in Europe.«

»Den Begriff kenne ich.«

»Das hat mein Dad immer gesagt, wenn er einen Streit in Übersee für sich entschieden hat.«

»Aha.« Orville nickte und deutete ein Lächeln an. Dann fügte er hinzu: »Ergo.«

Und damit drehte er mir den Rücken zu und kümmerte sich wieder um seine Regale. Ich sah, wie er eine neue Ausgabe von Richardsons *Pamela* in den Karton auf dem Boden legte. Dann begann er, das nächste Regal auszuräumen. Also war es das? Eine neue Welle der Trauer überkam mich. Bald würden wir uns trennen, ich würde in meinen Turm gehen und Orville zu den irischen Kobolden. Ich hatte mich noch nie für immer von jemandem verabschieden müssen, der nicht tot war.

»Sagen Sie«, rief er über seine Schulter, »wissen Sie, wer Ihr neuer Tutor sein wird?« Wenn ich mich nicht täuschte, hörte ich einen beschützerischen Unterton heraus.

»Nicht Sie«, sagte ich.

»Das ist mir klar.«

»Wahrscheinlich muss ich jetzt eine ungebildete Heidin werden.«

»Übertreiben Sie nicht so.«

»Mein Leben ist vorüber.«

Ich wollte nicht so nach Weltuntergang klingen, aber ich hatte es nun mal gesagt. Orville verließ das Land – sollte ich froh darüber sein? Ich hatte mehr in unsere nichtexistente Beziehung gesteckt, als ich je vorgehabt hatte. Nun würde ich die Teile von mir, die ich verloren hatte, suchen und mich selbst wieder zusammensetzen müssen wie eine zersprungene Vase.

Ich hielt meinen Blick gesenkt. »Irland ist weit weg, Sir.«

»Nicht *so* weit.«

»*Sie* sind weit weg.«

»Wie bitte?«

Ich ließ die »Warnungen aus Erfahrungen« auf dem Tisch liegen und stand auf. Ich machte ein paar Schritte auf ihn zu. Als er mich kommen hörte, legte er seine Bücher weg. Ich blickte ihm in die Augen. Meine verstörte Miene hatte ich nicht mehr unter Kontrolle.

»Was soll aus uns werden, Sir?«, fragte ich.

»Uns?«

»Mit Bruder Heathcliff und Schwester Cathy.«

Orville zog die Stirn kraus. Und dann fiel meine unterschwellige Botschaft krachend um wie die Kulisse eines geschäftigen Theaters und offenbarte all die komplizierten Arbeiten hinter der Bühne. Er wusste es. Er wusste, dass ich ihn liebte. Vielleicht hatte er es immer gewusst, und das Spiel, das ich so unmerklich zu spielen glaubte, war in Wirklichkeit alles andere als unmerklich gewesen. Orville sah mir in die Augen. Ja, er wusste Bescheid.

Erst sagte er nichts. Es war ein zerbrechlicher Moment. Als befänden wir uns im fünften Akt eines Shakespeare-Stücks, der entweder in einer Ehe oder mit einem vorzeitigen Tod enden würde. Ich atmete schwer.

»Wir sind doch gute Freunde gewesen, oder etwa nicht?«, fragte er.

Ich fühlte mich betrogen. »Das ist es? Das ist alles, was Sie dazu zu sagen haben?«

»Sie müssen verstehen, dass alles zwischen uns unmöglich ist.«

»Dann geben Sie zumindest zu, dass überhaupt etwas zwischen uns ist?«

Er überlegte. »Ich vergesse manchmal, wie jung Sie sind.«

»Irgendwie ist das belanglos.«

»Wenn Sie älter werden, werden Sie feststellen, dass wahre Gefühle keine verbale Bestätigung brauchen.«

Ich atmete durch. »Gut. Ich bin noch jung. Geben Sie mir also bitte eine verbale Bestätigung.«

Orville blickte zum Fenster und kratzte sich am Bart. Er machte den Mund auf, schloss ihn, öffnete ihn wieder.

»Sie liegen mir sehr am Herzen«, sagte er.

»Toll! Und was jetzt?«

»Wir verabschieden uns voneinander.«

»Sie weisen mich zurück?«

»Es gibt keine Zurückweisung, wenn es kein Angebot gab.«

»Ich biete Ihnen mein Herz und alles, was ich habe.«

Er sah mich wieder an. »Dann ja, dann weise ich Sie zurück. Bitte verstehen Sie es nicht falsch.«

Ich schluckte. Irgendwo in meinem Inneren schrie ich, erst leise, dann lauter und lauter, wie ein Wasserkessel, der am Ende seiner Geduld angelangt war. Ich versuchte, Orvilles undurchdringliche Miene zu entschlüsseln, aber er sah aus wie eine Schaufensterpuppe.

»Ich verstehe nicht, wo das Problem liegt«, sagte ich.

»Ich habe Pflichten.«

»Aber Sie sind nicht mehr mein Tutor.«

»Was spielt das für eine Rolle?«

»Sie haben keine Pflichten mehr. Sie können wieder tun und lassen, was Sie wollen.«

Er klang so angespannt, als hätte er Wehen. »Ich werde aber wieder jemandes Tutor sein und danach wieder und wieder. Begreifen Sie das Problem nicht? Ich bin Dozent. Der Anstand gebietet, dass wir Freunde bleiben, Miss Whipple – wenn überhaupt.«

»›Miss Whipple‹? Jetzt ist aber mal gut!«

»Ich kann dieses Gespräch nicht weiterführen.«

»Sie haben einfach nur Angst.«

Ich sagte es mit mehr Selbstvertrauen, als ich empfand. Innerlich spürte ich, wie ich ganz langsam zerriss. Der Schmerz in meinem Brustkorb schwoll an wie ein Luftballon und ersetzte das, was einmal Orville gewesen war, mit Leere. In einigen Jahren würde der Ballon vielleicht schrumpfen, aber er würde nie ganz verschwinden. Er würde einfach zu einem kleinen Satelliten werden, der um mein Herz kreiste.

Orville machte einen Schritt auf mich zu, wir standen uns von Angesicht zu Angesicht gegenüber.

»Überlegen Sie doch«, sagte er langsam, als hätte er schon öfter darüber nachgedacht. »Überlegen Sie, was Sie da von mir verlangen. Die Lehre, die Forschung – das ist mein Leben. Es ist kein Hobby und auch kein Spiel. Ich kann einfach nicht mit Ihnen zusammen sein, Samantha! Sie glauben, dass sich unsere Positionen verändert haben, aber das haben sie nicht. Solange Sie Studentin sind, werden wir niemals auf einer Ebene sein. Ich bin eine Autoritätsperson. Ich werde immer recht haben und Sie immer ein bisschen weniger recht. Soll so unsere Beziehung aussehen?«

»Was ich heraushöre, ist, dass Sie mit unserer Beziehung warten wollen, bis ich unabhängig von Ihnen schlau bin«, sagte ich. »Aber glauben Sie, eine Beziehung basiert lediglich auf dem Intellekt? Sind Sie nicht ein wenig oberflächlich?«

Er wirkte verärgert. »Meinen Sie, für mich ist das leicht? Ich ziehe nach Irland, um Ihnen zu entkommen! Sehen Sie mich nicht so an – Sie wissen doch, dass es so ist! Ich weigere mich, gegen mein besseres Wissen in Versuchung zu geraten, und es ist nicht richtig, dass Sie als Studentin glauben müssen, Sie seien eine Quelle der Versuchung. Sie sind ein außergewöhnlich intelligenter und besonderer Mensch, und Sie verdienen eine gute Bildung. Das ist mein letztes Wort. Sie können widersprechen, aber ich mag Sie zu sehr, als dass ich es anders haben wollte. Klar?«

Ich sagte nichts. Orville hatte sich bei der Urteilsverkündung wohl verausgabt, denn er wischte sich mit dem Handrücken über die Stirn, ehe er sich wieder seinen Büchern widmete. Ich stand still da und starrte auf seinen Rücken. Wir schwiegen eine

Weile. Ich blickte auf die großen Schriftsteller zu meinen Füßen. Sosehr ich es auch versuchte, ich konnte sie nicht länger hassen. Auf einmal fühlte ich mich unter Hemingway, Nabokov, Tolstoi und Porter zu Hause. Das hier war ein Bett aus den weltberühmtesten gebrochenen Herzen, Trinkern und Irren. Sie waren hier in diesem Zimmer, ich konnte fast ihren Atem spüren, spürte, dass sie mir ihre Hilfe anboten. Austen, Fitzgerald, Burney, Dostojewski. Aus ihrem kollektiven Leiden spann sich ein Wandteppich der Hoffnung, der so real war, dass er in seiner Behaglichkeit fast fiktional wirkte.

Ich ging zum Sofa und nahm meinen Mantel, den ich über die Armlehne gelegt hatte. Dann griff ich nach den »Warnungen aus Erfahrung«. Welch ein grausamer, grausamer Streich, dass es dieses Buch wirklich gab, wo doch die einzige Fiktion, die ich mir je wahr zu werden gewünscht hatte, Dr. James Timothy Orville III. war.

Und doch ... Ich drehte mich mit klopfendem Herzen um.

»Sie wissen hoffentlich, dass Sie mir jetzt keine andere Wahl lassen, als Schriftstellerin zu werden.«

»Wie meinen Sie?«

»Ich. Schriftstellerin. Ich werde mir einen anderen Schluss für das hier ausdenken müssen. Einen anderen Weg sehe ich nicht.«

»Gehen Sie schon?«

»Ja.«

»Sie weinen.«

»Ja?«

Und dann geschah etwas Merkwürdiges. Orville sah mich mit solch einem tiefen Schmerz an, dass ich kurz dachte, ich hätte ihn allein durch die Kraft meines Willens auf sein Gesicht gezaubert. Er wirkte irgendwie anders – wie ein Bild, das ich gezeichnet hatte und das nun aus dem Rahmen trat. Ich hatte gedacht, unser Gespräch sei vorüber, aber in nur wenigen Sekunden hatte Orville die Entfernung zwischen uns überwunden und küsste mich so heftig und mit solch einer verwirrten Leidenschaft, dass ich mich an nicht viel anderes erinnern konnte, und das hieß, dass es entweder ein ganz toller oder ein ganz armseliger Kuss war. Ich nahm an, es war Ersteres, weil ich mich völlig vergaß. Als er mich umarmte, fühlte ich mich seltsam unausweichlich zu ihm hingezogen. Wenn er sich von mir löste, dann nur, um etwas so Leises und Süßes zu flüstern, dass ich dachte, ich hätte mir diese Szene nur ausgedacht.

Auf einmal sah es nicht so aus, als würden wir uns trennen, nein, ganz im Gegenteil. Ich fühlte, was ich nie zuvor gefühlt hatte, nämlich irgendwo hinzugehören. Ein Gefühl der Freiheit, in der alles möglich zu sein schien. Er umarmte mich so fest, dass seine Hände zu meinen Händen, seine Brust zu meiner Brust wurden. Dann, und erst dann, verabschiedeten wir uns voneinander. Ich ging an ihm vorbei zur Tür.

Als ich mich ein letztes Mal umdrehte, sah ich, dass die Bücher von Wordsworth hinter uns auf dem Boden lagen wie Konfetti.

Epilog

Liebe Leser,

ich habe ihn geheiratet.

Nicht an jenem Tag und auch nicht in jenem Jahr, nicht einmal nach fünf Jahren. Aber wir haben geheiratet, und es war eine schöne kleine Hochzeit im Norden Englands. Dr. James Timothy Orville III. hat mir an Oscar Wildes Grab einen Heiratsantrag gemacht, wie es sich gehörte. Vögel sind aufgeflogen, und mein Kleid wehte im Wind.

Ich habe zwei lange Memoiren verfasst, denen es an Stil und Virtuosität mangelte sowie an jeglicher Spur eines realistischen Endes – wie Orville klagte –, deren zahlreiche Fassungen er aber in kleinen Stapeln auf dem Nachttischchen aufbewahrte und wieder und wieder treuergeben durcharbeitete, bis sie schließlich veröffentlicht wurden.

Es war ein Leben, das ich mir fast zur Gänze hätte zusammenphantasieren können.

Aber nun glaube ich, genug gesagt zu haben.

Danksagung

Dank gebührt in erster Linie der wundervollen Jennifer DuBois, einer der besten Schriftstellerinnen und Lehrerinnen, die ich kenne, und der unvergleichlichen Elizabeth Tallent, die in mir überhaupt erst den Wunsch geweckt hat zu schreiben.

Ich danke Charles Baxter, einem der besten Dozenten, die ich je hatte, sowie der ganzen Fakultät und dem Lehrkörper des Fachbereichs Englische Literatur an der Universität Stanford, vor allem danke ich Adam Johnson, Tobias Wolff, Tom Kealey und Shimon Tanaka. Dieses Buch wäre nicht entstanden ohne die Hilfe von Linda Paulson, deren Seminar mich erst zu diesem Roman inspiriert hat, und ohne die brillanten Vorlesungen von Emma Plaskitt, einer der fesselndsten Dozentinnen überhaupt. Ich danke auch meinen Mentoren und Lehrern Phil Gutierrez, Jeff Symonds und Carrie Waldon-Brown, deren Rat und Verständnis mich über ein Jahrzehnt begleitet haben.

Ohne die unendliche Begeisterung meiner lieben Freundin Kate O'Connor und ihre selbstgemachte Gebrauchsanweisung für unwiderstehliche Griesgrame à la Heathcliff wäre dieses Buch nicht möglich gewesen. Ich umarme Michelle Gumport, die mich bedingungslos unterstützt hat, und den wundervollen Patrick Hanlon für stundenlanges Korrekturlesen. Ein großes Dankeschön an meine großartige Agentin Chelsea Lindman, meine kluge Lektorin Sally Kim und an das ganze Verlagsteam bei Touchstone für seine Ideen und die unerschöpfliche Tatkraft.

Vor allem aber danke ich meinen geduldigen Eltern, die so nett waren und die paar hundert Erstfassungen gelesen haben, und meiner tollen großen Schwester, einem der besten Menschen, die ich kenne.

Anhang

Erwähnte und zitierte Werke der Brontës

Anne Brontë (Acton Bell)

Agnes Grey, London 1847; *Agnes Grey*, München 2012, aus dem Englischen von Michaela Meißner.

The Tenant of Wildfell Hall, London 1848; *Die Herrin von Wildfell Hall*, Frankurt am Main 1993, aus dem Englischen von Angelika Beck.

Charlotte Brontë (Currer Bell)

Jane Eyre, London 1847; *Jane Eyre*, Leipzig/Weimar 1989, aus dem Englischen von Bernhard Schindler.

The Professor (geschr. um 1845), London 1857 (posthum); *Der Professor*, Stuttgart 1858.

Shirley, London 1849; *Shirley*, Berlin 1849.

Villette, London 1853; *Villette*, Berlin 1853.

Tales of Angria (1838/39); *Erzählungen aus Angria*, Frankfurt am Main 1987.

Angria & Gondal, Frankfurt am Main 1987.

An Edition of the Early Writings of Charlotte Brontë, Bd. 1: *The Glass Town Saga 1826–1832*. Bd. 2: *The Rise of Angria 1833–1835*, Oxford 1987–1991.

Juvenilia (1829–1835), London 1996.

»Biographical Notice of Ellis and Acton Bell«, in: *Wuthering Heights and Agnes Grey, A New Edition Revised*, London 1850.

Emily Jane Brontë (Ellis Bell)
Wuthering Heights, London 1847; *Sturmhöhe*, Zürich 1973, aus dem Englischen von Siegfried Lang.
The Complete Poems, London 1992.

Brontës, *Poems by Currer, Ellis and Acton Bell*, London 1846.

Zitierte Biographien und Rezensionen

Atlas (Review), 22. Januar 1848.

Elizabeth Gaskell, *The Life of Charlotte Brontë*, 1857; *Das Leben der Charlotte Brontë*, München 1997, aus dem Englischen von Irmgard und Peter Schmitt.

Sharpe's London Magazine, August 1848.

George M. Smith, »Charlotte Brontë« (1847–1855), in: *Cornhill Magazine*, New Series, Vol. IX, London 1900.

Muriel Spark
The Brontë Letters, London / New York 1954.
»The Brontës as Teachers«, in: *The Informed Air*, New York 2014.

Elsemarie Maletzke / Christel Schütz
Die Schwestern Brontë. Leben und Werk in Texten und Bildern, Frankfurt am Main 1986.
Das Leben der Brontës, Frankfurt am Main 1992.

Werner Waldmann, *Die Schwestern Brontë*, Reinbek bei Hamburg 1990.

Weitere erwähnte und zitierte Werke

Guillaume Apollinaire, »Le Pont Mirabeau«, aus: *Les Soirées de Paris*, N°. 1, Paris 1912; in: *Alcools*, Paris 1913; »Der Pont Mirabeau«, in: *Alkohol. Gedichte*, Darmstadt / Neuwied 1976, aus dem Französischen von J. Hübner und L. Klünner.

Jane Austen

Emma, London 1816; *Emma*, Berlin / Weimar 1965, aus dem Englischen von Horst Höckendorf.

Pride and Prejudice, Egerton, London 1813; *Stolz und Vorurteil*, Zürich 1948.

Sense and Sensibility, London 1811; *Verstand und Gefühl*, Frankfurt am Main 2011.

Lyman Frank Baum, *The (Wonderful) Wizard of Oz*, Chicago / New York 1900; *Der Zauberer von Oz*, Zürich 1940.

Samuel Beckett, *Murphy*, London 1938; *Murphy*, Reinbek bei Hamburg 1990, aus dem Englischen von E. Tophoven.

Robert Browning, »Porphyrias Lover« (»Porphyria«, 1836), in: *Dramatic Lyrics (Bells and Pomegranates III)*, London 1842; *Porphyrias Buhle.*

Fanny Burney, *Evelina or the History of a Young Lady's Entrance into the World*, London 1778.

Stephen Crane, *The Red Badge of Courage*, New York 1895; *Die rote Tapferkeitsmedaille*, Zürich 1985.

Don DeLillo, *White Noise*, New York 1985; *Weißes Rauschen*, Köln 1987.

Charles Dickens, *The Life and Adventures of Nicholas Nickelby*, London 1839; *Leben und Abenteuer des Nicolaus Nickleby*, Braunschweig 1839.

Emily Dickinson, »Exultation is the going« und »Much madness«, in: Martha Dickinson Bianchi (Hrsg.), *The Complete Poems of Emily*

Dickinson, Boston 1924; dt. in: *Sämtliche Gedichte*, München 2015, aus dem Englischen von Gunhild Kübler.

Frederick Douglass, *Narrative of the Life of Frederick Douglass, an American Slave, written by himself*, Boston 1845; *Das Leben des Frederick Douglass als Sklave in Amerika von ihm selbst erzählt*, Göttingen 1986, aus dem Englischen von Dietlinde Haug.

George Eliot, *Daniel Deronda*, London 1876; *Daniel Deronda*, Zürich 1994.

T. S. Eliot, *The Waste Land*, New York 1922; *Das wüste Land*, Wiesbaden 1957.

William Faulkner, *The Sound and the Fury*, New York 1929; *Schall und Wahn*, Reinbek bei Hamburg 2015, aus dem Englischen von Frank Heibert.

Sandra Gilbert / Susan Gubar, *The Madwoman in the Attic*, New Haven 1979.

Thomas Hardy, *Far from the Madding Crowd*, London 1874; *Am grünen Rand der Welt*, München 2003.

Eliza Haywood, *Love in Excess*, London 1720.

Henry James
The Portrait of a Lady, Boston / London 1881; *Bildnis einer Dame*, Köln 1957.
»The Turn of the Screw«, in: *Collier's Weekly*, Jan.–Apr. 1898; *Die Drehung der Schraube*.

John H. Knowles, *A Separate Peace*, London 1959; *Ein anderer Frieden*, Hamburg 2001.

David Markson, *Wittgenstein's Mistress*, Champaign 1988; *Wittgensteins Mätresse*, Berlin 2013, aus dem Englischen von Sissi Tax.

Daphne du Maurier, *Rebecca*, London 1938; *Rebecca*, Zürich 1940.

John Milton, *Paradise Lost*, London 1667; *Das verlorene Paradies.*

Lucy Maud Montgomery, *Anne of Green Gables*, Boston 1908; *Anne auf Green Gables*, Bindlach 1986.

George Orwell, *1984*, London 1949; *1984*, Berlin 2004, aus dem Englischen von M. Walter.

Edgar Allan Poe
»The Bells«, in: *New York Tribune*, Okt. 1849; »Die Glocken«, in: *Gesammelte Schriften*, Bd. 1, Berlin 1984, aus dem Englischen von Hedda Moeller-Bruck und Hedwig Lachmann.
»Eleonora«, in: *The Gift*, Philadelphia 1842; »Eleonara«, in: ebd., Bd. 2.

Alexander Pope
An Essay on Criticism (1709), London 1711; *Versuch über die Kritik*, Prag 1807, aus dem Englischen von Johann Dambeck.
»The Rape of the Lock«, in: *Lintot's Miscellany*, London, Mai 1712; »Der Lockenraub«, in: *Freymüthige Nachrichten von neuen Büchern ...*, 1/1744 Göttingen.

Jean Rhys, *Wide Saragasso Sea*, London/New York 1966; *Saragassomeer*, Berlin 2009.

Samuel Richardson, *Pamela; or, Virtue Rewarded*, London 1740.

William Shakespeare
The Tragedy of King Lear, 2,ii; »König Lear«, in: *Sämtliche Werke*, Eltville 1988, aus dem Englischen von Wolf Graf Baudissin.
The First Part of King Henry IV, 2,iv; »König Heinrich IV. – Erster Teil«, in: ebd., aus dem Englischen von A. W. Schlegel.
The Tragedy of King Richard III., 3,i; »König Richard III.«, in: ebd., aus dem Englischen von A. W. Schlegel.
Othello, The Moor of Venice, 3,iii; »Othello, der Mohr von Venedig«, in: ebd., aus dem Englischen von Wolf Graf Baudissin.

Percy B. Shelley, *Ode to the West Wind*, London 1820; »Ode an den Westwind«, in: *Ausgewählte Dichtungen*, Hildburghausen 1866, aus dem Englischen von Adolf Strodtmann.